Metzelsupp

Gina Greifenstein wuchs im unterfränkischen Würzburg auf, lebt aber seit vielen Jahren als freie Autorin in der Südpfalz. Aus ihrer Feder stammen zahlreiche Bestsellerkochbücher, aber auch Romane – »Der Traummann auf der Bettkante« (Piper) war 2008 für den DeLiA-Preis nominiert. Zuletzt erschienen ist die Pfalz-Krimi-Reihe um die junge Ermittlerin Paula Stern – wo lässt es sich schließlich besser morden als vor der eigenen Haustür?

GINA GREIFENSTEIN

Metzelsupp

PFALZ KRIMI

emons:

Bibliografische Information der Deutschen Nationalbibliothek
Die Deutsche Nationalbibliothek verzeichnet diese Publikation
in der Deutschen Nationalbibliografie; detaillierte bibliografische
Daten sind im Internet über http://dnb.d-nb.de abrufbar.

© Emons Verlag GmbH
Cäcilienstraße 48, 50667 Köln
info@emons-verlag.de
Alle Rechte vorbehalten
Umschlagmotiv: © mauritius images/Alamy
Umschlaggestaltung: Nina Schäfer, nach einem Konzept
von Leonardo Magrelli und Nina Schäfer
Umsetzung: Tobias Doetsch
Gestaltung Innenteil: César Satz & Grafik GmbH, Köln
Lektorat: Susann Säuberlich, Neubiberg
Druck und Bindung: sourc-e GmbH, Köln
Printed in Europe 2025
ISBN 978-3-95451-803-6
Pfalz Krimi
Aktualisierte Neuauflage

Unser Newsletter informiert Sie
regelmäßig über Neues von emons:
Kostenlos bestellen unter
www.emons-verlag.de

Vom Glück, eine Mutter zu haben

Sonntag, 20. Mai

Sie hörte ein Handy wie aus weiter Ferne.

Es war ihr Handy, erkannte sie im Halbschlaf, es hatte den gleichen Klingelton wie die Telefone vor zwanzig oder dreißig Jahren. Nach dem vierten *Ring-Ring* verstummte es. Die Mailbox hatte sich eingeschaltet. Dem morgendlichen Anrufer wurde von einer weiblichen Stimme höflich, aber energisch mitgeteilt, dass der angewählte Teilnehmer nicht erreichbar sei.

Zufrieden kuschelte Paula sich wieder in ihre Bettdecke.

Da, wieder: *Ring-Ring*. Der Anrufer gab nicht auf.

»Das ist deins«, murmelte Sebastian neben ihrem Ohr.

Es war ihr erster freier Tag seit Wochen, sie wollte ausschlafen. Missmutig zog sie sich das Kissen über den Kopf, um nichts mehr zu hören, aber es funktionierte nicht, das nervende Geräusch erreichte immer noch ihre Ohren, gedämpft zwar, aber es war nicht zu ignorieren. Dann war wieder Ruhe.

Als es erneut klingelte, drängelte Sebastian gereizt: »Geh doch endlich ran.«

Verdammt, warum habe ich bloß dieses blöde Ding gestern Abend nicht ausgeschaltet?, dachte Paula. Mit geschlossenen Augen tastete sie nach dem Handy neben dem Bett. Dort, wo sie es vermutete, lag es aber nicht. Obwohl sie es nicht zulassen wollte, begannen ihre derart unangenehm aufgeweckten Gehirnzellen zu arbeiten. Das kann nur Keeser sein, dachte sie unglücklich. Wer sonst sollte sie an ihrem freien Tag um – sie öffnete blinzelnd die Lider und erkannte mit zusammengekniffenen Augen auf Sebastians Wecker die Uhrzeit – kurz nach sieben anrufen? Konnten Mord und Totschlag nicht ein Mal ihren freien Tag respektieren?

Das Klingeln verstummte, um wenig später erneut einzusetzen.

»Bestimmt dein reizender Kollege«, sprach Sebastian ihre Vermutung aus, ohne seine Augen zu öffnen.

Jetzt war Paula endgültig wach und schnappte sich das Telefon, das unter das Bett gerutscht war. »Ich werde ihn umbringen, und zwar gaaaanz langsam«, versprach sie.

Beim Blick auf das Display stöhnte sie auf. »Das ist nicht mein reizender Kollege, es ist viel schlimmer ...« Mit einem Ruck setzte sie sich auf. »Das ist meine Mutter.« Sie drückte die grüne Taste, bevor sich erneut die Mailbox einschalten konnte. Ihr Ärger wich jedoch augenblicklich aufkeimender Sorge: Es war daheim doch hoffentlich nichts Schlimmes passiert?

»Hallo, Mutsch«, meldete sie sich vorsichtig.

»Paula, wo bist du denn?«, fragte ihre Mutter vorwurfsvoll.

»Im Bett. Ich habe heute frei, das hab ich dir doch vorgestern erzählt. Und eigentlich hatte ich vor, endlich mal auszuschlafen«, erwiderte Paula.

»Das weiß ich«, sagte ihre Mutter.

Paula nahm das Handy vom Ohr und starrte es ungläubig an. Warum zum Teufel rufst du mich dann so früh an? Die Frage lag ihr auf der Zunge, aber sie sprach sie nicht aus. Sie atmete tief durch, bevor sie das Telefon wieder ans Ohr nahm.

»Kind, hörst du schlecht? Hörst du denn deine Türglocke nicht?«

Meine Türglocke?, dachte Paula verwirrt.

»Ich stehe hier vor deiner Wohnungstür und klingle mir einen Wolf«, erklärte ihre Mutter.

Ach, du Scheiße!, dachte Paula. Ihre Mutter war hier in Landau, nicht in Würzburg, wo sie hingehörte. Und sie stand höchstpersönlich vor ihrer Tür – nicht vor dem Hauseingang, nein, vor ihrer Wohnung ein Stockwerk über ihnen, über Sebastians Wohnung, in der sie sich gerade befand. Wie war ihre Mutter ins Haus gelangt? Hatte wieder mal einer ihrer Mitmieter die Haustür nicht richtig geschlossen? Und das in Zeiten steigender Einbruchszahlen, dachte die Kriminalbeamtin in ihr.

»Ich komme«, sagte sie ergeben.

»Schlechte Nachrichten?« Sebastian stützte den Kopf auf eine Hand und sah sie aus seinen wunderbaren hellgrauen Augen zärtlich an. Seine dunklen Locken schlängelten sich wild um sein

Gesicht. Er sah zum Anbeißen aus. Paula wollte alles andere, als dieses Bett verlassen und auf ihre Mutter treffen, die aus unerklärlichen Gründen und ohne Vorwarnung angereist war.

»Sehr schlechte Nachrichten«, bestätigte Paula, gab ihm einen flüchtigen Schmatzer auf den Mund, sprang aus dem Bett und schlüpfte in ihren Schlafanzug. »Meine Mama ante portas. Keine Ahnung, was sie hier will.«

Schon war sie zum Schlafzimmer hinaus und durch die Diele geeilt. Mit ihrem Handy in der einen und ihrem Schlüsselbund in der anderen Hand öffnete sie die Wohnungstür. Vorsichtig trat sie in den Hausgang hinaus und zog die Tür hinter sich ins Schloss. Kurz hielt sie inne und lauschte ins Treppenhaus.

Sie atmete tief durch und schlich barfuß die Treppe eine Etage höher.

Ihre Klingel ertönte erneut. Zorn stieg in ihr auf, sie hatte doch gesagt, dass sie gleich aufmachen würde.

»Guten Morgen, Mutsch«, sagte sie bemüht freundlich, als sie schließlich hinter ihrer ungeduldigen Mutter stand.

Die fuhr erschrocken herum und musterte ihre Tochter von oben bis unten. »Wo kommst du denn her? Und noch dazu im Schlafanzug?«

Paula trat neben sie, steckte den Schlüssel ins Schloss und öffnete die Tür. »Aus dem Bett, sagte ich doch.« Neben ihrer Mutter stand eine prall gefüllte Reisetasche, die nichts Gutes verhieß. Paula ergriff die Henkel der Tasche und ging an ihrer Mutter vorbei in die Wohnung. »Komm rein.«

»Offensichtlich aber nicht aus *deinem* Bett«, sagte ihre Mutter, die ihr in die Diele folgte.

»Bingo. Jetzt weiß ich auch, von wem ich dieses phänomenale Kriminalisten-Gen habe.« Paula setzte die Reisetasche im Wohnzimmer ab. »Kaffee?«, fragte sie auf dem Weg in die Küche.

»Ja, gern.« Ihre Mutter folgte ihr. Sie strahlte über das ganze Gesicht. »Du hast also endlich einen Freund.«

Wenn ich mit einem Kerl schlafe, ist er noch lange nicht mein Freund, wollte Paula sagen, um sie zu ärgern, ließ es dann aber, als sie das glückliche Gesicht ihrer Mutter sah. »Ja, ich habe einen

Freund«, gestand sie. Irgendetwas in der Art jedenfalls, fügte sie in Gedanken hinzu.

Während sie Wasser und Kaffeepulver in die Kaffeemaschine füllte, rechnete sie im Kopf grob nach: Seit Mitte August verbrachte sie jede ihrer knappen freien Minuten mit Sebastian, und jetzt war es Mai. Seit etwa neun Monaten trafen sie sich also regelmäßig, so regelmäßig, wie es ihre unregelmäßigen Dienstzeiten eben zuließen. Genauso regelmäßig landeten sie dann auch im Bett. Aber war er deswegen schon ihr Freund? Wir sollten unseren Beziehungsstatus demnächst mal klären, nahm sich Paula vor und holte zwei große Tassen aus dem Schrank.

»Hübsche Wohnung«, stellte ihre Mutter fest und setzte sich an den Küchentisch. »Mit den hohen Decken wirst du dich allerdings im Winter totheizen«, schmälerte sie ihr Lob gleich wieder.

»Keine Sorge, Mama, das kann ich mir leisten, Kriminalbeamte verdienen hier ein Schweinegeld«, entgegnete Paula spitz und holte die angebrochene Milchpackung aus dem mager ausgestatteten Kühlschrank. Vorsichtig und so, dass es ihre Mutter nicht sehen konnte, roch sie daran – es würde sie nicht wundern, wenn sie sauer wäre. Noch gut, entschied sie erleichtert und füllte ein blaues Milchkännchen aus Ton, das sie vor vielen Jahren an einem Töpferstand auf dem Würzburger Weihnachtsmarkt gekauft hatte.

»Ach, die hast du immer noch?« Ihre Mutter hielt ihr die uralte Tasse mit der Aufschrift »Mamas Liebling« entgegen. »Die hab ich dir zu deinem fünfzehnten Geburtstag geschenkt, weißt du noch?«

Klar wusste sie das noch. Die Tasse war damals mit ihren Lieblingskaramellbonbons gefüllt gewesen. Nach jahrelangem Dasein als Kakaotasse hatte sie dann irgendwann die nächste Sprosse der Karriereleiter erklommen und die Aufgaben einer Kaffeetasse übernommen. Erst mit etwa zwanzig hatte Paulas Geschmack überrascht festgestellt, dass Kaffee ein durchaus genießbares Getränk war.

Die Jahre hatten ihre Spuren an der Tasse hinterlassen. Der Rand wies ein paar Macken auf, und seit ein paar Wochen gab es einen haarfeinen Riss quer durch die Glasur, aber noch war sie dicht. Und es war Paulas Lieblingstasse.

»Wie ist er denn?«, fragte ihre Mutter.

»Wie ist wer?«

»Na, dein Freund – erzähl mir von ihm.«

Paula stöhnte innerlich auf. Sind alle Eltern, insbesondere Mütter, so? Wenn sie jetzt »nett« sagen würde, wäre die Antwort für ihre Mutter sicherlich ungenügend. Also sagte sie das, was sie eigentlich zu erfahren wünschte.

»Er heißt Sebastian, ist fünfunddreißig Jahre alt, Gymnasiallehrer, und er sieht verdammt gut aus. Und er ist nett«, fügte sie dann doch noch hinzu.

»Wenn du damals nicht die blödsinnige Idee gehabt hättest, Polizistin zu werden, wärst du jetzt vielleicht auch Lehrerin. Dann hättet ihr zusammen Ferien und zwei gute Gehälter.«

Paula sah ihre Mutter entgeistert an. Was sollte man darauf antworten? Sie war froh, Kriminalbeamtin geworden zu sein. Ihr Job war genau das, was sie immer machen wollte. Wenn Sebastian von seiner Arbeit, den schwierigen Schülern und noch schwierigeren Eltern erzählte, war sie erst recht froh, keine Lehrerin geworden zu sein. Obwohl sich ihre Eltern längst daran gewöhnt haben sollten, dass sie einen anderen Beruf gewählt hatte, ritt ihre Mutter regelmäßig auf diesem leidigen Thema herum.

Paula hatte keinen Nerv für eine derart sinnlose Diskussion. »Was machst du überhaupt hier?«, fragte sie deshalb, um sie auf andere Gedanken zu bringen. Sie füllte die Tassen mit dem etwas stark geratenen Kaffee. Den konnte sie jetzt gut gebrauchen, denn die Nacht war kurz gewesen. Ein zufriedenes Grinsen huschte über ihr Gesicht. »Wolltest du nicht mit Papa zu diesem komischen Klassentreffen fahren?«

»Himmel, ist der stark«, stellte ihre Mutter nach dem ersten Schluck fest und füllte ihre Tasse mit Milch auf. »Ja, das war eigentlich so geplant, aber richtig Lust hatte ich nicht dazu. All diese alten Leute, die reden nur noch über ihre Krankheiten und welche Mittelchen sie nehmen müssen. Echt gruselig, kann ich dir sagen.« Sie verzog angewidert das Gesicht. »Einen Tag mit denen hätte ich ja noch verkraftet, aber gleich eine ganze Woche? Nein, danke.«

Paula grinste. Ihr Vater war mit seinen siebenundsiebzig Lenzen genauso alt wie diese Leute, es waren schließlich seine Klassenkameraden von früher, die sich regelmäßig einmal im Jahr trafen. Ihre Mutter war fünfzehn Jahre jünger. Jetzt, im fortgeschrittenen Alter, schien sich das auf einmal bemerkbar zu machen.

»Und immer dieses Rumgehocke«, meckerte sie munter weiter. »Die können ja alle nicht mehr richtig laufen. Kaputte Hüften, Ersatz-Kniegelenke, Rheuma. Man könnte fast meinen, sie befinden sich in einem Wettkampf, als wollten sie sich gegenseitig mit ihren komplizierten Operationen und Arzneimittel-Dosierungen übertrumpfen, das reinste Medikamente-Wettrüsten ist das. Nee, das wollte ich mir diesmal einfach nicht antun. Und als du mir vorgestern von deinem freien Tag erzählt hast, stand mein Entschluss fest, dass ich dich besuchen komme. Ich habe also deinen Vater heute Morgen in aller Herrgottsfrühe in den Bus gesetzt und bin schnurstracks hierhergefahren. Wir hatten schließlich schon ewig keinen Mutter-Tochter-Tag mehr.«

Womit sie zwar recht hatte, aber Paula wäre im Moment ein Sebastian-Paula-Tag viel lieber gewesen. Die Frage nach der voraussichtlichen Dauer ihres Besuches stellte sie lieber nicht – das würde sie früh genug erfahren.

»Außerdem hat meine Kleine ja demnächst Geburtstag«, fügte ihre Mutter fröhlich an, womit auch geklärt war, dass sie vor Dienstag nicht wieder nach Hause fahren würde.

Paulas Begeisterung hielt sich in Grenzen. »Ich muss jetzt erst mal duschen«, sagte sie gähnend. »Lass uns danach irgendwo schön frühstücken gehen und uns überlegen, wie wir den Rest des Tages verbringen wollen.« Mit dem, was sie im Kühlschrank hatte, konnte sie niemandem ein Frühstück bieten, schon der Zustand der Milch war mehr als grenzwertig gewesen. Als Hausfrau hatte sie zugegebenermaßen nicht viel drauf. Im Vergleich zu ihrer Mutter und ihren Schwestern war sie da völlig aus der Art geschlagen.

Im Bad musterte sie sich kritisch im Spiegel und zwinkerte

sich aufmunternd zu. »Dafür können die aber keine Verbrecher fangen«, flüsterte sie. Ihr Spiegelbild sah sie verschwörerisch an. »Und Motorrad fahren können die auch nicht«, stellte sie auch noch fest, als sie in die Duschkabine stieg. »Und schießen schon mal gar nicht.« Einigermaßen zufrieden mit sich und ihren eher fragwürdigen Fähigkeiten drehte sie das Wasser an.

***

»Du hast ja noch nicht mal deine Umzugskisten ausgepackt.« Ihre Mutter bedachte Paula mit einem strafenden Blick, als sie in frischen Klamotten aus dem Schlafzimmer kam. Gerade hatte sie sich mit der Tatsache, sie mehrere Tage an der Backe zu haben, einigermaßen angefreundet, da traf sie dieser Vorwurf. Oder war es nur eine Feststellung? Nein, ein Vorwurf, Paula kannte den nörgelnden Ton nur allzu gut.

»Ich hatte viel zu tun …« Ihre Ausrede klang entsetzlich dünn. Es war ja nicht so, dass Paula die vollen Kisten, die sich noch immer im Wohnzimmer stapelten, nicht stören würden, im Gegenteil. Aber sie konnte sich einfach nicht dazu aufraffen, sie auszupacken.

»Ach, Paula«, sagte ihre Mutter. »Du wohnst seit fast einem Jahr hier. Erzähl mir nicht, dass du in all den Monaten nicht einen einzigen Tag freihattest, um das zu erledigen.« Sie machte Anstalten, einen der Kartons zu öffnen.

Paula trat energisch zwischen ihre Mutter und die Umzugskisten. Schützend breitete sie ihre Arme aus. »Ich habe noch nichts vermisst, was dadrinnen ist. Mensch, Mutsch, irgendwann packe ich die schon noch aus.«

»Wie sieht das denn aus? Man könnte glauben, du ziehst gleich wieder um. Wir könnten doch zusammen …«

Paula fühlte sich in ihre Kindheit zurückkatapultiert, ein Déjà-vu: Sie war wieder die kleine Paula, die ihr wunderbar chaotisches Zimmer aufräumen sollte, weil sie sonst nicht fernsehen durfte. Sie hatte gedacht, diese Zeiten wären Schnee von gestern. Da hatte sie wohl falsch gedacht.

»Nein, das sind meine Kisten, und ich will die genau so, wie sie sind. Jetzt hör auf, rumzumeckern, verdammt. Willst du etwa einen Mutter-Tochter-Meckertag? Also, ich kann das nicht gebrauchen.«

»Du bist noch genauso stur wie früher«, begehrte ihre Mutter auf.

»Und das werde ich auch ganz sicher bleiben«, versprach Paula grantig.

»Das ist doch lächerlich, Paula, ich will dir doch nur helfen. Aber gut, dann helfe ich dir eben nicht ...« Sie wirkte beleidigt.

Bevor Paula etwas Begütigendes sagen konnte, schlug ihr Handy an. Dankbar, aus dieser absolut absurden Situation gerettet zu werden, stürzte sie an den kleinen Apparat. Ohne auf das Display zu sehen, meldete sie sich mit einem schroffen »Ja?«.

»Paula? Bist du das?«, erklang Keesers Stimme an ihrem Ohr.

»Natürlich bin ich es, wer sonst sollte bitte schön an mein Handy gehen?«

»Hm, schon klar, du hast recht, aber du klingst etwas komisch ... gereizt ... Stimmt was nicht?«

Sie konnte ihm unmöglich sagen, dass ihre Mutter überraschend eingetroffen war und ihr ganz entsetzlich auf die Nerven ging, denn besagte Mutter konnte jedes Wort mithören.

»Es ist noch nicht mal acht Uhr morgens, noch dazu mein freier Tag, und da rufst du an, was ganz sicher nichts Gutes zu bedeuten hat. Ist doch ganz normal, dass ich da gereizt bin«, antwortete Paula schärfer als beabsichtigt. Dabei war sie froh, dass es Keeser war, der da am anderen Ende der Leitung hing. Denn wenn er anrief, gab es ganz bestimmt irgendwo eine Leiche. Was wiederum nach sich ziehen würde, dass Paulas freier Tag beendet war. Und somit auch dieser unglückselige Mutter-Tochter-Tag. Sie würde Keeser dafür küssen, ob er das wollte oder nicht.

»Wir haben hier einen Toten ...«, sagte er dann auch wie erhofft.

»Wo soll ich hinkommen?«, unterbrach sie ihn erleichtert.

Keeser blieb ihr einige Sekunden lang eine Antwort schuldig, mit so viel Arbeitseifer hatte er ganz sicher nicht gerechnet. »Parkhaus in der Badstraße, also direkt bei dir um die Ecke.«

»Bin gleich da.« Sie klappte das Handy zu und versuchte, einen enttäuschten Gesichtsausdruck hinzubekommen. »Tut mir schrecklich leid, Mutsch, aber ich muss los. Das war Kollege Keeser. Er ist an einem Tatort und wartet dort auf mich.« Sie holte ihre Boots aus der Diele, setzte sich auf die Couch und zog sie an.

»Aber du hast doch frei.« Enttäuschung schwang in der Stimme ihrer Mutter mit.

»Darauf nehmen Mörder und Verbrecher leider keine Rücksicht.« Im angrenzenden Arbeitszimmer schnappte sie sich das Schulterhalfter, das sie tags zuvor über die Stuhllehne gehängt hatte, und schlüpfte hinein. Dann schloss sie die Tür ihres Schreibtisches auf und nahm ihre Dienstwaffe heraus. Aus einer Schublade holte sie das dazugehörige Magazin und schob es in die Walther P5.

Ihre Mutter war ihr gefolgt und beobachtete sie mit skeptischem Blick. »Dass du bei der Arbeit eine Pistole tragen musst, finde ich ganz schrecklich. Ich würde mich wirklich besser fühlen, wenn du Lehrerin geworden wärst.«

Paula ging zu ihr und nahm sie das erste Mal, seit sie angekommen war, in den Arm. »Ach, Mutsch, ich habe diese Waffe in all den Jahren erst ein Mal benutzen müssen«, sagte sie sanft. Das war zwar ein bisschen untertrieben, es war zwei Mal gewesen, aber sie wollte ihre Mutter ja beruhigen. »Außerdem könnte man heutzutage auch schon in vielen Schulen eine Schusswaffe gebrauchen, um sich zu schützen.«

Ihre Mutter nickte schwach.

»Ich muss jetzt los. Und ich kann dir nicht sagen, wann ich zurückkomme. Wenn du also wieder nach Hause fahren möchtest, bin ich dir nicht böse.« Ganz im Gegenteil, fügte sie in Gedanken hinzu.

»Das wäre ja kompletter Blödsinn und zudem schade um das verfahrene Benzin«, bekam sie zur Antwort.

Da sage mal einer, Spritsparen käme allen Menschen zugute, dachte Paula.

»Nein, ich bleibe. Ich werde mir Landau ein bisschen ansehen, irgendwann wirst du ja Feierabend haben.«

»Dann solltest du nach etwas Essbarem Ausschau halten, ich hatte nämlich keine Zeit zum Einkaufen.« Paula schlüpfte in ihre neue cognacfarbene Lederjacke, die sie sich erst kürzlich gegönnt hatte. Sie hatte zum ersten Mal das Gefühl gehabt, mit fast neunundzwanzig Jahren endgültig aus dem Alter für Jeansjacken herausgewachsen zu sein.

Sie stopfte Handy und Papiere in die Taschen und reichte ihrer Mutter einen Zweitschlüssel. »Hier, damit kannst du kommen und gehen, wie du willst. Und heute Abend gehen wir schön zusammen essen, was hältst du davon?«

»So machen wir das«, bestätigte ihre Mutter und stand verloren in der fremden Wohnung herum. »Sei schön vorsichtig.«

»Versprochen«, sagte Paula und lief die Treppen hinunter. Sie war auf dem Weg zu einem Toten, von dem sicherlich keinerlei Gefahr mehr ausging.

★★★

Landau war um kurz vor acht Uhr noch nicht richtig aufgewacht. Paula mochte diese träge Sonntagsstimmung in den beinahe auto- und menschenleeren Straßen, egal, zu welcher Jahreszeit. Sie erreichte das Otto-Hahn-Gymnasium, an dem Sebastian seit dem Ende der Sommerferien unterrichtete. Dann bog sie in die Badstraße ein und dachte an endlose Monopoly-Abende, an denen sie mit ihren Eltern und Schwestern bis zur Erschöpfung beziehungsweise bis zum Bankrott des einen oder anderen Familienangehörigen gespielt hatte.

Eine Minute später stand sie vor dem Parkhaus. Alle Zufahrten und Zugänge waren von Beamten abgeriegelt worden, kein Unbefugter durfte den Tatort betreten. Ein paar Schaulustige standen auf der anderen Straßenseite herum und diskutierten eifrig, was sich wohl hinter den Mauern ihres Parkhauses zugetragen haben mochte.

»Der Herr Keeser erwaadet Sie schun«, begrüßte sie Polizeianwärter Berger und hob galant das weiß-rote Absperrband an, damit Paula bequem und ohne sich bücken zu müssen darunter hindurchgehen konnte.

»Danke, Berger.« Paula schmunzelte. Noch vor ein paar Monaten hätte sie nicht verstanden, was Berger ihr in seinem breiten Pfälzisch mitgeteilt hatte. Inzwischen wusste sie jedoch, was er ihr sagen wollte. »Wo finde ich die Herrschaften?«

»Ganz owwe, P 5.«

Paula entschied sich für die Treppe, die außen am Parkhaus entlang nach oben führte. Keeser würde stolz auf sie sein, dass sie sich gegen den bequemen Fahrstuhl entschieden hatte. Er selbst mied Fahrstühle. Treppensteigen sei gut fürs Herz, behauptete er stets. Paula vermutete eher, dass er ein kleines Problem namens Klaustrophobie hatte, was der Bär von einem Mann natürlich nie freiwillig zugeben würde.

Ein Parkhaus wäre der letzte Ort, an dem sie sterben wollte. Sie mochte keine Parkhäuser. Am schlimmsten waren die unterirdischen Tiefgaragen. Die düstere, feuchtkühle, meistens schlecht beleuchtete Umgebung, das unheimliche Hallen von Schritten, auch der eigenen, gepaart mit dem Geruchscocktail aus Abgasen, Gummi, ausgelaufenem Öl und oft auch Urin verursachte bei ihr Unbehagen. Sie konnte die Angst nachvollziehen, die viele Frauen in Parkhäusern empfanden. Da sie selbst kein Auto besaß und mit dem Motorrad immer einen Platz zum Parken fand, musste sie glücklicherweise nie diese angsteinflößenden öffentlichen Parkgaragen benutzen. Dieses Argument sollte sie sich für ihre Mutter merken, die sich nach all den Jahren noch immer nicht daran gewöhnen wollte, dass ihre Tochter begeisterte Motorradfahrerin war.

Ob es sich um eine Frau handelt, die da tot auf dem fünften Parkdeck liegt?, überlegte sie, während sie weiter nach oben stieg. Wahrscheinlich nicht, entschied Paula nach kurzem Nachdenken, denn für sie gab es extra die sogenannten Frauenparkplätze, und die befanden sich normalerweise immer ganz unten und in der Nähe eines Ausgangs.

Sie erreichte die oberste Ebene und hielt kurz überrascht inne, da dieses Parkhaus nicht mit den Parkhäusern zu vergleichen war, die sie bisher kennengelernt hatte. Es war kein bisschen dunkel hier, ja es wirkte fast freundlich durch den hellen Anstrich von Boden und Decke. Und erfreulich luftig, denn durch die großzügigen Durchbrüche in den Außenwänden konnte frische Luft zirkulieren.

Paula ließ das Szenario auf sich wirken. Blaulicht pulsierte unter der niedrigen Decke, verursacht von einem Streifenwagen, der außerhalb ihres Gesichtsfeldes stehen musste – sie vermutete, auf der Auffahrt zu dieser Parkebene, denn genau ihr gegenüber wies ein Schild auf die Abfahrt hin.

Mehrere Beamte standen am anderen Ende des Parkdecks in der rechten Ecke und sprachen mit gedämpften Stimmen miteinander. Polizeiobermeister Becker entdeckte sie und nickte ihr einen Gruß zu.

Weiter links stand ein Auto, das einzige auf diesem Stockwerk, wie Paula schnell feststellen konnte. Dann waren da noch drei Männer in weißen Overalls, unverkennbar die Leute von der Kriminaltechnik. Zwei von ihnen leuchteten ganz in ihrer Nähe mit Taschenlampen in jede Ecke und jede Ritze des Parkdecks und nahmen den Boden zentimeterweise unter die Lupe, auf der Suche nach eventuellen Spuren, die der Täter hinterlassen haben könnte. Oder die Täterin.

Der Dritte, den Paula mittels seines buschigen Schnurrbartes eindeutig als Werner Dreißigacker, den Chef der kriminaltechnischen Abteilung, identifizierte, suchte mit einem Metalldetektor die gegenüberliegende Wand ab. Daraus schloss Paula, dass es sich wohl um eine Tat handeln musste, in der eine Schusswaffe involviert war. Was sonst sollte ein Metalldetektor schließlich finden, wenn nicht ein Projektil? Oder die abgebrochene Spitze eines Schwertes, aber davon ging Paula erst mal nicht aus.

Zu ihrer Überraschung und völlig deplaziert stand mitten im Raum ein verlassener Aufsitzrasenmäher. Was zum Teufel macht ein Rasenmäher in einer Parkgarage?, fragte sich Paula. Als sie sich dem Gefährt näherte, erkannte sie jedoch, dass es sich um eine Aufsitzkehrmaschine handelte.

Direkt dahinter entdeckte sie Keeser. Obwohl sein Kopf von einer tief hängenden Querstrebe verdeckt war, erkannte sie ihn sofort: Hände in den Hosentaschen und kariertes Hemd über unübersehbarem Bauch – seine »sexuelle Schwungmasse«, wie er diesen Bauch liebevoll nannte. Ein Bewohner Bayerns würde ihn ungeniert und weit treffender als »Ranzen« bezeichnen. Erst als sie die Kehrmaschine umrundete, sah sie Andreas Knopp, den Gerichtsmediziner, der auf dem Boden kniete.

Als hätte Keeser ihre Anwesenheit gespürt, drehte er sich um. Er musste sich tief unter einen Deckenträger bücken, um sie sehen zu können. Er winkte sie herbei.

»Einen wunderschönen guten Morgen, liebste Kollegin«, begrüßte er sie fröhlich.

»Unter ›wunderschön‹ stelle ich mir eigentlich was anderes vor«, antwortete Paula mit düsterer Miene.

»Oh, oh, ein typischer Fall von Schlafus interruptus.« Keeser wechselte mit Knopp einen wissenden Blick. »In deinem Alter war ich auch immer mies drauf, wenn mich sonntags jemand vor zwölf geweckt hat.« Er reichte ihr ein Paar frische Einmalhandschuhe und machte dabei einen übertrieben tiefen Diener. »Du siehst mich zutiefst zerknirscht und voller Reue ob der Tatsache, dass ich dich so rüde aus den Federn geworfen habe.« Sein freches Grinsen war jedoch ganz gewiss kein Ausdruck von Reue, geschweige denn von Zerknirschtheit.

»Bilde dir bloß nichts auf meine miese Laune ein, die hast nämlich nicht *du* zu verantworten.« Paula schnappte sich die Handschuhe und zog sie über ihre Finger. Dann betrachtete sie den toten Männerkörper, der in einer großen, teilweise schon angetrockneten Blutlache lag. Womit sich ihre Theorie bestätigte: Ganz oben parken nur Männer.

»Ach, nicht?« Er schien enttäuscht.

»Nein, meine Mama kann das auch.«

»Deine Mama? Hat sie dich so früh angerufen?«

»Angerufen? Das wäre ja noch okay gewesen, aber sie stand einfach vor meiner Tür.«

Keeser sah sie dümmlich an.

»Merk dir den Gesichtsausdruck – der steht dir wirklich gut«, sagte Knopp lachend.

»Glaub mir, ich hab mindestens genauso doof aus der Wäsche geguckt wie du.« Sie tätschelte Keeser tröstend den Arm und deutete dann auf den Toten zu ihren Füßen. »Mit wem haben wir das Vergnügen?«

»Benedikt Eichenlaub.« Keeser reichte ihr die prall gefüllte Brieftasche des Mannes. »War sie denn nicht angemeldet?«

»Nein. Sie stand aus heiterem Himmel plötzlich da und wollte gleich meine Umzugskartons ausräumen«, murmelte Paula übellaunig, während sie den Inhalt des teuer aussehenden Ledermäppchens – sie tippte auf Krokodil, echtes Kroko – durchsah. Diverse Kreditkarten, unter anderem eine Visa-Karte, eine BMW-Premium-Card in Gold (davon hatte sie noch nie im Leben etwas gehört) und eine American-Express-Platinum-Karte. Wozu brauchte man die alle? Paula besaß keine einzige Kreditkarte, ihr genügte ihre Bankkarte.

Sie wedelte mit dem Plastikgeld vor Keesers Nase herum. »Scheint ja keinen armen Schlucker erwischt zu haben.«

»Mitnichten. Ihm gehörte die Reifenfabrik in Offenbach. ›Gummi Eichenlaub‹, noch nie davon gehört?«

Paula verneinte und steckte die Karten zurück an ihren Platz. Im Geldscheinfach befand sich ein dickes Bündel Scheine, zwei Fünfhunderter, die wie frisch gedruckt aussahen, vier Hunderter, drei Fünfziger und mehrere Zwanzig-Euro-Scheine. Sie konnte sich nicht erinnern, dass ihr Geldbeutel jemals in ihrem Leben so viel Geld beherbergt hatte. »Dann war das wohl eher kein Raubmord.«

»Seine goldene Uhr hatte er auch noch am Arm«, bemerkte Keeser.

»Warum musste er dann sterben? Hass? Neid? Oder war er nur zur falschen Zeit am falschen Ort?«, fragte Paula, während sie etwa ein Dutzend Visitenkarten hervorzog. Allesamt von diversen Firmen und deren Direktoren oder Managern. Firmenkontakte, die sie morgen überprüfen mussten. An einem Sonntag würden sie wohl niemanden erreichen können.

Dann hielt sie ein Foto in der Hand. Schon etwas abgeschabt und verblichen, sicher eine von Haus aus unscharfe Fotografie, aber es war eindeutig eine Frau darauf zu sehen. Das Datum auf der Rückseite bestätigte Paulas Annahme, dass das Bild schon einige Jahre auf dem Buckel hatte. »2001« war mit schwungvollen Lettern daraufgekritzelt. Paula ging näher an die Brüstung, um mehr Licht zu bekommen. Sie konnte trotzdem nicht viel mehr erkennen.

Keeser folgte ihr tief gebückt und trat zu ihr. Hatte schon Paula das Gefühl, bei der geringen Deckenhöhe und den in regelmäßigen Abständen noch niedrigeren Betonstützstreben den Kopf einziehen zu müssen, so konnte sich Keeser nur geduckt fortbewegen. Ihm fehlten mindestens zwanzig Zentimeter, um aufrecht stehen zu können. Wer plant eigentlich so was? Zwerge?, fragte sich Paula.

Keeser nahm ihr das Bild aus der Hand und betrachtete es eingehend.

»Nicht dein Typ, das sehe ich, obwohl es unscharf ist«, sagte Paula grinsend.

»Darum geht es gar nicht. Ich habe das komische Gefühl, diese Frau zu kennen. Das war schon vorhin mein erster Gedanke, als ich die Brieftasche untersuchte. Sie erinnert mich an jemanden, aber ich komme nicht drauf, an wen.«

»Keeser und seine Frauen.« Paula zwinkerte Knopp zu. »Wird wohl Frau Eichenlaub sein«, vermutete sie, nahm ihm das Foto ab und steckte es wieder in das Mäppchen. »Wenn er denn überhaupt verheiratet ist.«

»Keine Ahnung, ich weiß von dem Kerl nur, dass er vor Geld stinkt und seit Jahren größere Probleme mit diversen Umwelt-organisationen hat.«

»Hat der Gute etwa mit seiner Firma die Umwelt vergiftet?«

»Die Umweltschützer behaupten das jedenfalls.« Keeser tippte auf die Brieftasche in Paulas Hand und zog die buschigen Augen-brauen kraus. »Wenn ich nur wüsste, an wen mich die Frau auf dem Foto erinnert. Das macht mich echt verrückt.«

»Na, das ist doch schon mal ein wunderbarer Ansatzpunkt«,

freute sich Paula. »Am wenigsten mag ich nämlich die Opfer, die keine Feinde oder Neider hatten und von allen geliebt und geschätzt wurden. Da machen die Ermittlungen gar keinen Spaß, weil man immer gegen eine Wand von Nettigkeit rennt.«

Sie tätschelte ihm den Arm. »Und wer die Holde auf dem Bild ist, werden wir auch herausfinden.«

»Er war zuletzt in der Presse, weil er seine Firma vergrößern wollte«, erzählte Keeser. »Zu diesem Zweck hatte er durch einen Strohmann ein an sein Firmengelände angrenzendes Gelände erworben. Angeblich Naturschutzgebiet, das normalerweise gar nicht hätte verkauft werden dürfen. Und an ihn schon mal gar nicht. Ein Riesen-Hickhack, kann ich dir sagen.«

Paula war wie immer schwer beeindruckt von Keesers Wissen. »Was du so alles weißt.«

»Ich interessiere mich eben für meine Heimat. Vielleicht solltest du endlich die Tageszeitung abonnieren, dann wärst du auch besser auf dem Laufenden«, schlug Keeser vor, als er mit Paula zu der Leiche zurückging.

»Politisch war er zuletzt auch recht rührig. Soweit ich mich erinnern kann, wollte er für das Bürgermeisteramt in Offenbach kandidieren«, sagte Knopp.

Noch so einer, der mehr weiß als ich, musste Paula zugeben.

»Ein Umweltsünder, der sich quasi politisch absichern will, damit er weiter sündigen kann«, resümierte Keeser.

»Genau so sahen das die Umweltaktivisten auch. Ganz zu schweigen von seinen politischen Gegnern«, bestätigte Knopp.

»Also noch mehr Verdächtige, das ist doch mal was ganz Neues«, sagte Paula hocherfreut. »Und so, wie es aussieht, hat ihn eine Kugel aus der Welt der Lebenden befördert.« Das Loch, an dessen Rändern sich der Stoff des hellen Trenchcoats mit Blut vollgesaugt hatte, war nicht zu übersehen.

»Projektil«, verbesserte Keeser sie.

»Dibbelschisser«, quittierte Paula seine Korrektur, ohne ihn anzusehen.

Keeser hob überrascht die Augenbrauen. »Sieh an, sie ist ja doch schon der pfälzischen Sprache mächtig.«

»Eine Kugel, die sich durch seinen Rücken in seinen Körper gebohrt hat«, bestätigte Knopp, indem er Paulas eher umgangssprachlichen Ausdruck verwendete. »Extrem große Austrittswunde im vorderen Bauchbereich, ich tippe auf ein größeres Kaliber. Hat so einiges in seinem Innenleben zerstört, wie ich bei der ersten kurzen Untersuchung feststellen konnte. Er war auf der Stelle tot.«

»Hinterrücks erschossen?« Keeser sah in die Richtung, aus der die Kugel in etwa gekommen sein musste.

»Ja, nicht die feine englische Art.« Knopp erhob sich mit laut knackenden Kniegelenken.

»Mensch, Knoppi, du hast dich auch schon mal jünger angehört«, neckte Keeser ihn.

»Da war ich wahrscheinlich auch jünger«, murrte Knopp und rieb sich mit schmerzverzerrtem Gesicht das rechte Knie. »Dass meine Kundschaft immer am Boden rumliegt, macht die Sache nicht besser.«

»Wurde der Schuss aus nächster Nähe abgegeben?«, fragte Paula. Sie versuchte sich einen möglichen Tathergang vorzustellen. Vielleicht war Eichenlaub mit in den Rücken gepresster Waffe von seinem Angreifer hierherdirigiert worden.

»Soweit ich das bisher beurteilen kann, war es ein Schuss aus größerer Entfernung«, sagte Knopp und machte damit Paulas Szenario zunichte.

Sie sah sich prüfend um. »Dann muss der Schütze irgendwo dort hinten gestanden haben.« Sie zeigte auf das andere Ende des Parkdecks, das auch schon ihr Kollege als Ausgangspunkt für den Schuss auserkoren hatte. »Am Ende der Außentreppe oder an der Ecke bei der Abfahrt.«

»Oder hinter einem Auto, das zu dieser Zeit vielleicht dort parkte«, ergänzte Keeser. »Das Auto des Täters, ein anderer wäre wohl nicht weggefahren, ohne die Leiche zu melden.«

»Wie weit mag das sein? Zwanzig, dreißig Meter, eher mehr. Das ist eine ganz schöne Entfernung«, stellte Paula fest. »Und dann dieser präzise Schuss ... Könnte ein Profi gewesen sein.« Sie stieß Keeser mit dem Ellenbogen in die Rippen und grinste frech. »Mein Kollege hier würde das sicherlich nicht schaffen. Er war schon eine Ewigkeit nicht mehr beim Schießtraining.« »Schießen ist wie Radfahren, das verlernt man nicht«, brummte Keeser grantig. Paula warf ihm einen spöttischen Blick zu. »Aber Übung macht den Meister, Herr Keeser.« »Ich tippe auf einen einzigen Schuss.« Er ging gar nicht auf ihr Gestichel ein. »Wenn nämlich vor diesem tödlichen Schuss ein anderer Schuss danebengegangen wäre, hätte sich das Opfer ganz sicher umgedreht, und dann hätte ihn diese Kugel nicht von hinten erwischt.«

»Sag ich doch, das war ein Profi. Und dann kann Dreißigacker mit seinen Leuten einpacken, denn dann wird er keine Hülse und auch keine anderen Spuren finden.«

»Ein Profikiller in Landau?« Keeser sah sie ungläubig an. »Mach dich nicht lächerlich.«

»Es gibt nichts, was es nicht gibt.«

»Wollt ihr den Todeszeitpunkt gar nicht wissen?« Knopp packte seinen Koffer zusammen.

»Blöde Frage, natürlich wollen wir«, antworteten Paula und Keeser unisono.

»Wir wollten dir nur die einmalige Chance geben, es mal von dir aus zu sagen, ohne dass wir dich nötigen müssen und du dann wieder rummeckerst«, ergänzte Keeser.

»Ich meine natürlich den ungefähren Todeszeitpunkt. Ihr wisst ja, dass ich mich vor der ausführlichen Sektion nicht festlegen will, aber so viel kann ich schon mal sagen: Die Totenstarre hat noch nicht eingesetzt. Nach meiner Schätzung liegt der Zeitpunkt des Todes noch keine fünf Stunden zurück. Allerdings ist es hier eher kühl, was den Eintritt der Leichenstarre erheblich verlangsamt.«

»Saach schunn und babbel nit«, unterbrach Keeser ungeduldig.

»Gegen vier Uhr morgens, plus/minus.«

»Alla, geht doch.« Keeser grinste zufrieden.

»Mit dem genauen Ergebnis müsst ihr euch allerdings ein wenig gedulden, denn ich werde die Autopsie erst morgen früh vornehmen. Ich habe heute nämlich eigentlich frei«, verkündete Knopp zufrieden lächelnd.

»Wir auch«, beschwerte sich Paula, und Keeser nickte beipflichtend.

»Das mag sein, aber ihr habt keine strenge Ehefrau, die schon seit gestern in der Küche steht und ein aufwendiges Sonntagsmenü köchelt. Wir erwarten nämlich unsere Älteste samt zukünftigem Ehemann und dessen Eltern. Wenn ich mich da drücken würde, wäre ich in kürzester Zeit ein geschiedener Mann«, erklärte Knopp. Er warf einen drohenden Blick über den Rand seiner Brille. »Und dann müsste ich mich erst einmal bei dir einquartieren, lieber Bernd.«

»Lass gut sein«, wehrte Keeser lachend ab. »So viel Alkohol könnte ich gar nicht trinken, um das ertragen zu können. Dann wirst du also demnächst Schwiegervater und vielleicht sogar Opa?«

Knopp schenkte ihm einen kummervollen Blick. »Sieht so aus. Dabei bin ich eigentlich noch gar nicht so scharf drauf, ›Opa‹ hört sich nämlich schrecklich nach altem Mann an.«

Keeser verzog das Gesicht zu einem spöttischen Grinsen und klopfte Knopp auf die Schulter. »Na, dann passt du ja wunderbar zu deinen alten Knien, alter Freund. Grüß Sonja auf jeden Fall recht herzlich von mir.«

»Ein Schuss müsste hier sehr hallen. Das hätten die Anwohner doch mitbekommen«, überlegte Paula laut. »Ist der Funkleitzentrale etwas gemeldet worden? Dann hätten wir einen genaueren Anhaltspunkt, was die Todeszeit angeht.«

»So viele Anwohner gibt es hier gar nicht. Das dort drüben«, Keeser deutete auf das große alte Sandsteingebäude auf der anderen Seite der Badstraße, »ist eine Schule. Die ist nachts verlassen. Zum Stadtzentrum hin liegen größtenteils Geschäfte, Lokale oder gleich um die Ecke die VR-Bank, auch da ist zu dieser nachtschlafenden Zeit nichts mehr geöffnet. Außerdem liegen um drei Uhr morgens die meisten braven Bürger in ihren Betten und schlummern tief und fest. Ein einmaliges Geräusch, von dem man geweckt wird, kann man dann meist gar nicht zuordnen.«

Den Worten ihres Kollegen zum Trotz wählte Paula die Nummer der Leitzentrale.

»Guten Morgen, hier spricht Kriminaloberkommissarin Paula Stern. Ich bin hier an einem Tatort in der Badstraße in Landau. Ich hoffe, Sie können mir bei der Klärung des Tathergangs helfen. Wurden letzte Nacht zwischen ... Mitternacht und vier Uhr morgens Schüsse oder Ähnliches gemeldet?«

Sie wartete geduldig und hörte dabei im Hintergrund Klingeln, Surren und Stimmen. Es schien viel los zu sein in der Leitstelle.

»Nichts«, sagte Paula schließlich enttäuscht, bedankte sich und beendete das Gespräch. »Keiner hat was gehört oder gemeldet. Keeser hatte recht.«

»Wie immer halt«, sagte der gönnerhaft.

»Wer hat denn dann die Polizei gerufen?«, wandte sich Paula an Knopp, Keesers letzte Bemerkung geflissentlich ignorierend.

»Soviel ich weiß, der Hausmeister. Hat ihn gefunden, als er die Decks kehren wollte«, antwortete Knopp.

»Und was hat er erzählt?«

»Keine Ahnung, das ist eure Baustelle, ich bin immer nur wegen der toten Zeugen hier. Und wenn ihr keine Fragen mehr habt, würde ich meinen toten Zeugen jetzt gern abtransportieren lassen.«

Eine Frage hatte Paula doch noch. »Sie sprachen vorhin von einer Austrittswunde, aber die Kugel ist noch nicht sichergestellt worden?«

»Meines Wissens nicht, sie müsste irgendwo im Beton stecken«, vermutete Knopp und winkte seinen Mitarbeitern.

Dreißigacker näherte sich ihnen. Er strahlte Unzufriedenheit aus. »Nichts. Wir haben nichts gefunden. Ein Bonbonpapier, diverse ausgespuckte und platt getretene Kaugummis, ein paar Zigarettenstummel, aber keine Hülsen.«

»Dann hat sie der Täter wohl mitgenommen, was einmal mehr auf einen Profi hinweisen würde«, sagte Paula. »Und das Projektil?«

»Auch negativ, die Wände sind sauber. Der Metalldetektor

hat nichts angezeigt. Außer der Armierung befindet sich im Beton nichts Metallisches.« Dreißigacker zuckte ratlos mit den Schultern.

»Wenigstens ein Einschussloch?«, hakte Paula hoffnungsvoll nach.

»Meinst du, der Täter hat sich die Zeit genommen, nach dem Projektil zu suchen und es aus der Wand zu kratzen?« Keeser klang skeptisch.

»Die Hülse hat er ja offensichtlich auch aufgesammelt«, versuchte Paula ihre Theorie zu untermauern.

»Nie und nimmer«, widersprach Keeser. »Dafür hatte er keine Zeit. Er musste immerhin damit rechnen, dass jemand den Schuss gehört hat und die Polizei verständigt. Ein Profi würde nie so handeln. Profis verwenden nicht registrierte Waffen. Die Projektile können ihnen schnurz sein.«

»Profis verwenden normalerweise Schalldämpfer, damit man den Schuss nicht hört«, sagte Paula. Sie drehte sich langsam einmal um die eigene Achse. »Aber wo ist die Kugel dann?«

»Das können euch die Ballistiker sagen, wenn sie anhand von Eintrittswinkel und Verlauf des Schusskanals die Flugbahn berechnen«, sagte Knopp.

Paula schien ihn nicht zu hören. »Warum war Eichenlaub überhaupt hier? Wenn wir davon ausgehen, dass er hier geparkt hat, war er wahrscheinlich auf dem Weg zu seinem Wagen ...« Sie nahm das einzige Fahrzeug auf der Ebene ins Visier. »Wenn sein Wagen nicht geklaut wurde, dann ist das vielleicht sein Auto.«

Keeser sah in die Beweismitteltüte, in der sich die Privatsachen des Toten befanden, und holte einen Schlüsselbund hervor. »Das werden wir gleich wissen.« Er betätigte die Fernbedienung des Autoschlüssels, der daran hing. Augenblicklich ertönte ein Piepton, und die Blinker des BMW begannen hektisch aufzuleuchten. »Bingo«, sagte er zufrieden. »Nettes Wägelchen.«

Paula ging auf das »Wägelchen« zu, das auf dem letzten Parkplatz auf der linken Seite des Parkdecks stand. Mit zusammengekniffenen Augen inspizierte sie das Fahrzeug.

»Ha!«, rief sie schließlich triumphierend aus. »Herr Dreißigacker, ich hab eure Kugel gefunden.« Sie deutete auf eine Stelle im Holm zwischen Heckscheibe und hinterem Seitenfenster.

»Oh, nein.« Keeser stöhnte auf und kam zu ihr herüber. »Das Auto wurde auch erschossen. Schade um das edle Teil.« Er schien sich über die Tatsache eines Projektils in einer Nobelkarosse mehr zu grämen als über eine tödliche Kugel in einem Menschen.

»Mein Gott, Keeser, das ist doch nur ein Haufen Blech«, bemerkte Paula verständnislos.

»Ja, aber was für ein Auto. Du scheinst ja keine Ahnung zu haben.«

»Klar weiß ich, was das ist: ein BMW«, antwortete Paula, die allerdings mehr über Motorräder als über Autos wusste.

Keeser schnaubte verächtlich. »Ein BMW«, äffte er sie nach. »Das ist das funkelnagelneue BMW Coupé!«, rief er empört. Seine Stimme hallte durch das leere Parkdeck.

Die Polizeibeamten sahen erschrocken zu ihnen herüber.

»Ein 645i. Der kostet ohne Extras schlappe fünfundsiebzigtausend Euro, mit Extras ist er unbezahlbar. Nicht gerade das Auto, das sich unsereins leisten kann«, klärte er Paula mit gedämpfter Stimme und einem begehrlichen Leuchten in den Augen auf.

»Kein Mensch bezahlt so ein Auto tatsächlich, wahrscheinlich gehört es der Leasingbank«, gab Paula zu bedenken. Und ich fürchte, du könntest dir nicht mal die monatlichen Leasingraten leisten, fügte sie im Geiste hinzu.

Sanft strich Keeser über das silbermetallic-glänzende Dach. »Der hat niedliche dreihundertdreiunddreißig PS unter der Haube, da kann sich dein Motorrad verstecken.«

Er öffnete die Fahrertür mit Hilfe eines seiner großen karierten Stofftaschentücher und warf einen Blick ins Innere des Wagens. »Ledersitze, was sonst«, stellte er schwärmerisch fest. »Armaturen in Edelholzausführung, Platane rotbraun dunkel, nur vom Feinsten.«

»Du hörst dich an wie ein Autoverkäufer«, lästerte Paula.

»Schnupper doch mal, wie es dadrinnen riecht«, forderte er sie mit verzücktem Lächeln auf.

Paula nahm eine Nase voll von der Luft aus dem Inneren des

Wagens. Sie konnte jedoch nichts Besonderes feststellen und zuckte hilflos mit den Schultern.

»Es riecht neu. Weder Parfüm noch Zigarettenqualm haben diesen wunderbaren Wagen entweiht«, erklärte Keeser.

»Du hast echt 'nen Knall, Kollege.« Paula schüttelte den Kopf und sah Dreißigacker hilfesuchend an. »Schaffen Sie den Wagen schnellstens in die Kriminaltechnik, sonst dreht Kriminalhauptkommissar Keeser noch durch.«

»Ich hatte noch nie ein neues Auto, immer nur gebrauchte. Und in so was hab ich noch nicht einmal gesessen ...«

»Untersteh dich«, warnte ihn Dreißigacker. »Du kannst gern Probe sitzen, wenn wir die Spuren gesichert haben, aber jetzt verzieh dich und lass uns unsere Arbeit machen.« Er zückte sein Handy, um den Abtransport der Nobelkarosse zu veranlassen.

In diesem Moment beugte sich Keeser in den Wagen. Er zog den Bauch ein, um sich einigermaßen um das Lenkrad herumbiegen zu können.

»Keeser, was soll das?«, rief Dreißigacker ungehalten.

Keesers gedämpfte Stimme kam kaum verständlich aus dem Inneren des Wagens. »Ich will nur kurz was schauen ...« Er steckte den Schlüssel ins Schloss, um die Zündung einzuschalten. Gleich darauf zog er ihn wieder heraus und richtete sich ächzend auf. Er hielt einige lose Blätter in der Hand. »Tachostand: Zweihundertneununddreißig Kilometer«, teilte er den Umstehenden ehrfürchtig mit und überflog die Papiere aus der Mittelkonsole. »Der Wagen wurde gestern Morgen beim Händler abgeholt. Viel hat er also noch nicht erleben dürfen.«

»Immerhin einen Mord und eine Schussverletzung«, sagte Paula trocken.

Keeser trennte sich nur schwer von dem schönen Auto.

»Und entweiht ihn bloß nicht mit irgendwelchen Gerüchen. Am besten, ihr duscht vorher«, mahnte Paula Dreißigacker, woraufhin sie von Keeser einen vernichtenden Blick erntete. Er murmelte undeutlich etwas in seinen stoppeligen Dreitagebart, das sich wie »Bananen« oder auch »Banausen« anhörte – Paula tippte auf Letzteres.

»Er war also auf dem Weg zu seinem Wagen. Anscheinend kam er über die Treppe. Warum nicht mit dem Fahrstuhl, der sich hier gleich neben seinem Wagen befindet?«, fragte Paula. »Vielleicht litt er ja genauso unter Klaustrophobie wie einer meiner engsten Kollegen. Ich will hier allerdings keine Namen nennen.«

Der Kollege, dessen Namen sie nicht nannte, sah sie grantig unter buschigen Augenbrauen hervor und über üppige sexuelle Schwungmasse hinweg an.

»Der isch kabbud«, vermeldete Hans Becker, der zu ihnen rübergekommen war.

Paula sah jetzt auch das Schild, auf dem »Außer Betrieb« stand. »Das wäre also geklärt. Bleibt noch die ungewöhnliche Uhrzeit. Was treibt ein Unternehmer Samstagnacht um vier in einer Parkgarage?«

Ihre Frage blieb unbeantwortet.

Paula nahm Keeser die Beweismitteltüte ab, in der sich neben der Brieftasche und einer goldenen Uhr auch noch andere Gegenstände befanden. Außer einem gebrauchten Stofftaschentuch, einem teuer aussehenden Kugelschreiber, einem Handy und einer Handvoll Kleingeld, das der Tote wohl ganz männertypisch in seiner Hosentasche herumgetragen hatte, beinhaltete die Tüte auch einen ledergebundenen Taschenkalender. Die Ecke eines Zettels spitzte zwischen den Utensilien hervor. Ein Parkschein.

»Bezahlt um vier Uhr einundzwanzig.« Paula drehte sich zu Knopp um, der gerade den Reißverschluss des Leichensackes schloss. »Herr Knopp, alle Achtung, Sie lagen mit Ihrer Schätzung des Todeszeitpunkts ziemlich gut!«

Knopp nickte und machte nicht den Eindruck, als würde ihn diese Tatsache irgendwie überraschen. Er nutzte die Aufmerksamkeit, die ihm die Kripoleute schenkten, und deutete auf den eingepackten Leichnam. »Wenn ihr uns nicht mehr braucht, empfehlen wir zwei uns jetzt.«

Keeser winkte kurz. »Geht nur, das bisschen hier machen wir auch ohne dich und deinen toten Kameraden.«

Paula sah Knopp und seinen Leuten nach. »Also, ich möchte niemals in einem Parkhaus sterben müssen.«

»Ich weiß gar nicht, was du hast. Dieses Parkhaus wurde immerhin schon einmal vom ADAC zum schönsten Parkhaus von Rheinland-Pfalz gewählt«, verteidigte Keeser den Tatort, als wäre dieser Sieg auch ein Gütesiegel für erstrebenswerte Orte zum Sterben.

Paula betrachtete noch einmal den Parkschein in ihrer Hand und insbesondere die Ankunftszeit: einundzwanzig Uhr siebenundvierzig. Sie rechnete nach.

»Eichenlaub hat etwas über sechs Stunden hier geparkt«, sagte sie erstaunt. »Was hat er denn in dieser langen Zeit getrieben?«

»Wir werden es früher oder später herausfinden«, prophezeite Keeser. »Eines allerdings wundert mich: Was würdest du machen, wenn du dein neues Motorrad vom Händler abgeholt hättest?« Er sah Paula erwartungsvoll an.

Die wusste nicht recht, worauf er hinauswollte. »Fahren, nehme ich mal an. Ich würde ganz sicher eine richtig schöne Tour damit machen.«

»Genau. Ich würde mit so einem tollen neuen Auto auch erst einmal eine richtig schöne Tour machen. Aber was macht Eichenlaub? Er fährt ein paar lächerliche Kilometer und stellt den neuen Wagen dann sieben Stunden in ein Parkhaus.«

»Dann gab es anscheinend etwas Wichtigeres für ihn, als durch die Gegend zu fahren«, schlussfolgerte Paula. Sie sah sich prüfend auf dem Parkdeck um. »Gibt es hier Videoüberwachung?«, fragte sie die herumstehenden Polizeibeamten.

»Nur unne am Kasseaudomat und im Schrankebereisch«, gab Becker prompt Auskunft. »Hier owwe nix. Der Hausmeeschder gebbt mir dann schbäder die Uffzeichnunge.«

Keeser sah sie prüfend an, ob sie auch alles verstanden hatte.

»Das übernehmen wir, ich würde sowieso gern mit dem Mann sprechen. Wo ist er?«, fragte Paula Becker. Sie hatte verstanden.

»Der huggt im Schdreifewache und schdeht echt newwer der Kapp.«

»Newwer der Kapp?« Hier endete ihr Pfälzisch-Vokabular.

»Neben der Kappe, er steht sozusagen neben sich selbst«, erläuterte Keeser zuvorkommend.

»Na, dann reden wir doch mal mit ihm«, schlug Paula vor.
»Der redd nix, mir hänns aach schon prowiert«, bremste Becker
ihren Elan. »Eckerle hääßt er, des hot er uns grad noch verraade.
Ansunschten isser schdumm wie en Fisch.«

Keeser musste ein Grinsen unterdrücken, als er das von Ver-
ständnislosigkeit gezeichnete Gesicht seiner Kollegin betrachtete.
»Wenn er nicht redet, dann steht er wohl noch unter Schock.
Schließlich findet man ja nicht jeden Tag eine Leiche.« Er klopfte
Becker wohlwollend auf die Schulter. »Wir werden es versuchen,
aber wenn wir auch nichts aus ihm herausbekommen, muss man
eventuell jemanden von der Notfallseelsorge herholen, der sich
um ihn kümmert.« Er nahm Paula am Ellenbogen und führte sie
zum Streifenwagen hinüber, der noch immer sein Blaulicht im
ewig gleichbleibenden Rhythmus über die Decken und Wände
des Parkhauses streifen ließ. »Wie ich sehe, kommst du doch
immer wieder an deine sprachlichen Grenzen.«

»Nur bei Becker, der Mann treibt mich noch in den Wahnsinn.
Könnte der nicht wenigstens ein bisschen versuchen, hochdeutsch
zu reden?«

»Um Himmels willen, bloß das nicht. Hast du schon mal
gehört, wenn er das tut? Dann verstehst *du* ihn trotzdem nicht,
und *ich* auch nicht mehr.« Sein lautes Lachen hallte durch das
leere Parkdeck.

Erst jetzt sah Paula auf dem Rücksitz des Einsatzwagens eine in
sich zusammengesunkene Person sitzen. Aufgrund der Halbglatze,
die von einem weißen Haarkranz umsäumt war, schloss sie auf
einen älteren Mann. Die Autotür war nicht geschlossen. Paula
ging vor ihm in die Hocke.

»Herr Eckerle?«, sprach sie ihn leise an. »Mein Name ist Paula
Stern, ich bin von der Kriminalpolizei und würde Ihnen gern
einige Fragen stellen. Wie geht es Ihnen?«

Der Angesprochene hob langsam den Kopf. Leichenblass saß
er vor ihr und sah sie aus verwirrten grauen Augen an. Er war in
der Tat ein älterer Mann. Weit über sechzig, wenn nicht sogar
schon siebzig.

Müsste er nicht schon lange in Rente sein? Zum Spaß arbeitet er sicherlich nicht hier als Hausmeister, vielleicht bessert er seine viel zu kleine Rente mit diesem Job auf, überlegte Paula. Wirklich gut schien es ihm nicht zu gehen.

»Wissen Sie, wo Sie sind?«, fragte sie ruhig.

Der Mann sah durch sie hindurch. Er machte nicht den Eindruck, als wäre ihre Frage bei ihm angekommen. Doch dann nickte er wie in Zeitlupe.

»Schön, Herr Eckerle.« Paula lächelte ihn freundlich an. »Sie sollten nicht länger hierbleiben. Gibt es eventuell einen Raum in diesem Gebäude, in dem wir uns in Ruhe unterhalten können?«

Wieder nickte der Mann. Er schien jetzt aufmerksamer zu sein.

Paula richtete sich auf und winkte Keeser heran. Dann hielt sie Eckerle ihre Rechte als Aussteighilfe entgegen. Er kletterte unbeholfen aus dem Fond des Wagens. Seine Knie wollten unter ihm nachgeben, aber dank Keesers kräftigem Griff unter eine seiner Achseln blieb er aufrecht stehen.

»Wir sollten einen Arzt rufen«, riet er und hakte den schwächelnden Mann unter.

Paula ärgerte sich, dass Becker das nicht längst getan hatte. Alles musste man selbst machen. Grantig wählte sie die Nummer der Rettungsleitstelle und orderte einen Krankenwagen ins Parkhaus.

»Wo ist denn der Raum?«, fragte sie Eckerle. »Hier oben?«

Ein schwaches Kopfschütteln machte ihr klar, dass sie ihn in Ermangelung eines einsatzbereiten Fahrstuhles nach unten schleppen mussten.

Zum Glück war Eckerle eher klein und schmächtig gebaut. Keeser führte ihn Schritt für Schritt über die Abfahrt hinunter. Die Bewegung schien dem Hausmeister gutzutun, langsam bekam er wieder mehr Farbe. Vielleicht lag es auch am Ortswechsel, dass er die letzten Schritte im Erdgeschoss fast ohne Keesers Hilfe gehen konnte. Er deutete stumm auf eine gelb gestrichene Brandschutztür.

»Ich sage schnell den Kollegen Bescheid, dass sie die Sanis hier rüberschicken.« Paula ließ die Männer kurz allein.

Als sie zurückkam, standen die beiden vor der gelben Tür.

Eckerle hatte inzwischen einen großen Schlüsselbund aus seinem steingrauen Arbeitskittel hervorgeholt. Mit zitternder Hand versuchte er, einen der Schlüssel ins Schlüsselloch zu stecken. Endlich gelang es ihm. Er öffnete die Tür.

Sie betraten eine Art Aufenthaltsraum. Ein Campingtisch stand in der Mitte des fensterlosen Zimmers. Seine dünnen Metallbeine schauten unter einer hässlich gemusterten, mit angetrockneten Ringen verklebten Plastiktischdecke hervor. Darauf standen zwei halb leere Kaffeetassen und ein voller Aschenbecher. Es roch nach kaltem, abgestandenem Rauch.

Auf der Ablagefläche einer kleinen Spüle stand eine altmodische, völlig verdreckte Kaffeemaschine. Ihr gelbes Lichtchen brannte, und der Kaffeerest, der seit Stunden in der Glaskanne auf der Wärmeplatte gestanden hatte, war inzwischen eingekocht. Es roch verbrannt.

Paula schaltete die Kaffeemaschine aus und ließ Wasser in die Glaskanne laufen. In der Spüle türmten sich gebrauchte Kaffeefilter. Paula war selbst keine begnadete Hausfrau, aber so ein Chaos brachte nicht einmal sie zustande. Anscheinend fühlte sich keiner der Mitarbeiter für das Sauberhalten des Raumes zuständig.

Keeser hatte Eckerle inzwischen zu einem der Stühle geführt, auf den er sich laut stöhnend plumpsen ließ.

Paula spülte eine der Kaffeetassen aus, füllte sie mit frischem, kaltem Leitungswasser und reichte sie dem Hausmeister. Der nahm die Tasse mit zitternder Hand und trank gierig.

An der Wand gegenüber der Spüle befand sich ein Pult mit diversen Knöpfen, einem Mikrofon und zwei Monitoren. Die technische Überwachung – supermodern ist anders, aber besser als gar nichts, fand Paula. Einer der Monitore zeigte die abgesperrte Einfahrt des Parkhauses. Bei genauem Hinsehen konnte Paula Polizeianwärter Berger erkennen, der gelangweilt an einer der beiden geschlossenen Schranken lehnte und, sie musste grinsen, genüsslich in der Nase bohrte. Der zweite Monitor zeigte den Kassenautomaten. Auf einem Tisch daneben stand ein kleiner tragbarer Fernseher.

»Seit wann arbeiten Sie hier, Herr Eckerle?«, fragte Keeser, während Paula einen typischen Männerkalender in Augenschein nahm, der an einer der grauen Betonwände prangte. Eine unechte Blondine reckte dem Betrachter ihren wohlgeformten und nur spärlich verhüllten Hintern entgegen. Paula schloss aus der Art des Kalenders, dass Eckerle erheblich jüngere Kollegen haben musste. Oder hörte das bei Männern nie auf?

»Fünf Jahre«, beantwortete er Keesers Frage knapp.

»Darf ich fragen, wie alt Sie sind?«, fragte Keeser.

»Dreiundsiebzig.«

Keeser und Paula sahen sich kurz an. Hoffentlich müssen wir im hohen Alter nicht noch irgendwelche Jobs machen, um über die Runden zu kommen, schien dieser Blick zu sagen.

»Was sind Ihre Aufgaben?«, fragte Keeser.

Eckerle trank die Tasse leer und stellte sie auf den Tisch.

»Monitore überwachen. Leuchtröhren austauschen, wenn welche kaputt sind. Die Schranken reparieren, wenn sie nicht richtig funktionieren.« Er sah Keeser mit wichtigem Gesichtsausdruck an, seine Augen funkelten vor Eifer. »Und die funktionieren oft nicht.« Die Wichtigkeit seiner Tätigkeit schien ihn ein wenig zu beleben.

»Und für die Reinigung sind Sie auch zuständig.« Das war keine Frage, sondern eine Feststellung.

Eckerle nickte, bekam aber gleich darauf einen starren Blick, als er sich erinnerte, dass er genau dieser Tätigkeit nachgegangen war, als er …

Bevor sie ihn weiter befragen konnten, hörten sie von draußen Stimmen. Ein Fahrzeug näherte sich. Paula vermutete, dass das der Krankenwagen war. Die Beamten hätten bestimmt niemand anderen durch die Absperrung gelassen. Türen knallten, und dann standen auch schon zwei Sanitäter im Raum.

Keeser schilderte ihnen in Kurzform, was passiert war. Die Notfallretter überprüften Eckerles Puls, Blutdruck und Pupillenreaktion.

»Ein leichter Schock«, diagnostizierte der Ältere der beiden. »Ich gebe ihm etwas zur Beruhigung, dann bringen wir ihn in die Klinik.« Er nahm eine Spritze aus seinem Koffer, holte sie aus der sterilen Folie heraus und stach sie in ein kleines Fläschchen mit einer klaren Flüssigkeit.

»Wir hätten da aber noch einige Fragen an Herrn Eckerle«, insistierte Paula, während der Sanitäter die Spritze aufzog.

»Dann machen Sie schnell. Wenn das Mittel anfängt zu wirken, wird er sehr schläfrig werden.« Er desinfizierte ein paar Quadratzentimeter Haut in Eckerles Armbeuge und spritzte ihm das Beruhigungsmittel in die Vene.

Eckerle hatte ihm ohne jegliche Regung dabei zugesehen.

»Herr Eckerle«, sagte Keeser, »wann kamen Sie zum Dienst?«

Eckerle schloss die Augen. Paula befürchtete schon, er sei eingeschlafen.

»Um zehn«, antwortete er schließlich und öffnete die Lider doch wieder.

»Zweiundzwanzig Uhr?«, konkretisierte Paula die Uhrzeit.

Eckerle bejahte.

»Ist Ihnen während Ihres Dienstes irgendetwas Ungewöhnliches aufgefallen? Haben Sie einen lauten Knall gehört?«, fragte Keeser.

Eckerle dachte kurz nach und verneinte dann.

»Wer überwacht eigentlich die Monitore?«, fragte Paula.

»Na, ich, wenn ich Dienst habe. Und wenn ich keinen Dienst habe, der jeweilige Kollege.«

»Und da ist Ihnen auch nichts aufgefallen?«

»Was hätte mir denn auffallen sollen?«, fragte Eckerle, als ob es ihm wieder entfallen wäre, dass er vor wenigen Stunden ein paar Stockwerke über ihnen eine Leiche gefunden hatte.

»Menschen, die sich sonderbar benommen haben, zum Beispiel. Oder Leute, die sich stritten. Jemand, der mit einer Waffe das Parkhaus betreten oder es verlassen hat, so was meine ich.« Paula kam an die Grenzen ihrer Geduld.

Eckerle schüttelte den Kopf. Seine Bewegungen waren bereits verlangsamt. Auch schien er größere Probleme zu haben, seine Lider geöffnet zu halten, immer wieder fielen ihm die Augen zu. »Ich hab ferngesehen«, nuschelte er schwer verständlich.

Verdammt, gleich ist er hinüber. Nur noch ein paar kleine

Fragen, dann darfst du schlafen, beschwor ihn Paula im Stillen. »Wann haben Sie mit dem Kehren angefangen?«, fragte sie etwas lauter, um ihn zu erreichen.

Ein müdes Schulterzucken war alles, was Eckerle zustande brachte. Sein Kopf sank auf seine Brust.

»Mist«, fauchte Paula und bedachte den Sanitäter mit einem vernichtenden Blick. Er war schließlich schuld daran, dass sie an dieser Stelle abbrechen mussten und einen wichtigen Hinweis eventuell erst später bekamen. Er hatte den Mann stillgelegt. »Hätten Sie mit Ihrer blöden Spritze nicht ein paar Minuten warten können?«

»Tut mir leid«, sagte der Sanitäter und grinste verlegen. »Aber nach ein paar Stunden Ruhe ist er wieder wie neu.«

»Wo bringen Sie ihn hin?«, fragte Keeser weitaus freundlicher.

»Um die Ecke, ins Vinzentius.«

Die beiden Kommissare sahen zu, wie Eckerle auf eine fahrbare Trage gelegt, in den Krankenwagen verfrachtet und davongefahren wurde.

Paula inspizierte die Überwachungsanlage. Es gab zwei Rekorder, für jeden Monitor einen, und bei beiden leuchtete ein rotes Lämpchen, das untrügliche Zeichen dafür, dass beide Geräte gerade aufzeichneten. Paula hoffte inständig, dass sie das schon gestern Abend und während der ganzen Nacht gemacht hatten.

Sie wollte sich nicht lange aufhalten und drückte deshalb einfach ein paar Knöpfe, bis die Rekorder endlich ihre Schubladen herausfuhren und die CDs ausspuckten.

»Na, bitte«, frohlockte sie. »Das müssten die Aufzeichnungen der letzten Nacht sein.« Sie fand zwei leere Hüllen, verstaute die kleinen Scheiben sicher darin und steckte sie ein. »Wir kaufen unterwegs eine Tüte Popcorn und machen uns dann einen gemütlichen Fernsehnachmittag.«

Sie durchquerten das leere Parkhaus. Gerade wurde die Schranke für den Krankenwagen geöffnet, damit er hinausfahren konnte. Sie gingen hinter ihm her auf die Straße.

»So was Blödes«, meckerte Paula und stampfte wütend mit

dem Fuß auf. »Jetzt müssen wir unserem bisher einzigen Zeugen auch noch hinterherrennen.«

»Reg dich nicht auf, denn erstens müssen wir nicht rennen, wir nehmen einfach den Dienstwagen, und zweitens ist das eine ideale Gelegenheit, endlich etwas Nahrung zu uns zu nehmen. Mein Magen hängt in den Kniekehlen. Wie wäre es mit einem netten kleinen Frühstück?«

Da Paula auch noch nichts gegessen hatte, war sie für dieses Angebot sehr empfänglich. Sie dachte an ihre Mutter, die ohne einen Bissen zu essen in ihrer Wohnung saß, und bekam ein schlechtes Gewissen. Pah, beruhigte sie sich selbst, das kommt davon, wenn man unangemeldet Leute besucht.

»Meinetwegen«, willigte sie mürrisch ein.

»Und danach fahren wir zu Eichenlaubs Adresse und überprüfen, ob er allein gelebt hat«, schlug Keeser die weitere Vorgehensweise vor.

Bevor Paula antworten konnte, hörte sie jemanden ihren Namen rufen. Als sie sich umdrehte, sah sie ihre Mutter direkt auf sie zukommen.

Mehr als ein überraschtes »Mutsch?« brachte sie nicht heraus.

»Ich dachte, du wärst zu einem Tatort gerufen worden?«, sagte ihre Mutter vorwurfsvoll.

Paula kam langsam zu dem Schluss, dass sie nur nach Landau gekommen war, um vorwurfsvoll zu sein. »Das Parkhaus *ist* der Tatort«, erklärte sie kurz angebunden.

Mit unverhohlenem Interesse musterte ihre Mutter Keeser von oben bis unten. »Dann ist das sicherlich dein reizender Kollege ... Bernd Keeser, nehme ich an? Paula hat ja schon so viel von Ihnen erzählt.« Sie ergriff Keesers Rechte und schüttelte sie ausgiebig. Dabei strahlte sie den großen Mann mit offener Zuneigung an. »Ich bin Juliane Stern, Paulas Mutter. Das ist aber schön, dass wir uns endlich mal kennenlernen.«

Paula wäre am liebsten im Erdboden versunken.

»Sehr erfreut, Frau Stern«, sagte Keeser und strahlte zurück. »Paula hat mir schon berichtet, dass Sie sie besuchen. Tut mir leid, dass ich Ihre Tochter aus ihrem freien Tag holen musste.«

»Das ist doch überhaupt nicht schlimm«, winkte Paulas Mutter ab.

Ach, auf einmal ist es nicht mehr schlimm? Vorhin klang das aber noch ganz anders, dachte Paula. »Was hast du denn vor?«, erkundigte sie sich und hoffte, dass Keeser sie nicht einlud, mit ihnen zum Frühstücken zu gehen, denn dann könnten sie kein Wort über den neuen Fall sprechen.

»Ich will ein bisschen durch die Stadt bummeln, irgendwo eine Kleinigkeit essen und etwas zum Kaffee heute Nachmittag besorgen. Du bist bis zum Kaffee doch hoffentlich fertig?« Sie zwinkerte Keeser verschwörerisch zu. »Ein bisschen was will ich schließlich von meiner Tochter haben, wenn ich schon mal da bin.«

»Ich werde sie so früh wie möglich nach Hause schicken, Frau Stern«, versprach Keeser. »Heute ist Sonntag, da drehen sich die Mühlen eh etwas langsamer. Aber morgen müssen wir richtig loslegen.«

»Kommen Sie doch später mit zu uns zum Kaffee«, schlug ihre Mutter zu Paulas Entsetzen vor. Wehe, du sagst zu, sagte der böse Blick, den Paula ihm zuwarf.

Keeser schenkte ihr ein unschuldiges Grinsen. »Ich habe eine viel bessere Idee: Ich lade die Damen heute zu einem gemütlichen Abendessen in einer hübschen Weinstube ein. Was halten Sie davon?«

»Das ist ein wunderbarer Vorschlag, nicht wahr, Paula?«, freute sich ihre Mutter.

Sie würde Keeser ganz sicher und sehr deutlich sagen, was sie von diesem Vorschlag hielt. »Aber ja, einfach reizend«, pflichtete sie ihrer Mutter gezwungen freundlich bei. »Aber jetzt müssen wir arbeiten, Mutsch, wir sehen uns später.«

»Ich will euch nicht aufhalten, fangt ihr mal euren Täter. Bis heute Abend, Bernd. Ich darf doch Bernd sagen?«

Verdammt, flirtet meine Mutter etwa mit meinem Kollegen?, dachte Paula.

»Aber sicher, Frau Stern, es ist mir eine Ehre.« Keeser machte eine leichte Verbeugung.

»Juliane, sagen Sie doch Juliane.« Sie winkte und zog in Richtung Fußgängerzone von dannen.

»Du hast ja wohl nicht mehr alle Tassen im Schrank«, blaffte Paula los, als ihre Mutter nicht mehr zu sehen war.

»Warum?« Keeser sah sie unter fragend hochgezogenen Augenbrauen an.

»Ich darf doch Bernd sagen? Aber sicher doch, es ist mir eine Ehre ...«, äffte sie die beiden nach. »Sag mal, geht's noch?«

Sie schlugen absichtlich eine andere Richtung als Paulas Mutter ein.

»Ich wollte doch nur nett zu ihr sein.«

»Indem du sie zum Essen einlädst?«

»Euch, dich habe ich doch auch eingeladen.«

»Meine Mutter will mich mit jedem männlichen Wesen verkuppeln, das nicht schnell genug wegrennen kann«, sagte Paula maulig, während sie nebeneinander die Waffenstraße entlang in Richtung Obertorplatz gingen. »Und mit deiner miserablen Kondition kannst du ganz sicher nicht schnell genug rennen, mein Lieber.«

Er blieb stehen und sah sie ungläubig an. »Du meinst, sie will mich mit dir verkuppeln?« Er musste lachen.

»Das ist überhaupt nicht witzig. Wenn du wüsstest, wen sie schon alles angeschleppt hat, um mich unter die Haube zu bekommen. Sie will, dass ich sie auch endlich zur Oma mache, und das ohne Rücksicht auf Verluste.«

»Aber ich hab doch Marianne«, führte Keeser besänftigend ins Feld.

»Das mag ein Grund für dich und für mich sein, aber keinesfalls für meine Mutter. Ich kenne ihren Blick genau, wenn sie einen potenziellen Schwiegersohn sondiert, und diesen Blick hatte sie gerade eben. Es wird einfach nur peinlich werden. Am besten, du lässt dir schnellstens ein paar gute Argumente für heute Abend einfallen«, riet sie ihm mit ernster Miene.

Vor dem »Barock« hielt Keeser inne. »Wollen wir da reingehen?«

Paula war an dem Laden schon ein paarmal vorbeigefahren, aber drinnen gewesen war sie noch nie. »Egal, ich will einfach einen Kaffee und was zu essen.« Staunend folgte sie Keeser in das Lokal.

Unter hohen Gewölbedecken hingen drei riesige, schwere Kronleuchter, als Sitzgelegenheiten dienten barocke Sofas und Prunksessel. An jedem Pfeiler waren Lampen angebracht, die wie Fackeln aussahen. Alt wirkende Gemälde in verschnörkelten Rahmen hingen an den Wänden wie die Porträts von Edelleuten in einer Ahnengalerie. Alles wirkte pompös und prunkvoll. Es hätte Paula kein bisschen gewundert, wenn ihr Damen mit weit ausladenden Reifröcken und gepuderten Hochsteckfrisuren entgegengekommen wären.

Keeser führte sie auf eine kleine Empore. Stühle und Sitzbänke waren mit künstlichem Leopardenfell überzogen, was Paula in diesem vornehmen Ambiente sehr originell fand.

»Das ist ja traumhaft schön.« Sie konnte sich gar nicht sattsehen.

»Wir befinden uns im ehemaligen Torgebäude der Festungsanlage, genauer gesagt dem Französischen Tor«, ließ Keeser sie an seinem schier unerschöpflichen Wissen teilhaben. »Erbaut im 17. Jahrhundert unter keinem anderen als dem legendären Sonnenkönig Ludwig XIV. Das Frühstücksbüfett hier ist aber ganz frisch«, fügte er beruhigend hinzu. Er setzte sich ihr gegenüber und legte die Tüte mit den persönlichen Utensilien des Mordopfers zwischen sich und Paula.

»Was ist mit dem Handy? Hast du da schon mal reingeschaut?« Paula tippte auf das altmodische Mobiltelefon.

»Ich bin froh, dass ich mich mit meinem Teil einigermaßen auskenne«, sagte Keeser drucksend.

Sie grinste ihn wissend an. »Gehe ich also recht in der Annahme, dass du als eingefleischter technischer Dinosaurier Eichenlaubs Handy nicht überprüft hast?«

»Das kann die Kriminaltechnik sowieso viel besser als ich«, sagte Keeser und winkte eine Bedienung herbei.

Paula kramte die Handschuhe, die sie am Tatort getragen hatte, aus ihrer Jackentasche und schlüpfte erneut hinein. Sie erntete einen skeptischen Blick von der jungen Frau, die ihre Bestellung aufnehmen wollte.

»Meine Kollegin hat schreckliche Angst vor gefährlichen Keimen«, flüsterte Keeser der Bedienung verschwörerisch zu, woraufhin er unter dem Tisch einen kräftigen Tritt ans Schienbein kassierte. Das war es ihm wert. »Ist so ein Tick von ihr, sie ist seit Längerem in Behandlung deswegen.«

»Gefährliche Keime?«, fauchte Paula oberhalb der Tischplatte, was Keeser dazu bewog, seine Beine vorsichtshalber in Sicherheit zu bringen. Er orderte einen doppelten Espresso plus Farmer-Frühstück, Paula einen großen Milchkaffee mit Wellness-Frühstück.

Keeser ging vergnügt als Erster an das Büfett, das im Preis inbegriffen war.

»Das wirst du mir büßen!«, rief Paula ihm nach.

Er kam mit diversen Leckereien und zutiefst zufriedenem Gesichtsausdruck zurück. Als er jedoch sah, dass Paula in der Zwischenzeit das Handy aus der Tüte geholt und auf den Tisch gelegt hatte, verdüsterte sich sein Blick.

»Ich will jetzt in aller Ruhe frühstücken und keinen Handylehrgang machen.« Er schob das kleine Telefon mit seinem Teller lieblos beiseite.

»Ich weiß gar nicht, warum du dich so anstellst«, sagte Paula ungerührt und nahm das Mobiltelefon in die Hand. »Die funktionieren doch im Grunde alle gleich, sie sind wie Computer im Kleinformat und sagen dir immer genau, was du als Nächstes zu tun hast.« Sie ignorierte Keesers gelangweiltes Gesicht und fuhr fort. »Schau, du drückst einfach hier auf diesen Knopf und dann … Mist!« Erst jetzt erkannte sie, dass das Gerät ausgeschaltet war und nur mittels einer Geheimnummer aktiviert werden konnte.

»Erzähl doch weiter, ist alles wahnsinnig interessant«, forderte Keeser sie mit einem spöttischen Zug um die Lippen auf. »Und soooo einfach.«

»Blödmann«, entfuhr es Paula, woraufhin er breit grinste. Sie steckte das Telefon zurück in die Tüte. »Ohne die PIN-Nummer geht natürlich nichts.«

»Also doch nicht so einfach, ha! Zwei zu null für mich.« Er sah sie amüsiert an.

»Zwei zu null?«, fragte sie mit gekräuselter Stirn. An ein eins zu null konnte sie sich nicht erinnern.

»Na, das mit dem Handy und dann das mit den Keimen.« Ihre Bestellungen wurden serviert. Keeser musterte voller Vorfreude den Berg Rührei auf seinem Teller, der üppig mit gebratenem Speck garniert war.

»Da wird sich dein Cholesterinspiegel aber freuen«, unkte Paula.

Keeser ließ sich von Paulas medizinischer Predigt nicht im Geringsten stören und stopfte sich eine Gabel voll Ei in den Mund.

»Wenn du denkst, du kannst mir mit deinen Negativäußerungen den Spaß an meinem Essen vermiesen«, nuschelte er mit vollem Mund, »dann hast du dich geschnitten. Zu deiner Information: Ich habe heute noch nichts gegessen.«

»Kein Wunder, dass du so aussiehst, wie du aussiehst.« Paula beobachtete einen dicken Tropfen Fett, der sich zielsicher seinen Weg vom Mundwinkel ihres Kollegen in Richtung Kinn bahnte, aber kurz davor von seiner Serviette abgefangen wurde.

»Was hast du gegen mein Aussehen?« Er schnitt ein Brötchen auseinander und beschmierte es dick mit Butter. »Ich sehe doch wahnsinnig gut aus.«

Paula ächzte auf und lehnte sich resigniert in den Leopardenbezug ihrer Sitzbank zurück. »Genau das ist der prägnanteste Unterschied zwischen Männern und Frauen: Wir Mädels hadern ein Leben lang mit uns und unseren Problemzonen, und ihr Männer findet euch von Geburt an einfach wunderbar und perfekt. Woher nehmt ihr Kerle nur dieses unumstößliche Selbstbewusstsein?«

Keeser zuckte mit den Schultern. »Wahrscheinlich aus der Gewissheit, dass wir genau so sind: wunderbar und perfekt, liebe Paula. Marianne mag übrigens jedes Gramm an meinem Luxuskörper. Und überhaupt: An einem richtigen Pfälzer Mann muss schon was dran sein.« Er deutete mit seinem Messer auf ihren, im Vergleich zu seinem, eher bescheiden ausgestatteten Morgenimbiss. »Wie gesagt, kein Wunder, dass du nur ein halbes Hemd bist.«

Paula ging ohne zu antworten an das Büfett und holte sich demonstrativ eine Schüssel Müsli.

»Vogelfutter«, kommentierte Keeser.

»Gesund«, hielt Paula dagegen.

Sie saßen sich einige Zeit schweigend gegenüber, bis Keeser das Gespräch wieder aufnahm.

»Bevor wir später zu Eichenlaubs Wohnung fahren, machen wir also einen Abstecher in die Kriminaltechnik, damit die sich dort mit diesem neumodischen Kommunikationsapparat beschäftigen können. Kollege Bader wird die PIN-, TAN- oder Sonstwie-Nummer schon rauskriegen.«

Paula mümmelte die Reste ihres Müslis und nickte.

Keeser stupste sie mit dem Zeigefinger an. »Also, ich fand deine missglückte Technikeinlage sehr erfrischend.«

Paula verzog das Gesicht zu einer säuerlichen Grimasse, woraufhin er schallend lachte.

Schließlich musste sie mitlachen. »Ganz schön peinlich«, resümierte sie.

»Ach was, das gab mir wenigstens das Gefühl, nicht ganz doof zu sein.« Er stand auf, um sich zum zweiten Mal auf den Weg zum Büfett zu machen. Dann hielt er inne und lachte sie frech an. »Obwohl, du hast recht, es war doch ganz schön peinlich. Und erst die Sache mit den Keimen ...«

Paula tat, als ob sie ihm den Löffel nachwerfen wollte. Übertrieben geduckt machte er sich davon.

Der Rest des Frühstücks verlief friedlich. Paula erzählte ein bisschen von daheim, von ihren Eltern und Schwestern, und Keeser berichtete in schillernden Farben von einem Konzertbesuch in der Jugendstilhalle, zu dem ihn seine Freundin und ganz persönliche Staatsanwältin Marianne am Vorabend genötigt hatte.

»Sterbenslangweilig«, schloss er seinen Bericht ab. »Ich hoffe, mir fällt nächstes Mal eine richtig gute Ausrede ein. Noch mal tu ich mir das auf gar keinen Fall an.«

»Ein bisschen Kultur kann dir nicht schaden«, sagte Paula. »Du bist doch schon in dem Alter, in dem man auf klassische Musik steht.«

»Was soll das denn bitte schön heißen?«

»Ältere Menschen stehen nun mal auf Klassik, soviel ich weiß.«

»*Ältere Menschen?* Ich bin doch kein älterer Mensch!«

»Was denn dann? Du bist fünfundfünfzig, bekommst graue Haare, und so richtig fit bist du ja wohl auch nicht mehr.«

»Was bildet ihr junges Gemüse euch eigentlich ein? Mit fünfundfünfzig ist man doch noch jung.«

Diese Feststellung brachte ihm ein Prusten von Paula ein.

»In zehn Jahren kannst du mich vielleicht zu den älteren Menschen zählen, aber jetzt, in der Blüte meiner Jugend, verbitte ich mir das«, raunzte Keeser sie an. »Wie alt ist denn deine Mutter?«

»Mutsch? Ein bisschen über fünfzig, zweiundfünfzig oder so.«

»Ist die dann auch schon ein älterer Mensch?«

»Logisch, für mich war sie schon immer schrecklich alt. Sie ist immerhin dreiundzwanzig Jahre älter als ich. Meine Eltern gehen übrigens seit ich denken kann in solche Konzerte, was meine Theorie ja wohl einigermaßen bestätigt.«

Keeser gab auf. »Wenn du erst mal so alt bist wie ich, dann wirst du dich kein bisschen als ›älterer Mensch‹ fühlen, das lass dir gesagt sein.« Er winkte der Bedienung und zahlte ihre Rechnung.

»Keine Ursache«, tat er Paulas Dank ab, »ältere Menschen laden die Jugend gern mal ein.«

***

Wenig später betraten sie ihre Dienststelle. Paula machte sich auf die Suche nach Werner Dreißigacker, um zu sehen, ob er bei der Untersuchung des BMW auf brauchbare Spuren gestoßen war.

Keeser brachte Heinz Bader, dem Fachmann für alles Technische, das abgeschaltete Handy, das ein genauso altmodisches Gerät zu sein schien wie sein eigenes. Ha, auch reiche Pinkel wie Eichenlaub, die sich superteure Autos leisten können, klammern sich an ihre alten Mobiltelefone, weil sie sich an diese neumodischen platten Dinger nicht rantrauen, dachte er.

»Kein Problem, das hab ich schnell geknackt«, versprach Bader und machte sich gleich an die Arbeit.

Keeser schüttelte den Kopf. »Wie macht ihr das nur? Ich kann mir meine eigenen PINs kaum merken.« Natürlich hatte Paula vollkommen recht. Er war, was Technik anging, tatsächlich ein Dinosaurier. In Physik und Mathematik war er immer eine Niete gewesen, ihn hatte einfach nie interessiert, wie etwas funktionierte oder warum. Ihm genügte stets, *dass* es funktionierte.

Handys waren natürlich eine tolle Erfindung – man konnte einfach von unterwegs aus telefonieren, ohne eine Telefonzelle suchen oder ein Polizeifunkgerät in der Nähe haben zu müssen. Das Verschicken einer SMS war sehr praktisch. Computer machten das Büroleben auch viel einfacher, und mit Hilfe des Internets konnte man Nachforschungen und Übermittlungen von Nachrichten beschleunigen. Mancher Verbrecher wurde sogar schon mittels Internet überführt. Aber über das Internet fernsehen, in irgendwelchen Wolken Daten abspeichern, Facebook oder Twitter, das war ihm schlicht und ergreifend zu hoch, das wollte und brauchte er nicht. Er würde auch ohne das alles sein Leben zu Ende leben können.

»Das ist doch gar kein Problem für mich, ich bin schließlich leidenschaftlicher Hacker, Herr Keeser«, antwortete Bader ernst. Als er Keesers kritischen Blick sah, fügte er schnell hinzu: »Natürlich nur im Dienste der Gerechtigkeit.«

»Natürlich«, entgegnete Keeser.

»Bis wann brauchen Sie die Daten?«

»Am besten vor einer Stunde.«

Bader schien über diesen blöden, immer wiederkehrenden Spruch der Ermittler nicht amüsiert zu sein, denn er hob leicht genervt eine Augenbraue und sagte schmallippig: »Also dann morgen früh.«

»Oder so.« Keeser gab sich geschlagen. »Und mit allem Pipapo, wie immer: Anruflisten, SMS-Nachrichten, Liste aller Rufnummern, fein säuberlich auf Papier ausgedruckt, Sie wissen schon.«

»Wird erledigt.«

»Besten Dank, Kollege Bader.« Keeser ging in Richtung Tür. »Und einen schönen Sonntag noch.«

Paula kam ihm auf der Treppe entgegen.

»Und, hast du was?«

»Nicht viel. Das Auto ist beinahe lupenrein. Kein Brösel, keine Faser, die da nicht hingehören. Nach Durchsicht der Dokumente, die wir im Wagen gefunden haben, steht fest, dass er tatsächlich erst gestern Vormittag als Neuwagen frisch geputzt und poliert bei einem Autohaus Müller in Bad Bergzabern abgeholt wurde.«

»Was wir ja schon selbst aus dem mickrigen Kilometerstand gefolgert hatten.«

»Genau, der Wagen hatte bei Abholung fünfundzwanzig Kilometer drauf. Viel gefahren ist Eichenlaub bis zu seinem Tod wirklich nicht«, stellte Paula abschließend fest. »Aber ...«, sie machte eine dramatische Pause, »... dabei war er nicht allein. Auf der Beifahrerseite, innen und außen am Wagen, wurden ebenfalls Fingerabdrücke sichergestellt, und die sind nicht von unserem Opfer. Sie laufen gerade durch AFIS. Dreißigacker meldet sich bei uns, wenn er was finden sollte.«

Wenn die Fingerabdrücke nicht im »Automatisierten Fingerabdruck-Identifizierungssystem« gespeichert waren, wenn der Besitzer dieser Abdrücke also noch nicht ermittlungstechnisch erfasst worden sein sollte, standen sie weiter im Dunkeln, das war ihnen klar. Aber die Hoffnung starb bekanntlich zuletzt.

»Vielleicht ergibt sich daraus ja endlich eine Spur«, sagte Keeser aufmunternd. »Und was ist mit der Kugel?«

»Du meinst das Projektil?«, korrigierte Paula ihn spitz. »Ist unterwegs in die Ballistik. Ein großes Kaliber, neun Millimeter. Und bei dir? Hatte Bader Erfolg?«

»Er hat mich auf morgen früh vertröstet.«

»Schade, vielleicht hätten wir aus Eichenlaubs Nachrichten schon ein paar Schlüsse ziehen können.« Paula war enttäuscht.

»Na, kann man nichts machen. Dann gucken wir eben Videos.«

Sie gingen die letzten Stufen hinunter zu ihrem Büro.

»So, meine Liebe, du bereitest schon mal den Kinosaal vor, und ich koche uns einen schönen heißen Kaffee«, sagte Keeser.

»Das ist der Inbegriff von Teamarbeit.«

Während Keeser die Kaffeemaschine einschaltete, die draußen

auf dem Gang stand, riss Paula im Büro das Fenster auf, um frische Luft hereinzulassen. Einige Zeit stand sie einfach nur da und sah auf die Straße hinaus. Sie beobachtete eine Familie, die genau unter ihrem Fenster vorbeilief. Die Kinder, zwei kleine Mädchen, trugen hübsche Sommerkleidchen und spielten Fangen. Die Mutter rief ihnen ermahnend nach, sie mögen sich von der Straße fernhalten.

Kurz darauf verschwanden sie aus Paulas Sichtfeld, sie konnte nur noch ihr übermütiges Gekicher hören.

In zwei Tagen werde ich neunundzwanzig, kam es Paula in den Sinn. In diesem Alter hatte ihre Mutter schon zwei Kinder zur Welt gebracht. Diese neunundzwanzig Jahre waren so schnell vergangen, und jetzt tickte die biologische Uhr, wie man so schön sagte. Wann wollte sie endlich diesen Schritt gehen und Mutter werden? Allzu lange konnte sie sich damit nicht mehr Zeit lassen. War Sebastian überhaupt der richtige Mann zum Heiraten und um eine Familie zu gründen? Sie hatte keine Ahnung, wie er dazu stand, sie hatten über dieses Thema noch nie gesprochen.

Und dann war da noch eine ganz andere, eine viel schwerwiegendere Frage: Wollte sie überhaupt Mutter werden? Ein Kind haben, geschweige denn mehrere? Irgendwie fühlte sie sich nicht reif dafür. Ein Leben mit einem Kind konnte sie sich kein bisschen vorstellen. Außerdem liebte sie ihren Beruf. Sie konnte sich noch viel weniger vorstellen, ihn für ein Kind aufzugeben.

Paula kam zu dem Schluss, dass ihre Eltern sich wohl mit den Enkelkindern zufriedengeben mussten, die ihre Schwestern ihnen bisher geschenkt hatten.

Auf der anderen Straßenseite kam ein junges Pärchen eng umschlungen und kichernd den Westring entlang. Die waren jung und hatten noch jede Menge Zeit, sich ums Kinderkriegen Gedanken zu machen. Und alle hatten Sonntag, einen freien Sonntag, nur sie nicht.

Was Sebastian wohl gerade macht?, fragte sich Paula. Sie hatten eigentlich vorgehabt, ein bisschen zu wandern. Er hatte ihr von einer Hütte vorgeschwärmt, von der aus man einen wunderbaren

Blick haben sollte, Trifelsblick-Hütte oder so ähnlich. Ob er jetzt allein auf dem Weg dorthin war?

Paula nahm ihr Handy aus der Jackentasche und schrieb ihm eine kurze SMS: *Mama war nur das kleinere Übel – stecke mitten in einem neuen Fall. Wäre lieber bei dir ... Kuss, Paula.*

Seufzend drehte sie sich ins Zimmer, zog die Lederjacke aus und hängte sie über die Lehne ihres Schreibtischstuhls.

»Was stöhnst du denn so?« Keeser stand mit dem Kaffee vor den zusammengeschobenen Schreibtischen und stellte ihre Tasse vorsichtig ab.

»Ach, es stinkt mir einfach, dass ich den ersten freien Sonntag seit Monaten doch nicht freihabe.«

»Du darfst ihn immerhin mit mir verbringen.« Sein Trost klang mehr spöttisch als tröstlich.

»Nichts gegen dich, Bernd, aber ich würde diesen Tag gern mit jemand anderem verbringen.«

»Ach, stimmt ja, du hast ja deine Mama zu Besuch. Wenn du magst, kannst du nach dem Durchsehen der Videos gehen. Ich fahre dann halt allein zu Eichenlaubs Adresse.« Er trank einen Schluck und sah sie über seine Kaffeetasse hinweg auffordernd an.

Paula musste an den heutigen Morgen und den Disput denken, in den sie sich mit ihrer Mutter verwickelt hatte, kaum dass diese eine halbe Stunde im Haus gewesen war.

»Nett von dir, aber ich dachte da ganz bestimmt nicht an ein Zusammensein mit meiner Mutter.«

»Na, dann sei doch froh, dass wir Arbeit haben.« Keeser machte es sich ihr gegenüber auf seinem Drehstuhl bequem. »Worauf wartest du noch? Film ab!«

Paula entschied, dass Keesers Bildschirm geeigneter für das Ansehen eines Videos war, da sich das Licht nicht so darin spiegelte wie in ihrem eigenen.

»Dann schalte mal deinen Computer ein und rutsch ein Stück.« Sie zerrte ihren Schreibtischstuhl auf seine Seite hinüber und holte die CDs mit den Aufzeichnungen aus dem Parkhaus aus der Innentasche ihrer Jacke. Sie legte die erste CD ein, nahm ihre

Kaffeetasse und machte es sich neben Keeser gemütlich. »Okay, los geht's.«

Sie drückte ein paar Tasten und startete die Aufnahme.

»Ach herrje, das sieht ja aus wie Ameisenrennen im Schneegestöber«, beschwerte sich Keeser. »Da kann man ja gar nichts erkennen.«

In der Tat war die Qualität der Aufzeichnung denkbar schlecht. Paula vermutete, dass das einerseits vom mehrmaligen Überspielen der CD kam. Andererseits lag es sicher auch daran, dass nicht mit den besten Kameras gefilmt worden war. Sie versuchte, die Kontraste schärfer einzustellen. Es wurde zwar etwas besser, aber nicht wirklich gut. Je mehr sich ihre Augen jedoch an die Bildqualität gewöhnten, desto mehr konnten sie erkennen.

Sie ließ die Aufzeichnung im Schnelldurchlauf bis zum Samstag vorlaufen. Ab einundzwanzig Uhr dreißig spielte sie den Film mit normaler Geschwindigkeit ab.

»Und wo ist das versprochene Popcorn?«, murmelte Keeser, der angespannt auf den Bildschirm starrte, auf dem sowohl Aufnahmen von der Einfahrt als auch von der Ausfahrt erschienen. In unregelmäßigen Abständen hielten Autos vor den beiden Schranken. Bei denen, die in das Parkhaus hineinfahren wollten, sahen sie, wie Fenster heruntergekurbelt wurden. Dann war kurz ein Arm und in manchen Fällen, wenn die Autos zu weit weg von dem Automaten standen, auch ein Stück vom Oberkörper sowie ein Teil des Gesichtes zu sehen.

Bei den Wagen, die herausfuhren, konnten sie nur die Hand, die den bezahlten Parkschein in den Schlitz steckte, erkennen. Wer in diesen Autos saß, war nicht auszumachen, da die Windschutzscheiben aus dem Blickwinkel der Kamera heraus zu sehr spiegelten.

»Da, das ist Eichenlaub!«, rief Paula aufgeregt.

Auch er war ungünstig vor der Schranke zum Stehen gekommen und musste sich weit aus dem Fenster herauslehnen, um an den Knopf und sein Parkticket zu gelangen. Sie konnten ihn zweifelsfrei erkennen. »Das bringt uns aber nicht viel, wir wissen ja, dass er um diese Uhrzeit ins Parkhaus reingefahren ist.« Sie ließ den Kopf im Nacken kreisen und gähnte.

»Zurück, zurück!« Keeser war aus seiner halben Liegehaltung hochgeschossen und tippte mit dem Zeigefinger auf den Bildschirm.

Paula tat, wie ihr befohlen, und jetzt sah sie es auch: Da war ein Schatten. Erst dachte sie, es handele sich um die Kopfstütze, aber dann erkannte sie den Umriss eines Kopfes und die dazugehörige Schulterpartie. Jemand saß auf dem Beifahrersitz.

Benedikt Eichenlaub war also nicht allein in dieses Parkhaus gefahren. Vielleicht waren es die Fingerabdrücke dieser Person, die gerade durch das Fingerabdruckprogramm liefen. Womöglich war es sogar sein Mörder, den Eichenlaub da herumkutschierte.

Aber so oft Paula auch diese Sequenz abspielte, sie konnte nicht erkennen, ob es Männlein oder Weiblein war, das da neben dem zukünftigen Opfer saß.

»Ich glaube nicht, dass Bader da was draus machen kann«, unkte Keeser neben ihr.

»Vertraue auf die Wunder der Technik.« Paula war da um einiges hoffnungsvoller. Das war immerhin eine Spur, der man nachgehen konnte. Sie wechselte die CD. Auf dem Bildschirm erschien der Kassenautomat, an dem jeder bezahlen musste, wenn er das Parkhaus mit seinem Wagen verlassen wollte. Sie spulte erneut schnell vor und ließ ab Sonntag, vier Uhr, den Film normal laufen.

Es tat sich nichts an diesem Kassenautomaten. Was wohl an der Uhrzeit lag. Paula ließ die Aufnahme schneller laufen, bis endlich eine Person wie aus dem Nichts erschien. Sie ließ den Film einige Sekunden zurücklaufen, um ihn dann in Normalgeschwindigkeit abzuspielen.

Heller Trenchcoat – das war Eichenlaub. In aller Ruhe steckte er zuerst seinen Parkschein in den dafür vorgesehenen Schlitz, danach einen Geldschein. Dann entnahm er dem Automaten den bezahlten Parkschein und bückte sich kurz, um das Wechselgeld aus einer Öffnung zu holen. Zuletzt drehte er sich um, sodass sein Gesicht gut erkennbar war, und verschwand so plötzlich aus dem Bild, wie er vorher darin erschienen war.

»Hm, alles ganz normal«, stellte Keeser enttäuscht fest. »Er wirkt kein bisschen nervös. Benedikt Eichenlaub hat sich kein einziges Mal umgedreht, er fühlte sich anscheinend in keinster Weise verfolgt.«

Paula nickte bestätigend. Hätte Eichenlaub vor etwas Angst gehabt, hätte er sich sicher anders verhalten.

»Sieht so aus, als wäre er allein gewesen. Nichts deutet auf eine Begleitperson hin, kein Schatten, keine Unterhaltung.« Sie ließ die Aufnahme im Zeitraffer weiterlaufen, aber es geschah nichts mehr. Die Aufzeichnung zeigte niemanden, keinen eventuellen Verfolger, der kurz nach Eichenlaub seinen Parkschein bezahlte. Einmal huschte jedoch eine Person durchs Bild, doch nachdem Paula zurückgespult hatte, war klar, dass es sich um einen Polizeibeamten handelte, der sich inzwischen am Tatort befand.

»Das war der berühmte Satz mit X: Das war wohl nix.« Keeser streckte sich genüsslich.

»Blöd, dass nicht aufgezeichnet wird, wer die Außentreppe rauf- und runtergeht«, bemängelte Paula.

Keeser lachte. »Die Parkhausbetreiber fürchten eben nur um ihre Kassenautomaten und die Schrankenanlagen. Mörder haben bei ihren Planungen wohl eher keine Bedeutung.«

Paula entfernte enttäuscht die CD und steckte sie in die Hülle zurück. »Und jetzt? War da nicht ein Taschenkalender bei seiner persönlichen Habe dabei?« Sie nahm das Beweismittel aus der Tüte und blätterte darin. »Viel steht da nicht drin, scheint nicht sein geschäftlicher Terminplaner zu sein.«

»Ist was für gestern eingetragen?«

Sie suchte den Tag heraus und las vor: »»Vm Auto holen‹. ›Vm‹ soll bestimmt ›vormittags‹ heißen. Dann ein Eintrag, ›fünfzehn Uhr Deidesheim‹. Und noch einer, ›zwanzig Uhr K.H.‹. Das war's. Danach ist alles leer.«

»Das bringt uns nicht weiter. Dass er den Wagen abgeholt hat, wissen wir ja schon. ›K.H.‹, eine Abkürzung, aber wofür? Für einen Namen? Und der Deidesheim-Eintrag ist auch kein üppiger Hinweis«, brummte Keeser enttäuscht.

»Ich wollte schon immer mal nach Deidesheim«, sagte Paula. »Scheint so, als hätte ich jetzt gute Chancen. Eventuell wurde er ja dort gesehen oder zumindest sein Auto.« Sie machte sich eine Notiz.

»Ich glaube nicht, dass das eine besonders gute Idee ist. Deidesheim ist zwar nicht groß, aber an den Wochenenden wird es von Touristen überschwemmt. Dass da also ausgerechnet der Wagen von unserem Opfer oder gar er selbst aufgefallen ist, wage ich zu bezweifeln.«

Paula machte ein dickes Fragezeichen hinter die Notiz. »Was schlägst du als Nächstes vor?«

»Eichenlaubs Familie. Lass uns zuallererst zu seiner Adresse fahren und die Hiobsbotschaft überbringen.« Keeser erhob sich stöhnend, nahm ihre leeren Tassen und ging zu dem kleinen Waschbecken. »Wo müssen wir hin?«, fragte er, während er die Tassen gewissenhaft ausspülte.

Paula schlüpfte in ihre Jacke. »Offenbach an der Queich«, las sie von ihrem Notizzettel ab. »Noch nie gehört.«

»Das ist nur ein paar Kilometer von hier, aber bist du sicher, dass das die Wohnadresse und nicht die Firmenanschrift ist?«

»Stand so auf seinem Personalausweis, dann wird es wohl die Privatadresse sein. Wieso?«

»Nun, in Offenbach befindet sich der ›Interpark‹, das größte Gewerbe- und Industriegebiet in der Pfalz. Dort ist Eichenlaubs Firma angesiedelt. Aber meines Wissens ist das kein Mischgebiet mit Wohnhäusern auf den Firmengeländen. Na, wir werden sehen.«

»Ein Gewerbegebiet? Ich dachte immer, die Pfalz macht auf Natur, gute Luft, Wein und Wandern.«

»Siehst du, wir Pfälzer werden einfach immer unterschätzt«, sagte Keeser lachend. »DaimlerChrysler‹ hat dort zum Beispiel sein Logistikzentrum. Und die Firma ›Prowell‹ ist da auch angesiedelt, die größte Wellpappenfabrik Europas«, erzählte er stolz, als wäre das allein sein Verdienst.

Paula lief schnell noch einmal die Treppe hoch, um das Parkhausvideo in der kriminaltechnischen Abteilung abzugeben. Als sie wieder herunterkam, stand Keeser an der Ausgangstür und hielt ihr diese, ganz Gentleman, auf. »Wer fährt?«

»Du, Chef, ich weiß ja noch nicht mal, wo dieses Offenbach liegt.«

★★★

Keeser rollte vom Hof, bog nach links ab und fuhr den Marienring entlang. Nachdem sie die Brücke überquert hatten, passierten sie das neue Messegelände und ließen Landau hinter sich.

»Ich glaube, weiter als ins Kino bin ich in diese Richtung noch nie gefahren. Mörlheim, das hab ich noch nie im Leben gelesen«, gestand Paula.

»Hast du alles mir zu verdanken«, sagte Keeser gönnerhaft.

Knappe zehn Minuten später setzte er den Blinker und bog nach rechts Richtung Offenbach ab.

»Und schon sind wir da. Wie heißt die Straße?«

»Mühlweg. Weißt du, wo der ist?«

»Nicht genau, aber ich weiß in etwa, wo die ›Moulin Avril‹ ist. Und wo eine Mühle ist, ist bestimmt auch ein Mühlweg nicht weit.«

Im Ort angekommen, ordnete sich Keeser an der Ampel links ein.

»›Moulin Rouge‹ kenne ich … Was ist diese ›Moulin Dingens‹?«

»›Moulin Avril‹. Das war früher mal eine richtige Mühle, heutzutage ist aber alles zu Ferienwohnungen umgebaut. Ein wirklich tolles Anwesen. Ich glaube, die Mühle befindet sich in der letzten Straße links … irgendwo hier …« Er trat scharf auf die Bremse und bog ohne zu blinken nach links in den Mühlweg ab. »Sag, dass ich einfach gut bin.«

Paula war trotz Gurt unsanft nach vorn geschleudert worden und sah ihn strafend von der Seite an. »Ich sage nur eins: Nächstes Mal fahre ich.«

Keeser rollte im Schritttempo den Mühlweg entlang.

»Da, rechts, das muss es sein.« Paula deutete auf eine ehemals

weiß verputzte hohe Mauer, die von unschönen Graffiti-Schmierereien verunziert worden war.

Keeser bog in den kleinen Weg ab und fuhr an der Mauer
entlang, bis er zu einem großen schmiedeeisernen Tor kam und
anhielt.

»Eichenlaub du trecksau!«, las er laut vor, was in dunklem
Lila an die Wand vor ihm geschmiert worden war. »Wenn diese
›Künstler‹ doch wenigstens die Rechtschreibung beherrschen
würden.«

Paula stieg aus und betrachtete das zweifelhafte Kunstwerk.
Sie entzifferte noch weitere schlaue Sprüche wie »Eichenlaub
gieb Gummi!« und »Offenbach wil keine Gifftfabriek!«, alle mit
derselben Farbe auf den Putz gesprüht. Sie kam zu dem Schluss,
dass es wohl immer derselbe Schmierfink gewesen sein musste,
der sich hier verewigt hatte.

Keeser war ebenfalls ausgestiegen und las das vor Fehlern
strotzende Geschmiere. »Man müsste diesen Kerlen die Finger
abhacken, damit sie keine Sprühdose mehr bedienen können«,
schimpfte er ungehalten. »So wie im Mittelalter, da wurde Dieben
auch eine Hand abgehackt.«

»Aber auch nur, wenn sie erwischt wurden. Die meisten dieser
Sprüher kriegt man ja nie zu fassen. Und das da«, Paula deutete
auf eine stümperhafte Wandmalerei, »stammt bestimmt von einem
der lieben Nachbarn, dessen Lieblingsfarbe Lila ist.«

»Dann wohl von einer Nachbar*in*. Frauen stehen doch eher
auf Lila als Männer«, sagte Keeser. »Die schnörkelige Schrift und
die Kringel auf den I sind ein weiteres Indiz für die Tat einer
Frau, einer eher jüngeren Frau. Welche erwachsene Frau macht
schließlich noch Kringel anstatt Pünktchen?«

Paula musste ob dieser genialen Ermittlungsleistung grinsen.
»Nicht schlecht, Herr Kollege. Erkennst du an der Neigung der
Schrift eventuell auch noch, in welcher psychischen Notlage sich
unsere Künstlerin befindet, ob sie Einzelkind oder der unterdrückte Nachzügler einer Großfamilie ist?«

Keeser sah sie perplex an. »Willst du mich verarschen?«

»Grundsätzlich ja«, sagte sie frech und fügte dann ernst hinzu:

»Das ist vielleicht gar nicht so doof. Ein Psychologe, der sich damit auskennt, könnte so was ganz bestimmt herausbekommen. Unter Mithilfe der Lehrer aus dem Umkreis, die das Schriftbild und die Schreibschwächen ihrer Schüler besser kennen als sonst jemand, könnte man wahrscheinlich tatsächlich den Täter oder die Täterin ermitteln.« Ihre Augen strahlten vor Begeisterung.

»Klar, wir richten eine SOKO Schmierfink ein. Hast du überhaupt eine Ahnung, was das kosten würde?«

Paula versuchte, ihre Idee zu verteidigen. »Mordermittlungen kosten noch viel mehr.«

»Das mag sein, aber der Gesellschaft und dem Staat ist wohl auch mehr daran gelegen, einen Mörder zu fassen als einen Graffiti-Schmierer.«

»Das sagst du, der keine Mauer hat, die beschmiert wurde und für teures Geld gereinigt und gestrichen werden muss. Durch Graffiti entstehen jedes Jahr immerhin Schäden in Millionenhöhe. Wer zahlt das eigentlich? Die Eigentümer selbst? Du musst doch zugeben, dass meine Idee gar nicht so schlecht und eventuell ausbaufähig ist.«

Sie sahen durch das kunstvoll geschmiedete Tor einen Kiesweg entlang, der vor einem ausladenden Bungalow endete.

»Lass uns weiter darüber diskutieren, wenn wir Eichenlaubs Mörder gefunden haben.« Keeser drückte auf den Klingelknopf unter einem schlichten Namensschild aus Messing. »Kannst ja Kriminaloberrat Sonne den Vorschlag machen, eine Graffiti-Sondereinheit zu gründen.« Er drehte sich zu ihr um. »Dann könntest du aber auch gleich deine Versetzung beantragen, wie ich Sonne kenne.«

»Ich könnte meine Idee bei Versicherungen vortragen. Für die würde sich das doch lohnen. Wenn die Verursacher geschnappt werden, muss die Versicherung nicht für die Behebung der Schäden aufkommen«, erwiderte Paula und nagte grübelnd an ihrer Unterlippe. »Werden Graffiti-Schäden überhaupt von Versicherungen bezahlt?«

»Du gibst wohl niemals auf«, sagte Keeser genervt.

»Genau dafür werde ich auch bezahlt.«

»Ja?«, meldete sich quäkend eine Stimme aus der Gegensprechanlage.

»Kripo Landau. Wir möchten zu Frau Eichenlaub.« Keeser musste sich tief bücken, um näher an den Lautsprecher heranzukommen.

Statt einer Antwort surrte der Türöffner, und das doppelflügelige Tor öffnete sich langsam. Es musste folglich eine Frau Eichenlaub geben. Während die beiden Kommissare mit laut knirschenden Schritten über den breiten Kiesweg zum Haus gingen, schloss sich das Tor geräuschlos wieder hinter ihnen.

»Doof, die Sache mit der Sprechanlage«, beschwerte sich Keeser. »Jetzt haben wir die allererste Reaktion verpasst. Bis wir an der Tür sind, hat Frau Eichenlaub genügend Zeit, sich zu sammeln.«

»Wie meinst du das?«

»Na, ist doch klar: Hätte sie auf unser Klingeln hin sofort die Tür öffnen müssen, hätte sie spontan auf uns reagiert, und diese Reaktion ist oft sehr aufschlussreich. Ist sie überrascht, als sie hört, dass die Kripo vor der Tür steht? Oder erschrocken? Vielleicht sogar aufgeregt? Vielleicht aber auch teilnahmslos, weil sie schon längst weiß, dass ihr Gatte tot ist, weil sie daran beteiligt ist?«

»Dann müssen wir uns die trauernde Witwe jetzt eben umso genauer anschauen. Wir hätten ja sagen können, wir sind vom Poolreinigungsdienst. In Amerika hätte das funktioniert«, spöttelte Paula, die die Situation so nahm, wie sie eben war. »Wäre nur blöd, wenn sie gar keinen Pool haben … obwohl …«, sie sah sich auf dem parkähnlichen, sehr gepflegten Anwesen um, »… die mit Sicherheit einen haben. Hier riecht es förmlich nach Geld. Würde mich nicht wundern, wenn uns ein Butler öffnet. Was meinst du?«

Keeser zuckte mit den Schultern und nahm beim Näherkommen das Haus, einen lang gestreckten, hypermodernen Bungalow mit riesengroßen Fensterfronten, in Augenschein. Hinter einem der Fenster bewegte sich ein Vorhang, sie wurden also beobachtet.

Die Eingangstür wurde geöffnet. Allerdings nicht von einem Butler, sondern von einer zierlichen, höchstens einen Meter sechzig großen Frau. Vom Körperbau her sah sie aus wie ein kleines Mädchen, doch ihr Gesicht verriet ihr wahres Alter. Paula schätzte sie auf um die fünfzig. Ihr feines Haar, Mausbraun nannte Paulas Mutter diese Haarfarbe, lag wie ein Helm um ihren Kopf. Eine Frisur, die Paula schon immer grässlich gefunden hatte: gerade geschnitten, kinnlang, mit für ihren Geschmack etwas zu kurz geratenem Pony. Prinz Eisenherz ließ grüßen. Oder diese kleine französische Sängerin aus den Siebzigern … Irgendwas mit M, Paula kam im Moment nicht auf den Namen.

Sie hielt ihr ihren Ausweis entgegen, und da Keeser wie paralysiert mit offenem Mund neben ihr stand und keinerlei Anstalten machte, sie vorzustellen, übernahm sie das selbst. »Ich bin Kriminaloberkommissarin Paula Stern, und das hier ist mein Kollege Kriminalhauptkommissar Bernd Keeser.«

Keeser machte noch immer keinen Mucks. Er starrte die kleine Person vor ihnen ungläubig an.

Die Frau sah schlecht aus, sehr blass. Sie hatte dunkle Ringe unter den Augen. Sie musterte die Kripobeamten aus erschrocken aufgerissenen Augen. Paula erkannte sofort, dass das die Frau auf dem Foto in Eichenlaubs Brieftasche war, nur einige Jahre älter. Mireille Mathieu! Genau, so heißt diese singende Französin, fiel Paula ein.

Keeser schwieg noch immer, was sehr ungewöhnlich war, denn normalerweise war er es, der solche Gespräche eröffnete.

»Wir kommen wegen Benedikt Eichenlaub«, fuhr Paula fort, da auch die Frau mit der Prinz-Eisenherz-Frisur keinen Ton herausbrachte. Sie starrte Keeser unverwandt an. Als Paula sich hilfesuchend zu ihm umdrehte, erkannte sie, dass von ihm keine Unterstützung zu erwarten war. Sie konnte sich sein Verhalten nicht erklären.

»Andrea?«, fragte er ungläubig. Zu mehr Kommunikation schien er nicht imstande zu sein.

»Bernd«, entgegnete die kleine Frau ebenso wortkarg. Sie versuchte mit ihren zu einem schmalen Strich zusammengekniffenen Lippen ein Lächeln, das aber zu einer schiefen Grimasse geriet. Ihr Blick blieb unverändert hart und kühl.

Die beiden kannten sich also. Ehemalige Klassenkameraden oder Nachbarskinder vielleicht? Kindergartenkollegen?, fragte sich Paula. Sie erinnerte sich, dass Keeser im Parkhaus beim Anblick des Fotos gemeint hatte, diese Frau würde ihn an jemanden erinnern. Er schien recht gehabt zu haben.

»Du hast dich kaum verändert«, bemerkte die Frau namens Andrea.

»Du aber schon«, entgegnete Keeser. »Deine Haare, du hattest so wunderbare lange Haare ... und Locken ...«

»Wir werden alle nicht jünger«, sagte die kleine Frau mit einem entschuldigenden Lächeln.

»Würden Sie uns bitte sagen, wer Sie sind?«, sagte Paula, da Keeser nichts tat, um die Identität dieser Frau zu klären. Immerhin kannte sie nun ihren Vornamen, doch noch war unklar, ob sie die Frau des Toten oder eine Angestellte war.

»Andrea Eichenlaub«, stellte sich die kleine Frau, die so großen Eindruck auf ihren Kollegen machte, schließlich vor.

»Frau Eichenlaub, könnten wir vielleicht reinkommen?«, fragte Paula und versuchte damit, den Bann, der auf Keeser und der Frau lag, zu durchbrechen.

Tatsächlich löste sich Andrea Eichenlaub aus der Erstarrung und trat beiseite. »Entschuldigen Sie, kommen Sie doch herein.« Wie in Trance schloss sie die Tür hinter ihnen und führte sie in ein sparsam, aber sehr exklusiv eingerichtetes Wohnzimmer. Sie deutete auf eine cremefarbene, garantiert von einem namhaften Designer entworfene Ledersitzlandschaft. Paula konnte sich dazu beim besten Willen keine schokoladeverschmierten Kinderfinger oder sabbernde Hundeschnauzen vorstellen. Der Rest der Einrichtung war farblich genau auf die Sitzgarnitur abgestimmt, alles war weiß oder eierschalenfarben, sogar Frau Eichenlaub passte mit ihrem unscheinbar mausbraunen Twinset farblich zum Interieur.

Alles wirkte ordentlich, steril und sehr kühl. Paula würde hier nicht wohnen wollen.

Als die Kommissare saßen, traten der Dame des Hauses Tränen in die Augen, und sie atmete tief ein. »Wenn die Kriminalpolizei kommt, hat das ganz sicher nichts Gutes zu bedeuten«, sagte sie leise und setzte sich ihnen gegenüber auf die äußerste Kante eines Sessels. Sie faltete ihre zierlichen kleinen Hände, die frisch maniküt und nicht nach übermäßiger Haus- oder Gartenarbeit aussahen, im Schoß. »Nicht wahr, Bernd?«

Keeser war noch immer nicht in der Lage, etwas zu sagen, zu tief schien ihn der Anblick dieser Frau zu bewegen. So sprachlos hatte ihn Paula noch nie erlebt. Wer ist sie, und welche Rolle hat sie in Keesers Leben gespielt?, fragte sie sich.

Er räusperte sich. »Ich wusste gar nicht, dass du in das Eichenlaub-Imperium eingeheiratet hast.« Die Worte kamen ihm schwer über die Lippen.

»Ich habe Benedikt kennengelernt, kurz nachdem wir uns … getrennt hatten.« Andrea Eichenlaub sprach sehr leise und sah ihn dabei nicht an.

Keeser hatte also etwas mit dieser Frau gehabt. Paula sah zwischen den beiden hin und her. Der riesige Keeser und diese kleine Frau, die wie ein zerbrechliches Vögelchen auf ihrem Sessel saß und nichts, aber auch gar nichts mit seiner jetzigen Freundin Marianne gemein hatte. Paula verstand die Welt nicht mehr, und sie war sehr gespannt auf das, was er ihr später erzählen würde.

»Es tut mir leid, dir das sagen zu müssen, Andrea.« Keeser raffte sich auf, ihr die schreckliche Nachricht zu überbringen. »Dein Mann ist tot.«

»Oh, mein Gott!«, ächzte Andrea Eichenlaub und schlug die Hände vor ihr Gesicht. »Oh, mein Gott, ich wusste es, ich hab es die ganze Zeit gespürt«, sagte sie und schluchzte auf.

Keeser zauberte ein ungebrauchtes groß kariertes Stofftaschentuch aus seiner Jacketttasche hervor, das in seiner derben Rustikalität so gar nicht in das elegante Ambiente des Hauses Eichenlaub passte.

Andrea Eichenlaub nahm es ungeachtet dessen dankend an und schnäuzte sich kraftlos hinein.

»Als er sich gestern nicht gemeldet hat … und heute Morgen auch nicht, war mir klar, dass … dass etwas passiert sein muss«, fuhr sie abgehackt fort. »Ich habe in meiner Verzweiflung mehrmals bei der Polizei und in verschiedenen Krankenhäusern angerufen und nachgefragt, ob er vielleicht einen Unfall gehabt hat. Aber die konnten mir nichts sagen.« Sie schüttelte unablässig den Kopf, Tränen liefen ihr über die Wangen.

Zum Glück ist sie nicht geschminkt, dachte Paula.

»Dieses verdammte Auto«, fuhr Andrea Eichenlaub fort. »Ich habe von Anfang an gesagt, dass dieses Auto nicht gut für ihn ist, viel zu schnell.« Hatte sie beim Öffnen der Tür bereits schlecht ausgesehen, so sah es jetzt aus, als würde sie jeden Moment zusammenbrechen.

Keeser sah das wohl genauso, denn er sprang auf, setzte sich zu ihr auf die Sessellehne und legte ihr tröstend eine Hand auf die Schulter.

»Das Auto? Wie kommen Sie auf das Auto?«, wunderte sich Paula.

»Ich hab ihn wochenlang vor diesem Auto gewarnt, diese schrecklich vielen PS. Benedikt fuhr schon mit dem alten Wagen immer viel zu schnell ...« Ein erneuter Aufschluchzer unterbrach ihren plötzlichen Redefluss, ehe sie fortfuhr. »Du wirst damit in den Tod fahren‹, habe ich zu ihm gesagt. Aber er hat mich nur ausgelacht. Gestern Morgen hat er den Wagen abgeholt und ist gleich damit nach Bremen gefahren ...« Ein neuer Weinkrampf schüttelte sie. Keeser tätschelte ihr hilflos den Rücken.

Bremen? Paula war überrascht. In Benedikt Eichenlaubs Terminkalender stand aber etwas ganz anderes. Oder gab es auch ein Deidesheim bei Bremen? Dann wäre er nicht sehr weit gekommen. Sie suchte den Blickkontakt mit Keeser, um zu sehen, wie er auf diese Sache reagierte, aber er hatte nur Augen für die trauernde Witwe.

»Und jetzt ist er tot. Hätte er doch bloß auf mich gehört.« Sie weinte hemmungslos in Keesers Taschentuch.

»Ihr Mann hatte keinen Autounfall«, sagte Paula sanft. »Er wurde erschossen.«

Andrea Eichenlaub zuckte zusammen und sah sie aus verheulten Augen ungläubig an. »Erschossen? Aber ich dachte ... Erschossen?« Sie ließ diese Information auf sich wirken. »Das verstehe ich nicht. Erschossen?«, wiederholte sie noch einmal fassungslos. »In Bremen?«

»Nein, hier in Landau«, sagte Keeser mit ruhiger Stimme. »Dein Mann ist gestern gar nicht nach Bremen gefahren.«

Andrea Eichenlaub sah ihn verständnislos an und schüttelte dann langsam den Kopf. »Das ist doch Unsinn, natürlich ist er nach Bremen gefahren. Er ist öfter in Bremen, einmal im Monat. Er hat dort einen Großkunden, den er gern persönlich betreut.«

Keeser nahm eine ihrer kleinen Hände in seine große Rechte und sah ihr ernst in die verweinten Augen. »Glaub mir, er war nicht in Bremen. Vielleicht ist ihm ja überraschend etwas dazwischengekommen.«

Paula dachte spontan in eine ganz andere Richtung. »Könnte es sein, dass er diese Fahrt nach Bremen nur vorgetäuscht hat?« Ihre Worte klangen nicht annähernd so sanft wie Keesers. Er sah sie tadelnd an, was sie geflissentlich ignorierte. Wenn sie es weiter auf die sanfte Tour machen würden, kämen sie nie zu irgendwelchen Ergebnissen, da war sich Paula sicher.

»Warum hätte er das denn vortäuschen sollen?« Andrea Eichenlaubs Stimme klang nun nicht mehr zerbrechlich, sondern empört.

»Na, um etwas ganz anderes tun zu können –«

Sie ließ Paula nicht ausreden. »Vielleicht ist dieser Tote, den ihr gefunden habt, ja gar nicht mein Mann.« Sie setzte sich kerzengerade auf, ihre Augen blitzten hoffnungsvoll.

Paula wechselte einen verständnisvollen Blick mit Keeser. Es war nicht das erste Mal, dass ein Angehöriger den Tod eines geliebten Menschen oder dessen Verwicklung in etwas Unvorstellbares nicht akzeptieren wollte.

»Andrea, sosehr es mir leidtut, aber es handelt sich ohne Zweifel um deinen Mann.« Keeser sprach leise auf Andrea Eichenlaub ein und sah dabei aus, als ob er sie am liebsten in den Arm genommen und getröstet hätte. »Er hatte seine Brieftasche bei sich, und zudem kenne ich ihn von Fotos aus der Presse.«

Sie saß vollkommen still da, starrte vor sich hin und klammerte sich verzweifelt an Keesers Hand.

»Wer könnte denn Benedikt ermorden wollen?« Es klang, als ob sie die Frage sich selbst stellen würde.

»Das werden wir ganz sicher herausfinden«, versprach Keeser, anstatt sinnvolle Fragen zu stellen.

Paula hätte ihn am liebsten geschüttelt. »Hatte Ihr Mann Feinde?«, erkundigte sie sich an seiner statt.

»Benedikt?« Andrea Eichenlaub ließ ihren Blick ratlos durch das durchgestylte Schöner-Wohnen-Wohnzimmer schweifen, bevor sie antwortete. »Also, von persönlichen Feinden weiß ich nichts. Im Gegenteil, wir haben sehr viele Freunde, einen großen Bekanntenkreis. Benedikt ist überall sehr beliebt, im Segelclub in Germersheim, wo wir unsere Segelyacht liegen haben, genauso wie im Golfclub in Essingen.«

Falls sie Paula mit der Nennung dieser Vereine beeindrucken wollte, hatte sie keinen Erfolg, denn Paula mochte weder Vereinsmeierei noch die Klüngelei der reichen Bussi-Bussi-Gesellschaft.

»Und geschäftlich?«, fragte sie ungerührt.

»Er hatte natürlich Konkurrenten, und der Erwerb des neuen Geländes für den Ausbau der Firma hat ihm auch nicht nur Freunde gebracht. Aber deswegen bringt man doch niemanden um.«

»Es wurden schon Menschen getötet, weil dem Angreifer die Nase seines Opfers nicht gefallen hat«, belehrte Paula sie eines anderen und brachte ihr am Morgen frisch erworbenes Wissen an. »Dieses Gelände, das Sie gerade erwähnt haben – die Umweltschützer waren sicher nicht begeistert, dass Ihr Mann mit seiner Firma auf einem naturgeschützten Gebiet expandieren wollte. Gab es da Drohungen?«

»Aber das waren Drohungen gegen die Firma, doch nicht gegen seine Person. Oder meinen Sie etwa, diese Fanatiker könnten ihm das angetan haben?« Sie sah entsetzt zwischen den beiden Beamten hin und her.

»Wir werden jeder noch so kleinen Spur nachgehen«, versicherte Keeser samtweich. Sie schien beruhigt.

»Sind die Schmierereien an der Mauer neueren Datums?«

»Denken Sie, das hat was damit zu tun?« Andrea Eichenlaub sah Paula entsetzt an.

»Möglich wäre es. Alles ist im Moment möglich und ein Anhaltspunkt für uns. Also, wann wurde dieses Kunstwerk da draußen geschaffen?«

»Vorgestern Nacht.«

»Haben Sie schon Anzeige erstattet?«

»Nein, Benedikt wollte das machen, wenn er aus Bre...«, sie hielt kurz inne, bevor sie weitersprach, »... wenn er wieder zurück ist. Er machte sich da aber nicht viel Hoffnung, dass man denjenigen erwischen würde.«

Womit wir wieder bei der Graffiti-Sondereinheit wären, versuchte Paula ihrem Kollegen mittels Blicken zu sagen, aber der hatte nur Augen für diese kleine farblose Frau.

»Wann hat Ihr Mann gestern Morgen das Haus verlassen?«, fragte Paula in die unangenehme Stille hinein, die nur von dem gleichmäßigen Ticken einer Uhr durchbrochen wurde, die sich in einem der Nebenräume befinden musste.

»Kurz nach acht«, bekam sie monoton zur Antwort. »Er wollte nach Bergzabern, das Auto abholen, und von dort aus nach Bremen fahren.« Andrea Eichenlaub sah Keeser hilfesuchend an. »Er handhabe das oft so, wenn er montags Termine hatte, die weit weg waren. Dann fuhr er sonntags ohne Zeitdruck dorthin, nahm sich ein Hotelzimmer und konnte ausgeruht seinen Termin am nächsten Tag wahrnehmen. Diesmal packte er seinen Koffer schon einen Tag früher, weil er sich in aller Ruhe auf das Treffen vorbereiten wollte.«

Diesmal hat er aber anscheinend was ganz anderes vorgehabt, dachte Paula. Und wer weiß, ob er das nicht schon öfter so gemacht und dich einfach belogen hat. »Die Einträge in seinem Terminplaner, den wir bei ihm gefunden haben, sind eher dürftig. Hatte er noch einen anderen?« Paula hoffte, aus weiteren Notizen Rückschlüsse bezüglich Benedikt Eichenlaubs sowohl persönlichen als auch dienstlichen Aktivitäten ziehen zu können.

»Den hat er immer in seiner Aktentasche, haben Sie ihn da nicht gefunden?«, fragte Andrea Eichenlaub nach kurzer Überlegung.

Am Tatort war keine Aktentasche gefunden worden. Weder im

Auto noch auf dem Parkdeck. Ist Benedikt Eichenlaub entgegen unserer bisherigen Vermutungen eventuell doch das Opfer eines Raubüberfalles geworden?, überlegte Paula. Hatte der Täter es womöglich auf diese Aktentasche beziehungsweise auf deren Inhalt abgesehen? Oder waren es sogar mehrere Täter? Das würde ihren Ermittlungen, die ja bisher eher ein Fischen im Trüben waren, immerhin eine gewisse Richtung geben. Und dann war da noch der Koffer. Wo war der Koffer abgeblieben? Der Kofferraum von Benedikt Eichenlaubs Wagen war leer gewesen.

»Sind Sie sicher, dass Ihr Mann eine Aktentasche bei sich hatte, als er das Haus verließ?« Paula war wie elektrisiert.

Andrea Eichenlaub dachte kurz nach, dann nickte sie bestätigend. »Ja, natürlich hatte er sie dabei, er brauchte ja die Unterlagen und sein Tablet für seinen Termin.«

»Wir werden gleich morgen früh in die Firma deines Mannes fahren und seine Termine überprüfen«, sagte Keeser mit warmer Stimme.

»Du musst mit Frau Klödy sprechen, das ist ... war Benedikts Sekretärin, seine rechte Hand, wenn man so sagen will.« Sie klang nun geschäftsmäßig.

In Paula keimte die Hoffnung, dass sie endlich alle ihre Fragen stellen konnten und vernünftige Antworten darauf bekommen würden.

Doch sie hatte sich zu früh gefreut. Erneut brach die Witwe in Tränen aus. »Oh, Bernd, was soll ich nur machen?« Mit ihrem gesamten Körpergewicht lehnte sie sich an ihren Freund aus Jugendtagen, der sie tatsächlich in die Arme nahm. »Jetzt bin ich ganz allein, wie soll ich das alles nur durchstehen? Diese Ungewissheit, wer Benedikt getötet hat, die Beerdigung – oh Gott, und dann die Firma, damit hatte ich doch nie etwas zu tun.«

Keeser wiegte sie wie ein kleines Kind, was Paula ganz schön gegen den Strich ging. Diese Frau war zunächst einmal die Witwe eines Ermordeten, die mit einem gewissen Mitgefühl behandelt werden sollte. Aber sie war auch, trotz aller Hilflosigkeit, die sie ausstrahlte, als potenzielle Täterin einzustufen. Zumindest, bis das Gegenteil bewiesen sein würde. Keesers Fürsorge war einfach übertrieben. Paula dachte an Marianne. Was würde die wohl dazu sagen, dass er seine Ex derart tröstete?

»Kannst du mir vielleicht helfen?«, fragte Andrea Eichenlaub und schenkte Keeser einen Blick, der jeden Dackel vor Neid hätte erblassen lassen.

Dazu wird er wohl keine Zeit haben, dachte Paula.

Doch Keeser säuselte: »Aber sicher, Andrea, ich bin immer für dich da.«

Paula glaubte, sich verhört zu haben. Der riesenhafte Kerl, der ihr da in diesem exklusiv eingerichteten Wohnzimmer auf einer Sessellehne gegenübersaß, konnte nie und nimmer ihr bärbeißiger Kollege sein. Mit seiner persönlichen Staatsanwältin und festen Freundin ging er eher ruppig um, und hier mutierte er unter den theatralischen Blicken aus Andrea Eichenlaubs Rehaugen zum willenlosen Softie.

»In erster Linie wird er sich darum kümmern, den Mörder Ihres Gatten zu finden«, sagte Paula schärfer als beabsichtigt. Sie konnte es sich nicht erklären, aber alles in ihr sträubte sich gegen diese Frau. Vielleicht, weil sie diesen Typ »hilfloses Frauchen« auf den Tod nicht ausstehen konnte?

»Du wirst sehen, alles wird gut«, versprach Keeser, ohne Andrea Eichenlaubs Hand loszulassen.

Paula konnte nicht fassen, wie er zuließ, dass diese Frau ihn einfach so um ihre kleinen Fingerchen wickelte. Ihr ging das Gesäusel, das er an den Tag legte, langsam auf die Nerven. Als ob er sich für diese Andrea extra Samthandschuhe übergezogen hätte. Diese Art der Befragung würde sie kein bisschen weiterbringen. Paula hatte nicht vor, den Rest des Tages hier zu verbringen und die arme Witwe zu trösten.

»Erzählen Sie uns etwas über Ihre Ehe«, sagte sie. Sie hatte das dringende Bedürfnis, Keesers Weichspülgang zu unterbrechen.

Andrea Eichenlaub stellte abrupt das Weinen ein und sah sie argwöhnisch an. »Wie meinen Sie das?«

»Nun, war die Beziehung zu Ihrem Mann glücklich und harmonisch oder eher nicht?«

»Wir führten eine gute Ehe, im Oktober hätten wir silberne

Hochzeit gefeiert«, antwortete Andrea Eichenlaub gefasst, aber ausweichend. »Wir waren gerade dabei, die Gästeliste aufzustellen. Das Lokal für die Feier ist schon gebucht.«

»Sie waren also glücklich?«

»Aber ja, was soll diese Frage?« Sie sah hilfesuchend zu Keeser auf.

»War Ihr Mann auch glücklich?«

»Paula, was soll denn das?«, fuhr Keeser sie an. Endlich hatte sie seine bisher anderweitig eingesetzte Aufmerksamkeit.

»Was denn? Das ist eine ganz logische Frage, deren Antwort dich genauso interessieren sollte wie mich«, blaffte sie ihn ungehalten an. Sie hatte genug von seiner Sanftheit. Sie wollte endlich ihren bissigen Ermittlerkollegen zurückhaben. »Ihr Mann hat ihr gesagt, er würde nach Bremen fahren, was er aber nicht getan hat. Bleibt also die Frage nach dem Warum. Und da fällt mir einfach das Naheliegendste ein.« Sie sah Andrea Eichenlaub eindringlich an. »Hatte Ihr Mann eine Geliebte?«

Die letzte Farbe wich aus dem Gesicht der Frau. »Nein ... Ich glaube nicht. Nein, ganz sicher nicht, das hätte ich doch gemerkt, oder?« Sie sah Keeser flehend an. »Oh Bernd, es ist ein einziger Alptraum.«

»Ich weiß, Andrea, aber das geht vorbei. Es liegt sicherlich eine schwere Zeit vor dir, da will ich dir nichts vormachen, aber du wirst das durchstehen. Und dann kannst du ein neues Leben anfangen.«

»Ein neues Leben? Ich will mein altes Leben wieder, ich will kein neues Leben.«

»Alles wird sich finden.« Keeser klang nicht mehr ganz so enthusiastisch wie zuvor, fand Paula. Entweder gingen ihm die trostspendenden Phrasen aus, oder er hatte sich doch noch daran erinnert, dass er nicht zum Trösten, sondern zum Ermitteln gekommen war.

»Du hast damals auch ein völlig neues Leben angefangen, nicht wahr?« Andrea Eichenlaub sah zu ihm hoch und lächelte ihn matt an. »In der Zeitung habe ich immer mal wieder über dich gelesen. Du bist sehr erfolgreich bei der Kripo. Dabei wolltest du doch mal Koch werden.«

In diesem Moment verstand Paula, wer Andrea Eichenlaub war: Keesers Fast-Ehefrau! Er hatte ihr gleich am Anfang ihrer Zusammenarbeit davon erzählt. Eigentlich hatte er damals Koch werden wollen, fand aber in und um Landau herum keine Lehrstelle. Und Prinzessin Eisenherz wollte nicht weg von hier. Keeser ging dann zur Polizei, aber Andrea hatte es sich da wohl schon anders überlegt und sich lieber den reichen Gummi-Mann geangelt. Keeser hatte erzählt, wie sehr er damals unter der Trennung gelitten hatte. Paulas Antipathie gegenüber dieser Frau vertiefte sich schlagartig.

»So spielt das Leben. Wer weiß, ob ich als Koch glücklich geworden wäre.« Er wollte offensichtlich nicht an die unglückliche Zeit in seinem Leben erinnert werden. Er machte Anstalten, sich zu erheben.

»Bist du denn als Kriminalbeamter glücklich?«, fragte Andrea Eichenlaub.

Er stand neben ihrem Sessel, aber sie ließ seine Hand nicht los.

»Irgendwas muss man ja machen, man arrangiert sich einfach damit. Aber ja, ich liebe meinen Beruf.«

Verdammt, dann besinne dich doch endlich darauf, wie man diesen Job macht, flehte Paula innerlich. Behandle diese Frau, wie du jede andere Witwe eines Mordopfers behandeln würdest.

»Wir werden jetzt gehen, damit du ein wenig zur Ruhe kommen kannst. Falls etwas sein sollte«, er fischte eine seiner Visitenkarten aus der Innentasche seines Jacketts, »oder falls dir noch etwas einfällt, das uns weiterhelfen könnte, ruf mich auf jeden Fall an. Ich schreibe dir noch meine Privatnummer und die Handynummer dazu.« Nachdem er das erledigt hatte, drückte er ihr die Karte in die Hand.

»Danke, Bernd, ich bin ja so froh, dass du damit ... mit Benedikts Tod, mit diesem Fall, so nennt ihr das, glaube ich, betraut bist.« Sie war ebenfalls aufgestanden und sah mit großen Augen zu ihm auf. Sie wirkte neben dem großen, bulligen Keeser noch kleiner und zerbrechlicher.

»Du hättest dich ruhig mal melden können«, sagte er. »Ich dachte immer, du hättest Landau hinter dir gelassen.«

Sie lächelte ihn verlegen an. »Vielleicht können wir ja Versäumtes nachholen?«

Das könnte dir so passen, dachte Paula wütend, während Keeser sich zu der frischgebackenen Witwe hinabbeugte und sie auf die Wange küsste.

Paula hatte sich ebenfalls erhoben und sah, unangenehm berührt von dieser beinahe intimen Szene, an den beiden vorbei in den weitläufigen Garten. Da war ein Pool, die Poolreiniger-Nummer hätte also funktionieren können. Vielleicht wäre Andrea Eichenlaubs erste Reaktion tatsächlich interessant gewesen ...

»Wir werden uns zwangsläufig öfter sehen«, hörte sie Keeser sagen, der nicht auf das Angebot einging.

Paula war einigermaßen stolz auf ihn. Andererseits wäre es die perfekte Gelegenheit für ihn gewesen, Andrea klarzumachen, dass er in einer Beziehung steckte und sie ihn in Ruhe lassen solle.

✫✫✫

»Was war denn das dadrinnen?« Paula fiel über ihn her, kaum dass sie das Eichenlaub-Anwesen verlassen hatten und wieder in ihrem Dienstwagen saßen.

»Was meinst du?«, fragte Keeser verwundert, während er den Motor startete.

»Na, das Süßholzgeraspel mit deiner Ex.«

»Was redest du denn da? Ihr ging es mies, und ich hab sie ein wenig getröstet.«

»Du darfst Marianne so trösten und mich vielleicht auch noch ... und Geigerlein natürlich, aber doch nicht die Witwe eines unserer Opfer«, hielt sie ihm vor.

»Aber ich kenne Andrea schon ewig.«

»Du *kanntest* sie mal, Bernd«, blaffte Paula ihn an. »Dann hat sie dir aber den Laufpass gegeben, dir schrecklich wehgetan und einen anderen geheiratet. Und jetzt taucht sie nach über zwanzig Jahren aus dem Nichts wieder auf. Glaub mir, du kennst sie kein bisschen, du weißt gar nichts über sie. Und außerdem

67

hat sie, meiner Meinung nach, deinen Trost überhaupt nicht verdient.« Niemand durfte ihrem Lieblingskollegen ungestraft wehtun.

Keeser fuhr los, ohne auf Paulas Worte einzugehen. Er schien mit sich zu kämpfen.

»Die Frau hat dich gnadenlos angemacht, und du hast es auch noch zugelassen«, motzte Paula weiter.

»Quatsch.« Mehr steuerte er nicht zu seiner Verteidigung bei.

»Vielleicht war sie es ja, die Eichenlaub in die ewigen Jagdgründe geschickt hat.«

»Blödsinn, Andrea doch nicht.« Er sah sie pikiert von der Seite an. »Wie kommst du denn darauf?«

»Weil das der normale Gang einer Mordermittlung ist: Zuerst einmal ist jeder einzelne Beteiligte ein möglicher Täter, schon vergessen? Mann, was hat die Frau nur mit deinem Hirn angestellt?« Sie sah ihn ungläubig an.

»Andrea würde doch nie ihren Mann erschießen, dazu ist sie gar nicht der Typ.«

»Sie muss es ja nicht selbst gemacht haben, es gibt da Profis, die das für Geld erledigen. Und Geld hat sie ja offensichtlich mehr als genug.« Paula ließ nicht locker. »Unser erster Eindruck am Tatort war doch, dass wir es mit einem Profi zu tun haben könnten, oder?«

Keeser schwieg.

»Vielleicht solltest du aus diesem Fall aussteigen, Kollege«, sagte sie wenig später, als sie auf der Bundesstraße wieder in Richtung Landau fuhren. Es klang nicht wie eine Frage, eher wie eine Feststellung.

»Das ist doch Unsinn. Außerdem liegt mir sehr daran, den Mörder von Andreas Mann zu erwischen.«

»Dann versprich mir, dass du dich zusammenreißt und von dieser Frau fernhalten wirst. Ansonsten melde ich es dem Chef«, drohte Paula.

»Aber ich hab doch gar nichts gemacht.«

»Genau: Du hast *gar nichts* gemacht«, ereiferte sich Paula. »Du hast keine einzige Frage gestellt, nie nachgefragt. Alles musste ich machen, und dann bist du mir auch noch in den Rücken gefallen, als ich deinen Job miterledigt habe.«

»Du magst sie nur nicht«, warf er ihr vor.

Paula sah ihn ungläubig an. »Ich muss sie ja auch gar nicht mögen. Ich muss einzig und allein den Mörder ihres Mannes finden. *Wir* müssen den Mörder ihres Mannes finden.«

Sie waren im Marienring angekommen. Keeser hatte sich als Linksabbieger eingeordnet. Paula vermutete, dass er zu Eckerle ins Vinzentius-Krankenhaus wollte. Sie starrten auf das rote Licht der Ampel.

»Ich weiß ja nicht, was du an der Frau findest«, sagte Paula. »Ich jedenfalls finde sie total farblos und schrecklich langweilig. Und echt alt. Aber von mir aus kannst du sie gern heiraten, wenn der Fall abgeschlossen ist. Nur bis dahin mach einfach deine Arbeit. Rechne aber nicht damit, dass ich deine Brautjungfer sein werde.«

»Na, das mit der Jungfer hat sich ja wohl schon längst erledigt«, versuchte Keeser zu witzeln.

»Lenk nicht vom Wesentlichen ab. Und jetzt will ich mit dem Hausmeister sprechen«, sagte Paula abschließend, als die Ampel auf Grün umschaltete.

***

Otto Eckerle war in einem Vierbettzimmer untergebracht und wirkte wieder recht munter.

»Ah, die Damen und Herren von der Kriminalpolizei besuchen mich. Was kann ich für Sie tun?«, begrüßte er sie etwas zu laut, aber er erreichte damit genau das, was er wohl bezweckt hatte: Seine Zimmergenossen bedachten ihn mit bewundernden Blicken.

»Herr Eckerle, schön, dass es Ihnen wieder besser geht.« Paula gab ihm die Hand und setzte sich zu ihm auf die Bettkante, woraufhin er über das ganze Gesicht strahlte und seine Mitpatienten große Augen machten.

Keeser zog einen Stuhl heran und stellte ihn auf die andere Seite des Bettes. »Herr Eckerle, wie fühlen Sie sich?«, erkundigte er sich mit gedämpfter Stimme, nachdem er sich gesetzt hatte. Er war der Meinung, dass dem Hausmeister genug Aufmerksamkeit seitens der anderen Herren zuteilgeworden war.

»Wunderbar, Herr Kommissar, morgen darf ich wieder heim.«

»Haben Sie jemanden, der sich um Sie kümmert? Ihre Frau?«, fragte Paula.

»Nein, ich lebe allein, meine Erna hat mich vor fünf Jahren verlassen. Also nicht so, wie Sie jetzt vielleicht denken, sie ist gestorben.«

»Das tut mir leid«, antwortete Paula betroffen.

Eckerle winkte ab. »Und, haben Sie den Mörder schon gefasst?« Er saß stolz in seinem Bett und genoss seine unverhoffte Wichtigkeit sichtlich.

»Leider noch nicht, deswegen sind wir hier. Wir haben noch ein paar Fragen an Sie.« Paula gönnte dem schmächtigen Mann den großen Auftritt, allzu aufregend schien sein Leben ja ansonsten nicht zu sein.

Eckerles Augen leuchteten voller Eifer. »Gut, dann legen Sie mal los.«

»Wann haben Sie letzte Nacht begonnen, die Parkdecks zu kehren?« Diese Frage hatte sie ihm schon einmal gestellt, aber dank der schnell wirkenden Beruhigungsspritze keine Antwort mehr erhalten.

»Kurz nach zwei, eher halb drei«, sagte Eckerle munter. »Das ist immer die beste Zeit, weil da fast keine Autos mehr in der Garage parken.«

»Wo haben Sie damit angefangen?«

»Im Erdgeschoss, von da aus arbeite ich mich dann die Parkdecks hoch.«

»Wie lange brauchen Sie ungefähr für eine Etage?«

»Kommt natürlich drauf an, wie viele Autos noch rumstehen, aber ich schätze mal, eine halbe Stunde.«

Paula rechnete nach. Eckerle brauchte circa zwei Stunden, bis er im fünften Parkdeck angelangt war. Sie holte ihren Block aus der Tasche und vergewisserte sich wegen der Uhrzeit.

Benedikt Eichenlaub hatte sein Parkticket um kurz vor halb

fünf, exakt um vier Uhr einundzwanzig, bezahlt. Zu dieser Zeit muss Eckerle irgendwo im vierten Stockwerk beschäftigt gewesen sein. Eichenlaub war vermutlich kurz danach erschossen worden – wenn man großzügige zehn Minuten veranschlagte, die er brauchte, um bis zum obersten Parkdeck hochzulaufen. Demnach hatte der Hausmeister den Schützen nur um Minuten, wenn nicht sogar um Sekunden verpasst. Vielleicht zu seinem Glück, denn wenn es sich bei dem Täter wirklich um einen professionellen Killer handeln sollte, hätte er hundertprozentig keinen lebenden Zeugen zurückgelassen.

»Ist Ihnen irgendetwas aufgefallen, als Sie von Parkdeck vier zum fünften hochfuhren? Eine Person, die weglief, in Richtung Treppe vielleicht?« Paula gab die Hoffnung nicht auf, dass er doch etwas gesehen haben könnte.

»Nein, ich muss ja beim Fahren immer genau darauf achten, dass ich gut in die Ecken komme. Da muss man sich sehr konzentrieren, sonst stößt man an die Wand, und das gibt unschöne Schrammen, die man wieder nachstreichen muss.« Er sah die Kommissare eindringlich an, um ihnen klarzumachen, wie wichtig er seinen Job nahm. »Wenn man die Ecken nämlich nicht richtig ausfährt, muss man noch mal mit dem Besen nachkehren.«

»Können Sie sich möglicherweise an ein Geräusch erinnern? Einen lauten Knall?« Keeser sah ihn mindestens genauso eindringlich an.

»Einen Knall?« Eckerle überlegte angestrengt. »So wie ein Schuss vielleicht?«

»Ja, wie ein Schuss«, bestätigte Keeser erwartungsvoll.

»Nein«, sagte Eckerle, »tut mir leid. Aber meine Kehrmaschine ist schon ein etwas älteres Modell und macht einen Höllenlärm. Da hört man gar nichts außenrum.« Er machte ein betrübtes Gesicht. »Dann ist der Mann, den ich gefunden habe, wohl erschossen worden?«

Paula bejahte seine Frage. »Sie sind also die Auffahrt zu P 5 hochgefahren. Was geschah dann?«

»Na ja, ich bin ja eigentlich verkehrt herum gefahren«, sagte Eckerle. Auf die fragenden Blicke der Kommissare hin wurde er deutlicher. »Ich bin die Abfahrt hochgekommen. Das kann ich nachts machen, weil mir da keine Autos entgegenkommen. Aber Sie sind ja von der Mordkommission und zeigen mich deswegen doch bestimmt nicht an, oder?« Er zwinkerte ihnen verschmitzt zu. »Ich bin zuerst nach links gefahren, an der Balustrade entlang bis zur Treppe. Dort hab ich gewendet und bin wieder zurückgefahren. Und wieder hin ... und dann sah ich, dass jemand am Boden lag. Ich machte meine Kehrmaschine aus und hab erst mal gerufen.«

Paula horchte auf und holte ihr Handy aus der Tasche. »Einen Moment, bitte«, entschuldigte sie sich und wählte eine Nummer aus dem Adressspeicher aus. »Ich will nur schnell was klären.«

Keeser und Eckerle sahen sie interessiert an.

»Hallo, Becker!«, rief sie in ihr Telefon, als sich der Angewählte nach dem ersten Klingelzeichen meldete. »Da war doch diese Kehrmaschine in dem Parkhaus, was habt ihr mit der gemacht?« Sie lauschte gespannt in den Hörer. »Gut, auf gar keinen Fall freigeben. Sichern Sie den Auffangbeutel und schicken Sie ihn in die Kriminaltechnik, die sollen den Inhalt genau prüfen. Vielen Dank.«

»Was wollen Sie denn mit dem Beutel aus meiner Maschine?«, fragte Eckerle.

»Sie haben in der Ecke gekehrt, von der wir annehmen, dass der Schütze dort gestanden hat.« Zu Keeser gewandt sagte sie: »Vielleicht haben wir ja nur deshalb keine Patronenhülse gefunden, weil sie aufgekehrt wurde.«

»Keine schlechte Idee, Kollegin Stern«, lobte Keeser und schalt sich, weil er nicht selbst an diese Möglichkeit gedacht hatte.

»Sie haben also die Kehrmaschine ausgemacht und gerufen«, hakte Paula dort ein, wo sie Eckerle unterbrochen hatte. »Haben Sie in diesem Moment etwas gehört?« Wenn er den Schützen wirklich so knapp verpasst hatte, wie sie ausgerechnet hatte, hätte er eventuell noch dessen Schritte auf der metallenen Außentreppe hören können. Und daran hätte er vielleicht erkennen können, ob es sich um die flinken, leichtfüßigen Schritte eines jüngeren oder eher um den langsamen, vorsichtigeren Gang eines älteren

Menschen handelte. Oder ob es eventuell Schuhe mit Absätzen waren, die sich da entfernten, denn eine Frau als Mörder durften sie beim jetzigen Stand ihrer Ermittlungen noch nicht ausschließen.

Eckerle dachte angestrengt nach, bevor er bedauernd den Kopf schüttelte. »Daran kann ich mich beim besten Willen nicht erinnern, Frau Kommissarin. Ich sah nur, dass da jemand lag und sich nicht bewegte.« Er verstummte bei der Erinnerung an diesen schlimmen Moment.

»Und dann?« Keeser holte ihn in die Gegenwart zurück.

»Ich bin abgestiegen und zu ihm rübergegangen. Aber ich hab ihn nicht angefasst«, sagte Eckerle nachdrücklich. »Von den Krimis im Fernsehen weiß ich nämlich, dass man nichts anfassen darf.«

Keeser versuchte, ein Schmunzeln zu unterdrücken.

»Ich hab noch mal gerufen: ›Hallo, Sie, hören Sie mich?‹ Aber er hat nicht geantwortet. Keinen Mucks hat der mehr gemacht. Ich dachte gleich, dass der tot ist.« Eckerles Stimme klang fachmännisch, so, als ob er es bei seiner Arbeit täglich mit Leichen zu tun hätte. Mit einem schnellen Seitenblick vergewisserte er sich, dass seine Zimmergenossen auch alles mitbekamen. »Das war natürlich ein Schock, und zuerst wusste ich gar nicht, was ich tun sollte. Ich bin dann nach unten gerannt, in den Überwachungsraum, und hab die Polizei angerufen. Ihre Kollegen waren sehr schnell da.« Er sah sie abwechselnd an. »Hilft Ihnen das irgendwie weiter?«

Paula tätschelte seine Hand, der man ansah, dass sie ein Leben lang schwer gearbeitet hatte. »Aber ja. Ganz besonders dann, wenn wir tatsächlich eine Patronenhülse in dem Auffangsack finden sollten.« Sie überreichte ihm eine ihrer Visitenkarten. »Rufen Sie mich an, wenn Ihnen noch etwas zu letzter Nacht einfallen sollte. Auch die kleinste Kleinigkeit könnte wichtig für uns sein.« Sie stand auf.

Keeser tat es ihr gleich und stellte seinen Stuhl beiseite. »Herr Eckerle, am besten machen Sie ein paar Tage frei und erholen sich von der ganzen Aufregung«, sagte er und verabschiedete sich von ihm.

»Sie haben vergessen, mir zu sagen, dass ich Landau vorerst nicht verlassen darf!«, rief Eckerle ihnen vorwurfsvoll nach, als sie schon fast draußen waren.

Keeser grinste breit. »Der hat wohl zu viele Krimis gesehen«, raunte er Paula amüsiert zu.

Die wollte Eckerle aber nicht enttäuschen und sagte mit ernster Miene: »Das versteht sich doch von selbst, Herr Eckerle. Halten Sie sich also stets zu unserer Verfügung.«

»Halten Sie sich also stets zu unserer Verfügung«, äffte Keeser sie nach, kaum dass sie die Tür geschlossen hatte. »Der ist doch nur ein unbedeutender Zeuge und kein Verdächtiger.«

»Ach, sei doch nicht so. Ihm hat der ganze Wirbel um seine Person richtig gutgetan.« Sie ging neben Keeser die Stufen hinunter. »Bestimmt ist er sonst eher ein ruhiger und bescheidener Mann, der kein besonders ereignisreiches Leben führt. Lass ihm also das bisschen Aufmerksamkeit, die wird eh schnell wieder verfliegen.«

»Das wage ich zu bezweifeln.« Keeser deutete hinüber zur Anmeldung. »Die Presse ist schon da, und wegen wem sonst sollten die hier sein, wenn nicht wegen Eckerle?« Er wollte Paula schnell nach rechts in den Gang ziehen, um unentdeckt zu bleiben, aber da hatte man sie schon erkannt.

»Kriminalkommissar Keeser!«, schallte die Stimme der Reporterin von der »Rheinpfalz« quer durch das Foyer. »Einen Moment, bitte, ich habe ein paar Fragen an Sie.« Ihren Fotografen im Schlepptau, eilte sie ihnen mit laut klackenden Absätzen nach.

»Gut, dass ich Sie hier treffe«, freute sie sich, als sie Paula und Keeser endlich eingeholt hatte.

Die beiden waren da ganz anderer Meinung. Vor allem Keeser war nicht gut auf die Presse und im Speziellen auf Bettina Mertens zu sprechen. Für ihn war die recht klein geratene, etwas pummelige Reporterin wie ein lästiger Terrier, der sich mit seinen spitzen Zähnen bevorzugt in alles verbiss, was ihn nichts anging, und der sich dann nicht mehr abschütteln ließ. Am besten, man ging solchen Menschen aus dem Weg.

»Sie können sich sicher denken, warum ich hier bin«, flötete die Journalistin und zückte ihren Block.

»Frau Mertens, welch eine Freude!« Keesers Stimme triefte nur so vor Sarkasmus. »*Sie* in einem Krankenhaus? Sie haben doch hoffentlich nichts Ernstes?« Dabei wünschte er ihr die Pest oder die Cholera oder irgendeine andere hübsche, langwierige und möglichst schmerzhafte, gern auch extrem juckende Krankheit an den Hals.

Bettina Mertens ignorierte seine unverhohlene Abneigung und strahlte ihn an. »Ach, Herr Keeser, ich liebe Ihre Art von Humor. Aber ich weiß gar nicht, was Sie gegen die Presse haben. Wir sind schließlich ein wichtiges Organ, wenn es darum geht, die Wahrheit ans Tageslicht zu bringen.«

Keeser verzog das Gesicht wie unter Schmerzen. Ein Organ, das man, wenn es nach mir ginge, gern entfernen könnte, dachte er gequält.

»Frau Stern, vielleicht können *Sie* uns darüber aufklären, was es mit dem Tod von Benedikt Eichenlaub auf sich hat, wenn Ihr werter Kollege schon nicht mit mir reden will.« Bettina Mertens lächelte zuckersüß. »Und wie geht es dem Hausmeister, der ihn gefunden haben soll? Wir wissen, dass er hierhergebracht wurde, und wie es scheint, kommen Sie gerade von ihm. Wie geht es ihm? Hat er sich von seinem Schwächeanfall inzwischen erholt?«

Paula stellte fest, dass die Presse schon mehr über den Fall wusste, als gut war. »Woher haben Sie all diese Informationen?«

»Sie glauben doch nicht im Ernst, dass ich meine Quelle verraten werde?« Bettina Mertens lachte gekünstelt.

»Wenn Sie schon alles zu wissen glauben, was wollen Sie dann noch von uns?«, bemerkte Paula patzig. Sie wollte sich wegdrehen, wurde aber von Bettina Mertens am Arm festgehalten, die sie herausfordernd ansah.

»Wollen Sie lieber, dass ich vage Vermutungen veröffentliche, und damit riskieren, dass Ihre Ermittlungen behindert werden? Oder wollen Sie, dass mein Artikel Hand und Fuß hat und der Wahrheit entspricht? Sie haben die Wahl.«

Paula entschied sich für Letzteres. »Herr Eichenlaub wurde heute Morgen tot im Parkhaus in der Badstraße aufgefunden«, berichtete sie knapp.

Keeser warf ihr mahnende Blicke zu.

»Der Leichnam befindet sich derzeit in der Gerichtsmedizin. Wir erwarten erst morgen im Laufe des Tages den abschließenden Bericht«, sagte Paula emotionslos. »Bis dahin können und dürfen wir uns aus ermittlungstechnischen Gründen nicht zu der Sache äußern, wofür Sie sicherlich Verständnis haben.«

»Ist Eichenlaub eines natürlichen Todes gestorben, oder ist er ermordet worden?«, fragte Bettina Mertens ungeachtet Paulas klarer Worte.

»Darüber können wir noch nichts sagen. Sobald wir mehr wissen, wird es eine Pressekonferenz geben.«

»Wie wurde er ermordet?«.

Natürlich wollte Bettina Mertens Paula mit ihrer Frage zu einer unüberlegten Reaktion, zu einer Bestätigung oder einem Widerspruch verleiten. Selbst wenn Paula sich diesbezüglich in Schweigen hüllte, der Hausmeister würde ganz sicher liebend gern genau Auskunft geben. Aber ihr verbieten, Eckerle zu interviewen, konnten sie nicht, dazu hatten sie keine Handhabe.

»Wir gehen davon aus, dass er erschossen wurde«, sagte sie mit gedämpfter Stimme, in der Gewissheit, dass sie nur das bestätigte, was die Mertens von ihrem Informanten bereits wusste.

Keeser neben ihr stöhnte laut auf.

Bettina Mertens machte ein zutiefst zufriedenes Gesicht. »Es war mir eine Freude, mit Ihnen zu reden, Frau Stern.« Schon eilte sie mit ihrem Fotografen in Richtung Aufzug.

»Frau Mertens!« Paula lief ihr nach. Bettina Mertens war nicht dumm, und wenn sie Eckerle annähernd die gleichen Fragen stellte, wie sie und Keeser das gerade getan hatten, würde sie zu dem gleichen Schluss kommen, dass der Hausmeister den Schützen zeitlich nur knapp verpasst hatte. Würde das bekannt werden, könnte Eckerle in ernsthafte Gefahr geraten.

Bettina Mertens, die Paula gerade mal bis zur Brust ging, sah erwartungsvoll zu ihr hoch.

»Ich habe eine Bitte, und ich hoffe, Sie zeigen sich kooperativ. Wenn Sie über den Hausmeister schreiben, dann vermeiden Sie bitte jeglichen Sensationsjournalismus.«

Die Fahrstuhltür glitt auf, der Fotograf stieg ein. Bettina Mertens blockierte die Tür und musterte Paula interessiert.

Die atmete tief durch. »Der Hausmeister, den Sie gleich interviewen werden, befand sich zur Tatzeit in unmittelbarer Nähe des Tatortes. Ich bitte Sie nur, das nicht zu erwähnen. Nur zu seinem Schutz, verstehen Sie? Der Täter könnte auf die Idee kommen, einen eventuellen Zeugen aus dem Weg schaffen zu müssen.« Bettina Mertens sah sie an, ohne eine Miene zu verziehen. Dann lächelte sie ein überraschend sympathisches Lächeln. »Geht klar, Frau Stern. Vielleicht sollten wir beide öfter mal miteinander kommunizieren, das könnte auf Dauer recht fruchtbar sein, finden Sie nicht auch?« Sie reichte ihr eine ihrer Visitenkarten und bestieg den Fahrstuhl. »Ich würde nur schreiben, was Sie für gut befinden, und Sie liefern mir im Gegenzug nur Eins-a-Informationen. In der Wissenschaft nennt man das Symbiose.«

Die Aufzugtür glitt zu, und Paula blieb mit der Visitenkarte in der Hand und einem gewissen Restzweifel allein zurück. Konnte sie der Reporterin trauen? Keeser würde das natürlich kategorisch verneinen, doch etwas in der Art, wie sie auf Paulas Bitte reagiert hatte, ließ sie zu einem Ja tendieren.

Vorsichtshalber ließ sie die Karte in ihrer Jacke verschwinden. Keeser sollte sie besser nicht sehen.

»Bist du von allen guten Geistern verlassen?«, polterte er los, als sie zu ihm zurückkam, ohne auf die Menschen um ihn herum zu achten. »Wie kannst du diesem Aasgeier nur so viel verraten?«

»Du hast Eckerle erlebt, er wird ihr sowieso alles haarklein erzählen. Er weiß doch auch, dass Eichenlaub erschossen wurde, und wird das munter in die Welt hinausposaunen, um noch ein bisschen Ruhm zu ernten. Es war also nichts dabei, es zu sagen.«

»Sonne wird uns in der Luft zerreißen.«

»Er soll lieber den in der Luft zerreißen, der der Presse gesteckt hat, was in dem Parkhaus passiert ist und welche Rolle Eckerle spielt, beziehungsweise wo er zu finden ist.«

Keeser marschierte missgelaunt zum Ausgang.

Paula kam ein anderer Gedanke: Vielleicht könnte Bettina Mertens tatsächlich von Nutzen sein. Wenn jemand über Eichenlaubs Geschäfte und eventuelle Machenschaften rund um die Umweltgeschichte Bescheid wusste, dann doch wohl jemand von der Presse.

»Mist, verdammter«, fluchte Keeser neben ihr, während sie zum Wagen gingen. Sein Handy meldete sich. Bei dem Blick auf das Display stöhnte er abermals auf. »Wenn man vom Teufel spricht. Hallo, Chef«, meldete er sich eine Nuance freundlicher und lauschte dem Anrufer mit kritisch zusammengezogenen Augenbrauen. »Sind unterwegs, in fünf Minuten sind wir da.«

Nachdem er das Gespräch beendet hatte, sah er Paula unglücklich an. »Das war Sonne. Sonderbesprechung, sofort, in seinem Büro.«

»Was regst du dich denn so auf, das war doch zu erwarten.«

»Erst diese aufdringliche Pressetante und jetzt noch Sonne. Soll ich da etwa jubilieren?«, brummte er und stieg in den Dienstwagen ein.

»Klar, und dazu noch jauchzen und frohlocken«, sagte Paula lachend. »Das wäre doch mal eine nette Abwechslung zu diesem griesgrämigen, schlecht gelaunten Keeser, den ich sonst habe.«

»So bin ich gar nicht.«

»Nicht immer, aber heute ganz besonders. Macht dir das Wiedersehen mit deiner Andrea so zu schaffen?«

»Quatsch. Ich weiß auch nicht, ich bin einfach genervt. Das wird sich schon wieder legen. Spätestens nach dem Gespräch mit Sonne. Versprochen.«

»Wenn du lieber deine Ruhe haben willst, können wir gern unsere Verabredung für heute Abend stornieren«, bot sie bereitwillig und mit einer ordentlichen Spur Hoffnung an.

»Kommt gar nicht in Frage.« Er sah nicht ein, dass er eine Verabredung ausfallen lassen sollte, bei der es leckeres Essen gab. »Das wird doch bestimmt lustig.«

Davon war Paula nicht überzeugt, denn ihre Mutter würde ihren Kollegen garantiert gnadenlos ausfragen.

»Marianne geht doch mit?«, fragte sie voller Zuversicht. Mit ihr an Keesers Seite würde ihre Mutter ihn als Ehekandidaten zweifellos streichen müssen.

»Die hat ihren Mädelsabend mit ihren ehemaligen Studienkolleginnen. Essen gehen, Kino und was halt reifere Mädels an freien Abenden so zu tun pflegen.« Paula startete den nächsten Versuch, dem heutigen Abend zu entrinnen. »Dann verschieben wir das Ganze eben auf einen Abend, an dem sie mitgehen kann.«

»Man könnte meinen, du willst nicht, dass deine Mutter und ich zusammentreffen.« Er musterte sie prüfend von der Seite. Wie er es sagte, klang es natürlich absurd. »Na ja …«, war alles, was Paula auf die Schnelle als Erwiderung einfiel.

Keeser lachte auf. »So ängstlich kenne ich dich gar nicht. Keine Sorge, ich werde ihr schonend beibringen, dass sie auf gar keinen Fall meine Schwiegermutter wird. Beruhigt?«

»Und nichts über mein Privatleben, schwör es.«

Er sah sie gekonnt überrascht an. »Du hast ein Privatleben? Davon weiß ich noch gar nichts.«

Inzwischen waren sie auf den Hof ihrer Dienststelle gefahren.

»Also denn, auf in die Höhle des Löwen«, sagte Keeser wenig ambitioniert. »Ich könnte aber auch hier auf dich warten.«

»Vergiss es, mitgefangen, mitgehangen.« Paula stieg aus und wartete auf ihn. Er ließ sich jede Menge Zeit. »Mach schon, bring es einfach hinter dich.«

»Das erinnert mich irgendwie an meine Kindheit«, erzählte Keeser, als sie die Treppe zu Sonnes Büro hochstiegen. »Als ich schon größer war, musste ich allein zum Zahnarzt gehen. Am Anfang lief ich noch ganz normal, aber je näher die Zahnarztpraxis kam, desto langsamer wurde ich. Genutzt hat es aber nichts, ich musste ja doch hin.«

»Sonne wird schon nicht bohren.«

»Da kennst du ihn aber schlecht.«

Die Tür zu Kriminaloberrat Sonnes Büro stand offen.

»Kommen Sie«, sagte er und winkte sie ungeduldig herein. »Das hat aber lang gedauert. Ich wusste gar nicht, dass das Vinzentius-Krankenhaus so weit von meinem Büro entfernt ist. Die Frau Staatsanwältin und ich haben gerade überlegt, ob wir ein Nickerchen machen sollen.«

Marianne Renner erhob sich und strich den Stoff ihres dunkelblauen Kostümrockes glatt. »Natürlich nicht zusammen«, ergänzte sie Sonnes missglückten Scherz. Sie begrüßte sowohl Paula als auch Keeser mit Handschlag – noch war ihre Beziehung zu dem Kriminalhauptkommissar nicht öffentlich. Allerdings sah sie ihm tiefer in die Augen als Paula.

Zu deren Überraschung wich er dem Blick seiner heimlichen Freundin aus, entzog ihr schnellstmöglich die Hand und grüßte sie höflich distanziert. »Frau Staatsanwältin.«

Hatte er tatsächlich so große Angst, dass seine Beziehung ans Tageslicht kam? Paula beobachtete ihn kritisch wie ein Bakterium unter einem Mikroskop. Er stand zu seinem liebevoll gepflegten Bauch, warum also nicht zu seiner Beziehung? War er wirklich so gehemmt? Oder einfach nur feige? Sonne würde das wahrscheinlich nicht einmal jucken. Wie fühlte sich wohl seine Marianne dabei?

»Setzen Sie sich, meine Herrschaften«, gebot Sonne und ließ sich selbst schwer atmend auf seinen ledernen XXL-Schreibtischsessel sinken. Mit dem obligatorischen Taschentuch wischte er sich über seine schweißnasse Stirn und den Stiernacken. »Was haben wir?«

»Einen Toten, den bekannten und umstrittenen Industriellen Benedikt Eichenlaub. Erschossen aufgefunden im Parkhaus in der Badstraße«, zählte Keeser die Fakten auf, die Sonne schon bekannt waren. »Seine Witwe wurde von uns benachrichtigt. Die Befragung des Hausmeisters hat nichts für uns Relevantes ergeben, da er in der Tatnacht weder etwas Auffälliges gesehen noch gehört hat.«

»Mehr nicht?« Sonne klang beleidigt.

»Leider noch nicht.«

»Haben wir das Projektil?«

»Haben wir, es steckte im Wagen unseres Opfers. Es ist ein Neun-Millimeter-Geschoss, die dazugehörige Hülse fehlt allerdings. Und die Gerichtsmedizin hat die Leichenschau für morgen anberaumt.«

»Wie verlief das Gespräch mit Frau Eichenlaub? Zählt sie zu unseren Verdächtigen?«

»Sie schien schwer mitgenommen«, antwortete Paula. »Sie behauptet, sie habe mehrfach versucht, ihren Mann auf dem Handy zu erreichen. Allerdings war sie der Meinung, er wäre nach Bremen gefahren. Im Laufe der Nacht habe sie angeblich einige Unfallkliniken angerufen, da sie befürchtete, ihr Mann habe einen Unfall gehabt. Wir werden also als Nächstes sämtliche Telefondaten überprüfen.«

»Und Sie müssen herausfinden, wo sich Eichenlaub aufgehalten hat. In Bremen war er definitiv nicht.«

»Eichenlaub stand wegen eines über Strohmänner abgewickelten Grundstückkaufs eher schlecht mit den verschiedenen Umweltschützern, da solltet ihr auf jeden Fall auch nachhaken.« Marianne Renner hatte sich in einen persönlicheren Ton verirrt. »Und Sie sollten seine politische Karriere genau unter die Lupe nehmen.« Während sie ihren kleinen verbalen Ausrutscher schnell korrigierte, ließen ihre grünen Augen Keeser nicht los. »Da wird von Vetternwirtschaft und Bestechung gemunkelt.«

»Beliebt war der Mann nun wirklich nicht«, bestätigte Sonne. Er ließ sich nicht anmerken, ob er von der Verbindung zwischen seinem Kommissar und der Staatsanwältin wusste.

»Es tun sich da diverse Tatmotive auf. Nichtsdestotrotz war Benedikt Eichenlaub ein wichtiger Mann in der Wirtschaft und in unserer Gesellschaft. Er hat viel für die Region getan, Arbeitsplätze geschaffen und meines Wissens großzügig für wohltätige Zwecke gespendet.« Sonne schloss seinen Vortrag mit einer Ermahnung. »Der Fall sollte daher mit äußerster Diskretion behandelt und schnellstmöglich gelöst werden.«

»Apropos Diskretion.« Keeser bedachte Paula mit einem strafenden Seitenblick. »Die Presse weiß schon Bescheid.«

Paula fühlte sich unwohl in ihrer Haut, vielleicht hatte sie der Presse tatsächlich zu viel verraten. Vorsorglich zog sie den Kopf ein, denn Sonnes Wutausbrüche waren legendär.

»Ich weiß, ich weiß.« Sonne stöhnte auf, ihm gefiel diese Tatsache auch nicht. »Ich hatte heute Morgen ein Telefonat mit der ›Rheinpfalz‹. Die Dame von der Zeitung rief mich tatsächlich zu Hause an und hatte zu dieser Zeit schon Kenntnis von

Eichenlaubs Tod. Es blieb mir also nichts anderes übrig, als das zu bestätigen. Manchmal hab ich das Gefühl, diese Journalisten wissen besser Bescheid als wir.«

Paula war erleichtert, dass er überhaupt nicht auf Keesers anklagende Worte einging.

Sonne wischte sich zum wiederholten Male den Schweiß aus Gesicht und Nacken. »Bringen Sie mir möglichst bald was Brauchbares, damit ich diese Aasgeier ruhig halten kann.« Er wuchtete seinen viel zu dicken Körper aus dem Sessel und gab unmissverständlich zu verstehen, dass das Treffen beendet war. »Nach der Frühbesprechung morgen wissen wir hoffentlich mehr.«

Keesers Handy schlug an. »Das ist Dreißigacker, vielleicht hat er ja was Neues«, bemerkte er hoffnungsvoll und meldete sich. »Wir haben die Patronenhülse«, verkündete er wenig später. »Kollegin Stern hatte die geniale Idee, den Inhalt der Kehrmaschine überprüfen zu lassen. Sie hatte recht. Die Hülse ist bereits unterwegs in die Ballistik.«

Somit schied der erfahrene Profikiller, der keine Spuren am Tatort hinterlässt, als Täter mehr oder weniger aus. Worüber Paula nicht traurig war, denn das Mitwirken von Profis auf diesem Gebiet deutete meist auf das organisierte Verbrechen hin, was wiederum eine Beteiligung des BKA zur Folge hätte. Und wenn sie in ihrem inzwischen schon recht reichen dienstlichen Erfahrungsschatz kramte, waren diese gemeinsamen Ermittlungen nicht immer angenehm gewesen. Die Kollegen vom BKA waren nämlich der festen Überzeugung, etwas Besseres zu sein als ihre Kollegen von der Kriminalpolizei. Und sie waren auch noch Kripobeamte in der tiefsten Provinz, was die BKA-Überheblichkeit enorm potenzieren würde.

»Dreißigacker konnte zudem an Eichenlaubs Wagen noch den Teilabdruck eines Fingers sicherstellen«, unterbrach Keeser ihren Gedankengang. »Er läuft gerade durch die Datenbank.«

»Ach ja, auf den Überwachungsvideos konnten wir einwandfrei feststellen, dass eine zweite Person in dem Wagen saß, als er in das Parkhaus fuhr«, berichtete Paula weiter. »Die Aufnahmen sind allerdings sehr schlecht und aus einem ungünstigen Winkel heraus gemacht. Kollege Bader versucht alles, denjenigen oder diejenige erkennbar zu machen.«

»Das ist doch besser als gar nichts«, sagte Sonne und reichte ihnen zum Abschied der Reihe nach seine schweißige Hand.

Paula widerstand dem Reflex, sich sofort die Hände zu waschen, stattdessen wischte sie ihre Rechte an ihrem Hosenboden ab.

»Gehen wir irgendwo in aller Ruhe einen Kaffee trinken?«, erkundigte sich Marianne Renner auf der Treppe nach unten.

»Ich kann nicht, ich muss so schnell wie möglich nach Hause«, sagte Paula. »Meine Mutter ist heute früh überraschend zu Besuch gekommen.«

»Ich kann auch nicht, einer muss sich schließlich um den Bericht kümmern«, sagte Keeser, den normalerweise nichts und niemand von dem Genuss einer Tasse Kaffee in angenehmer Gesellschaft abhalten konnte. Er klang ausweichend, fand Paula.

Unschlüssig standen die drei am unteren Ende der Treppe.

»Na gut, du Arbeitstier.« Marianne Renner nahm seine Absage ein wenig enttäuscht, aber anscheinend nicht argwöhnisch hin. »Dann hast du wohl den Rest des Tages frei von mir«, gurrte sie und schmiegte sich an ihn. »Soll ich eventuell nach meinem Mädelsabend noch zu dir kommen?«

Als sich ein Stockwerk höher Sonnes schwere Schritte der Treppe näherten, fuhren die beiden erschrocken auseinander.

»Ich gehe mit Paula und ihrer Mutter essen«, sagte Keeser schnell. »Keine Ahnung, wann ich nach Hause kommen werde. Und morgen wird ein langer Tag.«

Paula musterte ihn misstrauisch. Das war nicht der Keeser, der seit Monaten alles Mögliche und Unmögliche anstellte, jede Zehntelsekunde seiner knapp bemessenen Freizeit mit Marianne Renner zu verbringen.

Sonne, bei seinem Treppenabstieg erneut beträchtlich ins Schwitzen geraten, stapfte mitten durch ihre kleine Gruppe und verabschiedete sich zum wiederholten Mal.

»Ist wahrscheinlich besser so«, sagte Marianne Renner resigniert. »Bei mir wird es sicher auch spät, und ich denke nicht, dass der Abend antialkoholisch verlaufen wird.« Sie stellte sich auf die Zehenspitzen und küsste Keeser auf den Mund. »Dann also bis morgen irgendwann.« Sie stöckelte mit lasziv schwingenden Hüften in ihren dunkelblauen Pumps zur Eingangstür hinaus.

Keeser, dem sonst bei diesem Anblick immer sprichwörtlich der Sabber lief, drehte sich auf dem Absatz um und ging in Richtung Büro. »Du kannst gern abhauen!«, rief er Paula über seine Schulter zu. »Ich übernehme den Bericht!«

Paula folgte ihm und baute sich mit vor der Brust verschränkten Armen vor seinem Schreibtisch auf. »Was ist los?«

»Was soll los sein?«, antwortete Keeser, ohne sie anzusehen, und ließ seinen Computer hochfahren. »Nichts ist los. Ich will nur schnell den Bericht schreiben, sonst muss ich das morgen vor der Frühbesprechung machen.«

»Was ist mit dir und Marianne los?«, fragte Paula deutlicher.

»Alles bestens. Warum interessierst du dich auf einmal so für mein Privatleben?«

»Du warst gerade so ... komisch.«

»Blödsinn, das bildest du dir ein. Kümmer dich lieber um dein eigenes Liebesleben, sonst werde ich wirklich noch komisch.« Er sah auf seine Armbanduhr. »Es ist jetzt kurz nach vier. Ich hole euch gegen sechs ab, was dagegen einzuwenden?«

Paula überlegte kurz und lehnte dann sein Angebot ab. »Du brauchst wegen uns nicht extra einen Umweg zu fahren, wir haben das Auto meiner Mutter. Einen Vorteil muss dieser Besuch doch haben. Sag mir nur, wohin wir kommen sollen.«

»›Weingut Leiling‹ in Schweigen. Du erinnerst dich an den Fall mit dem toten Reporter? Da waren wir in dieser Weinstube in der Hauptstraße essen. Ich meine aber nicht das ›Deutsche Weintor‹.«

»Ich weiß, was du meinst. Und das ist die ›Weinstube Leiling‹? Ich dachte, der Laden heißt anders.«

»Der heißt auch anders, das ›Weingut Leiling‹ ist genau gegenüber, Hauptstraße 3. Um halb sieben dort?«

»Wir werden da sein. Und danke, dass du den Bericht übernimmst. Schreib einen schönen Gruß von mir rein.« Sie winkte und ging.

★★★

Paula war müde nach der viel zu kurzen Nacht und dem außerplanmäßigen Arbeitstag. Sie verspürte wenig Lust auf anstrengende Gespräche und Diskussionen mit ihrer Mutter. Im Treppenhaus hielt sie deshalb kurz vor Sebastians Tür an und überlegte, ob sie nicht schnell klingeln und sich zur Stärkung einen Kuss – oder auch mehrere – abholen sollte, bevor sie ein Stockwerk höher in ihre Wohnung und zu ihrem dort wartenden Besuch ging.

Ihr Finger schwebte schon über dem Klingelknopf, nur um es dann doch zu lassen. Sie nahm an, dass er bei dem schönen Wetter ganz bestimmt nicht zu Hause geblieben war, sondern sein Vorhaben, im Pfälzer Wald zu wandern, allein in die Tat umgesetzt hatte. Vielleicht saß er in diesem Augenblick entspannt auf einer Bank und genoss das Wetter und eine traumhaft schöne Aussicht.

Schicksalsergeben stieg Paula die restlichen Stufen zu ihrer Wohnung hinauf. Warum ist das zwischen Müttern und Töchtern eigentlich so?, überlegte sie. Warum haben Mütter immer Angst, dass ihre Töchter, egal, wie alt sie sind, ihr Leben nicht im Griff haben beziehungsweise nicht selbstständig leben können? Dabei kam sie doch recht gut zurecht: Sie war erfolgreich im Beruf, verdiente ihr eigenes Geld, und verhungert war sie auch nicht, obwohl sie keinesfalls eine umwerfende Köchin war. Sie wollte mit fast dreißig einfach keine gut gemeinten Ratschläge mehr bekommen – außer natürlich, sie fragte gezielt danach. Wenn sie irgendwann mal Mutter sein sollte, würde sie alles ganz anders machen. Das schwor sie sich.

Sie hörte Stimmen, Gelächter und Hundegebell hinter der Tür, als sie den Schlüssel ins Schloss steckte. Ihre Mutter schaute anscheinend vor lauter Langeweile schon nachmittags fern. Ein schlechtes Gewissen überkam Paula.

85

Kaum hatte sie jedoch die Tür geöffnet, schoss ihr ein leibhaftiger Hund entgegen und sprang freudig kläffend an ihr hoch. Othello, wie sie schnell erkannte, der hellgraue Zwergpudel von Frau Seidel gegenüber. Was macht der denn in meiner Wohnung?, dachte Paula verblüfft.

»Paula, bist du das?«, ertönte die Stimme ihrer Mutter aus dem Wohnzimmer.

»Wer denn sonst? Ich hoffe, du hast niemand anderen erwartet.« Überrascht blieb Paula in der Tür stehen, als sie die Menschenansammlung in ihrem Wohnzimmer sah.

Ihre Nachbarin Frau Seidel thronte auf dem grünen Ledersessel, elegant eine Kaffeetasse auf der Untertasse balancierend. Ihr schneeweißes Haar war wie immer zu einem kunstvollen Dutt verschlungen. Die alte Dame lächelte ihr freundlich zu.

Auf der Couch saß ihre Mutter, zufrieden strahlend. Und neben ihr Sebastian, der offensichtlich nicht beim Wandern war, sondern mit vollen Backen Kuchen aß, den ihre Mutter vermutlich auf ihrem Streifzug durch Landau erbeutet hatte. Und mittendrin, stummelschwanzwedelnd und fröhlich bellend, Othello.

In welchem Film bin ich denn hier gelandet?, dachte Paula entgeistert. Ihr ehemals freier Tag war nun endgültig auf dem besten Wege zu entgleisen. Ihr Wunsch nach Ruhe und Einsamkeit war plötzlich fast übermenschlich.

»Das ist aber eine Überraschung«, entfuhr es ihr.

»Deine reizenden Nachbarn sind mir vorhin zufällig im Treppenhaus über den Weg spaziert«, sagte ihre Mutter.

Sebastian war ihr wohl eher über den Weg gewandert, denn er hatte seine Wanderschuhe und eine Trekkinghose an. Sein gepackter Rucksack stand neben der Couch. Zweifellos war er ihr auf dem Weg zu seiner geplanten Wanderung ins Netz gegangen.

»Und da ich gerade Kuchen gekauft hatte, hielt ich es für eine wunderbare Idee, sie auf ein Tässchen Kaffee zu uns einzuladen.«

Ganz wunderbar, entschied Paula und flüchtete regelrecht in ihr Arbeitszimmer, um erstens unbeobachtet durchatmen zu können und zweitens ihre Waffe wegzusperren, bevor sie sie hier und jetzt benutzte.

Sie tauschte ihre Bluse gegen ein ärmelloses T-Shirt und die Jeans gegen ausgefranste Shorts, woraufhin sie sich gleich ein bisschen besser fühlte. Sie steckte ihren Zopf hoch und sprach dabei ihrem Spiegelbild Mut zu. Irgendwann, in absehbarer Zeit, würde ihre Mutter ja wieder abreisen, und dann bekäme sie ihr Leben und ihre Wohnung wieder zurück.

Außerdem sollte man sich in seinem kurzen Dasein mehr auf die positiven Dinge konzentrieren, ermahnte sie sich, und überaus positiv war im Moment, dass da draußen in ihrem überfüllten Wohnzimmer Sebastian saß. Sogar extrem positiv, denn sie hatte befürchtet, ihn heute gar nicht mehr zu sehen.

Derart motiviert betrat sie das Wohnzimmer und wurde von Othello erneut aufs Freudigste begrüßt.

»Habt ihr mir wenigstens ein Stückchen Kuchen übrig gelassen?«, erkundigte sie sich erheblich besser gelaunt als bei ihrer Ankunft. Sie setzte sich zu Sebastian auf die Sofalehne und gab ihm einen Kuss.

Ihre Mutter eilte in die Küche, um ihr gleich darauf ihre »Mamas Liebling«-Tasse, angefüllt mit köstlich duftendem Kaffee, in die Hand zu drücken. Sebastian bugsierte für sie das letzte Stück Torte, das noch auf dem Pappkarton vom Konditor stand, auf einen Teller. Schwarzwälder Kirsch mit höherem Sahne- als Teiganteil. So gar nicht mein Ding, dachte Paula.

»Das ist bestimmt gut für deine Nerven«, sagte er mit einem liebevollen Grinsen und überreichte ihr den Teller.

Um ihren Nerven, oder dem, was noch davon übrig war, etwas Gutes zu tun, hätte es allerdings mindestens einer halben Torte bedurft – dieses schmale Stückchen war lächerlich.

»Wusstest du eigentlich, dass Frau Seidels Mann in den Achtzigern Direktor bei einer Bank in Würzburg war?«, rief ihre Mutter begeistert, während sich Paula eine Gabel voll Torte in den Mund schob.

Sie wusste es nicht, woher auch. Mehr als ein »Guten Tag«, »Guten Morgen« oder »Guten Abend« hatte sie mit ihrer Nachbarin noch nie gewechselt. Ihre Beziehung zu Othello war da bei Weitem enger, denn er ließ keine Gelegenheit aus, sie überschwänglich zu begrüßen und sich ausgiebig kraulen zu lassen, wenn sie sich im Treppenhaus begegneten. Auf diese Freundschaft pochend und seine uneingeschränkte Liebe zu ihr betonend, stand der Pudel aufrecht neben Paula an der Couch und bezirzte sie mit einem treuen Blick aus seinen Hundeaugen, doch ihre Torte mit ihm zu teilen.

»Ehrlich?«, nuschelte Paula Interesse heuchelnd mit vollem Mund.

»Ja, und stell dir vor: Ihre jüngste Tochter war an derselben Schule wie ich. In der Parallelklasse. Ist die Welt nicht klein?«

»Dann sind Sie also wie ich Asylantin in der Pfalz?« Paula fiel ein, dass sie in knapp zwei Stunden zum Essen gehen würden. Sie stellte den Teller nach einem weiteren Bissen auf den Tisch. Woraufhin Othello die freundschaftliche Stellung an der Couch sofort aufgab und dazu überging, den Kuchenrest auf dem Tisch direkt vor seiner Hundenase zu fixieren. »Du kleiner Heuchler, du liebst gar nicht mich, du hast es einzig und allein auf meinen Kuchen abgesehen.« Trotzdem kraulte Paula ihm liebevoll die Lockenkrone.

Frau Seidel lachte. »Othello, benimm dich!« Auf ihre Zurechtweisung hin entfernte sich Othello vom Tisch und legte sich mit mürrischem Blick hin. Den Kuchenteller ließ er allerdings nicht aus den Augen.

Ihrerseits ihren Hund nicht aus den Augen lassend, erzählte Frau Seidel: »Ich bin gebürtige Hamburgerin. Mein Mann hat mich zunächst nach Franken und danach in die Pfalz ›verschleppt‹, so nannte das zumindest mein Vater immer.«

»Uns passt es auch nicht, dass Paula so weit weg von daheim arbeiten muss«, sagte ihre Mutter.

Paula rollte theatralisch mit den Augen. Nach fast zehn Jahren immer noch dieselbe Leier.

»Ihre ganze Familie, ihre Freunde, alles hat sie hinter sich gelassen. Mutterseelenallein hat sie zuerst in München gelebt, und jetzt ist sie wieder so weit weg von uns.«

»Mutterseelenallein ist ja wohl leicht übertrieben, Mutsch. München hat immerhin über eine Millionen Einwohner.« Paula verstand nicht, was ihre Mutter gegen Alleinsein hatte. Sie wäre in diesem Moment verdammt gern allein gewesen.

»Ach, du weißt doch genau, was ich meine.«

Natürlich wusste sie genau, was ihre Mutter meinte: gemütliche Essen im Familienkreis, am besten jeden Sonntag, große Familienfeiern zu allen Gelegenheiten, regelmäßige Mutter-Tochter-Tage und natürlich mehr Kontrolle über die als einzige noch nicht Verheiratete von vier Töchtern. Sie mochte ihre Familie wirklich, aber noch mehr mochte sie ihre Freiheit, was damals mit ein Grund gewesen war, nach München zu gehen. Das brauchte ihre Mutter allerdings nicht zu erfahren.

»Um sechs müssen wir los.« Paula wechselte das Thema, denn es war sinnlos, immer und immer wieder darüber zu reden und zu streiten. »Wir treffen uns um halb sieben mit meinem Kollegen in Schweigen.« Sie legte ihren Kopf an Sebastians Schulter und fragte ihn flehentlich: »Gehst du mit? Lecker essen in einer angeblich ganz besonders schönen Weinstube?«

Sebastian kämpfte kurz mit sich und seinem inneren Schweinehund. »Geht nicht«, sagte er dann, »ich muss noch den Unterricht für morgen und die kommenden Projekttage vorbereiten und wenigstens einen Teil meiner Korrekturen schaffen. Tut mir echt leid.«

Paula war enttäuscht. Also dann ein Abend mit Keeser und ihrer Mutter. Das bedeutete, dass sie sich zusammenreißen musste, nicht auf Nörgeln und Vorwürfe eingehen und einfach keine Streitthemen aufkommen lassen durfte. Das Thema Partnersuche war ja wohl erledigt, da Mutsch Sebastian inzwischen kennengelernt und der zum Glück einen anständigen Beruf hatte.

»Ich muss auch gehen, Othello muss noch seine Runde machen.« Frau Seidel stand auf. »Vielen Dank für die reizende Einladung. Es freut mich wirklich sehr, dass wir uns kennengelernt haben.« Sie schüttelte erst Paulas Mutter die Hand, dann Sebastian und zuletzt Paula. Ihr Blick fiel auf den Teller, auf dem gerade noch das restliche Tortenstück gelegen hatte.

»Othello!«, rief sie vorwurfsvoll.

Der Gerufene leckte sich eben die letzten Krümel aus dem Hundebart und sah sein Frauchen schwanzwedelnd und zutiefst unschuldig an. Ein verräterischer kleiner Sahneklecks auf der Nase, den seine Zunge nicht erwischt hatte, war Zeugnis seiner Diebestat.

Paula hätte schwören können, dass er zufrieden grinste. Sie drückte ihn schmunzelnd an sich.

»Mein lieber Othello, sei bloß froh, dass ich bei der Mord-kommission und nicht beim Dezernat für Eigentumsdelikte bin, sonst wäre es jetzt um deine Freiheit geschehen.«

Frau Seidel versuchte, die Ehre ihres Pudels zu retten. »So was macht er sonst nie. Das ist mir schrecklich peinlich.«

»Ach was«, sagte Paula abwinkend. Ihr hatte die Torte sowieso nicht geschmeckt. »Ich hoffe nur, das sahnige Zeug bekommt ihm.«

***

»Dein Sebastian ist ein sehr netter Mann«, bemerkte ihre Mutter, während sie das schmutzige Kaffeegeschirr in die Küche räumten.

»Ja, das ist er.« Paula nickte bestätigend.

»Und er sieht verdammt gut aus.«

Auch da konnte Paula ihr uneingeschränkt zustimmen.

»Habt ihr schon übers Heiraten gesprochen?«

»Nein, haben wir nicht«, antwortete Paula unwirsch. Ruhig bleiben, nicht aufregen, nicht unfreundlich werden, ermahnte sie sich selbst. »Wir kennen uns ja erst ein paar Monate.«

»War er schon mal verheiratet?« Ihre Mutter ließ nicht locker.

»Nein, war er nicht.«

»Aber doch in einer festen Beziehung. Du weißt ja, dass ewige Junggesellen meistens recht sonderlich sind.«

»Keine Sorge, mit ihm ist alles in Ordnung, er hatte eine lang-jährige Beziehung.« Obwohl alles in ihr nach Rebellion schrie, gab Paula brav und völlig ruhig Auskunft.

»Warum ging das auseinander?« Ihre Mutter gab keine Ruhe.

Paula ging ins Bad und tat so, als ob sie die Frage nicht gehört hätte. Sie zog sich aus und stieg in die Dusche. Kaum hatte sie den letzten Rest Duschgel von ihrem Körper gespült, ertönte die Stimme ihrer Mutter auf der anderen Seite der Duschabtrennung. »Willst du mir nicht sagen, warum das mit seiner damaligen Freundin auseinandergegangen ist, oder weißt du es nicht? Wenn Männer über solche Dinge nicht reden, ist das schon ein bisschen dubios.«

Paula war froh, dass ihre Mutter hinter der matten Scheibe der Duschkabine nicht sehen konnte, wie sie die Fäuste ballte, die Zähne zusammenbiss und um Beherrschung flehte. Tatsächlich wusste sie nichts Genaues über Sebastians frühere Freundin und die Trennung. Dubios fand sie das allerdings nicht. Sie hatte einfach nicht danach gefragt. Warum auch? Sie wollte sich mit der anderen nicht vergleichen müssen. Sie wusste nur, dass Sebastian ihrer Vorgängerin nicht nachtrauerte und sie inzwischen mit einem anderen verheiratet war. Paula war einfach nur froh, diesen wunderbaren Single-Mann kennengelernt zu haben.

»Wie das halt so geht, sie haben sich irgendwann auseinandergelebt, sich beide in andere Richtungen entwickelt«, fabulierte sie eine glaubwürdige Antwort, um weiteren Nachfragen zu entgehen. »Wie bei Leo und mir. Irgendwann passt man nicht mehr zusammen, und dann geht man auseinander.« Sie schob die Glasscheibe zur Seite und schnappte sich ihr Handtuch.

Ihre Mutter hatte sich inzwischen umgezogen. Sie stand vor dem Spiegel und schminkte sich.

»Fakt ist: Hätte er sich nicht getrennt, wäre er nicht nach Landau gekommen, und wir hätten uns nie getroffen«, erklärte Paula, während sie sich trocken rubbelte.

Ihre Mutter betrachtete sich noch einmal prüfend im Spiegel und klappte ihr Schminktäschchen zusammen. »Du wirst schon wissen, was du machst«, bemerkte sie abschließend und verließ das Bad.

Paula sah ihr verwundert nach. Woher die plötzliche Erkenntnis?, fragte sie sich.

Sie schmierte sich gerade mit ihrer Bodylotion ein, als ihre

Mutter von der Küche herüberrief: »Und dein Kollege, dieser Bernd Keeser, was ist mit dem?«

»Was soll mit ihm sein?«

»Der ist ja nicht verheiratet. Steckt er in einer Beziehung?« Paula spazierte nackt ins Schlafzimmer hinüber, um sich anzuziehen.

»Kind, du bist zu dünn!«, rief ihr ihre Mutter nach.

Paula schickte ein Stoßgebet zum Himmel: Bitte, wer auch immer für solche Angelegenheiten zuständig sein mag, lass mich ruhig bleiben. Lass mich jetzt nicht schreien und ausflippen. Lass mich freundlich bleiben und das durchstehen, ohne verrückt zu werden.

»Keeser ist mit der Staatsanwältin Renner zusammen«, teilte sie beherrscht mit. »Marianne ist eine wirklich tolle Frau, und die beiden passen perfekt zusammen.« Sie überflog das Oberteilangebot in ihrem Kleiderschrank. »Auch vom Alter her«, schob sie vorsichtshalber noch nach, damit ihre Mutter auf gar keinen Fall auf dumme Gedanken kommen konnte. Sie entschied sich für eine Bluse mit großen bunten Blumen.

Als sie in ihre ausgewaschene Lieblingsjeans schlüpfte, betrachtete sie kurz den kleinen Riss über dem Knie. Der könnte womöglich ein erneuter Stein des Anstoßes sein.

»Wie alt ist er denn?«

»Er wird dieses Jahr sechsundfünfzig, also deine Altersklasse.«

»Er scheint nett zu sein.«

»Ja, das ist er.« Paula kam aus dem Schlafzimmer, löste die Spange, die den Zopf gehalten hatte, und begann, ihre Haare aufzudröseln. »Wir verstehen uns gut, es macht Spaß, mit ihm zu arbeiten.«

»Hast du keine andere Hose?«

Paula sah ihre Mutter scharf an und sagte ebenso scharf: »Nein!«

»Ist ja schon gut, ich sag nichts mehr.« Anscheinend hatte ihre Mutter gemerkt, dass sie zu weit gegangen war.

Wortlos ging Paula noch einmal ins Bad und kam wenig später mit frisch geflochtenem Zopf wieder heraus.

»Fertig?«

»Deine Haare sind einfach toll«, bemerkte ihre Mutter.

Wenigstens etwas, dachte Paula halbwegs zufrieden.

∗∗∗

Keeser hatte nicht zu viel versprochen. Als sie ein schmiedeeisernes Tor durchschritten hatten, standen sie in einem lauschigen Hof, der Paula wie ein verwunschener Märchengarten vorkam. Zahlreiche Tische und Stühle warteten auf Gäste. An einem saß schon Kollege Keeser und winkte ihnen freudig zu.

»Das ist ja zauberhaft hier«, lobte Paula seine Wahl des Lokals.

»Warte, bis du es drinnen siehst.« Er stand auf, begrüßte die beiden Damen und schob ihnen tatsächlich galant die Stühle unter den Popo. Was Paula belustigte, schließlich war sie noch recht gut in der Lage, sich ganz allein auf einen Stuhl zu setzen. Ihrer Mutter schien die Geste jedoch außerordentlich zu imponieren.

»Ich hoffe, ihr habt nichts dagegen, dass ich einen Tisch hier draußen ausgesucht habe? Wenn es später kühler wird, setzen wir uns rein.«

Die beiden Frauen, endlich einmal der gleichen Meinung, schüttelten synchron die Köpfe.

»Hast du gut gemacht.« Paula tätschelte ihm lobend den Arm.

»Frau Leiling, das ist Frau Stern. Sie ist extra aus Würzburg angereist, um heute Abend bei Ihnen zu essen«, stellte Keeser der Wirtin, die herausgekommen war, um ihnen die Speisekarten zu geben, Paulas Mutter vor. »Und diese reizende junge Dame ist Paula, ihre Tochter, und zugleich meine neue Kollegin.«

»So neu nun auch wieder nicht, immerhin hab ich dich jetzt schon fast ein Jahr an der Backe«, berichtigte Paula.

»Schön, dass Sie mal wieder bei uns sind, Herr Keeser. Wir haben heute frische Nierchen, die essen Sie doch so gern.«

Keeser überflog die Karte und wiegte den Kopf. »Danke für den Tipp, aber ich glaube, ich brauche heute einen größeren Klumpen Fleisch auf meinem Teller. Wie wär's mit einer schönen Flasche Pinot noir?«, fragte er seine Begleiterinnen.

Sie widersprachen nicht.

»Und eine große Flasche Wasser bitte noch dazu«, orderte Keeser.

Als die Getränke kamen, nahm Keeser sein Glas und prostete den beiden zu.

»Ich heiße Juliane mit Du«, bot Paulas Mutter Keeser spontan an.

»Und ich bin der Bernd mit Du«, erwiderte dieser hocherfreut das Angebot.

Auch das noch. Hoffentlich lassen sie den Bruderschaftskuss aus, dachte Paula und hatte eine Idee. »Er heißt Bernd Fridolin, um ganz genau zu sein«, warf sie frotzelnd ein.

»Du bist wirklich ein richtiger Mistkäfer«, zischte Keeser pikiert.

»Fridolin, wirklich? Ach, das ist aber süß.«

»Nun, die Kategorie süß ist so ziemlich die letzte, in die ich einsortiert werden möchte, ein Kerl wie ich«, sagte Keeser schmollend.

Er bestellte für sich den flambierten Münsterkäse mit Trester als Vorspeise, und als »großen Klumpen Fleisch« das Hirschfilet mit Pilzrisotto. Paula nahm den Salat mit gebratenen Entenstreifen und danach die Hasenleber. Ihre Mutter entschied sich für die hausgemachte Ententerrine. Als Hauptgang nahm sie an Keesers Stelle die empfohlenen Nieren in Elsässer Senfsoße.

»Wie war Paula so als Kind?«, fragte Keeser. »War sie brav?«

Paula streckte ihm die Zunge raus und hoffte inständig, ihre Mutter würde alle peinlichen Momente ihrer Kindheit ruhen lassen.

»Sie war schrecklich wild.« Sie sah ihre Tochter liebevoll an. »Sie ist die jüngste von vier Schwestern, aber sie hätte einem Jungen alle Ehre gemacht. Kein Baum war ihr zu hoch. Im Winter hat sie mit den Jungs aus der Nachbarschaft Eishockey gespielt. Und wenn sie vom Spielen kam, hatte sie entweder Löcher in den Socken oder in den Hosen oder in den Knien.«

Jetzt kommt sicher gleich das Motorrad ins Spiel, vermutete Paula.

»Und dann die Sache mit dem Motorradführerschein.«

Paula grinste vor sich hin.

»Nicht gerade mädchenhaft. Und ihr Beruf, der Umgang mit Waffen und Verbrechern. Vielleicht hätte sie doch ein Junge werden sollen.«

»Ich hab dich noch nie in einem Rock gesehen«, bestätigte Keeser die Theorie ihrer Mutter.

»Röcke sind in unserem Job total unpraktisch. Allein, wenn wir irgendwo drübersteigen oder hochklettern müssen«, verteidigte sich Paula. In einem Rock fühlte sie sich zudem immer ziemlich unangezogen.

»Für deine männlichen Kollegen wäre das sicher recht reizvoll«, bemerkte ihr männlicher Kollege mit einem anzüglichen Grinsen.

»Das glaube ich gern.«

»Paula fühlt sich leider in schweren Motorradstiefeln und Lederhosen wohler als in einem hübschen Sommerkleid.« Ihre Mutter glaubte, in Keeser einen Verbündeten gefunden zu haben. »Kein Wunder, dass sie Probleme hat, einen netten Mann zu finden.«

Paulas Blicke schossen über den Tisch, Tendenz: tödlich.

Keeser hatte Mitleid mit ihr. Er führte ins Feld, dass Sebastian doch ein sehr netter Mann sei.

»Aber ja, ist er, ich habe ihn heute kennengelernt. Doch Paula ist fast dreißig ...«

»... und hat sich bisher noch nicht, wie es die Natur vorgesehen hat, fortgepflanzt.« Paula unterbrach ihre Mutter mit bissigem Tonfall. »Jetzt kommt gleich die Stelle, an der du erzählst, dass du in meinem Alter schon mehrfache Mutter warst. Mensch, Mama, ich habe eben einen anderen Lebensplan, als du ihn damals hattest oder meine fortpflanzungsfreudigen Schwestern ihn haben. Für mich bedeuten Kinder nicht die Erfüllung eines Traumes, für mich sind sie ein Alptraum. Sie sind laut, anstrengend und werfen einem das Leben komplett über den Haufen. Ich müsste meinen Beruf an den Nagel hängen. Als Hausfrau und Mutter würde ich sicherlich eingehen wie eine Primel ohne Sonne. Nicht zu reden von dem grausamen Schicksal der armen Familie, die mir und meinen Künsten als Hausfrau und Köchin ausgeliefert wäre.«

»Dein Beruf ist so gefährlich.«

»Ich liebe ihn aber trotzdem«, blaffte Paula. »Und wenn du jetzt nicht aufhörst, auf diesem Thema rumzureiten, dann gehe ich.«

»Willst du etwa nach Landau laufen?«, spöttelte ihre Mutter.

»Pah, kein Problem für mich, schließlich habe ich ja keine Pumps, sondern Boots an.«

Keeser war peinlich berührt. Er mochte seine Kollegin so, wie sie war. Wenn man ihre strahlenden hellgrauen Augen, die Sommersprossen auf der Nase und ihren langen Zopf sah, konnte man ehrlich gesagt kein bisschen daran zweifeln, dass man es mit einer richtigen Frau zu tun hatte. Er fragte sich, wie er die Situation entschärfen konnte.

Paula stand auf.

»Willst du etwa wirklich gehen?«, fragte er irritiert.

»Erst mal nur auf die Toilette, das andere überlege ich mir noch.« Paula marschierte energisch in Richtung Weinstube.

Als sie eintrat, vergaß sie ihren Zorn. Keeser hatte recht, die Räumlichkeiten waren wirklich etwas Besonderes. Die Wände waren aus Sandsteinen gemauert, antike Balken und historisch anmutende Gemälde überall, und an der einen Wand befand sich ein großer offener Kamin. Auf den alten Holztischen standen mehrarmige Kandelaber. Einfach gemütlich.

Als sie in den Hof zurückkam, wurden gerade die Vorspeisen serviert. Sie aßen zunächst schweigend.

»Ich will doch nur das Beste für dich ...« Ihre Mutter versuchte zaghaft, sie zu besänftigen.

Paula lachte bitter auf. »Meine Erfahrung hat mich gelehrt, dass man sich vor Menschen, die nur das Beste für einen wollen, tunlichst in Acht nehmen sollte«, sagte sie düster. Der Abend lief genau so, wie sie es befürchtet hatte.

»Bernd, warum bist *du* zur Polizei gegangen?« Ihre Mutter wandte sich an Keeser, da sie es sich mit ihrer Tochter erst einmal verscherzt hatte.

»Weil ich keine Stelle als Koch bekommen habe«, antwortete Keeser, dankbar für den Richtungswechsel des Gespräches. »Und da ich schon immer ein sehr stark ausgeprägtes Gerechtigkeitsempfinden hatte, war das die logische Konsequenz für mich.« Sein geschmolzener Käse zog lange Fäden, die er geschickt mit einem Stück Weißbrot aufwickelte. »Paula ist übrigens eine ganz hervorragende Polizistin«, sagte er voller Überzeugung, auch wenn er damit Öl ins Feuer goss.

Paula schickte ihm einen dankbaren Blick über den Tisch.

»Das mag ja sein, und es freut mich natürlich sehr, das zu hören, aber ...« Ihre Mutter hielt inne und sah ihre Tochter an. »Ach, nichts aber, es ist schließlich ihr Leben, und sie soll einfach nur glücklich sein.«

»Halleluja!«, rief Paula und hob ihr Glas. »Darauf wollen wir anstoßen.«

Die anschließenden Gesprächsthemen drehten sich nicht mehr um Paula und auch nicht um Verbrechensbekämpfung. Paula entspannte sich langsam und begann sogar, den Abend zu genießen.

Der Hauptgang kam und ging, und ihre Mutter sprach munter dem Wein zu, von dem Keeser schon die zweite Flasche geordert hatte. Ihre Stimmung wurde immer ausgelassener. Sie lachte über Keesers Witze und Anekdoten, von denen Paula den Großteil schon kannte. Mit den kurzen blonden Haaren und den übermütigen Lachfalten um die Augen war sie ihr noch nie so jung vorgekommen. Wie werde ich wohl mit zweiundfünfzig sein?, überlegte Paula. Ob ich dann noch Motorrad fahre? Oder Röcke trage? Vielleicht bin ich auch verheiratet und Mutter.

Als sie beim Espresso angelangt waren, klingelte Keesers Handy. Er meldete sich nach einem kurzen Blick auf das Display mit einem vorsichtigen »Keeser?«.

Paula schloss daraus, dass er den Anrufer nicht gespeichert hatte.

Sein Blick wechselte von neugierig zu unangenehm berührt. »Bin gleich wieder da«, sagte er fahrig zu seinen Begleiterinnen, stand auf und ging mit dem Telefon am Ohr hinaus auf die Straße.

»Ob das mit eurem Fall zu tun hat?«, fragte ihre Mutter.

»Wohl eher nicht, dann wäre er nicht zum Sprechen weggegangen.« Keeser ging nie aus dem Raum, wenn er mit dem Handy telefonierte. Paulas Argwohn war augenblicklich geweckt. Kurz darauf kam er zurück, setzte sich und trank hastig seinen letzten Schluck Espresso.

Da er das Telefonat nicht von sich aus ansprach, tat Paula es.

»Was Wichtiges?«

»Was?«, fragte er ungeschickt harmlos.

»Der Anruf gerade, war das was Wichtiges?« Paula beobachtete ihn genau und bemerkte unschwer, dass er sich regelrecht wand und nach einer plausiblen Antwort suchte. Er, den sonst nichts aus der Ruhe zu bringen vermochte, nestelte an seiner Serviette herum und vermied jeglichen Augenkontakt mit ihr.

»Ich hoffe, die Damen nehmen es mir nicht übel, aber ich muss leider los.« Er winkte einer Bedienung und orderte die Rechnung. »Ihr seid natürlich meine Gäste.« Er lächelte Paulas Mutter um Verzeihung bittend an, Paulas forschendem Blick wich er weiterhin erfolgreich aus.

»Das ist aber schade. Aber wenn die Arbeit ruft ... Paula hat sicher Verständnis dafür«, sagte ihre Mutter.

»Soll ich nicht besser mitkommen?«, fragte Paula scheinheilig. Jetzt musste er irgendwie reagieren.

»Nein, nein, nichts Dienstliches ... Das war ... ein Nachbar. Ja, ein Nachbar. Er hat komische Geräusche aus seiner Scheune gehört und fürchtet, es könnten Einbrecher sein.«

Paula wusste sofort, dass er log. Doch so leicht würde er nicht davonkommen. »Ich rufe die Zentrale an, die sollen gleich eine Streife hinschicken«, schlug sie eifrig vor und holte ihr Telefon aus der Tasche.

Keeser kniff die Lippen zusammen und sah sie nun doch an. »Unsinn, da musst du nicht extra einen Einsatzwagen bemühen. Ich mach das schon. Ist wahrscheinlich blinder Alarm, bestimmt nur ein Fuchs oder ein Marder, der sich hineinverirrt hat«, sagte er schroff.

»Wenn du meinst«, sagte Paula gedehnt. An seinem Blick erkannte sie, dass er verstand, dass sie ihm seine Geschichte nicht abnahm.

Er zahlte, gab beiden einen flüchtigen Kuss auf die Wange und eilte von dannen.

»Mach bloß keinen Quatsch«, schickte Paula ihm halblaut hinterher.

»Also, glaubst du das mit dem Fuchs?« Sogar ihre Mutter zog Keesers Antwort in Zweifel.

»Nicht die Bohne. Und auch nicht, dass ihn sein Nachbar angerufen hat.«

»Vielleicht war es ja seine Staatsanwältin.«

»Mutsch, dann müsste er doch nicht so heimlichtun. Ich befürchte Schlimmeres.«

»Dann vielleicht ein heimlicher Informant?«, rätselte ihre Mutter mit gesenkter Stimme.

Paula musste amüsiert lachen. »Dafür, dass du meinen Job nicht magst, kennst du dich aber recht gut damit aus.« Mit bitterem Unterton fügte sie hinzu: »Nein, kein Informant. Ich befürchte eher, er hat gleich ein Rendezvous mit seiner Vergangenheit. Und davon sollte er eigentlich die Finger lassen.«

Ihre Mutter sah sie verständnislos an.

»Unser Fall. Die Frau unseres Toten war in grauer Vorzeit mal mit Keeser so gut wie verlobt. Ich fürchte, diese Frau bringt nicht nur seine Hormone völlig durcheinander, sie vernebelt auch seinen kriminalistischen Blick.«

»Ist sie denn eine Verdächtige?« Ihre Mutter sah sie voller Spannung an.

»Eine mögliche Verdächtige«, präzisierte Paula Andrea Eichenlaubs Status. »Ja, für mich schon. Für Keeser aber auf gar keinen Fall. Das meine ich mit ›vernebeltem Blick‹.«

»Darf er sich denn dann überhaupt privat mit ihr treffen?«

»Er sollte es besser nicht tun. Aber er hört ja nicht auf mich.«

Besuch ist wie Fisch – nach drei Tagen stinkt er. (Benjamin Franklin)
... manchmal auch schon eher ... (Paula Stern)

Montag, 21. Mai

»Hab gehört, gestern war richtig was los bei euch«, sagte Tina Geiger munter, als Paula unausgeschlafen um halb sieben deren kleines Büro betrat. »War wohl nichts mit freiem Sonntag.«

Paula gab mit einer Grimasse zu verstehen, dass sie diesen Umstand nicht besonders toll fand. »Hätte ich damals bloß auf meine Eltern gehört und was Anständiges gelernt. Sekretärin bei der Kripo oder so.«

Tina Geiger wirkte wie ein bunter Farbklecks in dem eher farblos-langweiligen Polizeigebäude, wie ein schillernder Goldfisch im trüben Wasser eines Hafenbeckens. Sie hatte mal wieder übers Wochenende ihre Haarfarbe gewechselt. Was am Samstagvormittag noch blau gewesen war, schillerte nun in sattem Lila. Zudem musste sie den Samstagnachmittag zu einem ausgiebigen Shopping-Ausflug genutzt haben, denn ihr Outfit war farbgetreu und Ton in Ton der neuen Haarfarbe angepasst: helllila Flatterbluse über dunkellila Leggins, lila Stiefeletten, neue Kette mit dicken lila Perlen und dazu passende Ohrringe. Lidschatten: lila. Lippenstift: lila. Und die Fingernägel? Natürlich lila lackiert.

Kennengelernt hatte Paula Tina Geiger vor etwa einem Jahr während ihrer damaligen Rotphase. Nun also lila. Unendlich viel lila.

Paula kam zu dem Schluss, dass sich ihre Mutter doch mit ihren Motorradklamotten und ab und an leicht eingerissenen Jeans glücklich schätzen konnte.

»Wir können gern mal einen Tag tauschen, meine Süße«, schlug Lila-Tina keck vor.

Paula dachte an die Telefonlisten, die aus der Kriminaltechnik kommen würden und systematisch abtelefoniert werden mussten. Eine Arbeit, die sie verabscheute, sie kam sich dabei stets wie die lästige Anruferin eines Callcenters vor. Sie lehnte das Angebot dankend ab.

»Commissario Keeser und ich hätten bestimmt jede Menge Spaß«, sagte Tina Geiger und gab sich dieser Job-Tausch-Vorstellung genussvoll hin, während Paula sich draußen auf dem Gang Kaffee machte.

Oh, Spaß werde ich auch gleich mit ihm haben, wenn ich ihn auf gestern Abend und auf die zurückliegende Nacht anspreche, dachte Paula. »Glaub bloß nicht, dass die Arbeit mit dem Kollegen Keeser immer ein Zuckerschlecken ist«, versuchte sie Geigerleins Euphorie zu dämpfen.

Die Eingangstür flog auf, und der Teufel, von dem sie gerade gesprochen hatten, kam energischen Schrittes hereinspaziert. Sein Schritt verlor an Energie, als er Paula vor der Kaffeemaschine entdeckte.

»Guude Morsche«, wünschte er unsicher. Er verschwand in ihrem gemeinsamen Büro, um sich gleich darauf mit seiner albernen »Bernd das Brot«-Tasse neben sie zu stellen.

»Selber«, antwortete Paula kurz angebunden.

»Wie lange wart ihr gestern noch bei Leilings?«

»Bis elf.« Sie nahm ihre volle Tasse und sah Keeser direkt an.

»Und wie lange warst du noch bei der Eichenlaub?«

Er stellte seine Tasse unter den Auslauf und drückte auf die Taste für doppelten Espresso. »Wie kommst du denn auf die Idee?« Auffällig interessiert beobachtete er, wie der Kaffee in die Tasse lief.

»Komm, Keeser, versuch nicht, mich für dumm zu verkaufen. Sogar meine Mutter hat dir kein Wort von deiner hanebüchenen Nachbar-Geschichte abgekauft.« Sie musterte ihn genauer. »Du bist noch unrasierter als sonst, und du trägst dasselbe Hemd wie gestern, das auch noch erheblich zerknittert ist.«

Sie trat näher an ihn heran und schnüffelte an ihm. »Und du riechst nach einem ganz anderen Duschgel als sonst.«

»Sie war verzweifelt und wusste nicht, wen sie sonst anrufen sollte.«

»Klar, wenn ich Probleme mit Sebastian hätte, würde ich auch sofort meinen abgelegten Italiener anrufen. Nein, noch besser, Peter Kastner, das war mein allererster Freund und meine wirklich große Liebe vor etwa dreizehn Jahren.«

»Sei doch nicht so schrecklich sarkastisch.«

Tina Geiger kam aus ihrem Büro und sah prüfend von einem zum anderen. »Dicke Luft bei euch?« Mahnend tippte sie auf ihre Armbanduhr (lila Armband, Paula konnte es kaum glauben) und riet den beiden: »Wir sollten dann mal ein Stockwerk höher gehen, sonst macht Sonne die Luft noch dicker.« Mit schwingenden Hüften – und da gab es ganz schön viel zum Schwingen, wie Paula wieder einmal schmunzelnd feststellte – trippelte sie zur Treppe und ging nach oben.

»Boah, was für eine Farbe. Da war ja das Schlumpf-Blau richtig angenehm dagegen«, entfuhr es Keeser halblaut. Er nahm einen vorsichtigen Schluck von seinem heißen Kaffee. »Ist Lila nicht die Farbe der Unbefriedigten?«

Paula antwortete mit einem Schulterzucken.

»Wir sollten ein ernstes Wort mit Polizeiobermeister Becker reden. Er muss ihre Farbwechsel besser in den Griff kriegen, sonst bekommen wir alle noch Augenkrebs.«

Paula äußerte sich nicht dazu und folgte Tina Geiger. Sie wollte Keeser noch ein bisschen schmoren lassen.

Zum Glück waren sie nicht die Letzten, die zur Frühbesprechung kamen. Als Oberrat Sonne gerade die Anwesenden begrüßte, huschte schnell noch Heinz Bader mit einem entschuldigenden Murmeln durch die Tür. Bevor er jedoch zu einem freien Stuhl ging, legte er einen Stapel Blätter vor Keeser auf den Tisch und obendrauf Benedikt Eichenlaubs Handy. »Sie müssen sich unbedingt die Mailbox anhören«, raunte er ihm zu. »Ich glaube, das könnte Ihnen weiterhelfen.«

Sonne betrachtete die Störenfriede kritisch über den Rand seiner weit vorn auf der Nasenspitze sitzenden Brille.

»'tschuldigung, Chef.« Bader grinste verlegen und schlich mit eingezogenem Kopf zu seinem Platz. Er war das, was die Jugendlichen heutzutage »Nerd« nannten: ein blasser, körperlich unterentwickelter, weil völlig unsportlicher, stubenhockender

Computerfreak, und er machte etwa ein Drittel von Sonnes Körpermasse aus.

»Herr Bader, lassen Sie uns doch auch teilhaben an Ihrem Wissen«, forderte Sonne ihn auf, woraufhin Bader puterrot anlief.

»Ich, ich habe Herrn Keeser nur die Auswertung des Handys gegeben und ihn, ähm, auf die gespeicherten Anrufe auf der Mailbox hingewiesen«, stammelte Bader, der in den schützenden vier Wänden seines Techniklabors so selbstsicher und souverän auftrat, aber schrecklich schüchtern wurde, sobald er vor vielen Menschen sprechen sollte.

Und nun sahen ausgerechnet ihn etwa fünfzehn Leute erwartungsvoll an. Er wand sich wie ein Fisch. »Eine Frau, die Frau des Verstorbenen. Hat mehrmals auf die Mailbox gesprochen, und das nicht gerade freundlich.« Er brachte die Worte mühsam über die Lippen, ohne jemanden in der Runde anzusehen.

»Gut gemacht, Herr Bader, vielleicht ist das ja eine hilfreiche Spur.« Sonne wandte sich mit eindringlichem Blick an Keeser. »Ich will sofort informiert werden, wenn Sie das überprüft haben.«

Keeser nickte.

Demonstrativ schwenkte Sonne die »Rheinpfalz« und legte sie vor sich auf den Tisch. »Noch hält sich die Presse zurück. Es gibt nur einen kurzen Bericht, dass der Reifenhersteller Eichenlaub erschossen in einem Landauer Parkhaus aufgefunden wurde. Ein paar Informationen über seinen Werdegang und seine Rolle in der hiesigen Wirtschaft und Politik. Keine wilden Spekulationen. Ich hoffe, das bleibt auch so. Herr Knopp hat mir mitgeteilt, dass er gegen zehn mit der Obduktion anfängt«, fuhr er nach einer kurzen Pause fort. »Ich möchte, dass Sie beide«, er deutete auf Keeser und Paula, »dabei sind.«

Keeser nickte erneut, Paula eher zögerlich.

»Wir müssen schnellstmöglich zu Ergebnissen kommen. Ich muss Ihnen allen nicht sagen, dass dieser Fall von äußerster Brisanz ist. Eichenlaub ist seit mehr als vierundzwanzig Stunden tot, und die Presse bedrängt mich vehement. Es wäre also von Vorteil, wenn wir baldmöglichst irgendwelche Fortschritte vermelden könnten.«

Verhielt sich das nicht immer so? Paula verabscheute derartige Plattitüden, denn schließlich bearbeiteten sie jeden Fall gleich, nämlich so effizient und so schnell wie möglich, egal, ob die Opfer nun Benedikt Eichenlaub oder Hinz oder Kunz hießen.

»Was sagt AFIS über den Teilabdruck am Auto?« Sonne sah Dreißigacker, den Chef des Kriminallabors, der rechts neben ihm saß, erwartungsvoll an.

Der schüttelte den Kopf. »Tut mir leid. Auch wenn der Teilabdruck groß genug war, um darin fünfundzwanzig eindeutige Minutien zum Vergleich markieren zu können, haben wir im System keinen Abdruck mit übereinstimmenden Merkmalen gefunden. Der Besitzer dieses Teilabdruckes scheint ein unbescholtener Mitmensch zu sein. Zumindest, was die letzten Jahre angeht.«

»Das mag durchaus löblich sein, aber es hilft uns nicht weiter.« Sonne wischte sich zum zigsten Mal den Schweiß aus Gesicht und Nacken.

Dreißig Kilo weniger, Chef, und das Schwitzen hätte ein Ende, empfahl Paula ihm im Stillen. Sie fand diese Schwitzerei extrem unappetitlich.

»Konnten Sie die zweite Person im Wagen identifizieren?« Sonnes Blick wanderte zwischen Dreißigacker und Bader hin und her.

Bader verneinte, wieder an Röte zunehmend. »Aufgrund von Statur und der Art der Bewegungsabläufe sind wir aber zu der Meinung gekommen, dass es sich um einen Mann handelt.«

»Was sagt uns das Projektil?« Sonne wandte sich dem Ballistiker zu, der ihm genau gegenüber an dem achteckigen Tisch saß.

»Neun Millimeter —«

Sein Bericht wurde nach den ersten beiden Worten von Sonne erschrocken unterbrochen. »Doch hoffentlich keine unserer Dienstwaffen?«

Der Waffenfachmann zerstreute Sonnes Sorge. »Nein. Unsere Walther P5 haben neun mal neunzehn Millimeter. Hier handelt es sich um ein Kaliber neun mal achtzehn. Es ist mit ziemlicher

Wahrscheinlichkeit eine russische Waffe, ich tippe auf eine Makarov.«

»Mit Sicherheit nicht registriert«, brummte Keeser.

»Doch nicht etwa die Russenmafia? Das würde gerade noch fehlen.« Sonne holte stöhnend ein frisches Taschentuch aus seiner Hosentasche.

»Nicht zwangsläufig. Die Makarov war, wie Sie ja sicher wissen, eine gängige Waffe in allen Warschauer-Pakt-Staaten, sie war also auch Dienstwaffe in der ehemaligen DDR«, erklärte der Mann von der Ballistik. »Nach dem Mauerfall wurde der Schwarzmarkt regelrecht damit überschwemmt. Ich möchte gar nicht wissen, wie viele Waffensammler unerlaubterweise eine davon im Keller haben.«

Sonne ließ diese Information kurz auf sich wirken. »Wie sieht das weitere Vorgehen aus?«

»Auswertung der Telefonlisten, die Herr Bader uns soeben ausgehändigt hat. Das darf Frau Geiger für uns erledigen«, sagte Paula.

Besagte Frau Geiger bestätigte ihren Auftrag mit einem huldvollen Lächeln.

»Als Nächstes folgt die Befragung der Angestellten der Firma Eichenlaub, insbesondere der Sekretärin. Das machen Kollege Keeser und ich«, fuhr Paula fort. »Außerdem müssen wir herausfinden, mit welchen Umweltorganisationen Eichenlaub zu tun hatte, und die Verantwortlichen befragen. Und wir werden versuchen, einen Zeitplan zu erstellen, wann Eichenlaub sich wo zwischen der Abholung des Wagens und seinem Tod aufgehalten hat. Vielleicht kann da die Verkehrspolizei mit Überwachungsvideos helfen.«

Paula hatte die Aufgabenverteilung wie aus der Pistole geschossen heruntergerattert. Keeser sah sie überrascht von der Seite an, Sonne nickte zufrieden.

»Eichenlaub ist in verschiedenen Vereinen gewesen, Yacht- und Golfclub, da sollten wir uns auch umhören«, ergänzte Paula. »Vielleicht wissen ja Freunde und Vereinskollegen etwas, das uns weiterhelfen könnte. Das wäre doch eine wunderbare Aufgabe für den Kollegen Becker und seine Männer.«

Becker nickte eifrig. Einen Golfclub hatte er noch nie von innen gesehen, einen Yachtclub erst recht nicht.

Keesers Handy klingelte in die entstandene Stille hinein. Er entschuldigte sich und fischte das kleine Gerät aus seiner Jacke, die er über die Stuhllehne gehängt hatte. Nach einem prüfenden Blick auf das Display steckte er es zurück.

»Nichts Wichtiges«, sagte er schnell. Das Klingeln hörte auf, begann aber gleich darauf von Neuem.

»Gehen Sie doch ran«, forderte Sonne ihn ungeduldig auf.

Zögernd holte Keeser das Handy wieder hervor. Alle Augen waren auf ihn gerichtet, als er sich meldete.

»Das ist gerade schlecht.« Er versuchte, den Anrufer so leise wie möglich abzuwimmeln.

Da Keesers ganz persönliche Staatsanwältin aus welchen Gründen auch immer nicht an der Besprechung teilnahm, vermutete Paula, dass sie es war, die ihn anrief.

Doch plötzlich stutzte Keeser und zog die Augenbrauen ungläubig nach oben. »Mal ganz langsam: *Was* ist passiert?«, fragte er in normaler Lautstärke.

Bei der im Raum eintretenden Stille hätte man eine Stecknadel fallen hören können. Alle Anwesenden lauschten gebannt seinen Worten.

»Bleib ganz ruhig, ich schicke sofort jemanden bei dir ... ähm ... Ihnen vorbei. Ich kann hier im Moment nicht weg«, redete er beruhigend auf die Person am anderen Ende der Leitung ein.

Andrea Eichenlaub, vermutete Paula und fragte sich, ob nur ihr aufgefallen war, dass er schnell aus dem »Dir« ein »Ihnen« gemacht hatte.

»Nein, machen Sie sich keine Sorgen, es wird alles gut.« Er lächelte sanft, bis ihm bewusst wurde, dass er von der ganzen Mannschaft beobachtet wurde. Augenblicklich wurde sein Gesicht wieder ernst, und er beendete in dienstmäßig formellem Ton das Gespräch. »Die Beamten werden sich sofort darum kümmern. Ja, ich komme später noch persönlich vorbei.«

Kaum dass er die letzten Worte mit dem Anrufer gesprochen

hatte, wandte er sich an Becker. »Sie müssen sofort nach Offenbach. Jemand hat heute Nacht Steine auf die Eichenlaub-Villa geworfen und eine Scheibe zertrümmert.«

Tatsächlich Andrea Eichenlaub, Paula hatte richtig geraten. Keesers kurzzeitig verklärter Blick bei diesem Gespräch beunruhigte sie. Er hat sich doch hoffentlich nicht wieder in diese Frau verliebt?, dachte sie.

»Nehmen Sie den Schaden auf, stellen Sie den oder die Steine sicher, und befragen Sie die Nachbarschaft. Vielleicht hat ja jemand was gesehen«, instruierte Keeser Becker, der sofort aufgesprungen war. »Es gab letzte Woche schon Graffiti-Schmierereien, die nehmen Sie bitte in der Anzeige mit auf. Es könnte da ein Zusammenhang bestehen.«

Becker verließ, gefolgt von Anwärter Berger, die Runde.

»Sie kennen die Witwe unseres Opfers näher?«, fragte Sonne argwöhnisch.

Keeser wand sich sichtlich. »Aus Kindertagen, sozusagen«, sagte er nicht ganz der Wahrheit entsprechend.

»Befangen sind Sie aber hoffentlich nicht, sonst müsste ich Sie nämlich einem anderen Fall zuteilen.« Er sah seinen Kommissar mahnend über die Brillenränder hinweg an.

»Nein, nein, machen Sie sich deshalb keine Sorgen.« Keeser schaute prüfend zu Paula hinüber.

Die hielt sich lieber raus.

»Graffiti also«, sagte Sonne. »Können wir was damit anfangen? Sind es gezielte Drohungen? Kann man sie möglicherweise jemandem zuordnen?«

Paula dachte an ihre Idee mit der Graffiti-Sondereinheit, unterließ es aber tunlichst, das hier vor der gesamten Truppe zu erwähnen. Wahrscheinlich würden die sich genauso lustig über sie machen, wie ihr werter Kollege es getan hatte.

»Es handelt sich dabei lediglich um Beschimpfungen, mit sehr kindlicher Schrift und jeder Menge Schreibfehlern an die Mauer gesprüht.« Zaghaft fügte sie hinzu: »Ein Schriftsachverständiger könnte da vielleicht etwas rauslesen.«

Statt des erwarteten Hohns quittierte Sonne ihren Vorschlag

mit einem wohlwollenden Kopfnicken. »Das wäre doch eine Option, wenn wir in dem Fall nicht weiterkommen sollten.« Er ging nicht weiter darauf ein und sah in die Runde. »Gut, dann haben Sie ja viel zu tun, meine Herrschaften.«

Die Frühbesprechung war beendet. Sonne hielt Keeser am Arm zurück. »Sie melden Sich zwischendurch immer bei mir. Und um … sagen wir mal, achtzehn Uhr, treffen wir uns in meinem Büro, da möchte ich eine mündliche Zusammenfassung von Ihnen beiden.«

Paula schnappte sich die Anrufprotokolle und Eichenlaubs Handy und verließ den Raum.

***

»Das war echt beeindruckend«, lobte Keeser sie, als sie wieder in ihrem Büro waren.

»Was?«

»Na, wie du gerade da oben deine Vorgehensliste runtergebetet hast. Alle Achtung.«

»Ich hab ja auch die halbe Nacht über unseren Fall nachgedacht, während andere Leute sich in verbotenen Betten rumgetrieben haben«, sagte sie unfreundlich.

Keeser wollte gerade ansetzen und ihr sagen, dass er sich gegen derartige Verdächtigungen verwahre und die Nacht keinesfalls in einem verbotenen Bett, sondern auf einer zwar recht teuren und schicken, aber doch sehr unbequemen Designercouch verbracht hatte. Doch er kam nicht dazu.

»Verbotene Betten? Das klingt aber aufregend.« Marianne Renner stand in der Tür und funkelte interessiert mit ihren grünen Augen.

Keeser schluckte seine Antwort herunter und spielte stattdessen an seinem nahezu leeren Schreibtisch Geschäftigkeit vor.

»Na los, ihr müsst doch keine Geheimnisse vor mir haben«, sagte sie und ging zu Keeser hinüber, beugte sich zu ihm hinunter und knabberte an seinem Ohr. »Du weißt doch, dass ich Schweinkram mag«, gurrte sie.

Eine Information, die wiederum Paula kein bisschen interessierte. Auch wenn sie mit der nächtlichen Eskapade ihres Kollegen nicht einverstanden war, wollte sie ihn doch nicht ins offene Messer laufen lassen. »Wir haben gerade darüber geredet, dass Benedikt Eichenlaub eventuell in verbotenen Betten unterwegs gewesen sein könnte.« Der Blick, den sie Keeser hinüberschickte, war kalt. Sein Blick hingegen drückte erleichterte Dankbarkeit aus.

Marianne Renner ließ endlich von Keeser ab und setzte sich auf die Ecke seines Schreibtisches. Paula fand, dass sie so sexy aussah wie immer. Heute hatte sie ihre wohlgeformten Rundungen in einen hellgrauen engen Rock und eine weiße Spitzenbluse mit drei männerfreundlich offen gelassenen Knöpfen gesteckt. Korallenfarbene Pumps und der dazu passende Lippenstift taten ihr Übriges.

Wie, um Himmels willen, konnte Keeser sich nur in diese fade kleine Maus in der sterilen Villa vergucken?, fragte sich Paula.

»Erzählt mir von der Besprechung. Ich hatte eine harte Nacht und hab es einfach nicht rechtzeitig aus meinem Bett geschafft.«

Man sah ihr die harte Nacht nicht an.

»Ich hole dir einen Kaffee«, erbot sich Keeser und sprang ungeahnt flink auf.

»Wie war Ihr Abend bei Leiling?«, erkundigte sich Marianne Renner beiläufig bei Paula.

Wenn wir schon per Du wären, würde ich sie warnen, überlegte Paula. Da dem aber nicht so war, sagte sie stattdessen: »Schön. Das Essen war toll, und wir hatten viel Spaß.« Abgesehen von der anfangs nervenden Mutter und dem verfrüht verschwundenen. Keeser, verkniff sie sich zu sagen. »Und bei Ihnen?«

»Feuchtfröhlich, kann ich nur sagen. Dabei dachte ich immer, Frauen vertragen nicht so viel Alkohol.« Sie lachte und senkte ihre Stimme verschwörerisch. »Ich war erst um halb fünf heute Morgen daheim. Erzählen Sie das bloß nicht Bernd.«

Eines hatte Paula eigentlich nie sein wollen: Geheimnisträgerin. Doch das Schicksal hatte anscheinend anderes für sie vorgesehen. »Ich werde schweigen wie ein Grab«, versprach sie.

Keeser kam mit einer dampfenden Tasse Kaffee zurück und überreichte sie Marianne Renner.

»Danke, mein Schatz«, sagte sie mit glutvollem Blick.

Ihm war anzusehen, dass er sich unwohl fühlte. Geschieht ihm recht, entschied Paula.

»Wie sieht es aus? Irgendwelche neuen Erkenntnisse? Schon einen Verdacht, mit wem unser Mann fremdgegangen ist?« Marianne Renner sah interessiert von einem zum anderen.

Bei ihrer letzten Frage zuckte Keeser förmlich zusammen.

»Nein, es handelt sich nur um eine Vermutung, dass er untreu war, da er seiner Frau die Fahrt nach Bremen ja offensichtlich vorgetäuscht hat.« Paula vermied es, Keeser anzusehen. »Ich hätte deswegen gern einen Durchsuchungsbeschluss für Eichenlaubs Haus.«

Entrüstet richtete sich Keeser in seinem Schreibtischstuhl auf.

»Für die Villa? Wie kommst du denn darauf?« Seine Stimme klang gereizt.

»Und für seine Firma«, fügte Paula hinzu.

»Für die Firma wird das kein Problem sein, aber für sein Privathaus?« Die Staatsanwältin wiegte überlegend den Kopf. »Habt ihr etwa seine Frau in Verdacht? Gibt es Hinweise, dass sie mit seiner Ermordung zu tun hat? Wenn nicht, sehe ich da schwarz.«

»Dann halt erst mal für die Firma«, sagte Paula. Sie hatte das mit dem Haus eigentlich nur gesagt, um Keeser zu ärgern, was ihr durchaus gelungen war.

»Ich muss zu Gericht«, verkündete Marianne Renner nach einem Blick auf ihre Uhr. »Gleich danach werde ich das mit dem Durchsuchungsbeschluss erledigen, damit ihr ungehindert arbeiten könnt.« Sie drückte Keeser einen zärtlichen Kuss in den Nacken. »Du riechst heute irgendwie anders, hast du ein neues Duschgel?«

Keeser nickte flüchtig.

»Riecht gut und richtig teuer. Davon will ich heute Abend unbedingt mehr.« Winkend verließ sie das Büro.

»Du musst also unbedingt noch bei Andrea duschen, bevor du dich mit Marianne triffst.« Paula musterte ihn scharf.

»Da war nichts, überhaupt nichts.« Er sah sie eindringlich an. »Wir haben nur geredet und eine Flasche Wein zusammen getrunken. Und mit dem Wein, den ich zuvor bei Leilings getrunken hatte, durfte ich nicht mehr hinters Steuer. Ich hab auf dem Sofa geschlafen.«

»Zu dumm aber auch, dass das Taxi noch nicht erfunden worden ist«, murmelte sie.

»Dann hätte ich mir heute Morgen vor dem Dienst wieder ein Taxi nehmen müssen, um mein Auto in Offenbach –«

»Lassen wir das, das bringt nichts«, unterbrach ihn Paula und zeigte auf das Handy. »Kümmern wir uns endlich um den Fall.« Sie blätterte durch die Listen, die der Kriminaltechniker für sie ausgedruckt hatte. »Ein paar Bilder sind gespeichert. Zwei SMS und mehrere Anrufe in Abwesenheit«, teilte sie Keeser mit und las den unten anhängenden, grellgrünen Post-it-Zettel, auf dem Bader ein paar Hinweise notiert hatte. »Von ›daheim‹. Die sollen wir uns unbedingt anhören.«

Keeser erhob sich von seinem Stuhl und stellte sich hinter Paula. Über ihre Schulter sah er ihr zu, wie sie das Handy bediente.

»Sehen wir uns zuerst mal an, was Herr Eichenlaub alles fotografiert hat.« Paula öffnete den Ordner »Galerie«.

Keeser hinter ihr kniff die Augen zusammen, konnte aber nichts auf dem Display erkennen. Er war nicht nur ein Technik-Dinosaurier, auch seine Sehkraft ließ bereits nach.

»Wer macht denn mit einem Handy Fotos? Ich weiß gar nicht, wie das mit meinem Handy funktioniert.«

»Ich bin mir nicht mal sicher, dass das mit deinem Steinzeitmodell überhaupt geht«, bemerkte Paula spöttisch. »Du bist und bleibst eben ein Technik-Muffel. Du fotografierst ja sogar noch mit deiner alten Kamera, in die man Filme einlegen muss. Dabei machen Handys, insbesondere diese Smartphones, inzwischen genauso gute Bilder wie eine Digitalkamera.«

»Das mag ja sein, aber ich finde es einfach grauenhaft, dass die Jugend immer und überall mit diesen Dingern rumspielt. Die hocken zusammen in der Kneipe oder Eisdiele und reden nicht miteinander, jeder beschäftigt sich nur mit seinem blöden Handy. Egal, wo man ist, sieht man die Leute mit den Dingern rumknipsen. Also, ich brauch das alles nicht. Das grenzt an legalisierten Voyeurismus. Dann werden die Schnappschüsse schnell mal ins Internet gestellt, und die Menschen wundern sich, wenn irgendwelche peinlichen Bilder von ihnen im Netz umherschwirren.« Er schnaubte verächtlich.

»Mag ja sein, dass damit viel Unsinn getrieben wird«, sagte Paula, »aber wir haben es immer öfter genau diesen Menschen, die überall ›rumknipsen‹, zu verdanken, dass wir an wichtige Hinweise zu Straftaten oder Tathergängen kommen. So mancher Fall wurde schon aufgrund eines Fotos oder einer Videoaufnahme eines Handys gelöst. Dadurch, dass fast alle fotografieren, hat man bergeweise Beweismaterial, das man verwenden kann. Fotos sind verlässlicher als widersprüchliche Zeugenaussagen. Diese neue Technik hat definitiv ihr Gutes. Also, Dinosaurier, hör endlich auf zu meckern.«

Keeser verschränkte trotzig die Arme vor der Brust. »Bin ja schon ruhig.«

Es waren nur drei Aufnahmen im Speicher.

»Ergiebig ist anders. Eichenlaub scheint, genau wie du, nicht viel vom Fotografieren mit dem Handy gehalten zu haben.« Sie sah kurz auf, ihre Augen blitzten übermütig. »Kein Wunder, der ist ja so alt wie du.«

»Der ist doch viel älter als ich«, sagte Keeser empört.

»Lächerliche drei Jahre.« Sie sah sich die Bilder der Reihe nach an. »Hm, nichts Besonderes, ein Foto von einem Teller. Er hat sein Essen fotografiert«, kommentierte sie die erste Aufnahme.

»Siehst du, genau das meine ich: Mit diesen Handys fotografiert man jeden Scheiß.«

»Nach Scheiß sieht das nicht aus.« Sie hielt das Display so, dass er es sehen konnte. »Eher nach einem überbackenen Filetsteak, glasierten Möhrchen und Dauphin-Kartoffeln.«

Keeser schenkte dem Foto einen kurzen Blick und rümpfte die Nase. »Und wozu bitte schön fotografiert man sein Essen?«

»Als Andenken an einen schönen Abend zum Beispiel. Oder um das Foto an jemanden weiterzuschicken, den man damit neidisch machen will. Oder wenn man Restaurantkritiker ist. Oder wenn man Spion für ein anderes Restaurant ist.«

»Ausgemachter Blödsinn«, sagte Keeser. Er würde natürlich niemals zugeben, wie appetitanregend dieses Bild auf ihn wirkte. »Außerdem war Eichenlaub kein Restaurantkritiker. Noch was anderes als Essen?«

»Ja, ein gut aussehender, lachender junger Mann. Vielleicht Eichenlaubs Sohn?«

»Andrea hat aber keine Kinder.« Keeser nahm ihr das Handy ab und hielt es weit von sich, um etwas erkennen zu können.

»Langsam werden deine Arme zu kurz. Versuch es doch mal mit einer Brille.«

Er ignorierte ihre Stichelei und betrachtete das Porträt eingehend, bevor er ihr das Mobiltelefon zurückgab.

»Und hier noch das Foto von einem Haus, einem Fachwerkhaus. Sieht fast so aus wie deines, nur mit blauen Fensterläden.«

Keeser stimmte ihr zu, aber in den Dörfern rund um Landau sahen viele alte Häuser so aus. Für ihn war die Sache klar. »Diese Fotos werden uns ganz sicher nicht die Lösung zu unserem Fall liefern.«

Paula sah das anders. »Sag das nicht, vielleicht sind die Bilder ja tatsächlich die Lösung, und wir erkennen nur die Zusammenhänge noch nicht. Immerhin hat Eichenlaub sie alle am Tag vor seinem Tod gemacht. Sie könnten somit sehr wohl etwas mit seinem Ableben zu tun haben. Lass uns mal die SMS-Texte ansehen.«

»Warum nicht die Anrufe?« Keeser schien sehr zu interessieren, was Andrea Eichenlaub ihrem Mann auf die Mailbox gesprochen hatte.

»Ich halte es wie dein Freund Knopp: das Beste immer zum Schluss.«

Sie ging zu dem Menüpunkt »Mitteilungen« und öffnete die Liste der eingegangenen Nachrichten. »Dann wollen wir mal sehen, wer ihm geschrieben hat.«

»Seltsam, dass er nur zwei SMS gespeichert hat«, sagte sie kurz darauf verwundert.

»Was ist daran seltsam?«

»Wie oft löschst du deinen SMS-Speicher?«, fragte sie.

»Was haben meine SMS damit zu tun?«

»Nimm einfach mal dein Handy und sieh dir deine Nachrichten an, die du auf dem Speicher hast.«

Keeser tat, wie befohlen. »Über achtzig SMS«, sagte er überrascht. »Die älteste ist schon ein halbes Jahr alt.«

»Siehst du, man löscht den Speicher normalerweise erst, wenn er voll ist.«

»Vielleicht war Eichenlaubs Speicher ja voll, und er hat ihn gerade erst geleert.«

Paula bezweifelte das. »Möglich, aber doch ein komischer Zufall, oder?«

»Wie sieht es mit gesendeten Nachrichten aus?«

»Gelöscht, der Speicher ist leer.«

»Das ist sogar für mich seltsam«, gab Keeser zu. »Von wem sind denn die beiden SMS?«

»Von einer oder einem ›S.‹« Paula öffnete die erste Nachricht. »*Ich freue mich auf dich!*, eingegangen kurz nach neun vorgestern Vormittag. Die andere SMS ist auch von S., empfangen um vier Uhr dreißig gestern Morgen: *Tausend Dank für diesen wundervollen Tag, in Liebe S.*«

»Da könnte er schon tot gewesen sein.«

»In Liebe S.‹? Von deiner Andrea ist das ja wohl nicht.«

Keeser wollte aufbegehren. Es war nicht *seine* Andrea. Aber Paula sprach bereits weiter. »Was meiner kleinen Notlüge deiner Staatsanwältin gegenüber unerwartet Substanz verleiht. Eichenlaub hatte also tatsächlich eine Freundin oder Geliebte.«

Keeser hatte eine Idee. »Ruf doch dort mal an, bei S., meine ich, vielleicht bekommst du ja raus, wer es ist.«

Paula wählte die Nummer an. Nach mehrmaligem Tuten verkündete die automatische Mailbox-Stimme, dass der Gesprächsteilnehmer derzeit nicht erreichbar sei.

»Geht keiner ran. Es wird wohl noch etwas länger ein Geheimnis bleiben, um wen es sich handelt.« Im Menüpunkt »Anruflisten« ging sie weiter zu »Anrufe in Abwesenheit«.

»Da haben wir sie ja, alle Anrufe von ›daheim‹.« Sie sah sich die Eingänge des letzten Tages an. »Nur diese fünf, und auch da keine anderen im Speicher. Aber warum keine SMS von ›daheim‹?« Sie sah Keeser an und nagte an ihrer Unterlippe. »Wenn ich jemanden anrufen will und ihn mehrfach nicht erreiche, dann schicke ich ihm eine SMS. Könnte ja sein, dass er gerade nicht telefonieren kann, weil er am Steuer sitzt oder in einem Meeting ist. Aber schnell mal eine SMS lesen kann man eigentlich immer.«

»Wenn er den Speicher gelöscht hat …«

»… dann wären auch die Nachrichten von S. gelöscht worden, denn die Anrufe von ›daheim‹ kamen zwischen der ersten und der zweiten SMS von S. und noch danach … nein, Andrea Eichenlaub hat nur angerufen.«

»Vielleicht kann sie das nicht.«

»Bloß weil du dich damit schwertust, müssen andere Leute nicht auch so unbeholfen sein.«

»He, ich kann sehr wohl eine SMS schreiben.«

Paula lachte auf. »Ja, wenn du eine Stunde Zeit dafür hast.«

»Die Tasten sind einfach viel zu winzig für meine großen Finger.«

»Jaja, die Tasten sind dran schuld.« Sie bedachte Keeser mit einem spöttischen Blick.

»Andrea hat aber nicht vom Handy aus angerufen«, sagte er. »Kann man vom Festnetztelefon überhaupt eine SMS senden?«

»Klar kann man das. Bekommen übrigens auch, allerdings kann man die dann nicht ablesen wie auf dem Handy. Die Nachricht wird angesagt.«

Keeser war zutiefst erstaunt. Er hatte wieder etwas dazugelernt.

Paula arbeitete sich weiter durch die Daten des fremden Handys.

Keeser beobachtete sie ehrfürchtig und trank schweigend seinen Kaffee. Ob es wohl bei der Volkshochschule einen Kurs für

Handy-Dinosaurier gibt?, fragte er sich. Wenn er sich dann eines dieser Smartphones kaufen und sich auch noch damit auskennen würde, würde Paula sicher Augen machen.

Die durchsuchte derweil das Adressbuch. »Hier ist sie ja, die Nummer für die Mailbox. Hören wir doch mal, was deine Andrea draufgesprochen hat und was Kollege Bader so bedeutsam findet. Bist du bereit?« Sie stellte die Lautstärke auf höchste Stufe.

Keeser setzte sich wieder ihr gegenüber an seinen Schreibtisch und sah sie gespannt an.

Paula startete die Aufnahme. Eine abgehackte weibliche Automatenstimme erklang: »Sie haben ... fünf ... neue Nachrichten. Erste Nachricht ... empfangen um ... elf Uhr dreizehn Minuten: ›Benedikt, ruf mich bitte zurück, wir müssen reden.‹« Eine Frauenstimme, ruhig, aber sehr bestimmt. Unverkennbar Andrea Eichenlaub. Paula notierte sich die Uhrzeit.

»Ruf an«, sagte Keeser mit verstellter Stimme und spielte eindeutig auf die Sexwerbung an, die nachts zu vorgerückter Stunde im Fernsehen lief.

Paula wollte nicht über seine Fernsehgewohnheiten nachdenken. »Meinst du, deine Andrea ist so eine? Eine gut getarnte Domina?«

»Sie ist nicht *meine* Andrea.« Endlich kam er dazu, ihr das zu sagen.

Die Mailbox-Stimme verkündete monoton: »Zweite Nachricht ... empfangen um ... vierzehn Uhr dreiunddreißig Minuten: ›Typisch, du weichst mir aus und gehst nicht ans Telefon. Aber dadurch wird es nicht besser. Ich ertrage das nicht länger, Benedikt, so kann ich nicht weiterleben.‹ Dritte Nachricht ... empfangen um ... siebzehn Uhr zwanzig Minuten.« Wieder Andrea, doch diesmal klang ihre Stimme um einiges schärfer. »Du Mistkerl, ruf mich endlich an, das kannst du mit mir nicht machen.«

Was kann er mit ihr nicht machen?, kritzelte Paula hinter die notierte Zeit und malte ein dickes Fragezeichen daneben. »Siehst du, dieses sanfte Mäuschen kann auch ganz anders.«

Die Stimme der Ansagerin spulte die eingegangenen Anrufe

weiter ab: »Vierte Nachricht ... empfangen um ... neunzehn Uhr elf Minuten: ›Das lass ich mir nicht länger bieten, ich werde die Konsequenzen ziehen, und du wirst damit leben müssen.‹«
Paula notierte *hysterisch* und *Androhung Scheidung?*.
Keeser zog überrascht eine seiner buschigen Augenbrauen in die Höhe. »So richtig harmonisch scheint diese Ehe wohl doch nicht gewesen zu sein.«
Paula gab ihm recht. »Wenn man schon so miteinander spricht, sollte man seine Beziehung auf jeden Fall grundlegend überdenken. Was sie ja anscheinend auch getan hat. Und sie hat uns gestern belogen: Sie wusste sehr wohl von dem Seitensprung ihres Mannes, und uns hat sie die Unwissenheit in Person vorgespielt.«
»Fünfte Nachricht ... empfangen um ... fünf Uhr und zehn Minuten«, vermeldete die Mailbox-Stimme. Andrea Eichenlaub klang erschöpft, fast ein wenig resigniert und überraschend sanft. »Es ist jetzt kurz nach fünf. Benedikt, ich mache mir wirklich ernsthafte Sorgen. Ich hoffe, du bist gut in Bremen angekommen. Ich bin schrecklich müde und versuche zu schlafen. Melde dich doch bitte morgen früh vor deinem Meeting bei mir, damit ich weiß, dass es dir gut geht. Vergiss, was ich gesagt habe, du weißt doch, ich liebe dich.«
Paula und Keeser sahen sich an.
»Da hat aber jemand seine Meinung schnell geändert«, stellte Paula überrascht fest und notierte *plötzlicher Sinneswandel*. »Und ihr Mann war zu diesem Zeitpunkt schon mausetot.«
»Was hat er bloß den ganzen Tag getrieben, von dem Andr... ähm, seine Frau nichts wusste, aber offenbar doch ahnte?« Keeser verschränkte die Arme hinter dem Kopf.
»Ich tippe auf diese mysteriöse S., seine heimliche Gespielin. Ist doch ein eindeutiges Zeichen, dass er nicht den vollen Namen in seinem Adressspeicher hat, sondern nur das ›S.‹« Sie hatte Eichenlaub am Tatort gleich in die Kategorie »attraktiver Mann« einsortiert. Circa eins achtzig groß, schlank, markantes Gesicht und grau meliertes volles Haar. Für seine fast sechzig Lenze sah er wirklich noch gut aus, und das, obwohl sie ihn nur als blassbläuliche Leiche gesehen hatte. Mit seinem Aussehen flogen

die Frauen bestimmt auf ihn. Wenn man sein graues Mäuschen daheim bedachte, war es leicht nachzuvollziehen, dass er das auch ausnutzte.

»Hm, sieht so aus«, stimmte Keeser ihr zu.

Paulas Gesicht hellte sich auf. Sie grinste ihn frech an. »Lass dir das eine Warnung sein: Fremdgehen kann offensichtlich der Gesundheit schaden.«

Er sah sie stumm an.

»Apropos: Deine Andrea hat in Anruf Nummer drei gesagt, dass er das nicht mit ihr machen könne. Das hört sich für mich so an, als ob sie genau wusste, was er macht, nämlich dass er fremdgeht. Und das lässt sie nicht wirklich in einem guten Licht erscheinen.«

»Sie kann ja was ganz anderes gemeint haben«, brachte Keeser schwach zu Andrea Eichenlaubs Verteidigung vor.

»Hm, womöglich hatte sie einen Verdacht, vielleicht spionierte sie ihm nach. Wenn er das gewusst hat, könnte das der Grund dafür gewesen sein, dass er immer alle Nachrichten gelöscht hat. Damit sie ihm nichts nachweisen kann.«

»Offenbar war er nicht vorsichtig genug, denn sie hat ihn wohl doch erwischt, wobei auch immer.«

Paula tippte auf die unterste Notiz auf ihrem Zettel. »Und dann dieser plötzliche Sinneswandel bei ihrem letzten Anruf. Ihre Sorge um ihren Mann scheint letztendlich ihre ganze Wut, der sie in den vorhergehenden Aufzeichnungen Luft macht, in nichts aufgelöst zu haben.«

»Er hat Andrea also gesagt, dass er nach Bremen fahren will.« Keeser machte eine kurze Pause, bevor er weitersprach. »Dann frage ich mich, warum der Trottel sie nicht einfach angerufen oder ihr eine SMS geschickt hat, dass er dort gut angekommen ist. Das hätte doch die Wogen geglättet, und seine Frau wäre zufrieden gewesen. Wenn ich jemanden betrüge, versuche ich doch, so wenig Staub wie möglich aufzuwirbeln, oder?«

»Ach, machst du das so?« Paula sah ihn forschend an, erhielt aber nur ein genervtes Augenrollen als Antwort. »Darf ich daran erinnern, dass Eichenlaub gar nicht in Bremen war?«

Keeser lachte und sah sie ungläubig an. »Ich mag zwar ein altmodischer Dinosaurier sein, aber so viel weiß ich dann doch, dass Handys sehr praktisch sind. Der Angerufene weiß nicht, wo sich der Anrufer befindet. Und umgekehrt. Der Kerl hat sie wegen der Fahrt nach Bremen belogen, und sie hat hinter ihm hertelefoniert, was ihn doch sicher genervt hat. Aber mit einem kleinen Anruf, mit einem kurzen ›Hallo, Schatz, mir geht es gut, bin gerade da und da‹ hätte er erstens seine argwöhnische Frau beruhigen und zweitens sein Lügengebäude aufrechterhalten können.« Er hielt kurz inne. »Zumindest bis zum Auffinden seiner Leiche. Was ihm aber in seinem momentanen Zustand egal sein kann. Was ich eigentlich damit sagen will: Heutzutage ist es viel leichter als früher, jemanden zu betrügen und zu hintergehen.«

»Wenn der Betrogene nicht die Möglichkeit hat, deine GPS-Daten zu überwachen«, belehrte ihn Paula.

»Das kann doch nur die Polizei.«

»Irrtum, an diese Technik kommt auch der Privatmann. Kann man alles im Internet bekommen.«

Keeser sah sie aus großen Augen an, dann lehnte er sich zufrieden lächelnd zurück und verschränkte die Hände über seinem Bauch. »Aber wie es scheint, hat Frau Eichenlaub davon genauso wenig Ahnung wie ich, denn sonst hätte sie ihm, so aufgebracht, wie sie war, sicher an den Kopf geworfen, dass sie genau weiß, dass er nicht in Bremen ist.«

»Vielleicht hat sie ja genau das gemeint, als sie sagte, sie wisse Bescheid.«

»Können wir nicht über sein Handy feststellen, wo er sich den ganzen Tag über aufgehalten hat? Und sein Auto hat doch sicherlich auch GPS.« Keeser setzte sich wie elektrisiert auf.

»Mann, Dinosaurier, du bist manchmal richtig genial.« Sie griff sofort zum Telefon. »Ich werde Bader darauf ansetzen.«

Keeser trommelte höchst zufrieden mit seinen Fingern einen nicht genauer erkennbaren Rhythmus auf die Tischplatte.

Nachdem Paula das Telefonat beendet hatte, klatschte sie mit den Handflächen auf den Tisch, erhob sich und sah ihn auffordernd an. »Los, auf mit dir. Ruh dich jetzt bloß nicht auf den paar Lorbeeren aus, mein Lieber, ich denke, es wird Zeit, Frau Eichenlaub noch einmal zu besuchen. Ich meine damit natürlich einen Besuch, bei dem ich dabei bin.«

»Haha, sehr witzig.« Keeser folgte ihr nach draußen.

Paula stattete Tina Geiger noch einen Besuch ab. »Hier, Geigerlein, damit du dich nicht langweilst.« Sie legte ihr die Telefonlisten auf den Schreibtisch. »Damit wirst du wohl eine Zeit lang beschäftigt sein.«

»Ihr seid immer sooo gut zu mir«, entgegnete Tina Geiger sichtlich unterbegeistert.

★★★

»Weißt du, was ich komisch finde?«, fragte Keeser Paula, als sie den Marienring in Richtung Rheinstraße entlangfuhren.

»Keine Ahnung, verrat es mir.«

»Ist es nicht verwunderlich, dass sich Andrea nach ihrem letzten Anruf irgendwann um fünf Uhr nachts nicht mehr bei ihrem Mann gemeldet hat? Wann waren wir bei ihr? Dreizehn Uhr etwa oder kurz danach?«

Paula nickte bestätigend.

»Da war sie, trotz der schlaflosen Nacht, fix und fertig angezogen und demnach schon länger auf. Aber warum hat sie nicht noch einmal versucht, ihn zu erreichen?«

Paula sah Keeser überrascht an, denn ihr selbst war der Aspekt gar nicht in den Sinn gekommen. »Willkommen zurück, Kollege, endlich ist dein Ermittlergeist erwacht. Wäre doch zu schön, wenn du diese Frau ab sofort nicht mehr durch die rosarote Brille betrachten würdest. Du hast recht, das ist wirklich verwunderlich. Vielleicht wusste sie ja, dass er längst tot war. Was, wenn sie sogar mit seinem Ableben zu tun hat?«

Keeser schien diese Schlussfolgerung nicht zu behagen. »Du musst das doch nicht gleich so drastisch sehen. Sie könnte einfach aufgegeben und für sich entschieden haben, dass sie ihn gehen lässt. Was weiß ich.« Sein Gesicht hellte sich auf. »Sie könnte direkt im Hotel angerufen haben. Ruf Bader an, er soll ihren Festnetzanschluss überprüfen.«

Paula zückte augenblicklich ihr Handy. So konnten sie auch gleich überprüfen, ob Andrea Eichenlaub ihre angeblichen Anrufe mit diversen Unfallkrankenhäusern wirklich getätigt hatte. Sie bat Bader, die Telefonverbindungen der vorletzten Nacht zu besorgen. Nach kurzem Überlegen erweiterte sie ihre Bitte auf die letzten zwei Monate – vielleicht würden sie das eine oder andere verdächtige Telefonat entdecken.

»Andrea ist keine Mörderin«, betonte Keeser trotzig. »Woher sollte sie eine Waffe und noch dazu eine Makarov haben?«

»Und schon hat er wieder die Beschützerhaltung eingenommen. Mann, Keeser, hatten wir das Thema Auftragsmord nicht schon einmal?«

Keeser zog scharf die Luft ein. »Paula, du gehst mir echt auf die Nerven. Wir haben noch keinen anderen Menschen zu Eichenlaubs Tod befragt, wir sind noch keiner Drohung aus Umweltschützerkreisen nachgegangen, wir haben sein privates Umfeld noch kein bisschen beleuchtet. Aber du stürzt dich wie eine Besessene auf Andrea.«

Paula schwieg kurz. »Du hast recht«, sagte sie schließlich. »Tut mir leid, ich kann es nicht erklären, aber irgendwas an dieser Frau lässt mich so unprofessionell reagieren. Ich gelobe Besserung.«

»Da bin ich ja mal gespannt.«

★★★

Beckers Streifenwagen parkte vor dem Eichenlaub-Anwesen. Das schmiedeeiserne Tor stand weit offen. Hartmut Berger kam ihnen auf dem breiten Kiesweg entgegen. Er kam Paula noch größer, noch dünner und noch schlaksiger vor als sonst. Wenn er so weitermachte, würde er Keeser bald auf den Kopf spucken können. Stolz präsentierte er den Kommissaren das sichergestellte Tatwerkzeug, das er gerade in einer Beweismitteltüte zum Auto trug.

»En Pflaschderschdee«, verkündete er mit ernster Miene. Als ob Paula und Keeser das nicht selbst erkannt hätten.

»So was kann man überall mitgehen lassen«, meinte Paula enttäuscht. »Berger, wenn Sie später die Nachbarschaft befragen, dann sehen Sie sich bitte ganz genau um, wo gerade Gärten und Wege angelegt werden. Oder ob es irgendwo eine Baustelle gibt, von der dieser Stein sein könnte.«

»Es ist kein neuer Pflasterstein«, bemerkte Keeser mit Kennerblick. »Legen Sie Ihr Augenmerk also auch auf fehlende Steine in bestehenden Wegen.«

»Er könnte auch von einem Haufen Bauschutt stammen«, fügte Paula hinzu.

Berger sah zunehmend verwirrt aus. »Also die Noodel im Heihaafe«, stöhnte er und ging weiter.

»Noodel im Heihaafe?«, fragte Paula gequält.

»Die Nadel im Heuhaufen, Lieblingsausländerin«, übersetzte Keeser.

Andrea Eichenlaub kam aus dem Haus geeilt und warf sich ihm in die Arme. Er sah Paula ratlos an und wusste nicht, wohin mit seinen Händen. Schließlich pflückte er sich die verstörte Witwe vom Hals und stellte sie wieder auf den Boden.

»Oh, Bernd, es war so schrecklich. Ich hatte solche Angst.« Sie bebte am ganzen Körper, und ihre Stimme überschlug sich beim Sprechen.

Hysterisch, so würde Paulas Mutter das nennen.

»Wann ist es passiert?« Keesers Stimme war umso beherrschter.

Seine Anwesenheit schien Andrea Eichenlaub ein wenig zu beruhigen, denn sie gab gefasst Antwort. »Gleich nachdem du weg warst. Ich war noch in der Küche und habe die Spülmaschine eingeräumt. Da klirrte es plötzlich im Wohnzimmer, und es gab einen dumpfen Schlag. Ich hab mich zuerst gar nicht aus der Küche rausgewagt.« Nervös sah sie sich um.

»Lassen Sie uns hineingehen«, schlug Paula vor, legte der Frau einen Arm um die Schulter und führte sie mit sanftem Druck in Richtung Haus. »Haben Sie jemanden im Garten gesehen?«

»Ich war starr vor Angst. Ich … ich habe mich nicht einmal getraut, nach draußen zu sehen«, stammelte die zierliche Andrea Eichenlaub. »Ich hatte solche Angst.«

Nach allem, was die Frau in den letzten Tagen durchmachen musste, konnte Paula das sehr gut nachvollziehen. Sie empfand Mitleid mit Keesers Ex.

Nichtsdestotrotz würde sie ihr einige unangenehme Fragen stellen müssen.

»Wir haben die Mailbox Ihres Mannes abgehört, Frau Eichenlaub«, sagte sie, als sie im Wohnzimmer angekommen waren.

Andrea Eichenlaub atmete tief durch und suchte Keesers Blick.

Der ließ sie jedoch allein mit Paula, denn er hatte sich zu Obermeister Becker gesellt und besah sich das eingeschlagene Fenster, ein vom Boden bis zur Decke reichendes Glasmodul.

»Ach ja?« Andrea Eichenlaub lächelte schief und spielte mit einem Fädchen am Ärmel ihres heute kamelhaarfarbenen Twinsets.

»Ihre Anrufe waren überwiegend unfreundlich«, sagte Paula.

Andrea Eichenlaub senkte den Kopf. Als sie wieder aufsah, zeigte ihr Gesicht Entschlossenheit.

»Sie haben recht«, sagte sie fest. »Ich war wütend. Benedikt kennt nur seine Arbeit und seine Firma, und jetzt will er auch noch Bürgermeister werden … wollte Bürgermeister werden. Wir haben doch kaum Zeit miteinander verbracht. Wenn er die Wahl gewonnen hätte, hätte ich ihn wohl nur noch gesehen, wenn er schnell mal zum Kleiderwechseln nach Hause gekommen wäre.«

Paula sah sie abwartend an.

»Das war jetzt schon der fünfte Sonntag in Folge, an dem er nicht zu Hause war.«

»Was meinten Sie damit, als Sie auf das Band sprachen, dass er das nicht mit Ihnen machen könne? Was hat er mit Ihnen gemacht?«

Der Faden, an dem Andrea Eichenlaub herumspielte, wurde immer länger und zog das Gewebe unschön zusammen. Sie war extrem nervös.

Keeser stellte sich zu ihnen. »Ich habe schon einen Glaser für dich angerufen. Ich hoffe, das ist dir recht. Er kommt gegen

Mittag und misst die Scheibe aus. Wenn du Glück hast, kann er sie noch heute Abend wieder einbauen.«

Sie griff nach seiner Hand. »Danke, Bernd«, sagte sie matt. »Sonst hat sich Benedikt immer um solche Sachen gekümmert. Ich kenne gar keinen Glaser in der Nähe.«

»Frau Eichenlaub, beantworten Sie bitte meine Frage. Was hat er mit Ihnen gemacht?«, sagte Paula ungerührt.

»Ich ... ich wusste es ja gar nicht genau«, stammelte Andrea Eichenlaub. »Ich hatte nur eine Ahnung ...«

»Was für eine Ahnung, Andrea?«, fragte Keeser mit sanfter Stimme, als sie wieder stockte. Er befand sich offensichtlich immer noch im Weichspülgang.

Andrea Eichenlaub atmete tief durch und straffte ihre Haltung. Anscheinend hatte sie sich dazu durchgerungen, endlich mit der Wahrheit herauszurücken.

»Ich hatte den Verdacht, dass er eine Freundin hat. Er war in letzter Zeit so oft unterwegs, er ließ mich an den Wochenenden ständig allein. Ich war der festen Überzeugung, dass er vorgestern mit dieser ... dieser anderen nach Bremen gefahren ist. Ich war wütend, weil er nicht an sein Handy gegangen ist, er hat meine Anrufe einfach ignoriert.« Die Worte sprudelten endlich aus ihr heraus.

»Sie haben mit Konsequenzen gedroht.«

Andrea Eichenlaub schwieg und klammerte sich noch immer an Keesers Hand.

»War die Konsequenz vielleicht, dass er sterben musste?«, fragte Paula, als sie keine Antwort erhielt.

»Paula!«, rief Keeser entsetzt. »Bist du verrückt? Was soll denn das?«

»Das war doch nur so dahingesagt«, fauchte Andrea Eichenlaub giftig. »Ich wollte ihn einfach ein bisschen unter Druck setzen, damit er endlich zurückruft. Was hätte ich denn schon groß tun sollen?« Wieder sah sie Keeser mit leidvollem Blick an, und der schmolz erneut dahin.

»Mir fällt da spontan das Wort ›Scheidung‹ ein«, bemerkte Paula kühl.

»Bei einer Scheidung bekomme ich nichts«, spuckte sie verächtlich aus und funkelte sie feindselig an.

Aha, du kannst also auch anders, du armes, unschuldiges, sanftes Rehlein, dachte Paula im Stillen. Du warst zwar wütend auf ihn, aber auf seine Kohle wolltest du keinesfalls verzichten. Mir kannst du so schnell nichts vormachen, meine Liebe, ich werde dich ganz genau beobachten. »Sie und Ihr Mann hatten also diesbezüglich einen Ehevertrag?«

»Benedikt hat bei der Heirat darauf bestanden«, antwortete Andrea Eichenlaub wieder so sanft wie vor ihrem kleinen Ausbruch. »Ist ja auch klar, er übernahm damals die Firma seines Vaters, und ich hatte nichts, als wir uns kennenlernten.« Sie streichelte zärtlich Keesers Hand und lächelte ihn gewinnend an. »Du weißt das ja, aber dir war das egal.«

»Wir hatten beide nichts.« Der sonst so ruppige Keeser antwortete ihr sanft wie ein Lämmchen.

Pass bloß auf, Kollege, ruck, zuck bist du ein Opferlämmchen, hätte Paula ihm am liebsten zugerufen. Stattdessen fragte sie: »Haben Sie eine Ahnung, wer diese andere Frau ist?«

»Nein.«

»Kein Verdacht?«

»Nein.«

»Wer ist S.?« Paula sah Andrea Eichenlaub direkt in die Augen. Die zuckte kaum merklich zusammen und senkte den Blick. »Wer soll das sein?«

»Jemand, der sich per SMS bei Ihrem Mann für den wunderschönen Tag bedankt hat und ihm schreibt, dass er ihn liebt.«

Andrea Eichenlaub wurde leichenblass, kniff ihre schmalen Lippen noch fester zusammen und mahlte mit den Kieferknochen. Sie ließ Keesers Hand los und ballte die Fäuste.

»Ich habe keine Ahnung, wovon Sie reden.« Ihr Blick enthielt keinerlei Freundlichkeit mehr.

Keeser erkannte schlagartig, dass Andrea Paula genauso wenig mochte wie Paula Andrea. Wie nannte man das? Stutenbissigkeit? Er musste verhindern, dass Paula derart auf die arme Andrea losging. »Nun, das werden wir im Zuge der Ermittlungen ja sicher herausfinden«, sagte er begütigend und stand demonstrativ auf.

»Sie haben also keine Vermutung, wer S. sein könnte?« Paula ließ nicht locker.

Ein verbissenes Kopfschütteln war die Antwort.

»Besitzen Sie oder Ihr Mann eine Waffe?«

»Nein«, sagte Andrea Eichenlaub kühl.

»Gut, dann habe ich erst einmal keine weiteren Fragen an Sie.« Paula erhob sich ebenfalls. Als ihr Handy unerwartet in der Jackentasche klingelte, zuckte sie erschrocken zusammen.

»Ja?«, fragte sie hastig, ohne auf das Display zu sehen.

»Willst du lieber eine Torte oder einen normalen Kuchen?«

»Was?« Paula war völlig verdattert.

»Ob du lieber Kuchen oder Torte möchtest? Ich will zu deinem Geburtstag morgen etwas backen und gehe jetzt einkaufen.«

»Mama, ich bin mitten in einer Befragung«, sagte sie vorwurfsvoll. Sie machte eine entschuldigende Geste zu Keeser hinüber.

»Warum gehst du dann überhaupt ran?«, fragte ihre Mutter mindestens genauso vorwurfsvoll.

Gute Frage. »Es hätte ja was Wichtiges sein können.«

»Aber es ist doch etwas Wichtiges«, insistierte ihre Mutter.

»Mutsch, das ist im Moment kein bisschen wichtig.« Kaum hatte sie die Worte unfreundlich in den Apparat gefaucht, tat es ihr auch schon leid. Ihre Mutter meinte es doch nur gut.

»Paula, jetzt stell dich doch nicht so an, du musst doch nur Kuchen oder Torte sagen.«

»Kuchen«, sagte sie und versuchte, freundlicher zu klingen. »Aber mach dir bitte keine Umstände.«

»Papperlapapp, du hast schließlich nur ein Mal im Jahr Geburtstag, und wenn ich schon mal da bin ...«

»Mutsch, ich muss Schluss machen.« Sie beendete das Gespräch, ohne eine Antwort abzuwarten. »Tut mir leid«, murmelte sie und steckte das kleine Telefon wieder ein. »Wo waren wir stehen geblieben?«

»Dass wir eigentlich keine Fragen mehr hatten und gerade gehen wollten. Aber eines würde mich doch noch interessieren,

Andrea. Hast du gestern Morgen noch einmal versucht, deinen Mann anzurufen?« Keeser legte Andrea Eichenlaub seine große Hand auf die zarte Schulter.

»Nein, wieso?« Sie sah ihn aus großen Augen an.

»Warum nicht? Du hast dir doch Sorgen um ihn gemacht.« Andrea atmete tief durch und schloss die Augen. »Weißt du, wie das ist, wenn du ignoriert wirst?« Sie erwartete offenbar keine Antwort, denn sie sprach unmittelbar weiter. »Ich habe in dieser Nacht aufgegeben, ich habe *ihn* aufgegeben. Ich habe den Kampf um unsere Ehe aufgegeben. Ich hatte es satt, ihm meine Liebe nachzutragen, ihm hinterherzurennen. Ich wollte mich einfach nicht mehr lächerlich machen.« Tränen sammelten sich in ihren Augen. »Er liebte mich nicht mehr, in dieser Nacht habe ich das endlich kapiert.«

Keeser gab Paula ein Zeichen, zu gehen. Sie folgte ihm nach draußen.

***

»Sag mal, musste das sein?«, fuhr er sie an, sobald sie außer Hörweite waren.

»Was meinst du?«

»Du kannst Andrea doch nicht einfach des Mordes an ihrem Mann bezichtigen!«, schimpfte Keeser mit wütend zusammengezogenen Augenbrauen.

»Ich habe sie nicht ›bezichtigt‹, ich habe nur erwähnt, dass ich diese Möglichkeit sehr wohl in Erwägung ziehe. Ich wollte sie ein bisschen aufscheuchen.«

»Aufscheuchen? Die arme Frau hat gerade ihren Mann verloren, ihr Haus ist beschmiert worden ...«

»Nur die Mauer«, unterbrach ihn Paula.

»... eine Scheibe wurde mit einem Pflasterstein eingeworfen, und wahrscheinlich hat sie ihr Alter auch noch seit Jahren betrogen. Da kannst du ruhig ein bisschen sanfter mit ihr umgehen.«

»Aber sie hat doch schon einen sanften Ritter gefunden – dich.« Paula blieb vor dem Dienstwagen stehen und sah ihn eindringlich an. »Einer von uns muss schließlich einen klaren Kopf bewahren.«

Keeser hatte Mühe, nicht die Beherrschung zu verlieren.

Becker und Berger kamen auf sie zu und sahen interessiert von einem zum anderen.

»Wenn Sie die Nachbarschaft hier abgeklappert haben, dann fahren Sie nach Germersheim zum Yachthafen, Becker, und hören sich da mal um«, befahl Keeser unfreundlich und klemmte sich hinter das Steuer. An irgendjemandem musste er einfach seinen Unmut auslassen.

Becker salutierte ehrfürchtig an die Dienstmütze und sah dem davonfahrenden Wagen nach. »Dicke Luft bei den Kommissars«, erklärte er seinem jungen Kollegen. »Bin ich froh, dass du en Kerl bischt.«

★★★

»Ich habe nichts mit Andrea«, gelobte Keeser zum wiederholten Male.

Paula rieb sich erschöpft mit beiden Händen das Gesicht. Der Fall ging ihr auf die Nerven. Keeser und seine Ex gingen ihr auf die Nerven. An ihre Mutter durfte sie gar nicht erst denken.

»Dann belass es bitte auch bei diesem Status quo«, sagte sie matt.

Er sah sie von der Seite an, während er ins Gewerbegebiet fuhr. »Was ist los mit dir?«

»Ich bin einfach genervt. Meine Mutter hockt gelangweilt in meiner Wohnung rum, und ich habe keine Ahnung, was sie gerade anstellt.«

»Also, ich finde deine Mutter sehr charmant.«

»Klar, du bist ja auch nicht ihre Tochter«, bemerkte Paula missmutig. »Und sie hat sich nicht bei dir einquartiert, du kannst also gar nicht mitreden.«

Keeser lachte aufreizend entspannt.

»Als ich gestern heimkam, trank die halbe Nachbarschaft in meiner Wohnung Kaffee«, beschwerte sie sich.

128

»Hattest du nicht sowieso vor, die Kontakte zu den Leuten in deinem Haus mehr zu pflegen?«

»Das schon, aber dann, wenn es mir passt. Außerdem fühle ich mich wie gerädert, weil ich eine beschissene Nacht auf meiner eigenen Couch zugebracht habe. Mein Bett habe ich nämlich, ganz wohlerzogene Tochter, großzügig meiner Mutter überlassen.«

»Dann haben wir ja was gemeinsam.«

Paula sah ihn irritiert an. »Du und ich etwas gemeinsam? Das ist ja ganz was Neues.«

»Jedenfalls die Nacht auf der Couch. Meine Nacht war auch nicht besser als deine.«

»Ich weiß allerdings nicht, ob ich dir diese Story tatsächlich glauben kann. So, wie sich dir Andrea an den Hals wirft. Ich kann mir nicht vorstellen, dass da ein Mann, und noch dazu ein Keeser, widerstehen kann. Wo fährst du eigentlich hin?« Auf beiden Straßenseiten reihten sich Firmen und Hallen aneinander, riesige Lastwagen tummelten sich um sie herum.

»Zu Eichenlaubs Firma. Das hier ist der ›Interpark‹. Irgendwo muss der Laden sein.« Er sah sich suchend um. In einer Querstraße entdeckte er endlich ein dreistöckiges Bürogebäude, auf dem unübersehbar in großen blauen Buchstaben »EICHENLAUB REIFEN« zu lesen war. Er bog auf das Gelände ein, auf dem sich mehrere Fabrikhallen befanden.

Sie stellten den Wagen ab und stiegen aus. Es roch unangenehm nach heißem Gummi.

»Wie heißt die Sekretärin noch mal? Kannst du dich daran erinnern?«, fragte Keeser. Sein Handy klingelte, er nahm das Gespräch entgegen.

»Irgendwas mit K …« Paula blätterte in ihren Notizen.

»Danke Ihnen, Bader.« Keeser beendete sein Telefonat und wandte sich Paula zu. »Also, Andrea hat nachweislich von ihrem Festnetzanschluss aus fünf Kliniken entlang der Autobahn nach Bremen angerufen. Somit wäre ihre Aussage bestätigt. Bis auf die Anrufe auf der Mailbox ihres Mannes gab es keine weiteren Telefonaktivitäten in dieser Nacht.«

Paula nickte. Sie hatte die Notiz gefunden. »Klödy, so heißt die Sekretärin. Was für ein komischer Name.«

»Kommt bestimmt aus dem Französischen«, erklärte Keeser und ging auf die gläserne Eingangstür zu.

Sie betraten eine kühle, eher düstere Empfangshalle. Hinter einem kleinen Tresen saß ein älterer Mann in dunkelblauem Anzug, der sie argwöhnisch musterte.

»Es wurden alle Vertretertermine für heute abgesagt«, verkündete er unfreundlich, bevor sich die Beamten vorstellen konnten. Keeser hielt ihm seinen Ausweis unter die Nase. »Gut so, denn dann hat man mehr Zeit für uns zwei Hübschen von der Kripo Landau.« Er stützte sich lässig auf die helle Buchenplatte des Empfangs. »Wir wollen zu Frau Klödy.«

»Moment«, sagte der Mann mit wichtigem Gesichtsausdruck und griff zum Telefonhörer. »Frau Klödy, hier sind zwei Herrschaften von der Kriminalpolizei, die mit Ihnen sprechen wollen.«

»Sie können nach oben gehen. Dritter Stock, Frau Klödy erwartet Sie. Der Fahrstuhl ist gleich dort drüben.« Er zeigte mit dem Hörer, den er noch immer in der Hand hielt, nach rechts.

»Wir bevorzugen die Treppe.« Keeser schenkte seinem Gegenüber ein strahlendes Lächeln.

»Gleich neben dem Aufzug«, antwortete der Portier mit unverändert säuerlicher Miene.

»Da lob ich mir doch ein hübsches, freundliches Rezeptionsmäuschen«, sagte Keeser auf dem Weg zur Treppe.

»Mit tiefem Ausschnitt und einer Schwäche für ältere Männer«, ergänzte Paula spöttisch.

»Vorzugsweise ja. Bei dem Typen freut sich doch sicherlich kein Vertreter auf einen Besuch bei der Firma Eichenlaub, oder?«

Sie kamen im dritten Stock an, wo eine schlanke und elegante Schwarzhaarige um die vierzig bereits auf sie wartete. Die Frau trug ein schlichtes, eng sitzendes dunkelblaues Kostüm, dessen Rock ein Stück über den Knien endete. Die seidene korallenfarbene Bluse betonte ihren üppigen Busen mehr, als dass sie ihn versteckte, zumal die obersten drei Knöpfe nicht geschlossen waren. Sie war dezent geschminkt und lächelte ihnen offen entgegen.

Paula wusste sofort, dass ihr angenehmer Anblick Keeser für den rüden Empfang des Portiers entschädigen würde.

»Sandra Klödy, ich bin … ähm, war Herrn Eichenlaubs Chefsekretärin«, stellte sie sich vor und schüttelte ihnen mit festem Griff die Hand. »Kommen Sie doch mit in mein Büro.«

Mit geschmeidigem Hüftschwung ging sie vor ihnen her und führte sie in ein geräumiges Büro mit einem großen Schreibtisch und einer dunkelroten Ledersitzgruppe. Sie deutete einladend auf ebendiese und fragte: »Kann ich Ihnen etwas anbieten? Kaffee, Tee, Mineralwasser?«

»Kaffee wäre nett.« Keeser nahm auf dem Zweisitzer Platz und wirkte sehr zufrieden. Paula setzte sich neben ihn und schloss sich seiner Bestellung mit einem Nicken an.

Sandra Klödy betätigte einen Knopf der Sprechanlage auf dem Schreibtisch und orderte eine Kanne Kaffee mit drei Tassen.

Paulas Blick war ihr gefolgt und an dem Namensschild hängen geblieben, das auf dem Schreibtisch stand. »Sandra Klödy, Chefsekretärin«. Für eine Sekretärin kein übles Büro, entschied sie. Sie hatte eher ein kleines Vorzimmerkabuff erwartet.

Für einen Moment stockte ihr der Atem. *Sandra?* Ist sie etwa diese S.?, überlegte Paula. Sollten wir so schnell fündig geworden sein? Sie wäre nicht die erste Angestellte, die ein Verhältnis mit ihrem Chef hat.

Die gut aussehende Frau setzte sich ihnen gegenüber auf einen Sessel. »Tragische Sache, das mit meinem Chef, wir stehen alle unter Schock«, sagte sie sichtlich betroffen.

Eine Geliebte würde in dieser Situation sicherlich nicht so cool reagieren, fand Paula und musste sich eingestehen, dass sie ein wenig enttäuscht war.

»Ich kann es noch gar nicht so recht fassen.« Sandra Klödy sagte das sehr beherrscht. Sie verschränkte die Hände vor ihren Knien und sah die Kommissare abwartend an. »Wie kann ich Ihnen helfen?«

»Wie lange arbeiten Sie schon für die Firma Eichenlaub?«, fragte Paula.

»Das sind inzwischen dreizehn Jahre. Ich habe gleich nach dem BWL-Studium hier angefangen.«

»Sie haben studiert und arbeiten jetzt als Sekretärin?«, fragte Paula verblüfft. »Stand Ihnen da der Sinn nicht nach Höherem?«

Sandra Klödy lachte, ein angenehmes, warmes Lachen. »Sie sind nicht die Erste, die mich das fragt. Ich bin hier mehr oder weniger Herrn Eichenlaubs rechte Hand, mein Status ist ähnlich dem eines Geschäftsführers. Ich habe uneingeschränkte Prokura und weiß über alle Firmenangelegenheiten Bescheid. In der Firma kann es also erst einmal unverändert weiterlaufen, bis entschieden ist, wie es mit ihr weitergehen soll.«

Der Kaffee wurde von einer sehr jungen, unsicheren Frau auf einem Tablett hereingebracht.

»Danke, Marie, stell es einfach ab, den Rest mache ich selbst«, sagte Sandra Klödy freundlich.

Marie bedachte sie mit einem dankbaren Blick und verschwand schleunigst wieder nach draußen.

Sandra Klödy verteilte geschickt die Tassen.

»Waren Sie Benedikt Eichenlaubs Geliebte?«, fragte Paula ganz direkt.

Keeser sah sie entgeistert an. Muss sie immer gleich mit der Tür ins Haus fallen?, dachte er.

Sandra Klödy wirkte jedoch kein bisschen ertappt, sondern eher amüsiert. »Das müssen Sie wahrscheinlich fragen.« Sichtlich gelassen nippte sie an ihrem Kaffee, den sie schwarz trank. »Und es ist ja auch ein wunderschönes Klischee, dass der große Chef was mit der kleinen Sekretärin hat, nicht wahr?«

»Frau Klödy, wir haben Grund zu der Annahme, dass Ihr Chef seine Frau betrogen hat. Und wir haben Grund zu der Annahme, dass diese Person einen Namen mit S hat«, erklärte Paula.

»Und ich heiße Sandra – würde wirklich passen«, pflichtete sie Paulas Vorgehen bei. »Aber ich muss Sie enttäuschen, ich hatte nichts mit Benedikt Eichenlaub. Er hat auch nie einen Annäherungsversuch gemacht, in all den Jahren nicht. Ich kann mir ehrlich gesagt nicht vorstellen, dass er Andrea betrogen hat. Sind Sie da sicher?«

»Ziemlich sicher, ja. Seine Frau hat auch schon länger den Verdacht, dass er sie hintergeht.« Keeser rührte übertrieben lange in seiner Tasse.

Der Schimmer der Erkenntnis huschte über Sandra Klödys schmal geschnittenes Gesicht. »Das erklärt vielleicht Andreas häufige Anrufe in letzter Zeit. Sie rief manchmal mehrmals am Tag an, um mit ihrem Mann zu sprechen. Im Nachhinein betrachtet, könnten das Kontrollanrufe gewesen sein. Mein Chef tat das einmal sogar als ihre krankhafte Eifersucht ab.«

»Hat er sich in letzter Zeit anders als sonst verhalten? Unkonzentriert, aufgekratzt, wie sich eben ein frisch Verliebter benimmt?«, erkundigte sich Paula.

Sandra Klödy dachte einige Zeit nach, dann schüttelte sie den Kopf. »Nein, er war wie immer.«

»Wie war Ihr Verhältnis zu Ihrem Chef?«, fragte Keeser.

»Freundschaftlich«, antwortete Sandra Klödy spontan. Nach kurzem Überlegen besserte sie jedoch nach: »Nein, das trifft es nicht ganz, Herr Eichenlaub war eher der väterliche Freund für mich. Väterlicher Freund und Mentor. Er und seine Frau waren ja kinderlos, ich denke, er hat mich ein wenig als seine Ersatztochter gesehen. Für mich natürlich ein großes Glück.«

Paula betrachtete Keeser von der Seite. War es bei ihm und ihr nicht ähnlich? Er hatte sie junges Küken schließlich auch unter seine Fittiche genommen, sie anfangs sogar vor ihrem stalkenden Ex-Freund beschützt. Sie wusste genau, dass er immer für sie da sein würde, genau wie sie für ihn. Das warme Gefühl von grenzenloser Sympathie für ihn durchströmte sie.

»Ist was?«, fragte Keeser irritiert, der ihren Blick gespürt hatte.

»Nein, nichts, ich hab nur überlegt.« Sie wandte sich an Sandra Klödy. »Was war er Ihrer Meinung nach für ein Mensch?«

»Herr Eichenlaub? Nun, er war immer sehr großzügig und ließ andere an seinem Erfolg teilhaben. Er spendete regelmäßig an diverse Organisationen, Aradia zum Beispiel, das Frauenzentrum in Landau, oder das SOS-Kinderdorf in Silz.

Er spendierte die neuen Trikots für die Offenbacher Jugend-Fußballmannschaft und finanzierte zu einem großen Teil die Sanierung des Rasenplatzes. Und er unterstützte die protestantische Kindertagesstätte. Auch die Kulturbühne und das Queichtalmuseum bekamen regelmäßig Zuwendungen. Das ist lediglich ein Bruchteil dessen, was er getan hat. Ihm lag die Region wirklich am Herzen.«

»Wie war er als Chef?«

»Korrekt. Immer höflich. Er war stets auf das Wohl seiner Angestellten bedacht. Aber er war auch ein knallharter Geschäftsmann, sonst hätte er es wohl nie so weit gebracht.«

»Sie kannten sich so viele Jahre, hat er über Privates mit Ihnen gesprochen?« Paula musste an sich und Keeser denken, sie sprachen über fast alles. Okay, was seine holde Ex anging, da tat er momentan etwas heimlich.

»Ha.« Sandra Klödy lachte kurz auf. »Wir waren nach all den Jahren und trotz der Enge unserer Zusammenarbeit immer noch per Sie. Er erzählte nie etwas von zu Hause, da war er sehr zugeknöpft.«

»Wie sieht es aus mit der Konkurrenz? Gab oder gibt es Übernahmeversuche?«, fragte Keeser.

»Herr ... Kästner?« Sandra Klödy sah ihn unsicher an.

»Keeser«, verbesserte er sie.

»Herr Keeser, wir sind eine recht kleine Firma. Natürlich gab es immer mal wieder Übernahmeangebote, das ist schließlich das ungeschriebene Gesetz der freien Wirtschaft, dass die Großen die Kleinen zu verschlucken versuchen, um selbst noch größer zu werden. Aber für die Großen wie ›Continental‹, ›Goodyear‹ oder ›Michelin‹, um nur ein paar zu nennen, sind wir letztendlich nicht mehr als ein kleiner unbedeutender Pickel auf dem Arsch.«

Keeser grinste breit, so eine saloppe Ausdrucksweise hätte er der eleganten Frau auf der Couch gar nicht zugetraut.

»Was ich damit sagen will: Wir sind keinem Konkurrenten irgendwie gefährlich.«

»War nicht im Gespräch, dass Ihre Firma eventuell den Zuschlag bekommt, die Reifen für die nächste Formel-1-Saison zu liefern? Ist die Formel 1 nicht ein heiß umkämpftes Prestigeobjekt? Der Ritterschlag für einen Reifenhersteller sozusagen?« Paula war sprachlos, Keeser war für sie ein wandelndes Zeitungsarchiv.

Sandra Klödy lächelte selbstgefällig, als ob dieser Deal allein ihr Verdienst wäre. »Das stimmt, die Verträge stehen kurz vor dem Abschluss.«

»Da würden Sie den Großen aber doch gehörig in die Suppe spucken, oder?«

»Oh, ja! Offiziell ist das Ganze aber noch nicht.« Sie sah ungläubig von Keeser zu Paula und wieder zurück. »Sie glauben doch nicht, dass mein Chef deswegen ermordet wurde?«

»Nun, völlig abwegig wäre das nicht, so mancher Mord wurde schon aus nichtigeren Gründen in Auftrag gegeben«, gab Paula zu bedenken. »Eine kleine Firma wie Ihre könnte an dem Ableben ihres Chefs zugrunde gehen, was wiederum eine wunderbare Gelegenheit wäre, diese Firma zu übernehmen und selbst Nutznießer des Formel-1-Vertrages zu werden.«

Zu dieser Schlussfolgerung war Keeser auch gekommen. »Es könnte also gut sein, dass in Kürze ein erneutes, eventuell sehr großzügiges Angebot von einer der Konkurrenzfirmen ins Haus flattert. Dann sollten Sie sich sofort mit uns in Verbindung setzen. Und wenn Sie uns heute schon eine Liste der Interessenten aus der jüngsten Vergangenheit mitgeben würden, hätten wir etwas, womit wir arbeiten könnten.«

Sandra Klödy stand wortlos auf und ging hinüber zum Telefon.

»Frau Wagner, wären Sie so nett, mir eine Liste der Firmen zusammenzustellen, die in den letzten … sagen wir, drei Jahren, versucht haben, uns zu übernehmen? Ja, mit sämtlichen Kontaktdaten und bitte sofort, die Leute von der Kripo brauchen das so schnell wie möglich. Danke.«

»So«, sie wandte sich wieder ihnen zu, »das hätten wir. Sonst noch irgendwelche Fragen?«

»Um herauszubekommen, was Herr Eichenlaub am Samstag

gemacht hat, wollen wir versuchen, diesen Tag zu rekonstruieren. Anscheinend wurde aber seine Aktentasche mitsamt seinem Terminkalender gestohlen. Sie haben hier doch sicher auch seine Termine notiert, oder? Wenn Sie uns da mal reinsehen lassen könnten ...«

Normalerweise erhielten sie an dieser Stelle stets die gleiche Antwort:»Klar, wenn Sie einen Durchsuchungsbeschluss haben.« Der war zwar beantragt, aber dummerweise noch nicht von einem Richter unterschrieben.

Doch Sandra Klödy stand sofort auf und holte ihr Terminbuch hinüber.»Da sind allerdings nur seine geschäftlichen Termine vermerkt.« Sie legte das Buch vor Paula und Keeser auf den Tisch.»Bedienen Sie sich.«

»Fuhr Herr Eichenlaub oft nach Bremen?«

»Bremen? Ja, er fuhr einmal im Monat dort hoch und besuchte einen großen Kunden.«

»Hätte er dort heute auch einen Termin gehabt?« Keeser sah gar nicht in das Buch, er wollte es von ihr hören.

»Nein, erst nächsten Montag. Warum fragen Sie?«

»Nun, Ihr Boss hat seiner Frau vorgegaukelt, dass er nach Bremen fährt«, erklärte Paula.»Er ist Samstagmorgen aus dem Haus gegangen, hat seinen neuen Wagen abgeholt und wollte angeblich damit nach Bremen fahren. Dort wollte er, laut ihrer Aussage, in Ruhe ein paar Akten durcharbeiten, sich abends mit einem Geschäftspartner treffen und am übernächsten Morgen, also heute, zu einem Meeting gehen.«

Die Sekretärin sah sie zweifelnd an.»Da muss sie was verwechselt haben.«

»Er hat immerhin seinen Koffer gepackt und Samstagmorgen damit das Haus verlassen.«

Sandra Klödy strich sich gedankenversunken eine schwarze Haarsträhne aus dem Gesicht.»Seltsam.« Sie beugte sich nach vorn, blätterte den Kalender eine Woche vor und deutete auf den Montag.»Sehen Sie? Der Bremen-Termin ist erst am Achtundzwanzigsten.«

»Erinnern Sie sich sonst noch an irgendwelche ungewöhnlichen Anrufe? Ähnlich auffällige wie die von seiner Frau?« Keeser blätterte den Kalender langsam zurück.

»Nein, da war nichts Besonderes. Aber ich bekomme ja nicht jedes einzelne Telefonat mit, nur die, die bei mir landen und die ich dann weiterleite. Was auf seinem Handy passiert, davon hab ich keine Ahnung.«

»Was war mit Drohungen? Man sagt, dass Sie vehement mit aufgebrachten Umweltschützern zu tun hatten«, sagte Paula.

»Da kann ich Ihnen erheblich mehr erzählen.« Sandra Klödy grinste spöttisch. »Aber wirklich ernst zu nehmende Drohungen sind die meisten eigentlich nicht. Von der Wagenladung Kuhmist, die vor dem Firmengelände abgeladen werden soll, über angeblich geplanten Telefonterror bis hin zur Streikandrohung und zu Flashmob-Ankündigungen reicht die Palette.«

Keeser sah Paula prüfend an, ob sie den letzten Begriff kannte. Die schien aber keinerlei Fragen zu haben. »Flashmob? Nie gehört. Was ist das?« Er war sich ziemlich sicher, dass er sich mit einer seiner berühmten Dinosaurier-Fragen blamierte.

»Ein Flashmob ist ein scheinbar spontaner Menschenauflauf. Allerdings ist er gar nicht spontan, denn der Aufruf dazu wird über sämtliche Netzwerke wie zum Beispiel Facebook verbreitet. An einem vereinbarten Treffpunkt kommen zu einer vorgegebenen Zeit Hunderte oder Tausende Menschen zusammen, die sich gar nicht kennen«, erklärte Sandra Klödy freundlich.

»Und was machen die dort?«, fragte Keeser, der sich über das seltsame Verhalten der jungen Leute wunderte, denn die waren es doch, die immer und überall vernetzt waren.

»Lärm, Dreck, manchmal Randale, auf jeden Fall wird das normale Tagesgeschehen ordentlich behindert und durcheinandergebracht. Und Medienpräsenz ist meist garantiert. Besser kann man keine Demonstration auf die Beine stellen«, klärte Paula ihn auf.

»Hast du schon mal bei so was mitgemacht?«, fragte Keeser interessiert.

»Nein, aus dem Alter bin ich raus. Außerdem bin ich bei keinem sozialen Netzwerk dabei.« Sie grinste ihn breit an. »Hab gar keine Zeit für so was, ich muss ja immerzu mit dir herumermitteln. So, wie ich das verstehe, blieb es aber immer bei den Drohungen? Kein Flashmob? Kein Telefonterror?«

»Nein, bisher nicht«, sagte Sandra Klödy, »aber die Erweiterungspläne sind ja auch noch nicht konkret. Der Bau der neuen Hallen liegt somit noch in ferner Zukunft.« Mit vertraulicher Miene fügte sie hinzu: »Der Kauf des Geländes war übrigens vollkommen legal. Es lief alles über einen Anwalt. Und das Grundstück, um das der Streit geht, ist zudem bisher gar kein ausgewiesenes Naturschutzgebiet. Die Bevölkerung hätte das zwar gern, aber noch ist kein endgültiges Urteil gesprochen. Unser Bauantrag wird derzeit geprüft.«

»Was, wenn es von höchster Stelle doch noch zum Naturschutzgebiet erklärt wird?«, fragte Keeser. »Dann hätte Ihr Chef das Gelände doch ganz umsonst gekauft.«

Sie lächelte gönnerhaft. »Ganz einfach, dann hätte er seine schöne Firma und die vielen Arbeitsplätze eingepackt und wäre nach Polen umgezogen. Die Region hätte Hunderte Arbeitslose zu beklagen, was der Gemeinde natürlich nicht zuträglich gewesen wäre.« Sie lehnte sich zufrieden zurück. »Glauben Sie mir, dazu wird es aber nicht kommen, denn auf einen Arbeitgeber wie Eichenlaub kann man hier nicht verzichten.«

»Man könnte meinen, Sie sind sich ganz sicher, dass es kein Naturschutzgebiet geben wird«, fügte Paula an.

»Ja, ich bin mir da sehr sicher, denn auch unsere Firmen-Nachbarn hätten darunter zu leiden: verschärfte Umweltgesetze, was zum Beispiel nachträgliche und extrem teure Einbauten von Luftfiltern, aufwendige Nachrüstungen von Abwasserfilteranlagen und so bedeuten würde. Das hätte wiederum zur Folge, dass noch mehr Firmen abwandern würden und der ›Interpark‹ in kürzester Zeit verwaist wäre. Nein, glauben Sie mir, die Gemeinde, das Land wird das ganz sicher nicht riskieren.«

»Das, was man in der Zeitung darüber liest, ist also nur Stimmungsmache der wenigen Naturschützer und der Presse?«, fragte Keeser ungläubig.

»So sehe ich das, ja. Denken Sie wirklich, dass ein Umwelt-

schützer zur Waffe greifen würde? Auch wenn Benedikt Eichenlaub aus dem Weg geschafft ist, läuft die Firma weiter. Ein toter Firmenchef ändert doch nichts an der Firmenpolitik.«
So hatte Paula das Ganze noch gar nicht betrachtet.
Blieb die Frage, ob ein fanatischer Umweltschützer das bedenken würde.
»Wären Sie denn mit nach Polen gegangen, wenn Eichenlaub seine Zelte hier abgebrochen hätte?«
Sandra Klödy schwieg und betrachtete ihre perfekt manikürten Fingernägel. Dann schüttelte sie energisch den Kopf. »Nein, niemals. Ich hätte mir in dem Fall wohl einen anderen Job suchen müssen.«
Paulas Handy unterbrach die entstandene Stille.
»Sorry«, murmelte Paula, stand auf und entfernte sich ein Stück von der Sitzecke. »Ja?«
»Was mit Sahne oder lieber mit Buttercreme?«
Sie schwor sich, ihre Mutter bei der nächstmöglichen Gelegenheit umzubringen.
»Ich dachte, wir hätten uns auf einen einfachen Kuchen geeinigt«, sagte Paula entnervt.
»Ja, richtig, den kannst du dann mit ins Büro nehmen. Aber für daheim brauchen wir doch auch was zum Kaffee. Also, Sahne oder Creme?«
»Mutsch, ich muss arbeiten. Mach einfach, was du denkst.«
Sie klappte das Handy zu.
Es klopfte leise an der Tür. Die schüchterne junge Frau, die schon den Kaffee gebracht hatte, sah vorsichtig herein. »Frau Klödy, ich soll Ihnen was von Frau Wagner bringen.«
Paula, die ihr am nächsten stand, nahm ihr ab, was wie eine Liste aussah – drei DIN-A4-Blätter. Es waren offensichtlich viele Firmen, die Eichenlaubs Laden zu übernehmen gedachten oder zumindest zu übernehmen gedacht hatten. Sie überflog die Adressen. Von Hannover bis Hanau und von Holland bis Japan waren so ziemlich alle namhaften Reifenhersteller vertreten. Wie soll ich das alles überprüfen?, dachte Paula. Oberrat Sonne würde wohl kaum eine Dienstreise zur Firma »Viking« in Norwegen

genehmigen. Dabei würde sie sich gerade Norwegen gern mal ansehen.

Sie setzte sich wieder zu den anderen.

»Sie führen jetzt also die Geschäfte?«, vergewisserte sich Keeser an Sandra Klödy gerichtet.

»Ja, das sagte ich doch schon.«

»Sie sind also die Alleinherrscherin über die Firma Eichenlaub?«

»Ich weiß zwar nicht, worauf Sie hinauswollen, aber ja. Wer denn sonst? Es gibt niemanden, der das außer mir machen könnte. Herrn Eichenlaubs Frau hat keine Ahnung vom Geschäft. Was soll diese Frage?« Sandra Klödy saß entspannt vor ihnen.

Paula wusste genau, worauf Keeser hinauswollte.

»Nun, Sie haben einen unübersehbaren Vorteil durch Eichenlaubs Tod.« Keeser lächelte Sandra Klödy harmlos an, bevor er seinen Pfeil abschoss. »Falls es nämlich doch zu einem Bauverbot kommen sollte, können Sie als Übergangschefin dieses Ladens einen Umzug nach Polen verhindern, indem Sie auf eine Expansion der Firma verzichten und alles beim Alten lassen. Und somit Ihren Arbeitsplatz erhalten. Vielleicht sogar zur regulären Geschäftsführerin aufsteigen, da ja die Frau Ihres verstorbenen Chefs, wie Sie uns gerade sagten, keinerlei Ahnung von dem Geschäft hat.«

Sandra Klödys freundliches Lächeln erstarb. Paula glaubte zu fühlen, dass es augenblicklich ein paar Grad kühler im Raum wurde.

»Wollen Sie mir unterstellen, ich hätte meinen Chef getötet, um meinen Job zu retten?«, sagte sie frostig.

»Frau Klödy, wo waren Sie Sonntagmorgen gegen vier Uhr dreißig?«, fragte Paula ungerührt.

»Im Bett, wo sonst. Mit meinem Mann, falls das für mein Alibi in irgendeiner Form wichtig sein sollte. Und jetzt möchte ich, dass Sie gehen.« Sie stand demonstrativ auf, begab sich zu ihrem Schreibtisch und schrieb etwas auf einen Notizzettel. Den reichte sie Keeser mit den Worten: »Das ist die Telefonnummer meines Mannes. Sie können ihn gern anrufen, um mein Alibi zu überprüfen. Sie wissen ja, wo der Ausgang ist.« Sie deutete auf die Tür. Ohne die Beamten weiter zu beachten, setzte sie sich und wandte sich ihrem Computer zu.

Noch im Treppenhaus wählte Keeser die Nummer, die Sandra Klödy ihm gegeben hatte. Drei Klingeltöne später versicherte ihm Herr Klödy, dass seine Frau zur Tatzeit neben ihm im Bett gelegen hatte. Und zwar in der Nähe von Koblenz, wo sie übers Wochenende zu Besuch bei seiner Schwester gewesen waren.

»Die war's also nicht«, knurrte Keeser enttäuscht.

»Und verscherzt hast du es dir auch noch mit ihr«, sagte Paula neckisch.

»Da kann man halt nichts machen.« Keeser zuckte schicksalsergeben mit den Schultern. »Wer ruft dich eigentlich dauernd an?«

»Meine Mutter. Ich bekomme bald die Krise, wenn sie noch länger bleibt.«

»Ich hab was von Kuchen gehört. Also, für mich hört sich das vielversprechend und kein bisschen nach Krise an.«

Sie waren auf dem Parkplatz angelangt. Paula betrachtete aufmerksam die Gebäude auf dem Gelände.

»Hier hat sich keiner mit der Spraydose verkünstelt«, stellte sie fest. »Dann war das an Eichenlaubs Villa vielleicht doch was Persönliches.«

»Möglich.«

»Und der Mord an ihm eventuell auch.«

»Das heißt aber noch lange nicht, dass das Graffiti mit dem Mord zusammenhängt«, gab Keeser zu bedenken.

Sie stiegen ein und fuhren vom Firmengelände herunter.

»Wenn wir gerade in der Ecke sind, dann lass uns doch mal dem Herrn Bürgermeister auf den Zahn fühlen«, schlug er vor.

»Hat der auch einen Namen?«

»Walter Ackermann.« Wenig später fragte er unvermittelt: »Was für Kuchen gibt es denn?«

»Keine Ahnung.« Paula sah Keeser verächtlich von der Seite an. »Hab ich dir eigentlich schon mal gesagt, wie schlimm es ist, mit einem Vielfraß zusammenarbeiten zu müssen?«

»Wo wir gerade davon reden ... Ich habe Hunger.« Keeser
lachte ausgelassen.

***

Die Sekretärin des Bürgermeisters, die in diesem Fall tatsächlich
in einem sehr überschaubaren Vorzimmerbüro saß, ließ sie ohne
lange Diskussionen sofort zum Ortschef vor.

Der kam schwungvoll um seinen schweren Eichenschreibtisch
herum und begrüßte die Kommissare mit Handschlag. Auch hier
gab es eine bequeme Sitzgarnitur, auf die sie eingeladen wurden,
Platz zu nehmen.

Kaffee und anderweitige Getränke wurden ihnen allerdings
nicht angeboten.

Der Duft, nein der Gestank eines viel zu üppig aufgetragenen
Herren-Eau-de-Toilettes hing schwer und unangenehm in der
Luft. Paula versuchte, die Atmung flach zu halten, um keine
Kopfschmerzen zu bekommen.

»Wirklich schreckliche Sache, was da mit Eichenlaub passiert
ist.« Ackermann strich zärtlich über seinen Vollbart und versuchte
vergeblich, bekümmert auszusehen. »Wie weit sind Sie mit Ihren
Ermittlungen?«, erkundigte er sich interessiert bei Keeser, wobei
er Paulas Anwesenheit nahezu ignorierte.

Das ärgerte sie jedes Mal aufs Neue. Nur weil sie die Jüngere
war, wurde sie von manchen männlichen Idioten automatisch
als kleine, dumme Auszubildende behandelt.

»Sie verstehen sicher, dass wir Ihnen nichts über die laufenden
Ermittlungen erzählen dürfen«, sagte Keeser jovial und lehnte
sich in das weiche Leder zurück. »Erzählen Sie mir lieber etwas.
Was war Benedikt Eichenlaub für ein Mensch?«

Ackermann zog verächtlich die Mundwinkel nach unten. »Ein
Gernegroß. Er war ›Peterle auf jeder Suppe‹, wie man so schön
sagt. Pöstchen in jedem Verein, und zuletzt wollte er auch noch
in der Politik mitmischen.«

»Und das sogar ziemlich erfolgreich. Benedikt Eichenlaub
war Ihr Gegenkandidat für die nächste Bürgermeisterwahl. Wie

standen die Aussichten für ihn? Hatte er Chancen, Sie nach so vielen Jahren als Bürgermeister von Ihrem Stuhl zu stoßen?« Ackermanns Gesichtszüge verhärteten sich. »Das ist ja jetzt nicht mehr relevant, oder?«

»Für die Wahl nicht, da haben Sie recht«, sagte Paula. »Aber vielleicht für unsere Ermittlungen.«

»Was wollen Sie damit sagen?« Er funkelte sie böse an. Jetzt hatte er sie endlich wahrgenommen.

»Ihr größter Mitbewerber ist ermordet worden, sind Sie da nicht erleichtert?«, fragte Paula deutlicher.

»Ich bin doch nicht erleichtert über den Tod eines Menschen, junge Frau.« Er fixierte Keeser. »Was will mir Ihre jugendliche Begleiterin da eigentlich unterstellen? Ich bin Bürgermeister und kein Mafiaboss, der unliebsame Konkurrenten um die Ecke bringt.«

»Meine jugendliche Begleiterin, Kriminaloberkommissarin Stern«, Keeser betonte ihren Titel zu Paulas großer Freude sehr deutlich, aber zutiefst freundlich, »stellt Ihnen nur ganz normale, ermittlungsrelevante Fragen, Herr Ackermann. Und ich bitte Sie höflichst, die zu beantworten.«

Paula hatte bisher nicht gewusst, wie gut Keeser schleimen konnte.

»Na gut, es war ein Kopf-an-Kopf-Rennen«, sagte Ackermann schließlich, nachdem er sich offenbar zur Mitarbeit entschlossen hatte. »Eichenlaub warb mit mehr Arbeitsplätzen und wirtschaftlichem Höhenflug für die Verbandsgemeinde, und ich kämpfe für den uneingeschränkten Erhalt und die Pflege des wichtigsten Gutes unserer Region, der Natur. Ich sehe den Ausbau der Tourismusbranche als wichtigstes Standbein der Südpfalz, für Eichenlaub war es die Industrie. Hätte er die Wahl gewonnen, wäre es nur noch um die Erweiterung des Industriegebietes gegangen, was die Vernichtung wertvoller Naturlandschaften zur Folge gehabt hätte. Um also auf Ihre Frage zurückzukommen: Ja, ich bin tatsächlich erleichtert, dass Eichenlaub nicht mehr kandidieren kann. Und nein, ich bin keinesfalls erleichtert, dass er tot ist.«

Das Gespräch wurde durch das Klingeln eines Handys unterbrochen. Paula wurde blitzartig heiß, fürchtete sie doch, dass es wieder ihre Mutter war. Bis sie erkannte, dass es Keesers Telefon war.

»Knopp, was ist?«, fragte er kurz angebunden. Es ärgerte ihn, mitten in der Befragung aus dem Konzept gebracht zu werden.

»Das wollte ich dich gerade fragen. Wo bleibt ihr denn? Ich warte seit Stunden auf euch«, beschwerte sich der Gerichtsmediziner Knopp.

Keeser zog eine zerknirschte Grimasse.

Paula fiel die vor Stunden angesetzte Leichenschau ein. Die hatten sie total verschwitzt.

»Mist, das haben wir völlig vergessen. Sei mir nicht böse, Knoppi, und fang schon mal ohne uns an. In einer knappen Stunde sind wir bei dir«, versprach er.

Paula freute sich insgeheim. So blieb ihr die unangenehme Leichenöffnung erspart. Sie legte keinen Wert darauf, dem ganzen Prozedere mit Skalpell und Knochensäge mit all den unangenehmen Geräuschen und Gerüchen beizuwohnen. Am liebsten war es ihr, wenn das alles schon vorbei war und ihr die Fakten in Kurzform mitgeteilt wurden. Es war wie beim Autorennen: Sie wollte nicht tausend langweilige Runden dabei zusehen. Ihr genügte das Ergebnis.

Keeser entschuldigte sich für die Störung. »Die Rangelei um das Gelände, das er gekauft hat —«

»Sich ermogelt hat, trifft es wohl eher«, warf der Bürgermeister bitter ein.

»Wie waren die Aussichten, dass er darauf in naher Zukunft hätte bauen dürfen?« Keeser beendete unbeirrt seine Frage.

»Eichenlaub hatte viel Geld, und er hat nicht davor zurückgeschreckt, mit diesem Geld zu bestechen. Natürlich wurde das in der Öffentlichkeit nicht so tituliert, ›Sponsoring‹ nennt das die feine Gesellschaft heutzutage.« Ackermann spuckte das Wort regelrecht aus. »Er sponserte den Golfclub so sehr, dass er ihm wahrscheinlich inzwischen schon fast gehört. Er spendete zudem großzügig für Schulen und Sportvereine. Tja, und da alle wichtigen Entscheidungsträger seine Golfpartner sind, beziehungsweise ihre Kinder in die von Eichenlaub so großzügig bedachten Schulen oder Vereine gehen, wäre es wirklich eng geworden. Sein letzter Coup war, die Kosten für die Erneuerung des Dachstuhls der katholischen Kirche zu übernehmen. Damit hatte er die komplette katholische Gemeinde sicher auf seiner Seite.«

»Eichenlaub wäre also mit ziemlicher Wahrscheinlichkeit zum neuen Bürgermeister gewählt worden. Wollen Sie uns das sagen?« Paula sah ihn eindringlich an.

Ackermann strich sich gedankenverloren durch den Bart. »So sieht es leider aus. Er wäre mit Pauken und Trompeten hier im Rathaus eingezogen. Und er hätte hier alles plattgemacht und gebaut und den ›Interpark‹ erweitert, was das Zeug hält.«

»Und Sie? Was hätten Sie gemacht? Sie wären arbeitslos geworden, oder?«

»Ich wäre schon nicht verhungert«, sagte Ackermann giftig. »Durch meine langjährige Dienstzeit als Bürgermeister steht mir eine Rente zu.«

»Aber nun bleiben Sie ja Bürgermeister, und alles ist gut, oder sehe ich das falsch?«

Ackermann sah Paula wütend an. »Wollen Sie mir etwa unterstellen, ich hätte was mit Eichenlaubs Tod zu tun?«

»Sie müssen doch selbst zugeben, dass diese Annahme durchaus naheliegend wäre.«

Ein selbstgefälliges Grinsen wischte den Zorn aus Ackermanns Gesicht. »Trotzdem muss ich Sie enttäuschen, denn ich war gar nicht hier. Eigentlich hatte ich überlegt, diesen Termin zu schwänzen, aber im Nachhinein bin ich doch sehr froh, dass ich ihn wahrgenommen habe. Ich war in Thüringen, Frau Kommissar«, sagte er voller Schadenfreude. »Unsere Partnergemeinde Buttstätt hatte mich netterweise übers Wochenende zum Stadtfest eingeladen. Ich bin erst gestern am späten Abend mit der Bahn zurückgekommen. Die Reiseabrechnung liegt bei meiner Sekretärin auf dem Tisch, und sie sucht Ihnen bestimmt gern die Telefonnummer meines Bürgermeisterkollegen in Buttstätt heraus, damit Sie das überprüfen können.« Er stand abrupt auf und begab sich demonstrativ zu seinem Schreibtisch hinüber.

»Wenn Sie keine weiteren Fragen mehr an mich haben sollten, würde ich mich gern wieder den Belangen meiner Gemeinde widmen. Guten Tag.«

Betreten erhoben sich Paula und Keeser und verließen das Büro. Zum zweiten Mal an einem Tag wurden sie aus einem Büro hinauskomplimentiert.

»Was für ein Schätzchen«, bemerkte Paula und baute sich vor der Sekretärin auf. »Gibt es Unterlagen darüber, dass der Herr Bürgermeister tatsächlich in Thüringen war?«

Die Frau sah sie dümmlich an. »Warum denn das? Natürlich war er dort.« Dann schien sie zu kapieren und holte einen Aktenordner aus dem Regal hinter sich. Sie blätterte hastig darin herum und reichte Paula schließlich die Reisekostenabrechnung nebst angehefteter Bahnfahrkarte. »Gerade abgeheftet«, sagte sie lächelnd.

»Die könnte von jedem oder auch gar nicht benutzt worden sein«, bemerkte Keeser.

Ein Strahlen ging über das Gesicht der Sekretärin. Sie tippte wild auf ihrer Computertastatur herum. »Hier hab ich den Beweis.« Sie deutete auf ein Foto, das auf dem Bildschirm erschien. »Hat mir gerade das Büro des Bürgermeisters von Buttstätt geschickt.«

Keeser winkte Paula heran, denn er konnte auf den ersten Blick nicht viel erkennen.

Ein Zeitungsartikel, etwas verschwommen eingescannt. Auf dem körnigen Foto eine Handvoll Menschen, die hölzern in die Kamera lächelten. Paula ging näher an den Bildschirm heran, um diese Menschen genauer zu betrachten. Da war Ackermann, sie erkannte ihn eindeutig an seinem dunklen Vollbart. Der Text beschrieb den offiziellen Festakt am Samstagabend, zu dem auch der Bürgermeister der Partnergemeinde Offenbach, Walter Ackermann, nebst Gattin angereist war.

»Danke, das genügt uns«, sagte Paula und versuchte ein Lächeln, um ihre Enttäuschung zu verbergen.

***

»Ist schon komisch, wie unterschiedlich wir Menschen andere Menschen beurteilen«, bemerkte Keeser, als sie aus Offenbach herausfuhren. Paula war in Gedanken gewesen und sah ihn fragend an. »Ich meine, was Frau Klödy als großzügig und spendabel bezeichnet, wertet Ackermann als Bestechung und Stimmenkauf.«

»Der hatte nur Angst um seinen Thron, deswegen sieht er das so negativ.«

»Ist mir schon klar, aber Eichenlaub hat damit doch auch sehr viel Gutes getan«, sagte Keeser, für den generösen Fabrikanten Partei ergreifend.

»Nichtsdestotrotz schmeckt es nach gezielter Bestechung. Allerdings so geschickt verpackt, dass man rechtlich gar nichts dagegen unternehmen kann.«

»Egal, wie man es sieht, auf jeden Fall ist uns gerade ein weiterer potenzieller Täter verlustig gegangen«, sagte Keeser bedauernd. »Ich brauche also dringend Trost, italienischen Trost. Was hältst du davon, werte Kollegin?«

»Willst du etwa was essen, bevor wir in die Gerichtsmedizin gehen?«, fragte sie ungläubig, obwohl sie die Antwort bereits kannte.

»Ein leerer Bauch seziert nicht gern. Das ist ein wirklich weiser Spruch, Paula. Es ist jetzt nach eins. Ich habe also vor unzähligen Stunden das letzte Mal Nahrung zu mir genommen.« Er sah sie mit bettelndem Dackelblick an. »Und so ein Teller voller leckerer Pasta hat einfach etwas wunderbar Tröstliches«, schwärmte er. »Wir kommen zufällig bei einem recht guten Italiener vorbei. Es wäre also eine Schande, wenn wir diese einmalige Chance ungenutzt verstreichen ließen.«

»Und was ist mit Knopp? Der wartet doch schon auf uns«, sagte Paula zweifelnd.

»Ach, der kann auch noch ein bisschen länger warten und in aller Ruhe an unserem Reifen-König rumschnippeln.« Er fuhr auf eine rote Ampel zu. »Du musst dich entscheiden, hier geht es links ab«, sagte er beschwörend.

»Ich kann nur hoffen, dass ich Knopp später nicht meinen gesamten Mageninhalt präsentiere«, sagte Paula nachgebend.

»Oh, der mag das. Er liebt es, Mageninhalte zu untersuchen.« Als die Ampel auf Grün schaltete, zog Keeser schnell nach links rüber, ohne auf das Hupkonzert hinter sich zu achten. »Ich darf das, ich bin bei der Kripo!«, rief er einem noch immer hupenden Autofahrer hinterher, der ihn trotz nahenden Gegenverkehrs überholte und ihm den Stinkefinger zeigte. Hundert Meter weiter parkte Keeser vor dem »Piccola Italia«.

Sie fanden einen Platz auf der Terrasse, die Paula an ein Bootsdeck mit Reling erinnerte.

»Mittags gibt es hier eine Selbstbedienungstheke«, erklärte Keeser ihr. »Wir nehmen zweimal das Mittagsangebot«, verkündete er dem Kellner, der an ihren Tisch kam. Er bestellte bei ihm »diese Kombination aus Antipasti, Pasta und Getränk. Ich nehme ein Mineralwasser, und du?«

»Eine kleine Apfelschorle. Und danke, dass ich wenigstens trinken darf, was ich will, wenn ich schon essen muss, was du bestellst«, sagte sie mit sarkastischem Unterton.

»Ach was, du darfst dir das doch selbst aussuchen, drinnen an der Pasta-Theke hast du die Auswahl zwischen mehreren Gerichten. Komm einfach mit.«

Paula folgte Keeser nach drinnen und kam wenig später mit einem Teller voll einer kleinen Auswahl Antipasti und Pasta mit Spinat, Schinken und Sahnesoße wieder an ihren Tisch. Keeser hatte sich Spaghetti Bolognese zu seinen Antipasti ausgesucht.

»Und, zufrieden, du alte Nörglerin?«, erkundigte er sich mit vollen Backen und Tomatensoße am stoppeligen Kinn.

»Zufrieden, Chef«, erwiderte sie grinsend.

»Aber immer erst meckern.«

Den Rest der Mahlzeit aßen sie schweigend. Erst beim Espresso kam Paula auf ihren Fall zu sprechen.

»Ich denke, der Mord an Eichenlaub hatte weder politische noch geschäftliche noch umweltschützerische Gründe. Ich glaube, das war was ganz Persönliches.«

»Jemanden aus ein paar Metern Entfernung und dann auch

noch von hinten zu erschießen, ist aber alles andere als persönlich«, bemerkte er mit vollem Mund.

»Das mag sein, aber wer will schon seinem Opfer beim Sterben in die Augen sehen? Wir müssen herausfinden, wer diese S. ist. Womöglich hatte sie ja einen Grund, Eichenlaub zu töten. Kann doch sein, dass er sich in dieser Nacht für seine Frau entschieden und Schluss gemacht hat. Das würde auch erklären, warum er sich um die ermittelte Uhrzeit im Parkhaus aufgehalten hat: Er wollte in sein Auto steigen und zu ihr zurückfahren.«

»Hätte er dann nicht seinen Koffer und seine Aktentasche bei sich gehabt?«

»Nicht, wenn er im Streit aufgebrochen ist und alles stehen und liegen ließ.«

»Aber die wenigsten Frauen besitzen eine Handfeuerwaffe. Überhaupt morden Frauen normalerweise anders, sie erschießen ihre Opfer nicht.«

»Normalerweise sollten Frauen überhaupt nicht morden«, merkte Paula spitz an. »Sag mal, gefällt dir mein Szenario zum möglichen Tathergang etwa nicht?«

»Doch, doch, hört sich nett an«, sagte Keeser hastig.

»Aha. Dann gib doch mal deine Theorie zum Besten, ob die sich vielleicht besser anhört.«

In Ermangelung einer solchen Theorie winkte er dem Kellner und bat um die Rechnung.

»Du lenkst ab, Kollege.« Paula sah ihn prüfend an. »Du hast nämlich, im Vergleich zu mir, gar keine Theorie, ha.«

»Mag sein. Theorien lenken vom Wesentlichen ab, weil man sich darin allzu oft verrennt. Erst wenn man genügend Fakten auf dem Tisch hat, wenn man das komplette Umfeld des Opfers abgeklopft und durchleuchtet hat und wenn dann die Fäden irgendwo zusammenlaufen, dann sollte man Theorien aufstellen.«

Er zahlte und stand auf. Paula folgte ihm kopfschüttelnd nach draußen zu ihrem Wagen.

»Wow, das hätte ich dir jetzt beinahe abgekauft.« Sie sah ihn über das Autodach hinweg an. »Ich denke eher, dass dich die

Angst, dass es doch deine Andrea gewesen sein könnte, so sehr lähmt, dass du am liebsten gar nicht ermitteln möchtest.«

»So ein Schwachsinn. Was du dir alles einbildest. Wir werden uns als Nächstes Eichenlaubs Freundeskreis und die Clubkollegen näher ansehen. Und natürlich diese mysteriöse S., wenn wir endlich wissen, wer das ist.«

»Okay, dann steht nach der Gerichtsmedizin also ein Besuch des Golfclubs an.« Paula gab sich einigermaßen zufrieden.

»Genau, ich wollte schon immer mal wieder eine Runde Golf spielen.«

»Du spielst Golf?« Paula sah Keeser groß an. »Ich dachte immer, Golf spielen nur Reiche und Snobs und ältere Leute.«

»Wie du erst kürzlich so taktvoll festgestellt hast, bin ich ja wohl einer von den älteren Leuten.«

»Aber du passt da doch gar nicht rein. Sooo alt bist du nun auch wieder nicht, dass du ausgerechnet Golf spielen musst.«

»Tiger Woods ist noch keine vierzig.«

»Kannst du dir das überhaupt leisten? Golf ist doch, soviel ich weiß, eine der teuersten Sportarten.«

»Eine Mitgliedschaft kostet über zweitausend Euro im Jahr.«

»Eine Menge Kohle, wenn du mich fragst. Minigolf ist um einiges billiger.«

Keeser lachte. »Ich hab mal im Urlaub reingeschnuppert, in Österreich. Hat wirklich Spaß gemacht. Man ist stundenlang an der frischen Luft und hat Bewegung.«

Paula sah ihn skeptisch an. »Mir wäre das zu langweilig.«

»Lass uns in fünfundzwanzig Jahren darüber reden, wenn du nicht mehr ohne fremde Hilfe auf dein Motorrad klettern kannst und dir die ersten Zipperlein das Leben schwer machen.«

»Darüber können wir dann gern reden, wenn du bis dahin überhaupt noch lebst«, erwiderte Paula.

»Ich weiß schon, warum ich keine Kinder haben wollte.« Keeser stöhnte übertrieben. »Lass uns fahren.«

***

»Da sind ja die verschollenen Kommissare. Ihr glaubt wohl auch, ich hätte nichts Besseres zu tun, als auf euch zu warten«, sagte Andreas Knopp vorwurfsvoll, ohne von seiner Arbeit aufzusehen.

»Da du jede Menge Besseres zu tun hast, hast du dich beim Warten wahrscheinlich kein bisschen gelangweilt, stimmt's?« Keeser zwinkerte Paula verschwörerisch zu. Während er sich seinen Mundschutz über Mund und Nase zog und sich interessiert neben den Gerichtsmediziner stellte, vermied Paula jeglichen Blick auf die aufgeschnittene Leiche. Es wäre doch zu schade um die gerade verspeisten Nudeln.

»Das ist nicht unser Mann«, stellte Keeser nach kurzem Blick auf das Gesicht des Leichnams vor ihm fest.

»Wie gesagt, ich hatte Besseres zu tun und habe deswegen schon mit diesem Neuzugang angefangen.« Knopp sah ihn tadelnd an. »Mit eurer Leiche bin ich längst fertig, sie liegt auf dem Tisch nebenan. Wenn die Herrschaften mir gnädigst folgen würden?« Er legte das Skalpell beiseite, mit dem er soeben dabei gewesen war, das Herz des Toten aus dem geöffneten Brustkorb zu schälen. »Herr Armbrüster«, sagte er zu seinem Assistenten, »würden Sie bitte inzwischen für mich weitermachen?«

Armbrüster nickte und übernahm Knopps Platz am Oberkörper des Neuzugangs.

Knopp ging mit quietschenden Gummisohlen vor ihnen her in den benachbarten Sektionsraum. Paula und Keeser folgten raschelnd mit den Überziehern an ihren Füßen.

»Du riechst nach Tomatensoße«, stellte Knopp beiläufig fest.

»Bolognese, um genau zu sein.«

»Das kannst du riechen, bei all dem …«, Keeser suchte vergeblich nach einem netteren Wort, »… Gestank?« Er sah Knopp voller Bewunderung an.

»Natürlich kann ich das riechen, meine Nase ist schließlich ebenso mein Kapital wie meine Augen und mein erlerntes Wissen. Und das ist kein Gestank, das ist Geruch, mein Lieber. Geruch, der mir jede Menge über die Toten und ihr Sterben verrät.«

Keeser war sich im Klaren darüber gewesen, dass das ungeschickt gewählte Wort »Gestank« genau diesen Vortrag nach sich ziehen musste. »Solange du nicht von Duft redest, muss ich mir noch keine Sorgen machen«, bemerkte er belustigt. »Und was hat meine entzückende Kollegin verspeist?«

Ein stechender Blick traf ihn über Eichenlaubs toten Körper hinweg, der zu Paulas grenzenloser Erleichterung schon wieder fein säuberlich zugenäht worden war. »Sind wir hier in einer Quizsendung? Je älter du wirst, mein Freund, desto alberner wirst du auch.«

»Er will jetzt sogar Golf spielen«, ergänzte Paula Knopps Theorie.

Sie erntete einen ähnlich vernichtenden Blick. »Sind wir dann fertig mit Rumblödeln?«

Paula und Keeser nickten zerknirscht.

Knopp ergriff das Klemmbrett mit seinen Untersuchungsergebnissen und überflog die Seiten mit schnellem Blick, bevor er seinen Vortrag begann.

»Also, Benedikt Eichenlaub starb an den Folgen des Eindringens eines Projektils Kaliber neun Millimeter mal achtzehn. Das Projektil trat dabei knapp unterhalb des linken Schulterblattes ein und durch den linken vorderen Brustkorb wieder aus. Es handelt sich um einen glatten Durchschuss, wobei das Projektil einen relativ großen Schaden angerichtet hat: Herz, Leber und Lunge haben erheblich was abgekriegt.«

Das war nichts, was Keeser und Paula nicht schon wussten. Wenn das nicht schon alles gewesen sein sollte, würde es nach Keesers Erfahrung jetzt langsam interessant werden.

»Ich habe den Mageninhalt untersucht. Anhand der fortgeschrittenen Verdauung konnte ich errechnen, dass der Tote etwa sieben Stunden vor seinem Tod, also gegen einundzwanzig Uhr, letztmals feste Nahrung zu sich genommen hat. Und die bestand in ihren groben Bestandteilen aus Kalbfleisch, Karotten und Kartoffelmasse.«

»Gratiniertes Kalbsfilet mit glasierten Möhren und Dauphin-Kartoffeln.«

»Ganz genau. Woher zum Teufel wissen Sie das?« Knopp sah Paula erstaunt an.

»Das war das Essen, das Eichenlaub mit seinem Handy fotografiert hat.« Sie stieß Keeser den Ellenbogen in die Seite. »Siehst du, die Fotos helfen uns doch weiter.«

»Aber auch nur, wenn Knoppi durch irgendwelche speziellen Analysen feststellen kann, in welchem Lokal Eichenlaub das gegessen hat. Dann können uns die Kellner vielleicht sagen, mit wem er dort war, und dann haben wir eventuell seinen Mörder … oder auch nicht.« Keeser sah Knopp erwartungsvoll an. »Und, in welchem Lokal wurde dieses feine Mahl serviert?«

»Haha, mach dich nur lustig.« Andreas Knopp sah wieder auf seine Unterlagen. »Er hat außerdem im Laufe des Abends reichlich Weißwein getrunken. Und nein, bevor du diese Frage stellen solltest, ich habe keine Ahnung, welcher Jahrgang und welche Rebsorte, geschweige denn welches Anbaugebiet.« Er legte das Klemmbrett beiseite. »Er war ein gesunder Mann, keinerlei organische Erkrankungen. Leichtes Übergewicht, das bei seiner Größe aber kaum auffiel. Nichtraucher, so wie die Lunge aussieht. Recht fit für sein Alter.« Er sah Keeser prüfend an, der nicht ganz bei der Sache war. »Langweile ich dich?«

»Na ja, ich warte auf den Höhepunkt. Es gibt doch hoffentlich einen Höhepunkt?«

»Ich zähle schon die Tage bis zu meiner Pensionierung, denn dann bin ich dich endlich los.«

»Ich werde dir schrecklich fehlen, Knoppi, glaub es mir«, sagte Keeser, hinter seinem Mundschutz breit lachend. »Na los, raus mit der Sprache.«

»In der Tat gibt es da noch etwas Bemerkenswertes«, gab Knopp schließlich zu. »Sein Anus …«, er machte Anstalten, die Leiche auf die Seite zu rollen, um ihnen besagte Stelle zu zeigen.

Nein, bitte nicht, ich will das auf gar keinen Fall sehen, dachte Paula entsetzt.

»Anus?«, fragte Keeser.

»Na, sein After«, erklärte Knopp und griff nach den bläulichblassen Pobacken des Toten.

Keeser zuckte augenblicklich zurück und wehrte mit den Händen ab. »Es genügt mir vollkommen, wenn du davon erzählst.«

Knopp kicherte vergnügt. »Wusste ich's doch, dass ich dich damit drankriege.« Er ließ von Eichenlaubs Körper ab. »Also, der Anus des Toten weist kleine Vernarbungen auf, und der Schließmuskel ist deutlich, nun, sagen wir es mal in der Sprache für Laien, ausgeleiert.«

Keeser sah ihn verständnislos an.

»Eichenlaub war ... schwul?«, fragte Paula ungläubig.

Knopp verschränkte die Arme zufrieden vor seiner blutverschmierten Schürze. »Bingo! Nach dem Alter der Vernarbungen zu schließen, seit seiner frühesten Jugend. Hilft euch das eventuell weiter?«

»Hatte er auch unmittelbar vor seinem Tod ... ähm, Verkehr mit einem Mann?«, erkundigte sich Paula.

»Hatte er. Ich konnte Spermaspuren sicherstellen.«

»Aber er war doch seit über zwanzig Jahren verheiratet.« Keeser konnte es nicht fassen. Sollte seine damalige Beziehung mit Andrea von einem Mann zerstört worden sein, der gar nichts für Frauen übrig hatte?

Paula wiederum konnte nun Andrea Eichenlaubs Verbitterung nachempfinden: Sie hatte ein Leben als Pseudo-Ehefrau fristen müssen. Gesellschaftlich angesehen zwar, mit jeder Menge Geld, aber ohne Kinder. Ohne körperliche Liebe. Mitleid überkam sie.

Sie hörte ihr Handy in weiter Ferne klingeln. Es steckte in ihrer Lederjacke, die sie draußen auf dem Gang ausgezogen und an einen Haken gehängt hatte.

Bitte nicht schon wieder Mutsch!, dachte Paula genervt. Sie nahm sich vor, ihr zu sagen, dass sie nicht ständig während des Dienstes anrufen durfte. Eine Entschuldigung murmelnd, stürzte sie hinaus und zerrte das kleine Telefon aus der Innentasche ihrer Jacke. Mit dem Druck auf die Annahme-Taste verstummte das Klingeln, das durch den kahlen Gang gehallt war.

»Du musst damit aufhören, Mutsch«, blaffte sie reichlich ungehalten.

Schweigen am anderen Ende. Dann ein zaghaftes »Paula? Hier ist Tina ...«.

»Geigerlein«, stellte Paula erleichtert fest. »Tut mir leid, ich dachte, das wäre meine Mutter. Was gibt's?«

»Ich hab die Telefonliste durch. Nichts Aufregendes. Unter dem geheimnisvollen S. gibt es insgesamt drei Einträge, zwei Festnetznummern und eine Handynummer. Und jetzt halt dich fest: S. ist ...«

Weiter kam sie nicht, denn Paula fuhr aufgeregt dazwischen: »... ein Mann!«

»Ein Immobilienmakler. Aber woher weißt du das?«, fragte Tina Geiger verdattert.

»Wie lautet sein Name?« Paula pfriemelte mit ihrer freien Hand ihren Notizblock aus der Jacke.

»Simon Moor. Er hat sein Büro in Landau, in der Waffenstraße, Wohnadresse ist in der Reiterstraße.« Sie gab Paula die genauen Adressen durch.

»Hast du mit ihm direkt gesprochen?«

»Nein, mit einer Mitarbeiterin. Er ist heute nicht ins Büro gekommen, er hat sich krankgemeldet. Ich hab es mehrmals auf dem Handy und auf seiner privaten Festnetznummer versucht, aber er geht nicht ran.«

»Danke dir, meine Süße, du hast uns sehr geholfen. Wir werden direkt zu ihm nach Hause fahren.« Sie legte auf.

»Deine Mutter?«, fragte Keeser, als Paula in den Sektionsraum zurückkam.

»Geigerlein. Das Geheimnis um S. ist gelüftet: Es handelt sich um einen gewissen Simon Moor«, verkündete sie zufrieden.

»Wir haben Grund zu der Annahme, dass er Eichenlaubs Liebhaber ist«, erklärte Keeser Knopp Paulas offensichtliche Freude.

Paula schlüpfte aus ihrem Kittel. »Na los, Kollesch, mach disch naggisch«, forderte sie ihn in bestem Pfälzisch auf, es ihr gleichzutun.

Keeser bedachte Knopp mit einem flüchtigen Abschiedsgruß und pellte sich im Hinausgehen aus Kittel und Schuhüberziehern.

»Respekt, das hat sich richtig einheimisch angehört!«, rief er ihr den Gang entlang hinterher, an dessen Ende sie schon fast angekommen war.

»Hab 'nen ausgezeichneten Lehrer!«, antwortete sie aus dem Treppenhaus, in das sie gleich darauf verschwunden war.

»Muss die Jugend immer so rennen?« Atemlos kam Keeser im Foyer an, wo Paula ungeduldig, aber völlig bei Atem auf ihn wartete.

»Du hinkst anscheinend nicht nur mit deinem Schießtraining hinterher, Herr Kommissar, sondern auch mit deiner Fitness. Wie willst du denn bitte schön in diesem jämmerlichen Gesamtzustand Verbrecher jagen?« Sie warf ihm einen spöttischen Blick zu. »Oder übernimmst du in Zukunft nur die etwas langsameren Rollstuhlfahrer und Rollatorschieber?«

Keeser streckte ihr die Zunge heraus und ging wortlos an ihr vorbei in Richtung Parkplatz.

»Echt erwachsene Antwort«, rief Paula ihm hinterher.

Er drehte sich lachend um. »Was ist denn, kommst du endlich?«

★★★

Es war nicht weit vom Klinikum bis in die Reiterstraße, etwa zehn Minuten Fahrt mit dem Auto. Weit schwieriger war es, um diese nachmittägliche Uhrzeit einen freien Parkplatz zu finden. Die Wohnung des Immobilienmaklers Simon Moor befand sich in einem schmucken Jugendstilhaus direkt am Obertorplatz.

»Der hat das ›Barock‹ direkt vor der Haustür«, stellte Paula fest.

»Sehr viel weiter musst du ja auch nicht gehen, du wohnst doch gleich um die Ecke.« Nach der dritten vergeblichen Runde um den Block kapitulierte Keeser und stellte den Dienstwagen in den engen Hinterhof des Gebäudes. Vorsichtshalber klemmte er seine Visitenkarte hinter die Windschutzscheibe. »Nicht dass wir eine Anzeige bekommen oder gar abgeschleppt werden.«

Die Haustür stand offen, und so stiegen sie eine ausladende Holztreppe mit aufwendig verziertem Geländer hinauf. Buntes Licht flutete durch wunderschöne Jugendstilfenster mit farbigen Glaseinsätzen ins großzügig angelegte Treppenhaus. In jedem

Stockwerk hielten sie an und lasen die Namen auf den Klingelschildern.

»Ich habe ehrlich gesagt nicht so recht geglaubt, dass Eichenlaub die Finger von seiner leckeren Sekretärin gelassen haben soll«, sagte Keeser außer Atem, als sie vom zweiten in den dritten Stock hinaufstiegen. »Ich war der festen Überzeugung, dass sie uns angelogen hat.«

»Jetzt wissen wir immerhin, dass sie die Wahrheit gesagt hat. Und *warum* er sich nicht für sie interessiert hat, wissen wir auch. Noch eins höher«, sagte Paula, als auch auf diesem Stockwerk kein Bewohner namens Moor zu finden war.

»Hast du schon mit Schwulen zu tun gehabt?«, fragte Keeser. »Oder Lesben?«

»Wieso? Hast du etwa Probleme mit ihnen?« Paula blieb mitten auf der Treppe stehen und sah ihn von oben herab prüfend an.

»Solange mir die Kerle nicht an die Wäsche gehen, nicht.« Keeser stellte sich auf dieselbe Stufe wie Paula, und nun war er es, der auf sie herabblickte. »Verstehen werde ich das allerdings nie.«

»Falls du Probleme mit Homosexuellen haben solltest, spreche *ich* mit Moor«, bot Paula an.

»Ich sagte doch, solange er mir nicht an die Wäsche geht, ist das in Ordnung. Jedem Tierchen sein Pläsierchen, lautet meine Devise.« Er ging weiter nach oben. »Hier, da haben wir ihn ja«, stellte er erfreut fest, als er endlich das gesuchte Türschild gefunden hatte. Er drückte energisch den Klingelknopf. Das melodische Läuten von Big Ben drang bis ins Treppenhaus.

Nichts rührte sich hinter der mit floralen Ornamenten geschmückten, zweiflügeligen Tür mit großflächigen Glaseinsätzen. Durch die dichten, hinter das Glas gespannten Gardinen konnten sie nichts erkennen. Keeser betätigte den Klingelknopf erneut.

Endlich hörten sie leise Schritte jenseits der Tür, eine Metallkette wurde aus ihrer Schiene geschoben und zuletzt der Schlüssel geräuschvoll im alten Schloss gedreht.

Der rechte Flügel der Tür schwang auf. Vor ihnen stand der Mann, den Eichenlaub mit dem Handy fotografiert hatte.

»Ja?«, fragte der argwöhnisch. Er sah krank aus.

»Simon Moor?« Als sein Gegenüber nickte, hielt Keeser ihm seinen Dienstausweis unter die Nase und stellte sich und Paula vor. »Sie können sich sicher denken, warum wir hier sind.«

Simon Moor atmete tief durch und machte eine einladende Bewegung. Die Beamten betraten eine großzügig angelegte Diele und folgten Moor über gepflegt glänzendes und leise knarzendes Parkett in eine lichtdurchflutete, hypermodern eingerichtete Wohnküche in Weinrot und Schwarz. Es roch nach Kamillentee.

»Kann ich Ihnen einen Kaffee anbieten?« Simon Moor deutete freundlich lächelnd auf eine sehr teuer aussehende Designermaschine. Sein Lächeln konnte nicht darüber hinwegtäuschen, dass er erschreckend elend aussah. Er war extrem blass. Dunkle Schatten lagen unter seinen traurigen, rot geweinten Augen, das Haar hing ihm strähnig und ungewaschen in die trotz seines jungen Alters schon sichtbar höher werdende Stirn. Er hatte nur noch wenig Ähnlichkeit mit dem strahlenden und glücklich wirkenden Mann auf dem Foto.

»Sie kommen natürlich wegen Benedikt. Wie haben Sie das mit uns so schnell herausgefunden?« Er führte sie zu einer fast mittig im Raum stehenden Frühstückstheke.

Keeser und Paula erklommen jeder einen Barhocker, während Moor zwei Tassen unter den Auslauf der Kaffeemaschine stellte und einen der Knöpfe drückte. Das Mahlwerk setzte sich überraschend leise in Gang.

»Ihre letzten Nachrichten auf seinem Handy ...«, setzte Paula zu einer Erklärung an.

»Ah, ja, meine SMS an ihn. Normalerweise hat er sie immer gleich gelöscht, damit seine Frau ...« Simon Moor stockte und atmete tief durch. Ihm schien in diesem Moment klar geworden zu sein, dass sein Geliebter da schon nicht mehr in der Verfassung gewesen war, seine Spuren auf dem Handy zu löschen. »Sie sollte nichts von unserer Beziehung erfahren.«

Der Duft von frischem Kaffee erfüllte die Küche. Simon Moor holte Milch aus dem Kühlschrank, füllte sie in ein antikes

Porzellankännchen und stellte es mit einer ebenfalls alten, aber nicht zum Kännchen passenden Zuckerdose vor die Beamten. Mit zitternden Händen servierte er die vollen Tassen. Er bewegt sich wie ein alter Mann, dachte Paula, wie ein gebrochener alter Mann. Er litt eindeutig sehr unter Eichenlaubs Tod. Mehr als die Ehefrau.

Simon Moor griff nach einer großen Teetasse. »Mein Magen spielt im Moment ein bisschen verrückt«, sagte er entschuldigend.

»Seit wann waren Sie und Herr Eichenlaub schon … ähm … ein Paar?« Keeser brachte die Frage kaum über die Lippen.

»Seit fast drei Jahren«, sagte Moor kraftlos. Er klammerte sich haltsuchend an einer Ecke der Theke fest.

Paula kräuselte nachdenklich die Stirn. Drei Jahre ging das schon, und Keesers Frau hatte behauptet, sie und ihr Mann hätten eine glückliche Ehe geführt. Und dass sie erst seit Kurzem einen Verdacht gehabt habe, dass es da eine andere gab – wohlgemerkt *eine andere*. Entweder war die Gute wirklich so ahnungslos gewesen, oder sie hatte sie belogen, um das Andenken ihres Mannes zu schützen.

»Und seine Frau wusste tatsächlich nichts davon?«, fragte sie deshalb noch einmal nach.

»Nein, wir waren immer sehr vorsichtig und diskret.« Gequält sah Simon Moor sie an. Er hatte also jahrelang die traurige Rolle der heimlichen Geliebten beziehungsweise des heimlichen Geliebten gespielt. Kein glücklich machender Job. Paula leistete leise Abbitte bei Andrea Eichenlaub.

»Benedikt war ein Mann des öffentlichen Lebens, er hatte eine erfolgreiche politische Karriere vor sich, da kann ein Comingout sehr schaden«, fuhr er müde fort. »Er hat sehr unter der Heimlichtuerei gelitten. Nur zu gern hätte er das Versteckspiel beendet.« Es schien, als ob er dem noch etwas hinzufügen wollte, was er dann doch nicht tat. Stattdessen trank er kleine Schlucke von seinem Kamillentee.

»Letzten Samstag haben Sie den ganzen Tag mit Herrn Eichenlaub verbracht?«, fragte Keeser.

»Ja, er holte mich gegen zehn mit seinem neuen Wagen ab, und wir fuhren ein wenig durch die Gegend.«

Die sichergestellten Fingerabdrücke auf der Beifahrerseite des BMW könnten dann also seine sein. Und es könnte sein Schatten gewesen sein, den sie auf dem Parkhausvideo in Eichenlaubs Auto gesehen hatten.

»Nachmittags waren wir zuerst kurz in Deidesheim, sind ein bisschen spazieren gegangen«, berichtete Simon Moor.

Ah, Deidesheim, der Eintrag in Eichenlaubs Terminkalender. Das ist also auch geklärt, dachte Paula.

»Danach waren wir im ZKM in Karlsruhe bei einer Ausstellungseröffnung. Um zwanzig Uhr hatten wir einen Tisch in der ›Krone‹ in Hayna reserviert. Nach dem Essen fuhren wir heim zu mir«, schloss er seinen Bericht.

Daher also das exklusive Kalbsfilet in Eichenlaubs Magen: aus dem »Hotel Krone«, eine der besten Adressen in der Südpfalz, nicht schlecht, dachte Keeser tief beeindruckt. Der Laden schmückte sich mit einem Michelin-Stern sowie diversen anderen Auszeichnungen. Er hatte schon viel darüber gehört und in der Zeitung gelesen, vor allem über die Küchenpartys, bei denen sich jede Menge Prominente die Klinke in die Hand gaben. Selbst dort gegessen hatte er allerdings noch nicht.

»Warum war Herr Eichenlaub mitten in der Nacht in dem Parkhaus?«, fragte Paula.

Simon Moor starrte in seine Tasse und ließ sich mit seiner Antwort noch etwas Zeit. »Er wollte zu seiner Frau«, sagte er schließlich.

»Wieso denn das?«, fragte Keeser. Der Kerl hat sich doch auch den Sonntag bei ihr »freigenommen«, indem er ihr vorlog, dass er übers Wochenende in Bremen sei, dachte er.

»Er wollte mit ihr reden. Sie hat ihn bis in die Nacht hinein immerzu angerufen. Auch wenn er ihre Anrufe nicht annahm, hatten wir doch keine ruhige Minute.« Simon Moor verdrehte bei der Erinnerung daran die Augen gen Stuckdecke. »Er wollte das beenden und rief gegen vier Uhr seine Frau zurück.«

»Und wie wollte er ihr erklären, wie er so schnell aus Bremen zurückgekommen ist?«, fragte Paula. Und warum hat er das Handy nicht einfach ausgeschaltet?, ergänzte sie im Stillen. Simon Moor sah Paula an, als verstünde er nicht, wovon sie sprach. »Benedikt wollte ihr reinen Wein einschenken. Er wollte ihr endlich die Wahrheit über uns sagen und dass er sich von ihr trennen würde«, erklärte er, ohne auf ihre Frage einzugehen. »Morgens um vier?«, fragte Keeser skeptisch. »Hätte das nicht noch ein paar Stunden warten können?«

»Ich wollte ihn auch zurückhalten, aber an Schlaf war sowieso nicht zu denken. Und er sagte, er habe gerade den nötigen Mut, um ihr entgegenzutreten. Also ging er.« Tränen sammelten sich in Simon Moors Augen. »Hätte er doch bloß auf mich gehört und wäre hiergeblieben«, sagte er und schluchzte auf.

Keeser fühlte sich schlagartig unwohl. Weinende Frauen waren schon schwer zu ertragen, aber ein heulender Kerl? Unerträglich hoch drei. Außerdem hatten sie alles erfahren, was sie wissen wollten. Er musste schnellstens hier raus.

»Das war es fürs Erste«, verkündete er und stieg von dem Hocker. Er trank seine Tasse aus und sah Paula abwartend an.

Die erhob sich ebenfalls und bedankte sich für den exzellenten Kaffee. Sie folgte Keeser in die Diele, wo er in der geöffneten Tür auf sie wartete.

»Was war er für ein Mensch?«, fragte sie, als sie bereits im Treppenhaus standen.

Simon Moor, der sie zur Tür begleitet hatte, bekam einen weichen, schwärmerischen Gesichtsausdruck. »Benedikt war sanft, sehr liebevoll und einfühlsam. Er war sehr großzügig, liebte Kunst und schöne Dinge. Er war die Liebe meines Lebens.« Als sich erneute Tränen ankündigten, trat Keeser den Rückzug zur Treppe an.

»Besitzen Sie eine Schusswaffe, Herr Moor?«

»Warum fragen Sie das? Oh nein, Sie glauben doch wohl nicht, dass ich ihn getötet habe?« Er sah Paula waidwund an. »Ich habe Benedikt geliebt, ich hätte ihm doch nie etwas antun können.«

»Verstehen Sie mich bitte, ich muss Ihnen diese Frage stellen«, versuchte Paula ihre an sich ganz normale berufliche Neugier zu entschuldigen.

»Ich war Kriegsdienstverweigerer, ich verabscheue Waffen jeglicher Art«, sagte Simon Moor merklich unterkühlt.

»Ich werte das dann mal als ein Nein.«

$$\star\star\star$$

»Das war die dritte Meinung über Eichenlaub und wieder eine ganz andere. Der Mann scheint verschiedene Gesichter gehabt zu haben«, resümierte Paula, während Keeser den Wagen aufschloss.

»Traust du ihm einen Mord zu?«

»Moor?« Sie schüttelte den Kopf. »Ehrlich gesagt, nein. Er hat Eichenlaub offensichtlich wirklich geliebt, geradezu vergöttert.«

»Eben. Was, wenn Eichenlaub in dieser Nacht tatsächlich zu seiner Frau wollte? Aber nicht, um ihr reinen Wein einzuschenken, wie Moor behauptet, sondern um zu ihr zurückzukehren? Sie könnten gestritten haben, Eichenlaub beendet die Beziehung zu Moor und geht. Moor folgt ihm in das Parkhaus und erschießt ihn, nach dem altbekannten Motto: Wenn ich dich nicht haben kann, soll dich auch kein anderer haben.«

»Ich dachte, wir wollen uns nicht mehr in abenteuerliche Theorien versteigen?«, bemerkte Paula spöttisch.

»Was ist daran bitte schön abenteuerlich? Eifersucht war von jeher ein ausschlaggebendes Motiv für einen Mord«, verteidigte Keeser seinen möglichen Tathergang.

»Sag ich doch. Deshalb könnte es auch deine Andrea gewesen sein.« Sie grinste ihn herausfordernd an.

»Manchmal bist du unausstehlich«, knurrte er und startete den Motor.

»Ich bin nur gründlich.«

»Gründlich unausstehlich.«

Keesers Handy klingelte. Er reichte es Paula, damit er zum einen Auto fahren und sie ihm zum anderen keine Widerrede geben konnte.

»Hier bei Keeser«, meldete sie sich wie immer, wenn sie einen Anruf auf seinem Handy annahm. »Kollege Bader, haben Sie was Interessantes für uns?«

Sie erfuhren leider nichts Neues. Die Ortung von Benedikt Eichenlaubs Handysignal für den Samstag hatte verschiedene Aufenthalte ergeben: Bad Bergzabern, Landau, Deidesheim, Karlsruhe, Herxheim-Hayna und zuletzt Landau. Paula bedankte sich bei Bader und steckte das Handy in Keesers Jackentasche. »Moor hat also die Wahrheit gesagt.«

»Was den Tagesablauf betrifft. Wir wissen trotzdem immer noch nicht, was in der Parkgarage gelaufen ist oder was Eichenlaub dazu gebracht hat, überhaupt dorthin zu gehen.« Keeser zählte im Kopf die Kilometer zusammen, die Eichenlaub laut Moor und Bader mit dem neuen Wagen zurückgelegt haben sollte, und kam zu dem Schluss, dass die Summe in etwa mit dem Kilometerzähler übereinstimmte.

»Ich hab doch anfangs gesagt, dass Handyfotos oft zur Lösung von Verbrechen beitragen«, sagte Paula unvermittelt. »Wir haben nun schon das zweite Foto auf Eichenlaubs Handy zuordnen können, und auch das hat tatsächlich mit dem Fall zu tun. Jetzt müssen wir nur noch herausfinden, wie das Fachwerkhaus ins Puzzle passt.«

»Hätte dir das nicht etwas eher einfallen können?« Er sah vorwurfsvoll zu ihr hinüber. »Wir waren gerade bei einem Immobilienmakler, also bei jemandem, der sich mit Häusern auskennt. Ihn hättest du danach fragen sollen. Vielleicht kennt er das Haus sogar.«

»Dir hätte das auch einfallen können, ist es aber nicht. Warum soll immer ich an alles denken?«

»Moor hat gesagt, dass Eichenlaub sich für Kunst und schöne Dinge interessierte. Vielleicht ja auch für schöne alte Häuser«, sagte Keeser. »Ich habe früher mal Grabsteine auf alten, fast vergessenen Gräbern fotografiert, weil sie mir so gut gefallen haben. Die waren teilweise schon total verwittert und mit Efeu überwuchert. Ich mochte diese ganz spezielle Stimmung auf den Friedhöfen, besonders in den alten, nicht mehr genutzten

Teilen. Dazu das Spiel von Licht und Schatten, diese Ruhe, nur Vogelzwitschern. Das war toll.«

»Grabsteine?« Paula konnte es kaum glauben. Andererseits wusste sie genau, wovon er sprach. Sie war als Kind oft mit den Eltern auf dem Würzburger Hauptfriedhof gewesen, um das Grab ihrer Groß- und Urgroßeltern zu besuchen. Auch sie hatte dort ein paar lauschige, verwunschene Lieblingsecken gehabt.

»Ja, ich hatte mir damals in den Kopf gesetzt, einen Bildband zu machen.«

Paula hätte ihrem Kollegen einiges zugetraut, aber das ganz bestimmt nicht. »Und? Warum hast du es nicht gemacht?«

Keeser erforschte ihr Gesicht nach eventuellem Spott, konnte aber nichts dergleichen erkennen. »Ich habe wohl zu viel mit neuen Gräbern zu tun.«

»Hast du die Fotos noch? Ich würde sie mir gern mal ansehen.«

»Im Ernst? Klar, in irgendeiner Kiste, ich muss sie nur heraussuchen.«

»Das wäre doch eine herrliche Aufgabe für deinen Ruhestand: Du machst diesen Bildband fertig«, sagte Paula begeistert.

»Das ist ja noch ein paar Jährchen hin.«

»Etwa sechs Jahre, die gehen schneller vorbei, als du denkst.«

Er sah sie erstaunt von der Seite an. »Du scheinst dir mehr Gedanken darüber zu machen als ich. Man könnte meinen, du zählst die Tage bis zu meinem hoffentlich baldigen Ausscheiden.« Er klang gekränkt.

Sie tätschelte ihm den Arm und lächelte ihn an. »Nein, ganz im Gegenteil: Ich hoffe, das dauert noch ganz, ganz lange.«

Keeser musterte sie argwöhnisch. »Ohne Scheiß jetzt?«

»Ohne Scheiß, ich arbeite sehr gern mit dir zusammen.«

Bevor seine Augen vor Rührung nass wurden, sagte er ruppig: »Klar, es hat ja auch vorher keiner so gut für regelmäßige Mahlzeiten gesorgt wie ich.«

»Das kommt noch erschwerend hinzu.« Sie grinste. »Wohin fahren wir überhaupt?«

»Nach Essingen. Ich sagte doch, dass ich mal wieder Golf spielen möchte.«

Paula sah skeptisch zum Himmel. Regenwolken waren aufgezogen. »Dann solltest du dich beeilen.«

★★★

Als sie auf dem Parkplatz der Golfanlage ausstiegen, wehte ein kräftiger Wind, und es fielen bereits die ersten dicken Regentropfen.

»Sagte ich es nicht?« Paula zog die Schultern hoch und folgte Keeser eiligen Schrittes zum Empfang des Golfclubs.

»Macht gar nichts, da müssen wir den Leuten nicht über den ganzen Platz nachrennen, sondern finden sie alle schön auf einem Haufen in der trockenen Clublounge oder im Restaurant.« Er deutete durch eine große Glasfront, hinter der es jetzt kräftig regnete. Ein paar Golfer kamen über das Grün auf sie zugerannt, ihre Sonnenkäppis und Baseballcaps mit der einen Hand verzweifelt auf den Kopf drückend, mit der anderen ihre Golftrolleys hinter sich herzerrend.

Keeser ging zufrieden zu der zuvorkommend lächelnden jungen Dame an der Anmeldung, wies sich ordnungsgemäß aus und fragte sie, ob Freunde oder Bekannte von Benedikt Eichenlaub auf dem Platz seien. Ihr Lächeln wich einem besorgt, fast bestürzt wirkenden Gesichtsausdruck.

»Oh, Sie sind von der Kripo? Der arme Herr Eichenlaub, wir sind hier allesamt geschockt.«

Keesers Blick ruhte abwartend auf ihr. Sie wurde sichtlich nervös. »Freunde und Bekannte also, hm, soviel ich weiß, gab es da nicht viele. Herr und Frau Eichenlaub waren immer sehr zurückhaltend. Aber warten Sie, ich glaube, Sie haben Glück.« Sie ging die Eintragungen des heutigen Tages durch und teilte dann freudestrahlend mit: »Da haben wir es: Das Ehepaar Haller ist gerade auf dem Platz. Das sind die Einzigen, die regelmäßig mit den Eichenlaubs gespielt haben.« Sie sah sich in der Lounge um und deutete auf ein Paar, das sich ganz in ihrer Nähe wie zwei nass gewordene Hunde schüttelte. Die beiden sahen allerdings erheblich älter als die Eichenlaubs aus.

»Ich danke Ihnen vielmals.« Keeser stieß sich vom Tresen ab und ging schnurstracks auf das Ehepaar zu. Paula folgte ihm auf dem Fuß.

»Hätten Sie kurz Zeit für ein paar Fragen?«, fragte er, nachdem er sich ausgewiesen und sich und Paula vorgestellt hatte.

»Lassen Sie uns ins Restaurant gehen«, schlug Herr Haller vor und ging, ohne eine Antwort abzuwarten, energischen Schrittes, gefolgt von seiner Frau und den beiden Kommissaren, voran in den Wintergarten. Er wählte einen Tisch direkt am Fenster, an das der niedergehende Regen heftig prasselte.

»Was für ein ekliges Wetter«, schimpfte seine Frau und nahm ihr tropfnasses Sonnenkäppi ab. Ihr raspelkurz geschnittenes und von Natur aus wohl blondes Haar war von der Sonne zu einem Weißblond ausgeblichen. Sie schien viel Zeit im Freien zu verbringen. Sehr viel Zeit, denn ihre Haut im Gesicht, an Armen und Beinen war gleichmäßig dunkelbraun geröstet. Sie erinnerte Paula an gegerbtes Leder. Frau Haller ähnelte ein wenig einer Schildkröte.

Herr Haller orderte für sich und seine Gattin jeweils einen doppelten Whisky mit viel Eis.

Um diese Zeit schon Whisky? Und dann auch noch in doppelter Ausführung? Paula verrenkte sich fast die Augen bei dem Versuch, auf Keesers Armbanduhr die Uhrzeit zu erkennen. Kurz nach vier – alle Achtung, hier geht die Säufersonne schon beizeiten auf, dachte sie.

Sie bestellte für sich einen doppelten Espresso. Nicht nur, weil sie im Dienst war, sondern auch, weil sie solch harte Sachen nicht mochte. Keeser schloss sich ihr an.

Paula betrachtete die Leute an ihrem Tisch genauer. Hallers sahen nach Geld aus, nach sehr viel Geld. An Frau Hallers dürren Armen klimperten diverse Goldreifen mit den Eiswürfeln im gerade servierten Whisky um die Wette. An mehr als drei Fingern funkelten dicke Brillanten. Oder waren es Diamanten? Paula kannte sich da nicht aus. Die passenden Ohrringe zogen Frau Hallers Ohrläppchen unschön in die Länge. Müssen sauschwer sein, diese Riesenklunker, dachte Paula. Goldketten hingen mehrlagig über ihrem runzeligen Dekolleté. Der Schmuck machte sie auch nicht schöner.

Wie alt mochte sie sein? Paula versuchte zu schätzen. Siebzig? Fünfundsiebzig? Er schien jünger als sie zu sein, das mochte aber täuschen. Er war groß und schlank und wirkte durchtrainiert. Sein Haar war immer noch dicht und nur ein wenig hell angegraut. Ein bisschen erinnerte er Paula an eine ältere Ausgabe von George Clooney.

Herrn Hallers tief gebräunte und mit üppigen grau-weiß gekräuselten Brusthaaren bewachsene Brust, auf die der Lacoste-Poloshirt-Ausschnitt großzügig blicken ließ, schmückte eine klobige Goldkette von der Dicke von Paulas kleinem Finger. An einem seiner kleinen Finger wiederum protzte ein riesiger Siegelring. Seinen Arm schmückte eine sehr goldene und sicher sehr teure Uhr.

Das machen also Menschen, die nicht mehr wissen, wohin mit ihrer Kohle: Sie schmücken sich wie Weihnachtsbäume, überlegte Paula. Ob ich das auch tun würde, wenn ich reich wäre? Wohl eher nicht.

»Wir sind immer noch in Schockstarre, meine Frau und ich, seit wir von Benedikts gewaltsamem Tod erfahren haben«, sagte Herr Haller ernst, nachdem er sein Glas ausgetrunken und noch mal das Gleiche bestellt hatte. »Wissen Sie schon, wer ihm das angetan hat?« Er sah sie abwechselnd an.

»Nein, wissen wir noch nicht«, antwortete Keeser wahrheitsgetreu und rührte bedächtig in seiner Tasse. »Wir stecken noch mitten in den Ermittlungen. Deswegen möchten wir auch gern mit Ihnen reden. Sie sind doch Freunde der Eichenlaubs?«

Frau Haller schien diese Bezeichnung nicht zu behagen. »Na ja, Freunde nicht unbedingt, so würde ich das nicht nennen. Wir haben nur gelegentlich miteinander Golf gespielt und danach manchmal noch zusammen hier gegessen. Als Freundschaft würde ich das allerdings nicht bezeichnen.«

»Also, ich hab mich mit Benedikt sehr gut verstanden«, wandte ihr Mann ein und nippte an seinem zweiten Drink. »Wir kannten uns schon seit unserer Jugend. Ich bin auch Geschäftsmann, müssen Sie wissen, genau wie Benedikt. Wir hatten immer ein Gesprächsthema.«

»Du *warst* Geschäftsmann, mein Lieber«, verbesserte ihn seine holde Gattin.

Herr Haller schüttelte den Kopf und lächelte verlegen. »Ich kann mich einfach noch nicht daran gewöhnen. Erst vor ein paar Monaten habe ich mich aus dem Geschäft zurückgezogen und die Firma verkauft. Nach über vierzig Jahren als Selbstständiger ist es eine große Umstellung, plötzlich im Ruhestand zu sein.«

»Was war Herr Eichenlaub für ein Mensch?« Paula konnte sich einen Ruhestand mit Geld im Überfluss ganz wunderbar und ohne jegliche Umstellungsprobleme vorstellen.

»Ein knallharter Geschäftsmann. Er hat es geschafft, aus einer unbedeutenden Mini-Firma ein weltweit anerkanntes Unternehmen zu machen. So erfolgreich, dass er trotz Wirtschaftskrise vergrößern wollte.« Haller strotzte vor Bewunderung. »Und dann dieser überaus intelligente Schachzug, für das Bürgermeisteramt zu kandidieren. Einfach genial. Er hätte die Wahl gewonnen, da bin ich mir sicher, und dann hätte es kein Halten mehr gegeben, darauf können Sie Gift nehmen.«

»Kein Halten wofür?«, fragte Keeser.

»Für seine Firma, für den ›Interpark‹ im Allgemeinen. Er hätte diesen lächerlichen Umwelttheinis in den Hintern getreten.« Haller lachte und leerte sein Glas erneut. Er winkte der Bedienung auffordernd damit. »Was das bisschen Tourismus einbringt, ist lächerlich im Vergleich zu dem, was er vorhatte. Er hätte die Region reich gemacht.«

Er hätte die Region mitsamt ihrer idyllischen Landschaft kaputt gemacht, dachte Paula spontan und angewidert. Keesers Gesichtsausdruck nach zu urteilen, dachte er genauso darüber wie sie. Eichenlaubs Tod mochte grundsätzlich eine Tragödie sein, aber er war auch ein Segen.

»Frau Eichenlaub hat also ebenfalls Golf gespielt?« Keeser wollte nichts mehr von Benedikt Eichenlaubs zerstörerischen Visionen hören.

»Mit wenig Begeisterung«, bestätigte Frau Haller abfällig. »Sie hat es wohl nur ihm zuliebe getan. Ich glaube, sie fühlte sich hier im Golfclub nicht so recht wohl, hielt sich immer still im Hintergrund. Ich wusste überhaupt nicht, was ich mit ihr reden sollte. Andrea interessierte sich nicht für Mode, und da die beiden so gut wie nie verreist sind, konnte man auch nicht über Urlaube reden. Aber er bestand wohl darauf, dass sie so oft wie möglich als glückliches Ehepaar in der Öffentlichkeit auftraten.«

»Waren sie das denn nicht?«, fragte Keeser gespielt überrascht.

Frau Haller lachte boshaft, Herr Haller beschäftigte sich lieber mit seinem neuen Getränk, indem er die Eiswürfel in seinem Glas kreisen ließ.

»Ich bitte Sie, die zwei passten doch gar nicht zusammen.« Frau Haller winkte, begleitet vom Klimpern ihrer Armreifen, ab. »Benedikt liebte die Auftritte in der Öffentlichkeit, und sie hätte sich am liebsten unter einem Stein verkrochen. Allein ihre Kleidung – ohne jeglichen Chic, ohne Klasse. Die beiden hatten sich doch nichts mehr zu sagen, und wenn sie überhaupt miteinander redeten, dann fauchten sie sich nur an.« Sie beugte sich nach vorn und senkte die Stimme zu einem Flüstern. »Er hatte doch gar kein Interesse mehr an dieser langweiligen Frau.«

Was du nicht sagst. Paula war gespannt, ob sie jetzt etwas über Eichenlaubs homosexuelle Neigungen zu hören bekamen.

»Der Kerl sah schließlich jedem Rock hinterher.« Frau Haller machte ein Gesicht, als hätte sie eine Bombe platzen lassen. »Schlecht sah er ja nun wirklich nicht aus, die Frauen lagen ihm reihenweise zu Füßen. Ich könnte Ihnen da so einige wilde Geschichten erzählen, aber man soll ja nicht schlecht über die Toten sprechen, nicht wahr?« Sie sah ihren Gatten provokant an. »Sogar mir hat er eindeutige Avancen gemacht.«

»Nicht zu fassen.« Keeser spielte den Schockierten.

»Ich fand Andrea immer nett«, verteidigte Herr Haller die Frau seines Golfpartners. »Nicht so aufgetakelt wie die meisten der Frauen hier.«

Ob er seine Frau auch zu den aufgetakelten Frauen zählt?, dachte Paula. Sein Blick verriet nichts Derartiges.

»Still war sie wirklich, beteiligte sich nie an dem Klatsch und

Tratsch.« Jetzt sah Haller seine Frau bedeutsam an, aber die schien das nicht zu registrieren. »Sie war immer freundlich, aber sie wirkte auch stets ein bisschen unglücklich.«

Frau Haller entschuldigte sich und ging in Richtung Toilette. »Sie haben also nur Golf zusammen gespielt, sonst haben Sie nichts gemeinsam unternommen?« Keeser sah ihr nach. Von hinten sah sie erheblich jünger aus als von vorn.

»Unsere Yachten liegen direkt nebeneinander, da haben wir uns immer mal wieder getroffen.« Auch Herr Haller sah seiner Frau hinterher. Er vergewisserte sich, dass sie ihn nicht mehr hören konnte. »Wenn unsere Frauen nicht dabei waren, sind wir dort einige Male heftig versackt«, sagte er flüsternd. »Und das mit den Frauengeschichten, das ist völliger Quatsch. Klar, Benedikt hatte jede Menge Chancen, und er flirtete auch gern, aber er hatte nichts mit anderen Frauen. Einmal wollte ich ihn zu einem Ausflug in einen Puff nach Ludwigshafen einladen. Ich hätte alles bezahlt, aber er hat sich mit Händen und Füßen gewehrt. Ich hatte immer das Gefühl, dass er sexuell eher uninteressiert war. Ganz anders als ich, wenn Sie verstehen, was ich meine.« Er zwinkerte Keeser verschwörerisch zu.

Der nickte ihm sein vollstes Verständnis zu, und Paula tat, als hätte sie nicht zugehört.

»Mit wem, außer Ihnen, verbrachten die Eichenlaubs noch ihre Zeit?«, fragte sie.

»Mir fällt da niemand ein. Wie meine Frau schon sagte, war Andrea nicht an zwischenmenschlichen Kontakten interessiert. Sie litt wohl auch unter der Tatsache, dass sie nie Mutter werden durfte. Benedikt hat da mal was erwähnt.«

Haller grüßte einen anderen Golfspieler, der sich am Neben-tisch niederließ. »Benedikt hatte zuletzt kaum noch Freizeit. Mit der Firma hätte er eigentlich schon genug am Bein gehabt, aber dann kamen noch die unzähligen Ämtchen und Pöstchen in diversen Vereinen dazu, die seiner Wahl zum Bürgermeister sicher förderlich gewesen wären. Ehrlich gesagt hab ich ihn fast ein wenig beneidet. Er stand noch so voll im Leben, war ein agiler Macher.« Er sah sich erneut vorsichtig nach seiner Gattin um, bevor er weitersprach. »Im Gegensatz zu mir. Klar, der Ruhestand ist schon was Feines, aber manchmal auch schrecklich langweilig. Jetzt habe ich gar keine Ruhe mehr vor meiner Frau.« Den letzten Satz flüsterte er Keeser zu.

»Hat er jemals darüber gesprochen, dass er seine Frau verlassen wollte?«

»Himmel, nein! Andrea verlassen? Nicht dass ich wüsste. Wissen Sie, wenn man so lange verheiratet ist, lässt die Liebe unweigerlich nach«, wieder sah er sich nach seiner besseren Hälfte um, »aber sagen Sie das ja nie meiner Frau, die würde mir die Augen auskratzen. Nach so vielen Jahren arrangiert man sich, man ist irgendwie aneinander gewöhnt. Nicht dass man nicht gelegentlich darüber nachdenkt ...«

»Wir sollten jetzt nach Hause fahren«, ertönte die Stimme seiner Frau direkt hinter ihm. Haller zuckte schuldbewusst zusammen.

»Sie haben es gehört: Meine Chefin bläst zum Aufbruch.« Er erhob sich zackig und holte eine Visitenkarte aus seiner dicken Brieftasche. »Falls Sie noch Fragen haben sollten. Auf dem Handy erreichen Sie mich immer.«

Die beiden zogen von dannen.

Paula sah ihnen nach. »Witzig. Sie hält Eichenlaub für einen Frauenhelden und er für einen sexuellen Asketen.«

»Besonders witzig finde ich, dass sich diese faltige und zu lange in der Sonne gebratene Schreckschraube einbildet, er hätte sie angegraben.« Keeser schüttelte sich bei dem Gedanken. »Die würde ich nicht mal mit Handschuhen anfassen.«

»Haller trinkt sie sich ja auch mit ordentlich Whisky schön.« Paula wollte lieber nicht wissen, ob er nach den insgesamt vier doppelten Drinks seine Frau fahren ließ oder selbst fuhr. Er schien dahingehend geeicht zu sein, aber eine Verkehrskontrolle würde sich auf jeden Fall lohnen.

Keeser stellte erfreut fest, dass es aufgehört hatte zu regnen, und erhob sich. Als er die Visitenkarte weit von sich streckte, um die kleinen Buchstaben darauf erkennen zu können, musste er schmunzeln. »Ansgar Peter Wilfried Haller, Generaldirektor im

Ruhestand«, las er vor. »Wenn du hörst, wo die Hallers überall ihre Wohnsitze haben, wirst du ganz bestimmt grün vor Neid: Bahamas, Florida und Monaco. Also, dort würde ich mich auch gern langweilen.«

»Ich zahl dann mal unseren Kaffee«, schlug Paula vor, die sich derzeit nicht einmal Urlaub in diesen Ländern leisten konnte, geschweige denn feste Wohnsitze.

Zu ihrer Überraschung hatte Herr Haller ihre Rechnung bereits beglichen. »Wir haben noch ein bisschen Zeit bis zur Inquisitionsstunde beim Chef. Lass uns doch mal hören, was deine Andrea zu den gerichtsmedizinischen Ergebnissen sagt«, schlug Paula auf dem Weg zum Auto vor.

Keeser überlegte kurz und sagte dann: »Gut, aber lass es mich ihr sagen. Man muss ja nicht gleich wie der Elefant durch den Porzellanladen stampfen.«

»Glaubst du tatsächlich, dass sie nichts davon wusste? Dass sie nie gemerkt hat, dass ihr Mann schwul war?« Sie sah Keeser belustigt an. »Für wie doof hältst du sie eigentlich?«

»Dieser Haller war Eichenlaubs Kumpel, und der hat auch nichts gemerkt«, verteidigte er Andrea.

»Einem Kumpel kann man doch viel eher was vormachen als seiner Frau.«

»Wenn sie davon gewusst hätte, hätte sie es mir gesagt.«

»Bist du dir da sicher? Bei unserem ersten Besuch hat sie uns eine glückliche Ehe vorgegaukelt. Beim nächsten Gespräch kam dann raus, dass diese Ehe doch nicht ganz so glücklich war, und plötzlich stand da der Verdacht im Raum, dass er sie betrog. Also, ich betrachte die Frau eindeutig mit etwas mehr Skepsis als du.«

»Und ich dachte immer, ihr Frauen seid solidarisch und haltet gegen die böse Männerwelt zusammen«, bemerkte Keeser sarkastisch.

»Ich sagte schon einmal, dass du voreingenommen bist und eigentlich den Fall abgeben solltest.«

Er sah Paula empört an. »Du tust ja gerade so, als würde ich Beweismaterial verschwinden lassen, Zeugen beeinflussen und

Tathergänge vertuschen. Findest du nicht, dass du ein wenig übertreibst?«

Wahrscheinlich mache ich das, gestand sich Paula selbst ein. Und wahrscheinlich würde sie Andrea Eichenlaub ganz anders behandeln, würde Keeser sie nicht von früher kennen. Sie hatte einfach das Gefühl, dass diese Frau das ausnutzte. Und dass diese gemeinsame Vergangenheit den ansonsten scharfen Blick ihres Kollegen trübte.

★★★

Andrea Eichenlaub trug wie immer einen schlichten Rock mit passendem Pullover und Strickjacke. Heute in Dunkelblau, was ihre Blässe noch unterstrich. Sie wirkte noch zarter und zerbrechlicher als sonst.

Ihre Beine sind nicht schlecht, registrierte Paula, als sie vor ihnen ins Wohnzimmer ging.

»Gibt es etwas Neues?«, fragte Andrea mit brüchiger Stimme. Sie sah übernächtigt und erschöpft aus.

»Wir haben gerade mit Hallers gesprochen«, erzählte Keeser beiläufig.

Andrea nickte und verzog die Mundwinkel abfällig nach unten. »Sie ist eine schreckliche Person, total oberflächlich und ungebildet. Ich glaube, sie hat mich verabscheut.« Ihr Schnauben war ein Zeichen dafür, dass das auf Gegenseitigkeit beruhte. »Er ist ganz nett, nicht so angeberisch wie sie. Benedikt kannte ihn schon seit seiner Kindheit. Aber er ist ein Weiberheld sondergleichen. Ich weiß von mindestens drei Affären, aber das ist ja auch kein Wunder bei *dieser* Ehefrau.«

Nenn es Ironie des Schicksals, meine Liebe, aber dein eigener Mann hat es nicht viel anders gemacht, dachte Paula schadenfroh, sagte aber nichts dazu.

»Aus diesem Grund haben wir uns auch im letzten Jahr von den Hallers zurückgezogen«, sie schloss die Augen und hielt kurz die Luft an, »nachdem Ansgar mir mehrmals eindeutige Angebote gemacht hatte.« Sie betrachtete ihre Hände, die ineinander verschlungen in ihrem Schoß lagen. Es schien, als schämte sie sich wegen Hallers ungewollter Anmache.

»Haller wollte was von dir?«, brauste Keeser auf.

Er verhält sich wie ein hintergangener Ehemann, stellte Paula amüsiert fest.

Andrea Eichenlaub kniff die Lippen zusammen. »Er sagte, dass das doch herrlich praktisch wäre. Genau das waren seine Worte: ›herrlich praktisch‹. Da wir uns schon so gut kannten und sowieso so viel Zeit miteinander verbrachten, wäre es doch eine wunderbare Abwechslung für uns beide, und niemand würde Verdacht schöpfen, wenn man uns zusammen sähe.« Sie verzog angeekelt das Gesicht.

»Wie hat dein Mann darauf reagiert?«, fragte Keeser sichtlich wütend. Er war froh, dass er bei dem Gespräch mit Haller noch nichts davon gewusst hatte. »Du hast es ihm doch erzählt?«

»Benedikt hat nur gelacht.« Es schien heftig in ihr zu arbeiten, denn sie mahlte eine Zeit lang zornig mit dem Kiefer, bis sie sich wieder beruhigt hatte. »Er sagte, eine Frau sollte stolz sein, wenn sich Männer für sie interessieren, nicht wütend, so wie ich. Auf mein Drängen haben wir dann aber den Kontakt zu Hallers immer mehr gelockert.«

Im Normalfall eine eigenartige Reaktion eines Ehemannes. Paula war sich sicher, dass Keeser diesem Haller noch heute gern eine aufs Maul hauen würde. Doch wenn man bedachte, dass Eichenlaub zu der Zeit schon ein Verhältnis mit Simon Moor hatte, konnte man sein Verhalten verstehen. Er konnte und wollte seinen ehelichen Pflichten nicht mehr nachkommen, und somit war es ihm egal, was seine Frau trieb. Vielleicht wäre es ihm ja sogar recht gewesen, wenn sie sich anderweitig vergnügt und ihn in Ruhe gelassen hätte.

»Die Gerichtsmedizin hat die Untersuchungen abgeschlossen.« Keeser begann zaghaft mit der Einleitung der unangenehmen Botschaft, die sie zu überbringen hatten. »Ich gehe davon aus, dass die Leiche deines Mannes in Kürze freigegeben wird. Wenn du Hilfe bei der Beerdigung brauchen solltest, sag mir Bescheid.«

Andrea Eichenlaub schenkte ihm ein dankbares, aber müdes Lächeln.

Keeser fing einen aufmunternden Blick von Paula auf.

»Ähm, nun, wegen der Ergebnisse sind wir eigentlich auch da.« Er druckste herum.

Andrea Eichenlaub sah ihn erwartungsvoll an.

»Dass dein Mann an einer Schussverletzung gestorben ist, wussten wir ja schon.« Er hielt kurz inne, nahm erneut Anlauf, bis ihm das Entscheidende endlich über die Lippen kam. »Der Gerichtsmediziner hat eindeutig festgestellt, dass dein Mann Verkehr mit Männern hatte.«

Endlich war es raus. Keeser hielt den Atem an.

Andrea Eichenlaub saß wie erstarrt vor ihnen. Ihre zarten Finger krallten sich tief in das weiche Leder und würden unschöne Spuren darin hinterlassen. »Willst du damit sagen, dass Benedikt schwul gewesen sein soll?« Ihre Stimme klang schrill.

»So leid es uns tut, Andrea, aber genau so ist es.«

»Wir haben sogar inzwischen seinen ...«, Paula überlegte, als was sie Simon Moor bezeichnen sollte, »... Freund ausfindig gemacht.« Sie entschied sich für die, wie sie fand, schonendste Variante.

»Seinen Freund?« Andrea Eichenlaub schien das nur schwer zu begreifen. »Sie meinen, er hat es mit diesem ... diesem Freund ... getrieben?« Sie schüttelte den Kopf. »Das glaube ich nicht. Niemals. Benedikt war ein ganz normaler Mann, er war immer sehr zärtlich.«

»Haben Sie mit Ihrem Mann regelmäßig geschlafen?«, fragte Paula indiskret.

»Was erlauben Sie sich!«, fuhr die zierliche Frau sie empört an und schoss sprichwörtlich wie eine Rakete aus ihrem Sessel. Sie ging hinüber zur Glasfront und schlang die Arme um sich selbst, als fröre sie. Da der Glaser erst am folgenden Tag die zerbrochene Scheibe ersetzen würde, war das Fenster nur provisorisch mit dicker Plastikfolie geflickt worden. Durch das Lüftchen, das nach dem Regen hereinwehte, wölbte sich die milchig weiße Folie leicht nach innen.

Nachdem sie einige Minuten in ihren Garten hinausgestarrt hatte, drehte sie sich wieder zu den Beamten um. Ihr Gesicht war rot vor Zorn. »Darf deine Kollegin überhaupt solche Fragen stellen?«, wandte sie sich mit scharfer Stimme an Keeser.

Dem war die Situation mehr als unangenehm. »Ich denke, in diesem Fall ja. Andrea, wir müssen wissen, ob du von seiner … Neigung gewusst hast.«

»Und das könnt ihr daraus ableiten, wie oft wir miteinander Sex hatten?« Ihre Stimme überschlug sich.

»Sagen Sie uns doch einfach, ob Sie regelmäßig mit Ihrem Mann geschlafen haben«, sagte Paula ruhig. So, wie Moor über Benedikt Eichenlaub gesprochen hatte, war der keinesfalls bisexuell veranlagt, sondern definitiv homosexuell, und dann hatte er ganz sicher nicht mehr mit seiner Frau geschlafen.

Andrea Eichenlaub presste trotzig die Lippen zusammen. Als von Keeser keine Hilfe kam, drehte sie sich wieder zum Garten um. »Schon lange nicht mehr. Benedikt hat mich seit Jahren nicht mehr angerührt«, spie sie schließlich hasserfüllt aus. »Zuerst dachte ich, dass es an mir liegt, dass ich ihm nicht mehr gefalle, dass er mich nicht mehr attraktiv findet. Aber dann war ich mir irgendwann sicher, dass er eine andere Frau hat. Seine Sekretärin, Frau Klödy, hatte ich lange im Verdacht. Aber er schwor mir immer wieder, dass er keine andere Frau anrühren würde. Ha«, sagte sie bitter, »da hat er nicht mal gelogen, dieser Mistkerl. Und nein, Frau Stern, ich wusste nichts von seiner Vorliebe für das männliche Geschlecht.«

Sie atmete tief durch, verzweifelt bemüht, ihre Fassung nicht gänzlich zu verlieren. Als sie sich wieder zu ihnen umdrehte, war ihr das einigermaßen gelungen. Sie stellte sich vor Keeser und sah ihn eindringlich an. »Keine Geliebte also. Wer ist … sein Freund?«

»Andrea, das spielt doch jetzt keine Rolle mehr.« Er sprang auf und nahm sie fest in den Arm.

»Ich muss es wissen«, sagte Andrea Eichenlaub und lehnte sich aufschluchzend an seine breite Brust. »Ich muss wissen, wen Benedikt in Wirklichkeit geliebt hat.«

»Es würde dich nur unnötig quälen«, sagte Keeser ausweichend. »Solange der Fall nicht abgeschlossen ist, dürfen wir es Ihnen gar nicht sagen.« Paula wollte dieses Hin und Her beenden. Andrea Eichenlaub löste sich aus Keesers Umarmung und zauberte ein frisches Papiertaschentuch aus einem ihrer Ärmel hervor, mit dem sie sich die Tränen von den Augen tupfte. »Ich verstehe«, sagte sie schniefend und sah Keeser matt lächelnd an. »Könnte ich mal Ihre Toilette benutzen?«, fragte Paula unvermittelt.

»Das Gäste-WC ist gleich gegenüber.« Andrea Eichenlaub deutete in die Diele hinaus.

Paula bedankte sich und betrat das stille Örtchen. Moosgrüne Fliesen an Wänden und Decke, Waschbecken und Toilette einen Ton dunkler. Gruselig spießig. Es passte so gar nicht zu dem hypermodernen Ambiente des Wohnzimmers. Paula beeilte sich. Als sie zurückgehen wollte, überlegte sie es sich kurzfristig anders. Sie beschloss, ein wenig zu schnüffeln, solange Keeser und seine Andrea ins Gespräch vertieft waren.

Die Küche war der nächste Raum auf ihrem Erkundungsgang. Eiche rustikal, dadurch recht düster. Gegenüber vermutete sie das Schlafzimmer. Bevor sie die Tür öffnete, lauschte Paula prüfend in Richtung Wohnzimmer, aber da schien sie niemand zu vermissen. Leise drückte sie die Klinke herunter und spitzte hinein … und war mehr als erstaunt: Das Zimmer war asiatisch eingerichtet. Schwarz glänzende Schleiflack-Schrankwand, altrosa Seidentapete und Futonbett. Der totale Kontrast zu der Nullachtfünfzehn-Küche und dem Sechziger-Jahre-Klo. Paula empfand das stylische Design als so was von unnötig, denn nach allem, was sie inzwischen wussten, wurde dieses Schlafzimmer sowieso und ausschließlich zum Schlafen genutzt.

Die Tür daneben führte in ein mit schweren Möbeln ausgestattetes Arbeitszimmer, ein typisches Altmänner-Arbeitszimmer, wie Paula unschwer erkennen konnte. Aber es verfügte über eine beeindruckende Bibliothek: Regale, die sich über drei Wände bis zur Decke erstreckten und voller Bücher standen. In Fensternähe ein Ungetüm von einem Schreibtisch aus dunkler Eiche.

Am Ende des Ganges entdeckte Paula eine weitere Tür. Das muss das Bad sein, dachte sie. Die Tür war angelehnt und quietschte leicht, als Paula sie aufdrückte. Sie hielt kurz inne und sah angespannt die Diele entlang. Keiner kam, um nach ihr zu sehen.

Entgegen ihren schlimmsten Erwartungen war das Badezimmer in schlichtem Weiß gehalten, nur die Handtücher waren rosa. Mehrere Herrendüfte standen in Reih und Glied auf der linken Seite des doppelten Waschtisches, alles exklusive Marken. Nur ein Flakon auf der rechten, »Trésor« von Lancôme, ein eher schwerer Duft, wie Paula sich zu erinnern glaubte. In einem Porzellanzahnputzbecher zwei Zahnbürsten. Das wird sich wohl demnächst ändern, vermutete sie.

Ein rosa und ein dunkelblauer Bademantel am Haken hinter der Tür. Nichts wirklich Aufregendes.

Schon halb auf dem Rückzug, fiel Paulas Blick auf eine Bürste auf der Seite des Waschtisches, die sie Andrea zuordnete. Kurz entschlossen trat sie wieder einen Schritt in das Bad, schnappte sich die Bürste und pulte ein paar mausbraune feine Haare aus den weichen Naturborsten. Ohne zu wissen, wozu das gut sein sollte, stopfte sie ihre Beute schnell in eine kleine Beweismitteltüte, die sie zum Glück eingesteckt hatte, und verstaute diese wieder in der Gesäßtasche ihrer Jeans.

Keeser und Andrea unterhielten sich angeregt, als sie ins Wohnzimmer zurückkam.

»Können wir dann?«, forderte Paula Keeser unmissverständlich zum Gehen auf.

»Ja, wir haben alles besprochen.« Er erhob sich.

Ebenso Andrea Eichenlaub. Sie begleitete die beiden zur Haustür und hielt diese für sie auf.

»Vielen Dank, Bernd, dass du für mich da bist. Ohne dich würde ich das niemals durchstehen.« Sie sah dankbar zu ihm hoch. »Wegen der Beerdigung, da nehme ich nur zu gern deine Hilfe in Anspruch. Ich weiß gar nicht, was ich alles machen muss.«

Jedes Bestattungsunternehmen würde ihr Auskunft geben und helfen, dachte Paula, verkniff sich aber einen Kommentar. Sollte

Keeser sich mit ihr abgeben. Wie er das Marianne beibringen wollte, war auch seine Sache. Sie würde sich ab sofort mit guten Ratschlägen raushalten, denn er hörte eh nicht auf sie.

»Dieser Freund Ihres Mannes hat uns gesagt, Ihr Mann habe in der Nacht seines Todes um kurz vor vier bei Ihnen angerufen.« Andrea musterte Paula mit argwöhnischem Blick. »Da muss er sich irren, dieser ›Freund‹. Benedikt hat mich nicht angerufen.«

»Er wollte zu Ihnen fahren und alles mit Ihnen klären. Deswegen war er auch um diese Zeit im Parkhaus«, fuhr Paula ungerührt fort.

»Er hat nicht hier angerufen. Er hat sich überhaupt nicht gemeldet, das habe ich Ihnen doch schon mehrmals gesagt«, fauchte Andrea Eichenlaub sie an.

Paula war sich ziemlich sicher, dass sie sich auf sie gestürzt hätte, wenn Keeser nicht dabei gewesen wäre.

»Nun, wir werden das natürlich alles überprüfen«, sagte sie, um ein freundliches Lächeln bemüht. »Auf Wiedersehen, Frau Eichenlaub.«

***

»Das hat sie getroffen wie ein Hammer«, stellte Paula auf dem Weg ins Büro fest.

»Du glaubst ihr also, dass sie nichts von seinen homosexuellen Eskapaden wusste?«

»Mal ehrlich, so schockiert, wie die Frau eben reagiert hat, kann sie nicht die leiseste Ahnung gehabt haben.« Sie funkelte Keeser von der Seite an. »He, ich will deine Ex nicht um jeden Preis ans Kreuz nageln. Ich will nur die Wahrheit herausfinden. Wir suchen einen Mörder, und ich bin bestrebt, dich wach zu halten, weil du so blind vor lauter Nostalgie die Wahrheit gar nicht sehen *kannst*.«

»Ist ja gut«, sagte er mit besänftigender Stimme. »Reg dich doch nicht immer gleich so auf.«

Paula sah einige Minuten lang schweigend aus dem Fenster und hing ihren Gedanken nach.

»Jahrelang verheiratet und keinen Sex mit ihrem Mann. Also, da muss man doch verrückt werden, oder?«, sagte sie schließlich. »Ich werde schon verrückt, wenn ich mit Sebastian zusammen in einem Raum bin und ihn nicht mal anfassen kann.« Sie dachte an das gestrige Kaffeetrinken mit ihrer Mutter und Frau Seidel. »Ihr seid ja auch noch frisch verliebt. Die sexuelle Anziehungskraft lässt erfahrungsgemäß nach ein paar Jahren nach, das ist doch ganz normal. Vielleicht gewöhnt man sich aber auch irgendwann an diesen asexuellen Zustand.«

»Mit sechzig oder siebzig, ja, aber doch nicht mit knapp fünfzig. Und jetzt erzähl mir bloß nicht, dass du mit fünfundfünfzig auch schon nicht mehr an Sex interessiert bist.« Sie stieß ihn leicht in die Seite. »So, wie du Marianne mit Blicken verschlingst, bist du weit entfernt davon, keinen Sex mehr haben zu wollen.«

»Benedikt Eichenlaub hatte doch Sex, außerehelichen zwar, aber immerhin«, führte Keeser ins Feld.

»Aber seine Holde anscheinend nicht, sie scheint die Treue in Person gewesen zu sein. Also, wenn du mich fragst, natürlich ist das nicht. Warum hat sie das mitgemacht? Warum ist sie nicht gegangen?«

»Du hast doch gehört, dass sie dann leer ausgegangen wäre. Sie hat nie eine Ausbildung gemacht. Wovon hätte sie leben sollen?«

»Das glaub ich jetzt nicht.« Paula sah ihn entgeistert an. »Du meinst, sie hat sich lieber in ihr trauriges, aber finanziell abgesichertes Schicksal ergeben, als dass sie die Ärmel hochgekrempelt und sich einen Job gesucht hat? Also, mit mir hätte er das nicht machen können.«

»Nicht jeder ist so energiegeladen wie du, Paula. Andrea ist eher der schwache Typ. Sieh sie dir doch an, sie ist so ein zierliches Persönchen.«

Da war er wieder, Keesers Beschützerinstinkt. Paula schüttelte den Kopf. »Auch zierliche Persönchen können für ihren Unterhalt arbeiten gehen. Ich wette mit dir, dass das Millionen andere zarte Persönchen schaffen. Und ich wette, dass sie nicht ganz blank dagestanden hätte. Selbst wenn sie nichts von der

Firma abbekommen hätte, hätte er doch sicher Unterhalt zahlen müssen.«

»Das muss jeder für sich selbst entscheiden, Paula. Andrea ist vielleicht auch bei ihm geblieben, um seiner politischen Karriere nicht zu schaden.«

»An so viel Großmut glaubst du doch selbst nicht. Wenn mich jemand unglücklich macht, ist mir das doch vollkommen egal. Im Gegenteil, dann will ich ihm doch erst recht eins auswischen.«

»Du bist ja auch ein rachsüchtiges, missgünstiges Weibsbild«, sagte Keeser und grinste Paula von der Seite an. »Andrea ist in dieser Beziehung anscheinend ganz anders gepolt.«

»Ja, fehlt nur noch der Heiligenschein«, meinte Paula sarkastisch. Plötzlich runzelte sie die Stirn. »Komisch, diese Sache mit dem Anruf, den Eichenlaub nach Moors Aussage angeblich gemacht haben soll. Deine Andrea hingegen behauptet, nicht von ihm angerufen worden zu sein. Warum sollte Moor das erfinden?«

»Vielleicht hat Eichenlaub ja tatsächlich telefoniert«, sagte Keeser. »Vielleicht hat er Moor auch nur vorgelogen, er würde seine Frau anrufen, hat dann aber mit jemand ganz anderem geredet.« Nach kurzem Überlegen fügte er hinzu: »Vielleicht hat er das Gespräch auch nur vorgetäuscht, was weiß ich.«

»Und warum dieses Versteckspiel? Er und Moor wollten zusammen ein neues Leben beginnen.«

»Eichenlaubs ganzes Leben war doch alles andere als aufrichtig, warum sollte er also bei seinem Geliebten ausnahmsweise ehrlich gewesen sein?«

Paula war geneigt, Keeser recht zu geben. »Was zerbrechen wir uns den Kopf, die Telefondatenauswertung wird es früher oder später eh an den Tag bringen, wer von den dreien gelogen hat.«

»Warum sollte Andrea gelogen haben?«, entrüstete sich Keeser. »Sie weiß doch genau, dass wir das nachprüfen werden.«

»Wie du sicherlich weißt, gibt es das perfekte Verbrechen nicht. Jeder macht irgendwann Fehler.«

Keeser schwieg geflissentlich. Andrea war keine Verdächtige für ihn, da konnte Paula reden, so viel sie wollte.

»Wie wäre es heute Abend mit Fleeschknepp und Meerrettichsoße?« Er hatte genug von dem Eichenlaub-Thema. »Hab ich Marianne für heute versprochen. Aber du kannst auch gern kommen. Bring deine Mutter ruhig mit. Wir wollen doch schließlich nicht, dass sie bei dir verhungert, oder? Sebastian kannst du übrigens auch mitbringen.«

Paula vermutete, dass er damit vermeiden wollte, mit Marianne Renner allein sein zu müssen. Diese Andrea Eichenlaub brachte ihn und sein Liebesleben sichtlich durcheinander. Eigentlich sollte sie ihn hängen lassen, damit er die Situation mit Marianne Renner in Ruhe klären konnte. Andererseits verspürte sie aber nicht die geringste Lust, sich heute Abend noch an den Herd zu stellen und ihre Mutter zu bekochen.

»Fleeschknepp? Ist das so was wie Frikadellen?«

»In Brühe gegarte Fleischklöße. Du wirst begeistert sein.«

»Wie könnte ich dann Nein sagen. Wann?«

»Um acht?«

»Wir werden da sein.«

★★★

Kriminaloberrat Heribert Sonne erwartete sie schon. Obwohl er sein Fenster sperrangelweit aufgerissen hatte, stand die schwüle Hitze nach dem Regen sprichwörtlich im Zimmer.

»Lassen Sie die Tür auf, damit es ein bisschen durchzieht«, befahl er Keeser, als der mit Paula eingetreten war. »Diese Hitze bringt mich noch um«, sagte er, wie immer stark schwitzend. Mit einem großen Taschentuch wischte er sich den Schweiß ab.

Wohl eher dein Übergewicht, präzisierte Paula im Stillen.

Dreißig Kilo hatte er mindestens zu viel, eher vierzig.

»Nun, wo stehen wir?«, fragte Sonne.

»Im Dunkeln«, rutschte Paula heraus. Am liebsten hätte sie sich auf die Zunge abgebissen.

»Ich bin nicht zum Scherzen aufgelegt, Frau Stern«, maßregelte Sonne sie schlecht gelaunt. »Meine Mutter wartet seit über einer Stunde bei einer ihrer Canasta-Freundinnen, dass ich sie abhole. Sie ruft im Zehn-Minuten-Takt an, wo ich bleibe, das ist wirklich kein Vergnügen. Ich möchte das hier also so schnell wie möglich hinter mich bringen.«

Willkommen im Club. Paula konnte nicht sehr viel Mitleid für ihn aufbringen. Im Gegenteil, sie fand es sehr beruhigend, dass es noch mehr Menschen auf dieser Welt gab, die mit nervigen Müttern zu kämpfen hatten.

Wie zur Bestätigung seiner Worte klingelte das Telefon auf seinem Schreibtisch. Hab ich's nicht gesagt?, sollte sein leidvolles Mienenspiel wohl ausdrücken.

»Sonne«, blaffte er in den Apparat. »Ja, Mutter, ich weiß, dass du wartest. Das hab ich schon bei deinem ersten Anruf kapiert. Trink noch einen Likör mit deiner Freundin, macht noch ein Spielchen, und ich komme dann, sobald ich hier fertig bin.« Erschrocken nahm er den Hörer von seinem Ohr. Unverständliches Gekeife quoll daraus hervor und erfüllte den Raum.

»Dann nimm dir ein Taxi, wenn du nicht länger warten willst.« Er legte wütend auf und wischte sich erneut den Schweiß aus dem Gesicht. »Sie treibt mich noch in den Wahnsinn.«

Paula wusste, dass Sonne nicht verheiratet war und mit seiner Mutter zusammenlebte. Der knapp sechzigjährige Chef mehrerer Kriminalabteilungen stand noch unter ihrem Pantoffel.

Das Telefon klingelte erneut. Und er ging brav ran.

»Ja, Mutter, das Gespräch wurde unterbrochen, das habe ich auch gemerkt.« Er versuchte krampfhaft, nett zu ihr zu sein.

Paula musste schmunzeln.

Sonne drückte den Hörer kurz an seine gut genährte Brust, damit seine Mutter nicht hören konnte, wie er Paula drohte. »Wenn Sie lachen, suspendiere ich Sie auf der Stelle.« Zu seiner Mutter sagte er nur wenige Nuancen freundlicher: »Wenn du andauernd anrufst, werde ich nie mit meiner Arbeit fertig, und dann musst du noch länger warten. Mutter, ich lege jetzt auf.« Was er dann auch tat.

»Sie wird demnächst einundneunzig«, sagte er entschuldigend und atmete tief durch. »Sie ist bei bester Gesundheit, wahrscheinlich überlebt sie mich sogar. Wenn sie so weitermacht, auf jeden Fall.«

Das Telefon klingelte erneut, doch dieses Mal ignorierte er es. Keeser und Paula berichteten abwechselnd, was sie bisher in Erfahrung gebracht hatten. Die Tatsache, dass Benedikt Eichenlaub schwul gewesen war, schien Sonne weder zu erstaunen noch zu schockieren.

Schritte kamen den Gang entlang und stoppten vor seiner offenen Bürotür.

»Klopf, klopf«, sagte Polizeiobermeister Becker in Ermangelung einer Tür.

»Kommen Sie rein, Becker.« Sonne winkte ihn heran.

Das Telefon begann wieder zu klingeln. Sonne beachtete es nicht und forderte Becker zu seinem Rapport auf.

Der sah unverwandt auf den klingelnden Apparat und begann stockend zu erzählen. »Also, der Besuch in demme Yachtglubb hat nit viel gebrocht. Mir hänn zig Leid befroocht, awwer mit denne Eichelaubs hot eichendlich kääner was zum due g'hatt.« Er stockte und fragte Sonne sichtlich verstört: »Wolle Se nit mool ans Delefon gehe?«

Sonne zog wortlos die oberste Schreibtischschublade auf, verfrachtete das Telefon hinein und schob sie wieder zu.

Becker sah die beiden Kommissare prüfend an, wie die wohl auf diese seltsame Aktion reagierten. Die zuckten jedoch mit keiner Wimper, ganz so, als wäre es völlig normal, ein klingelndes Telefon in eine Schublade zu stecken. Becker verstand die Welt nicht mehr.

»Auf Deutsch, bitte, Becker«, forderte Sonne leicht genervt.

Soweit Paula wusste, kam er ursprünglich aus Hannover, wo man angeblich das reinste Hochdeutsch sprach. Anscheinend war Beckers Pfälzisch für ihn eine ebenso exotische Fremdsprache wie für sie selbst.

Hans Becker sah unglücklich drein, denn er tat sich mit Hochdeutsch sehr schwer.

Keeser hatte Mitleid mit ihm und übersetzte für die Zugereisten im Raum: »Beckers Befragung im Yachtclub war ergebnislos, da die Eichenlaubs anscheinend mit niemandem näheren Kontakt gepflegt haben.«

Becker lächelte ihn dankbar an.

»Und er wollte wissen, ob Sie nicht ans Telefon gehen möchten, Chef«, fügte er noch der Vollständigkeit halber schmunzelnd hinzu.

Sonne winkte unwirsch ab. »Das mit dem Telefon hab ich auch verstanden.« Das verhielt sich im Moment übrigens still.

»Ist doch komisch: Benedikt Eichenlaub mischte überall mit, und trotzdem hatten er und seine Frau kaum Kontakte. Bisher haben wir keine Freunde auftreiben können«, wunderte sich Paula.

»So komisch finde ich das gar nicht«, hielt Keeser dagegen.

»Wenn du neben deinem Job noch ständig auf Empfängen und in diversen Sitzungen erscheinen musst, wenn du dauernd im Rampenlicht stehst und immerzu von Menschen umgeben bist, willst du doch auch mal deine Ruhe haben, oder? Außerdem musste er alles tun, um seine wahre Neigung zu verheimlichen, und das geht am besten, wenn man niemanden an sich heranlässt.«

»Wahre Neichung?« Becker verstand kein Wort.

»Eichenlaub liebte Männer«, setzte Keeser ihn ins Bild.

»Oh!« Becker schluckte. »Der Pflasterschdee ... ähm, Pflasterstein, mit dem das Fenschter von der Frau Eichenlaub eing'schmisse ... eingeworfen worden ist, befindet sich in der Gerichtsmedizin. Weeche evendueller DNS, die da drauf sein könnte. Die Herkunft des Steines ist geklärt«, informierte er, mühsam seinen Dialekt vermeidend. Allerdings rutschte er gleich darauf wieder in seine Alltagssprache ab. »Am End vum Grundschdick liecht en ganzer Haufe davun, do wird graad en neier Weech aagelecht.«

Paula hatte ihn diesmal auch ohne Übersetzung verstanden.

»Was hat die Befragung der Nachbarschaft ergeben?«, erkundigte sich Keeser. »Hat irgendwer etwas beobachtet? Einen Fremden vielleicht, der auf der Straße herumgelungert hat? Oder jemanden, der über die Mauer des Anwesens geklettert ist?«

Becker schüttelte bedauernd den Kopf. »Kääner hot ebbes g'sähne.«

Paula holte die zusammengefaltete Liste der Reifenhersteller aus ihrer Jacke und strich sie glatt, bevor sie sie ihrem Chef präsentierte.

»Das sind alle Firmen, die in letzter Zeit recht vehement versucht haben, Eichenlaubs Geschäft aufzukaufen. Vielleicht sollten wir die mal überprüfen.«

»Sie meinen, Eichenlaubs Ermordung war so was wie ein Sabotageakt, um eine Übernahme zu bewirken?«

Paula musste zugeben, dass es etwas weit hergeholt klang.

»Na gut, ich setze die Kollegen vor Ort ein. Und Interpol soll bei denen im Ausland auf den Busch klopfen«, sagte Sonne.

Also nichts mit einem Trip nach Norwegen, dachte Paula enttäuscht.

Sonnes Telefon schlug wieder an.

Er seufzte entnervt, stand auf und erklärte die Besprechung für beendet.

Die drei Beamten verabschiedeten sich und verließen sein Büro. Er nahm sein Jackett vom Kleiderständer und folgte ihnen nach draußen, ohne das Telefon aus der Schublade zu befreien.

✱✱✱

Sie standen unschlüssig im Treppenhaus.

»Ist spät geworden«, stellte Keeser nach einem Blick auf seine Uhr missgelaunt fest.

»Geh du nur heim und koch was Feines für uns, ich übernehme den Bericht«, bot Paula großzügig an.

Keeser musterte sie argwöhnisch. »Was ist denn mit dir los? So arbeitsgeil kenne ich dich ja gar nicht.« Dann schien er zu verstehen. »Du willst bloß nicht nach Hause.«

»Bingo! Ich will einfach ein bisschen meine Ruhe haben vor nervenden Kollegen im Allgemeinen und Müttern im ganz Besonderen. Wir sehen uns dann ja noch bei dir. Gönn mir diese kleine Auszeit.«

»Wenn du Berichte schreiben als kleine Auszeit betrachtest, dann kannst du das ab sofort gern öfter haben. Bekommst dafür zur Belohnung 'nen Fleeschknepp mehr.«

Paula wartete, bis sie die Eingangstür ins Schloss fallen hörte, dann wählte sie Beckers Nummer.

»Sind Sie noch in der Nähe?«, fragte sie ihn, als er sich meldete.

»Hajo, uffm Hof, bin awwer schunn fast wech. Warum?« Er hatte Dienstschluss, und das sollte seiner Meinung nach auch so bleiben.

»Könnten Sie kurz warten? Ich komm schnell raus und gebe Ihnen was fürs Labor mit.« Sie legte auf, sprintete den Gang entlang, durch die schwere Tür und auf den Parkplatz.

Becker stand neben seinem Privatwagen, fluchtbereit. Schlecht gelaunt betrachtete er das Tütchen, das Paula ihm in die Hand drückte.

»Das muss dringend ins Labor«, erklärte sie atemlos.

»Heid noch?«

»Nein, morgen früh reicht auch«, beruhigte sie ihn und sah, wie er sich augenblicklich entspannte.

»Alla gut, werd morche frieh gleich erleddicht«, versprach Becker und stieg ins Auto.

Als Paula ihr Büro betrat, sah sie etwas auf ihrem Schreibtisch liegen, das beim letzten Mal noch nicht dort gelegen hatte: einen Stapel Computerausdrucke. Beim näheren Hinsehen erkannte sie die Auflistung der Telefondaten vom Festnetz der Eichenlaubs. Bader musste ihr das hingelegt haben, bevor er Feierabend gemacht hatte.

Sie ging die verschiedenen Anrufe sorgfältig durch, die eingegangenen ebenso wie die ausgegangenen. Da stand es schwarz auf weiß: Andrea hatte die Wahrheit gesagt. Bader hatte die Namen der Kliniken und Polizeistellen hinter die Nummern geschrieben, die sie in dieser Nacht angerufen hatte. Dann war sie wohl tatsächlich ahnungslos und über den Verbleib ihres Mannes beunruhigt gewesen. Das sprach für ihre Glaubwürdigkeit. Wenn Paula ehrlich war, gefiel ihr diese Erkenntnis nicht sonderlich.

Sie ging die Liste erneut durch, suchte nach dem eingegangenen Anruf, den Eichenlaub angeblich um kurz vor vier Uhr morgens vom Telefon des Immobilienmaklers getätigt hatte. Da war nichts, kein Eintrag. Es stimmte also, dass Eichenlaub seine

Frau nicht angerufen hatte. Verflucht, was hat das zu bedeuten?, fragte sich Paula. Sie starrte ungläubig auf den Ausdruck, doch die Tatsachen änderten sich nicht. Hatte Eichenlaub am Ende vielleicht doch nur so getan, als würde er mit seiner Frau telefonieren, um sich problemlos davonstehlen zu können? Paulas Gedanken drehten sich im Kreis. Sie würden morgen auf jeden Fall noch einmal zu Moor gehen und ihn detailliert zu diesem ominösen Anruf befragen müssen. Und allerletzten Aufschluss würde letztendlich die Datenauswertung seines Festnetztelefons ergeben.

Sie zwang sich, die Liste beiseitezulegen und mit dem Bericht zu beginnen. Oft kam die Erkenntnis, wenn man sich mit etwas ganz anderem beschäftigte.

***

Jetzt eine Runde Motorrad fahren, dachte Paula sehnsüchtig, als sie ziemlich genau eine Stunde später ihren Bericht ausdrucken und den Computer herunterfahren ließ. Einfach den Helm aufsetzen, auf die Maschine klettern und alles hinter sich lassen – den Fall, die Arbeit, ihren morgigen Geburtstag, den sie am liebsten ausfallen lassen würde, was dank ihrer treu sorgenden Mutter nicht möglich war, und natürlich ebendiese Mutter, die in ihrer Wohnung saß und bestimmt schon ungeduldig auf sie wartete.

»Scheiße«, schimpfte Paula laut und schaltete die Schreibtischlampe aus.

Morgen noch, morgen muss ich noch irgendwie überstehen, dann gehören meine Wohnung und mein Leben hoffentlich wieder mir ganz allein. Na ja, nicht ganz allein, dachte sie. Ein bisschen Sebastian wollte sie natürlich auch haben. Wenn sie ehrlich war, noch viel mehr als bisher. Ihre Laune besserte sich augenblicklich, der bloße Gedanke an ihn machte alles gleich erträglicher.

Ein Blick auf die Uhr beendete ihre Tagträume jedoch jäh. Sie musste los, ihre Mutter einpacken und mit ihr zu Kollege Keeser fahren, um – wie hießen die Dinger noch? Fleeschknepp? –, um diese selbst gekochten Klößchen mit Meerrettichsoße zu essen. Sie hätte sich viel lieber mit einer Fertigpizza und Sebastian auf ihr Sofa gelümmelt. Unzufrieden betrachtete sie die Liste mit den Eichenlaub'schen Telefondaten. Die erhoffte Erkenntnis war bisher ausgeblieben. Wenig motiviert raffte sie sich aus ihrem Bürostuhl hoch und verließ das Dezernat.

***

Schon im Treppenhaus duftete es nach frisch gebackenem Kuchen. Ein Schwall Liebe durchflutete Paula, als sie an ihre Mutter dachte, die diesen köstlichen Duft verursacht hatte und die sich so viel Mühe für ihren Geburtstag gab, den sie selbst kein bisschen wichtig nahm.

Bevor sie jedoch in den Backhimmel hinaufstieg, klingelte sie bei Sebastian.

»He, Süße. Bist du etwa auf der Flucht?«

Sie schmiegte sich gierig an ihn. Was, wenn sie einfach hierbleiben würde? Ihre Mutter Mutter und Keesers Fleischklöße Fleischklöße sein ließe? Eine wirklich verlockende Idee.

Vor ihrem geistigen Auge sah sie ihre verzweifelte Mutter eine Vermisstenanzeige aufgeben und den ganzen Polizeiapparat Landaus in Bewegung setzen. Schlussbild war, wie das bis an die Zähne bewaffnete SEK oder die GSG 9 Sebastians Wohnung stürmte. Schweren Herzens entschied sie sich gegen diese Aktion.

»Mein Kollege kocht heute Abend für uns. Ich soll dich mitbringen.«

»Heute?« Sebastian hätte gern zugesagt, aber er dachte an die Arbeit, die sich auf seinem Schreibtisch stapelte. »Geht leider nicht, ich muss noch zwei Arbeiten korrigieren, und mit den Vorbereitungen für die Projekttage hinke ich auch hinterher. Tut mir schrecklich leid, meine Süße«, fügte er hinzu, als er Paulas enttäuschtes Gesicht sah.

»Kannst du das nicht morgen …?«

»Wenn ich das heute nicht erledige, muss ich es morgen machen, und da hat meine süße Freundin Geburtstag.« Er gab ihr einen Kuss. »Und da will ich Zeit für sie haben, das verstehst du doch?«

»Also dann morgen? Versprochen?«

»Versprochen.« Er schnüffelte prüfend ins Treppenhaus hinaus. »Es riecht nach bergeweise Kuchen, den werde ich mir doch nicht entgehen lassen.«

Nach einem Kuss ... und noch einem ... und noch einem riss sich Paula endgültig von ihm los und ging nach oben.

Als sie den Schlüssel ins Schloss steckte, setzte infernalisches Hundegebell hinter ihrer Wohnungstür ein.

Paula schreckte zurück. Die Bude ist doch hoffentlich nicht schon wieder voll mit Gästen?, dachte sie. Vorsichtig öffnete sie die Tür und wurde ungestüm von Othello begrüßt.

»Ach, Paula, schön, dass du endlich da bist.« Ihre Mutter kam freudestrahlend und ordentlich in eine rot-weiß karierte Schürze verpackt aus der Küche herbeigeeilt und nahm sie überschwänglich in den Arm.

Woher hatte sie bloß diese Schürze? Paula konnte sich nicht erinnern, jemals eine Küchenschürze besessen zu haben. Hatte sie die etwa mitgebracht?

Sie warf einen prüfenden Blick ins Wohnzimmer, das zu ihrer angenehmen Überraschung leer war. Frau Seidel musste in der Küche sitzen, aus der ihre Mutter gerade gekommen war. Doch auch da war niemand.

»Ist Frau Seidel nicht hier?«, erkundigte sich Paula verwundert.

»Ach, das war vielleicht eine Geschichte. Aber komm doch zu mir in die Küche, dann kann ich die Torte fertig machen und es dir dabei erzählen.« Ihre Mutter ging, ohne auf eine Antwort zu warten, voran.

Paula schwante nichts Gutes.

Die Luft in der Küche war zitronig. Paula sah einige ausgepresste Zitronenhälften auf der Arbeitsplatte liegen, und ihre Mutter war gerade damit beschäftigt, eine halb gefüllte Torte mit einer Flüssigkeit zu bepinseln.

»Zitronensirup«, erklärte sie ihrer prüfend dreinschauenden Tochter, während sie die Reste des Sirups auf der Torte verteilte. »Ich dachte, weil es die letzten Tage so sommerlich warm war, würde eine frische Zitronentorte gut passen. Was meinst du?«

»Riecht toll«, bestätigte Paula und holte sich mit dem Finger weiße Creme aus der danebenstehenden Rührschüssel.

»Joghurt-Sahne«, verkündete ihre Mutter stolz. »Dadurch sind es nicht ganz so viele Kalorien.«

Als ob Paula jemals Kalorien gestört hätten.

Ihre Mutter ergriff die Rührschüssel und verteilte den gesamten Inhalt auf der Oberfläche der Torte. Zum Schluss rieb sie mit der Küchenreibe frische Zitronenschale über die dicke Sahneschicht. »Fertig«, frohlockte sie, sichtlich zufrieden mit dem Ergebnis. »Dein Geburtstag kann kommen.«

»Du bist ein Schatz.« Paula schmatzte ihr einen Kuss auf die Wange. Auf dem Kühlschrank entdeckte sie einen weiteren Kuchen. »Und was ist das für einer?«

»Marmorkuchen, den kannst du deinen Kollegen mitnehmen. Dein Vater hat auch immer Kuchen mit zum Dienst genommen, wenn er Geburtstag hatte.«

»Marmorkuchen?« Ihre Mutter hatte, soweit Paula sich erinnern konnte, niemals einen ordinären Marmorkuchen gebacken.

»Ein ganz besonderer Marmorkuchen: mit Cappuccino, echt lecker«, schwärmte sie von ihrer neuen Kreation.

Paula hatte Hunger, am liebsten hätte sie gleich ein Stück davon probiert. Aber das hätte erstens ihre Mutter nicht erlaubt, der Kuchen war schließlich für die Kollegen gedacht, und zweitens musste sie ja demnächst zum Fleischklöße-Essen.

»Du hättest dir wirklich nicht so viel Arbeit machen müssen«, tadelte sie ihre Mutter halbherzig, denn ohne sie gäbe es morgen gar keinen Geburtstagskuchen. »Was ist das für eine Geschichte, die du mir erzählen wolltest?«

»Geschichte? Ach, die Sache mit Frau Seidel.«

»Sache« hörte sich für Paula schon mal nicht gut an.

»Stell dir vor, die arme Frau ist heute Nachmittag die Treppe hinuntergestürzt. Oberschenkelhalsbruch. Der Rettungswagen war da und hat sie sofort in die Klinik gebracht. Sie war ganz aufgelöst wegen Othello. Ich habe ihr natürlich sofort gesagt, dass sie sich da keinerlei Sorgen machen muss, weil wir uns selbstverständlich um den Kleinen kümmern werden.«

Wir? Morgen oder übermorgen würde ihre Mutter wieder daheim in Würzburg sein, und dann musste Paula ganz allein den Hund versorgen.

»Wie soll denn das funktionieren? Ich bin doch den ganzen Tag weg, im Dienst.« Ihre Stimme hatte einen Anflug von Verzweiflung. »Ich kann mich nicht um einen Hund kümmern.«

»Reg dich doch nicht gleich auf, noch bin ich ja da, solange kann ich regelmäßig mit ihm rausgehen«, verteidigte ihre Mutter ihre gut gemeinte Tat. »Und wenn ich wieder weg bin, wirst du schon eine Lösung finden.« Sie begann, die Arbeitsplatte zu reinigen.

»Ein Oberschenkelhalsbruch? Das dauert doch ewig, bis der heilt.« Paula rechnete mit acht oder neun Wochen. Acht oder neun Wochen, in denen sie sich um Othello kümmern musste.

Der vierbeinige Grund ihrer Verzweiflung stand schwanzwedelnd vor ihr und sah sie aus braunen Knopfaugen an, als hätte er jedes ihrer Worte verstanden und wartete nun auf eine Antwort.

Ihren geplanten Motorradurlaub im Südschwarzwald konnte sie also abschreiben. Ausschlafen an freien Tagen natürlich auch. Ab heute würde sie nachts noch mal kurz um den Block laufen müssen. Egal, wie müde und erschlagen sie war.

Sie atmete tief durch und versuchte, ruhig zu bleiben. Das hatte sie alles schon mal gehabt, und sosehr sie damals ihren Astor auch geliebt und sosehr sie sein Tod auch geschmerzt hatte: Es war trotzdem auch eine Erleichterung gewesen, von diesen täglichen Pflichten befreit zu sein.

Acht oder neun Wochen.

Sie sah zu Othello hinunter, der sie mit weit nach hinten gezogenen Lefzen anzulächeln schien.

Irgendwie werden die schon vorbeigehen, vielleicht kann ja Sebastian gelegentlich einspringen, dachte Paula. Er hat schließlich nur an drei Tagen Nachmittagsunterricht.

»Hallo, Untermieter«, sagte sie endlich schicksalsergeben zu dem Hund, der sie sofort freundlich anwedelte. »Was meinst du, schaffen wir das?«

»Wuff«, machte Othello und strahlte tiefste Zuversicht aus.

»Dein Wuff in Gottes Ohr«, sagte Paula und verließ lachend die Küche, um sich umziehen zu gehen. Über die Schulter rief sie zurück: »Wir müssen in zwanzig Minuten bei meinem Kollegen sein, er hat uns zum Abendessen eingeladen.«

»Das ist aber nett. Ich mache hier nur schnell ein bisschen Ordnung, dann bin ich schon fertig.« Ihre Mutter schob die Torte in den Kühlschrank, der aufgrund der halbherzigen Haushaltsführung ihrer Tochter angenehm viel Platz bot.

Im Arbeitszimmer schloss Paula die Waffe und die Munition weg und angelte sich eine frische Bluse und Unterwäsche aus dem Schlafzimmerschrank. Auf dem Weg durch das Wohnzimmer ins Bad stutzte sie.

Ihr Blick fiel auf eine dunkelblaue Glasschale, die mitten auf dem Wohnzimmertisch stand. Eine Schale, die ihr zwar wohlbekannt war, die aber heute Morgen noch nicht dort gestanden hatte. Eine Schale, die heute Morgen noch sorgsam in Zeitungspapier gewickelt in den Tiefen einer der Umzugskisten geruht hatte ... und die dort hätte weiterruhen sollen. Jetzt erkannte sie auch, dass alle diese Kisten verschwunden waren. Nicht direkt verschwunden, sie standen leer geräumt und zusammengelegt hinter der Wohnzimmertür.

Paulas Magen krampfte sich zusammen.

»Na, was sagst du?« Ihre Mutter war neben sie getreten und sah sie erwartungsvoll an. »Sieht doch ohne die ganzen Kisten gleich viel wohnlicher aus.« Sie strich über ihren rot-weiß verpackten Bauch. »Die Schürze hab ich übrigens auch in einem der Kartons gefunden, noch originalverpackt. Hab ich dir die nicht mal geschenkt?«

»Ich hatte dich doch ausdrücklich gebeten, deine Finger von den Umzugskartons zu lassen«, zischte Paula, schwer bemüht, nicht auszuflippen.

»Schon, aber ich hatte so viel Zeit. Da dachte ich, ich mache dir eine Freude. Wie sieht das denn aus mit diesen Kisten überall?«

»Das hat bisher noch niemanden gestört.«

»Doch, mich«, sagte ihre Mutter fröhlich. »Und sieh doch, diese wunderschöne Schale, die ist doch viel zu schade, um in irgendwelchen dunklen Kartons zu stecken.«

Diese Schale, eine sehr teure Schale, wie sich Paula erinnerte, hatte sie zusammen mit Leonardo auf der Insel Murano gekauft, damals, als sie noch ein glückliches Paar gewesen waren. Jetzt weckte sie nur noch traurige Erinnerungen an diese unbeschwerte Zeit in Paula. Und sie erinnerte sie an die unschöne Trennung vor nicht ganz zwei Jahren und an die schreckliche Zeit danach, als Leo nicht aufhörte, sie zu bedrängen. Er hatte sie regelrecht gestalkt.

Seinetwegen war sie von München weggegangen. Seinetwegen hockte sie jetzt hier in der Pfalz. Sie hatte ihn abschütteln wollen, aber er war ihr bis nach Landau gefolgt. Sie mochte seitdem keine roten Rosen mehr, denn er hatte ihr Rosen vor die Tür und auf den Balkon gelegt. Und manchmal, wenn sie im Dunkeln die Augen schloss, glaubte sie noch immer, sein Aftershave zu riechen, so wie sie es im Treppenhaus gerochen hatte, wenn er dort herumgeschlichen war. Allein der Gedanke daran verursachte bei ihr regelmäßig Gänsehaut.

Auch jetzt.

Diese Schale hatte also absichtlich ganz tief in einer dunklen Umzugskiste gesteckt. Und nun stand sie vor ihren Augen, ausgepackt von ihrer Mutter.

»Ich wollte diese Schale aber nie wieder sehen«, sagte sie leise.

»Es ist doch eine wunderschöne Schale.«

»Sie ist aber auch eine unangenehme Erinnerung an Leonardo.«

»Ach was, das ist doch nur ein Stück blaues Glas und völlig unschuldig. Übrigens, müssen wir nicht los?«

Paula machte einen Schritt auf den Wohnzimmertisch zu, ergriff die schwere Schale mit einer Hand, hob sie hoch über ihren Kopf und ließ sie dann fallen. Mit einem lauten Krachen zerbarst das dicke blaue Glas auf dem Parkett, die scharfkantigen Einzelteile spritzten durch das ganze Wohnzimmer. Der Pudel flüchtete mit flatternden Ohren in die Küche.

»Paula!«, rief ihre Mutter entsetzt. »Bist du verrückt geworden? Wie kannst du nur? Die schöne Schale!«

Paula durchströmte ein wunderbares Gefühl der Befreiung und Erleichterung.

»Sie ist mir wohl aus der Hand gerutscht«, sagte sie ruhig und setzte ihren Weg ins Badezimmer fort.

»Von wegen ›aus der Hand gerutscht‹ – das war doch Absicht!« Ihre Mutter stand fassungslos vor den Splittern.

»So könnte man es auch nennen. Lass alles liegen, ich räume später auf.« Sie schloss die Badezimmertür hinter sich und lehnte sich mit geschlossenen Augen von innen dagegen. Was für eine beschissene Aktion, schalt sie sich selbst, sie hätte sich nicht dermaßen gehen lassen dürfen.

Langsam zog sie sich aus und stieg in die Duschkabine. Als das Wasser auf sie einprasselte und sie sich mit Duschgel einschäumte, musste sie lächeln. Je länger sie darüber nachdachte, desto vernünftiger fand sie ihre Tat: Das Zerschlagen dieser Schale war wie das Ziehen eines Schlussstriches. Sie würde später die Scherben zusammenkehren und in den Müll werfen – und mit ihnen den letzten Rest Erinnerung an Leonardo.

Sie trocknete sich schnell ab und schlüpfte in die frischen Sachen. Eigentlich musste sie ihrer Mutter sogar dankbar sein. Allerdings würden sie durch diese Aktion zu spät zu Keeser kommen.

***

Als sie wenig später aus dem Bad kam, lagen die Scherben unberührt auf dem Parkett. Endlich einmal hatte ihre Erzeugerin auf sie gehört.

»Mutsch, bist du fertig?« Sie suchte ihre Mutter in der ganzen Wohnung. In der Küche entdeckte sie den noch immer recht eingeschüchterten Othello unter einem Stuhl und klemmte ihn sich unter den Arm. »Wo hat sie sich denn versteckt?«, fragte sie ihren neuen Mitbewohner, der sich eng an sie kuschelte.

Sie fand sie schließlich auf dem Balkon.

Als sie Paula bemerkte, schnäuzte sie sich in ein Taschentuch und drehte sich mit traurigem Blick zu ihr um.

Paula bekam schlagartig ein schlechtes Gewissen.

»Tut mir leid, Mutsch. Ich hätte nicht so extrem reagieren dürfen. Bitte verzeih mir.« Sie nahm ihre Mutter fest in ihren noch freien Arm.

»Nein, nein, ich muss mich bei dir entschuldigen«, schniefte sie in ihr Ohr. »Ich hätte mich nicht so in alles einmischen dürfen. Ich bin hier einfach in dein Leben reingeplatzt, halte dir Vorträge, wie du zu leben hast, lade Leute ein und nehme sogar fremde Hunde in Pflege, ohne dich zu fragen. Und zu guter Letzt wühle ich in deinen Umzugskisten und somit in deinen ganz privaten Dingen herum. Ich fühle mich ganz fürchterlich deswegen, ehrlich.« Sie drehte sich wieder weg.

»Lass uns essen gehen«, sagte Paula sanft. »Sonst bekommen wir noch Ärger mit meinem Kollegen, der hasst nämlich unpünktliche Menschen.«

Ihre Mutter schüttelte vehement den Kopf. »Ich bleibe lieber hier und mache die Scherben weg. Nicht auszudenken, wenn sich der Hund daran verletzt. Und dann verschwinde ich nach Hause und nerve deinen Vater.«

»Der ist doch noch gar nicht zurück«, sagte Paula grinsend. »Außerdem kannst du mich doch an meinem Geburtstag nicht allein lassen. Kommt gar nicht in die Dutt.«

Ihre Mutter sah sie aus verheulten Augen fragend an. »In die Dutt? Was soll denn das sein?«

»In die Tüte. Ja, ich spreche schon fast fließend Pfälzisch«, sagte Paula und ging lachend zurück in die Wohnung, vorsichtig darauf bedacht, nicht auf Scherben zu steigen.

Ihre Mutter folgte ihr widerstrebend.

★★★

Zehn Minuten nach der vereinbarten Uhrzeit klingelte Paula bei Keeser. Der empfing sie mit bester Laune.

»Pünktlich wie die Maurer.«

Paula schloss daraus, dass Maurer wohl immer zu spät kamen.

Keesers Blick fiel auf den vierbeinigen Gast, der neben Paula hertrippelte. »Oh, Sebastian hat sich aber sehr verändert, seit ich ihn das letzte Mal gesehen habe.«

»Darf ich vorstellen: Othello, Pflegehund.«

Keeser beugte sich zu dem Pudel in die Tiefe und kraulte ihm den lockigen Kopf. »Sei gegrüßt, Flohschleuder.«

»Sebastian hat für heute Abend schon was Besseres vor, er dankt für die Einladung und lässt dich grüßen.«

»Was Besseres als meine Fleeschknepp?«

»Arbeiten korrigieren.«

»Jedem das Seine«, sagte Keeser und führte die Neuankömmlinge in die Küche, wo der Tisch perfekt gedeckt auf sie wartete. Es roch nach Meerrettich. Nach viel Meerrettich. Aber da war noch ein anderer Geruch, den Paula nicht einordnen konnte.

Marianne Renner erhob sich von ihrem Stuhl und stellte ihr Weinglas beiseite. Sie trug ausgewaschene Jeans und ein schlichtes T-Shirt, was Paula noch nie an ihr gesehen hatte. Sie musste zugeben, dass sie darin mindestens genauso toll aussah wie in ihren eleganten Arbeitskostümen.

»Das ist Herr Othello«, stellte Keeser zuerst den Hund vor, da der sich voller Begeisterung auf Marianne stürzte und sie begrüßte, als würde er sie schon ewig kennen.

Was er auch tatsächlich tat. »He, Othello, wie geht es meinem alten Kumpel? Wir kennen uns vom Joggen«, klärte sie das Rätsel auf. »Wo ist denn dein Frauchen abgeblieben?«, fragte sie den Hund, während sie ihn streichelte.

»Im Krankenhaus, Oberschenkelhalsbruch«, berichtete Paula kurz.

»Und wie kommst du an diese nette Kriminalkommissarin?« An Paula gewandt sagte sie augenzwinkernd: »Sagen Sie jetzt nicht, Sie mussten ihn verhaften, weil er etwas mit dem Unfall seines Frauchens zu tun hat.«

Paula lachte. »Nein, er ist unschuldig, behauptet er jedenfalls. Wir wohnen im selben Haus, und da ist Othello irgendwie an mir hängen geblieben.«

»Da wir jetzt ausgiebig über den Hund geredet haben, gehen wir zu den ihn begleitenden Menschen über: Das ist Juliane Stern«, stellte Keeser ihr auch noch Paulas Mutter vor. »Juliane, darf ich dich mit meiner Freundin und ganz persönlichen Staatsanwältin Marianne Renner bekannt machen?«

»Ist was passiert?«, fragte er Paula flüsternd, während sich die beiden Frauen begrüßten. Ihm waren die verweinten Augen ihrer Mutter nicht entgangen.

»Nichts Ernstes, nur eine Sache zwischen Mutter und Tochter. Ist aber alles wieder gut.« Bei ihm und Marianne anscheinend auch, stellte Paula erleichtert fest. Wäre sie sonst hier? Wäre er sonst nicht bei Andrea?

Andererseits hatte sie noch immer den Verdacht, dass er sie und ihre Mutter nur zu diesem Essen eingeladen hatte, um nicht mit Marianne Renner allein sein zu müssen.

Sie beobachtete, wie Keeser die restlichen Gläser füllte. Als er mit ihnen anstieß, sah er seiner Freundin tief in die grünen Augen. Da war nicht mehr dieses Ausweichen von heute Morgen. Er musste sich also für sie entschieden haben. Halleluja!, dachte Paula dankbar.

»So, die Damen, ich hoffe, ihr habt anständig Hunger mitgebracht.« Er begab sich zum Herd und nahm die Deckel von den Töpfen. »Mir ist zu Ohren gekommen, dass meine Kollegin die Meerrettichsoße gern richtig scharf mag. Das hier wird ihr mit Sicherheit die Tränen in die Augen treiben.«

Er warf einen vorsichtigen Blick zu Paulas Mutter hin, die seine Äußerung aber nicht auf sich bezog.

»Bevor ihr diese Leckerei vorgesetzt bekommt, habe ich noch etwas ganz Besonderes für euch: eine Metzelsupp à la Keeser.« Er hob den nächsten Deckel, und Paula bekam eine volle Dosis des Geruchs ab, den sie vorhin nicht einzuordnen vermocht hatte. Es war der Geruch nach Schlachthaus und warmem Blut.

Ihr Magen hob sich kurz, aber sie unterdrückte den Drang, sich angewidert abzuwenden. Von ihrem Vater wusste sie, dass er diese Art Suppe, in Franken Kesselsuppe genannt, liebte. Besonders appetitanregend war der Anblick der schmutzig braungrauen, dampfenden Brühe mit den darin umherschwimmenden Bestandteilen von teilweise geplatzten Blut- und Leberwürsten nicht für sie. Obenauf schwamm tatsächlich ein Schweinefuß. Diesen Teil des Essens hätte Paula gern übersprungen.

Doch Keeser schöpfte schon die Suppe in vorgewärmte Teller. Aus einer Pfanne löffelte er angeröstete Zwiebeln und Schwarzbrotwürfel und platzierte sie in der Mitte. Nachdem er noch frisch gehackte Petersilie darübergestreut hatte, stellte er die Teller auf den schön gedeckten Küchentisch.

»Es ist angerichtet, meine Lieben, lasst es euch schmecken!« Die Frauen nahmen Platz. Marianne betrachtete die Suppe ebenso skeptisch wie Paula, sagte aber nichts.

»Das riecht ja herrlich«, schwärmte Paulas Mutter. »Ist hier in der Nähe ein Schlachtfest?«

»Kein Schlachtfest«, sagte Keeser und öffnete eine weitere Flasche Riesling. »Metzelsupp mache ich mir manchmal selbst, weil ich sie so gern esse«, erklärte er und füllte erneut die Gläser.

»Aber die kann man doch nicht selbst machen«, wunderte sich Paulas Mutter. »Es müssen doch erst bergeweise Würste und Fleisch darin abgekocht werden.« Vorsichtig probierte sie einen Löffel von der heißen Brühe. »Hm, sieht aus wie Kesselsuppe und schmeckt wie Kesselsuppe«, stellte sie überrascht fest. »Das Rezept müssen Sie mir unbedingt verraten, lieber Bernd.«

Keeser strahlte. »Aber natürlich, liebe Juliane. Du darfst übrigens gern weiter Du zu mir sagen.«

Paula musste zugeben, dass die Suppe besser schmeckte, als sie aussah. Zu ihrem Lieblingsgericht würde sie allerdings nicht werden. Sie war froh, als Keeser die leeren Suppenteller abräumte und sich dem nächsten Gang widmete.

Aus einem weiteren Topf kippte er Salzkartoffeln in ein Sieb, das schon im Spülbecken bereitstand, füllte sie in eine antik aussehende Porzellanschüssel um und platzierte diese auf dem Tisch. Er holte warm gestellte Teller aus dem Backofen, fischte mit einem Schaumlöffel die Fleischklöße aus der Brühe und teilte jedem Teller vier davon zu. Dann übergoss er sie großzügig mit der weißen Meerrettichsoße und verteilte die Teller an seine Gäste.

»Bei uns gibt es gekochtes Rindfleisch zu Meerrettich. Diese Klößchen sind etwas ganz Neues für mich.« Paulas Mutter sezierte das erste Klößchen. »Wie heißt dieses Gericht bei euch?«

»Fleeschknepp«, sagte Keeser und lieferte gleich noch die genaue Erklärung: »Fleischklößchen. Sie werden aus Hackfleisch gemacht und dann in Brühe gekocht.«

»Hmm«, war alles, was Paulas Mutter nach dem ersten Bissen dazu sagte.

»Wirklich lecker«, bestätigte Paula. Der Meerrettich stieg ihr heftig in die Nase und trieb ihr, wie versprochen, die Tränen in die Augen. Und er ließ den Nachgeschmack der Metzelsuppe augenblicklich verschwinden.

»Wie lange sind Sie schon bei uns in der Pfalz?«, erkundigte sich Marianne Renner.

»Bald ein Jahr.« Paulas Stimme klang nasal.

»Scharf genug, Kollegin?«, fragte Keeser grinsend. »Oder soll ich dir noch ein bisschen frischen Meerrettich drüberreiben?«

»Lass mal gut sein, es ist völlig in Ordnung so.«

»Und Sie haben bisher noch nie Fleeschknepp gegessen?«, fragte Marianne Renner sichtlich verwundert.

»Nein, das ist mein erstes Mal«, bestätigte Paula. »Aber ganz sicher nicht das letzte.«

Sie sprachen über dies und das, stets bemüht, vor Paulas Mutter nicht auf den Fall Eichenlaub zu sprechen zu kommen.

Nach dem Essen wollte Keeser die Frauen in den Garten schicken, um schnell das Geschirr in die Spülmaschine zu stellen und Kaffee zu kochen. Paula blieb jedoch unter dem Vorwand, ihm helfen zu wollen, bei ihm.

»Du scheinst dich entschieden zu haben«, sagte sie ohne Umschweife und sichtlich erleichtert.

»Was meinst du?«

»Marianne ist hier mit uns zusammen, und daraus schließe

ich, dass du dich für sie und somit gegen Andrea Eichenlaub entschieden hast.«

Er sah sie ernst an. »Weißt du, dass du mir tierisch auf die Nerven gegangen bist? Mit diesem ewigen Gemecker, für mich würde es nur noch Andrea, Andrea und noch mal Andrea geben?«

»Ja, das weiß ich, das hast du mir ja stets unmissverständlich zu vermitteln versucht.« Auch sie sah ihn ernst an, grinste dann aber süffisant. »Ich wollte dir ja auch auf die Nerven gehen, damit du endlich vernünftig wirst und nicht eine Riesendummheit machst.«

»Anfangs dachte ich, du spinnst.« Er stellte die Teller zusammen und trug sie zur Arbeitsplatte, wo er sie mit einer gebrauchten Serviette abwischte, bevor er sie in die Spülmaschine einräumte. »Ich fand es unmöglich, dass du dich so in mein Privatleben mischst.«

Paula lehnte mit vor der Brust verschränkten Armen an dem alten Küchenbüfett und hörte ihm zu.

»Ich war der Meinung, dass dich das alles nichts angeht und dass dein Verdacht, ich würde wieder mit Andrea anbändeln wollen, völlig absurd ist.« Er wischte den Küchentisch ab, bevor er weitersprach. »Ich gebe es wirklich nicht gern zu, aber du hattest recht, Paula: Ich war wie vor den Kopf gestoßen, als sie so unvermutet vor mir stand. So viele Jahre hatte ich nicht mehr an sie gedacht, hatte den Schmerz, den sie mir damals zugefügt hat, tief in mir vergraben.« Er lehnte sich ihr gegenüber an die Arbeitsplatte. »Ich sah sie nur an, und plötzlich war alles wieder da. Und sie war so schwach, so verletzt, so allein und hilflos. Ich fragte mich, ob es vielleicht diesmal mit uns klappen könnte. Ob wir einfach dort weitermachen könnten, wo sie so abrupt abgebrochen hatte. Es kam mir vor wie ein Wink des Schicksals, dass wir uns wiederbegegnet sind.«

Paulas Bauchgefühl hatte sie also auch dieses Mal nicht getäuscht. »Und was hat dich vom Gegenteil überzeugt?«, fragte sie vorsichtig.

»Dein ewiges Gemecker ganz bestimmt nicht«, pflaumte Keeser sie an, lächelte dann aber unsicher. »Oder vielleicht doch?

Jedenfalls hab ich viel darüber nachgedacht, über das, was du mir an den Kopf geworfen hast.« Er füllte Wasser in die Kaffeemaschine und holte Tassen und Untertassen aus dem Schrank. »Es ist aber auch die Art, wie Andrea sich an mich klammert ...« Er stockte kurz. »Sie hat nicht ein einziges Mal nach meinem Leben gefragt, wie es in der Zwischenzeit war, ob ich mit jemandem zusammen bin. Unsere Gespräche drehen sich immer nur um sie, was *sie* durchgemacht hat, was *sie* vom Leben nicht bekommen hat, wie unglücklich und einsam *sie* jetzt ist.«

Er holte die Milch aus dem Kühlschrank.

»Das ist ja irgendwie in Ordnung, schließlich ist sie in einer schrecklichen Lebenssituation. Aber es geht auch nie um ihren Mann, nicht um seinen gewaltsamen Tod und die Frage, wer ihn ermordet haben könnte. Ich glaube, das ist ihr eigentlich egal, so beschäftigt ist sie mit sich selbst. Man könnte meinen, sie will mich einfach als Ersatz für ihren Mann, weil sie nicht allein leben kann.« Er sah Paula zerknirscht an. »Diese Nacht, die ich auf ihrer Couch verbracht habe ...«, er schluckte schwer, »... nun, sie hat mit allen Mitteln versucht, mich von der Couch fernzuhalten. Sie wollte mich definitiv verführen. Und ihr Mann lag gerade mal ein paar Stunden im Leichenschauhaus. Das hat mir echt Angst gemacht.«

Als Paula versuchte, sich vorzustellen, wie sich der riesige Keeser verzweifelt gegen die Annäherungsversuche der liebestollen kleinen Andrea zur Wehr setzte, musste sie unwillkürlich grinsen.

»Grins nicht so blöd, Kollegin.« Er drückte auf einen Knopf. Das laute Getöse des Mahlwerks erklang, und kurze Zeit später erfüllte frischer Kaffeeduft die Küche.

Paula ging zu ihm hinüber und legte ihm den Arm um seine gut genährte Körpermitte. Einträchtig sahen sie zu, wie der Kaffee in die ersten beiden Tassen floss.

»Ich bin stolz auf dich«, raunte sie ihm zu und ließ ihn los, um die vollen Tassen auf die Unterteller zu stellen.

Er sah sie aus skeptisch zusammengekniffenen Augen an.

»Echt, ich kenne keinen Mann, der standhaft bleiben würde,

wenn er derart heftig angemacht wird. Ich bin also wirklich stolz auf dich.« Sie sah ihn neugierig an. »Hast du auch schon Andrea davon in Kenntnis gesetzt, dass sie dich nicht bekommen wird?« »Nein, noch nicht. Und ehrlich gesagt graust es mir davor. Es geht ihr nach dem Tod ihres Mannes schon schlecht genug. Sie hat heute zigmal auf dem Handy angerufen, aber ich habe sie immer weggedrückt.«

»Bring es so schnell wie möglich hinter dich«, riet Paula ihm. »Und zwar nicht am Telefon und nicht per SMS, das wäre vorpubertär.«

»Weiß ich ja. Aber genau so fühle ich mich: vorpubertär. Warum muss ausgerechnet ich immer in solch unangenehme Situationen kommen?«

»Bilde dir bloß nicht ein, du wärst da einzigartig, ich bin auf dem Gebiet mindestens genauso gut«, sagte Paula lachend. »Weil wir gerade über Telefone reden: Ich habe vorhin die Telefondaten der Eichenlaubs bekommen. Benedikt Eichenlaub hat seine Frau nicht angerufen. Sie hat also diesbezüglich die Wahrheit gesagt.«

»Hab ich dir doch gleich gesagt.« Ein Hauch von Triumph huschte über Keesers Gesicht. Oder war es Erleichterung, dass seine Andrea erst mal aus dem Schneider war?

Paula beschloss, es dabei zu belassen. »Ich gehe dann mal Mutsch und Marianne holen.« An der Küchentür drehte sie sich noch einmal um. »Apropos Marianne: Die ist doch um Welten schärfer als die langweilige Andrea, oder?«

***

Um kurz vor zwölf wollte Paula zum Aufbruch blasen, doch Keeser hielt sie zurück. »Ich hab da was rausgesucht, was du dir ansehen wolltest«, verkündete er und verschwand im ersten Stock. Über ihnen hörten sie seine Schritte. Wenige Minuten später reichte er Paula eine große Mappe.

»Ich wollte mir das ansehen?«, fragte sie zweifelnd und öffnete die Schleife, die die Pappdeckel an einer Seite zusammenhielt. »Die Friedhof-Fotos.« Paula sah sich jedes der großformatigen

Bilder eingehend an. »Wow, die sind ja phantastisch!«, sagte sie und reichte die Fotos an Marianne Renner weiter, die sie nach dem Betrachten Paulas Mutter zeigte.

»Wer hat die denn gemacht?«, fragte sie.

»Ich«, gestand Keeser.

»Du? Ich wusste gar nicht, dass du dich fürs Fotografieren interessierst.« Marianne sah ihn staunend an.

»Junge Frau, Sie wissen noch so einiges nicht von mir«, erwiderte Keeser mit laszivem Unterton in der Stimme.

»Die sind einfach wundervoll.« Marianne Renner überhörte seine letzte Aussage.

»Genauso wie ich.«

»Die müssen unbedingt in eine Ausstellung«, befand sie. »Melde dich bei PolART, die organisieren da ganz sicher was. Eine Ausstellung im Präsidium, wenn mal wieder Tag der offenen Tür ist, oder in der Sparkasse.«

»Mach mal langsam, Mariannchen. Ich bin noch nicht bereit für eine große Künstlerkarriere«, wehrte Keeser erschrocken ab.

»PolART?«, fragte Paula.

»Die Künstlervereinigung der Angehörigen des Polizeipräsidiums Rheinpfalz«, klärte Marianne Renner sie auf. »War mir klar, dass Ihnen dieser Kunstbanause das vorenthalten hat.«

Der Banause verschwand wortlos in der Küche. Als er wiederkam, hatte er vier Gläser und eine Flasche Sekt im Gepäck.

»Willst du etwa auf deine erste Ausstellung anstoßen?«, fragte Paula kichernd. »Man nennt das Vorschusslorbeeren.«

Keeser mühte sich mit dem Korken ab, bevor er ihn geräuschvoll knallen ließ. Er füllte die Gläser und verteilte sie an die Frauen. Nach einem prüfenden Blick auf seine Uhr hob er seines theatralisch in die Höhe.

»Ich habe euch diese Bilder nur gezeigt, um Zeit zu schinden. Wir wollen nämlich anstoßen auf ...«, drei Augenpaare beziehungsweise vier, denn Othello war beim Knall des Korkens aus seinem Schläfchen hochgeschreckt und musterte Keeser nun ebenfalls neugierig, sahen ihn erwartungsvoll an, »... jemanden, der haargenau jetzt Geburtstag hat.«

Als Erste kapierte Paulas Mutter und ließ ihr Glas an das ihrer Tochter klirren. »Herzlichen Glückwunsch zum Geburtstag, meine Kleine!«, rief sie begeistert aus.

»Ach herrje, muss das sein?« Paulas Begeisterung hielt sich in Grenzen. Sie fand, Geburtstage wurden generell überbewertet. Keeser zog sie auf die Füße und drückte sie fest an sich. »Du bist jetzt ein ganzes Jahr älter als noch vor fünf Minuten.«

»Kollege, wer mit dir zusammenarbeiten muss, altert im Zeitraffer, das war mir vom ersten Tag an klar«, sagte Paula grinsend und stieß mit ihm an.

Dann fiel ihr ihre Mutter um den Hals und schien sie gar nicht mehr loslassen zu wollen.

Zuletzt war Marianne Renner an der Reihe, ihr zu gratulieren. Auch sie stand auf, um eine kleine Rede zu schwingen. »Ich finde, nach allem, was wir schon zusammen durchgemacht, nach all den Verbrechern, die wir schon gemeinsam hinter Gitter gebracht haben, und aufgrund der Tatsache, dass Sie immer so schön auf diesen unmöglichen Kerl da aufpassen, wenn ich es gerade mal nicht tun kann, ist es an der Zeit, dass wir Du zueinander sagen. Paula, ich wünsche dir alles Gute zum Geburtstag!«

»Du hast ja keine Ahnung, wie anstrengend das manchmal ist«, sagte Paula lachend und warf Keeser einen bedeutsamen Blick zu.

Der lächelte verlegen, wohl wissend, dass sie auf Andrea Eichenlaub anspielte. Dann zauberte er ein Geschenk hinter seinem Rücken hervor. Mit den Worten »Für meine Lieblingskollegin« überreichte er es ihr.

»Ein Buch«, diagnostizierte Paula durch das bunte Geschenkpapier hindurch.

»Es wird dein Leben verändern«, prophezeite Keeser mit ernstem Gesichtsausdruck.

»Ist das vielleicht der Ratgeber ›Wie komme ich mit meinem anstrengenden Kollegen klar, ohne ihn umzubringen‹? Den wollte ich schon immer haben.« Paula zerriss ungeduldig das Papier. Endlich hielt sie das Buch in den Händen und las ungläubig vor: »Können Sie Pfälzisch? Der ultimative Test – 80 Fragen, 80 Antworten‹.«

»Ich sagte doch, dieses Buch wird dein Leben verändern. Endlich wirst du die Menschen verstehen, mit denen du täglich zu tun hast. Freust du dich?«

Paula blätterte schnell durch die Seiten und lachte. »Es gibt wirklich so was? Ich dachte immer, du verarschst mich.«

»Aber Paula!«, rief Keeser sichtlich gekränkt aus. »Ich würde dich doch nie im Leben verarschen. Mir scheint, du hast ein völlig falsches Bild von mir.«

★★★

Gegen ein Uhr waren Paula und ihre derzeitigen Mitbewohner wieder zu Hause. Während ihre Mutter schon im Bett lag, kehrte sie die blauen Scherben zusammen und wischte vorsorglich noch einmal feucht nach. Todmüde versenkte sie den Putzlappen im Eimer und deponierte diesen in einem der Spülbecken.

Als sie gerade das Licht ausgemacht hatte und es sich auf ihrem Sofa bequem machen wollte, meldete sich ihr Handy.

»Happy birthday to you, happy birthday to you …«, sang ihr eine wohlbekannte Stimme ins Ohr.

»Du fehlst mir so sehr«, flüsterte sie in den kleinen Apparat, mit dem Wissen, dass Sebastian sich nur ein Stockwerk unter ihr befand. Nur eine Zimmerdecke trennte sie. Sie hätte heulen können.

»Soll ich hochkommen?«, fragte er.

»Um mich auf meiner Couch zu vernaschen?«

»Warum nicht? Ich wäre zu allem bereit.«

»Meine Mutter schläft nebenan.«

»Dann komm du runter zu mir, ich bin hier ganz allein«, lockte er sie.

Kurz war sie geneigt, das zu tun. Allein der Gedanke, in seinen Armen einschlafen zu dürfen, ihn spüren zu dürfen, war mehr als verlockend. Dennoch lehnte sie schweren Herzens ab.

»Morgen, spätestens übermorgen«, vertröstete sie ihn und sich selbst. »Ich will meine Mutsch nicht auch noch nachts allein lassen.«

»Also, dann bis morgen, Geburtstagskind, schlaf gut«, sagte Sebastian und beendete das Gespräch.

Und wenn ich nur ganz kurz zu ihm hinunterhusche?, überlegte Paula. Auf einen Geburtstagskuss nur, oder auch zwei? Aber dabei würde es sicher nicht bleiben, da kannte sie sich viel zu gut. Sie würde wieder einmal total übermüdet zum Dienst gehen müssen. Und wie sollte sie unausgeschlafen ein Frühstück mit ihrer Mutter überstehen? Nein, sie würde dieses Mal vernünftig sein.

Sie versuchte sich auszustrecken, was aber nicht ging. Die Couch war einfach zu kurz. Auch wenn sie den Kopf auf die Armlehne legte, hingen ihre Füße über die Lehne am anderen Ende etwa zehn Zentimeter hinaus. Na klasse, das wird eine tolle Nacht, dachte Paula wenig begeistert.

Als sie trotz dieser Widrigkeiten fast eingeschlafen war, sprang Othello zu ihr aufs Sofa und kuschelte sich an sie.

»Gute Nacht, Pudel«, murmelte sie noch, dann war sie eingeschlafen.

Happy Birthday – von wegen!

Dienstag, 22. Mai

Der nächste Morgen war die Hölle. Nicht nur, weil Paula beim Ertönen des erbarmungslosen Wecktons ihres Handys das Gefühl hatte, nur ein paar Minuten die Augen geschlossen gehabt zu haben, sondern auch, weil ihr jeder Muskel, jeder Knochen ihres Körpers wehtat. Von den Gelenken und den einzelnen Zellen ganz zu schweigen. Noch eine Nacht auf diesem Sofa, und sie würde an Krücken gehen. Mühsam setzte sie sich auf.

Ungläubig sah sie auf das Display ihres Telefons. Halb sechs? Welcher Trottel hat die falsche Weckzeit eingestellt?, dachte sie. Natürlich sie selbst, da gab es keinen Zweifel, aber so viel hatte sie gar nicht getrunken, dass sie halb sechs mit halb sieben verwechselt haben konnte. Jetzt war sie jedenfalls wach.

»He, hast du wenigstens gut geschlafen?«, erkundigte sie sich bei Othello, der kurz ein Auge riskierte, um sich gleich wieder genüsslich in die warme Decke zu rollen.

»Hund müsste man sein«, murmelte Paula neidisch. Wie eine alte Frau schlurfte sie ins Badezimmer. Und das mit gerade mal neunundzwanzig Lenzen. Das kann ja noch heiter werden!, dachte sie bang.

Nach einer ausgiebigen Dusche fühlte sie sich ein wenig besser.

Von ihrer Mutter war hinter der Schlafzimmertür noch nichts zu hören. Gut so, ein bisschen Ruhe vor einem langen Arbeitstag kam Paula sehr gelegen.

Sie kochte eine Kanne Kaffee und setzte sich mit ihrer Tasse neben den schnarchenden Othello auf die Couch. Der rutschte unwillig brummend ein Stück zur Seite.

»He, Hund, benimm dich, du bist hier nur Gast«, rügte Paula ihn. »Ich hab schon mein Bett verloren, um dieses Sofa werde ich bis aufs Blut kämpfen.« Liebevoll kraulte sie ihm den lockigen Nacken. Es war schön, wieder einen Hund um sich zu haben.

Viertel nach sechs. Unvermittelt kam ihr Bettina Mertens in den Sinn, die eifrige Pressetante. Ob ich die so früh schon anrufen kann? Ach, warum nicht, entschied Paula. Wo habe ich nur ihre Visitenkarte gelassen?

Sie fand sie in der Innentasche ihrer Jacke und wählte die Handynummer.

»Mertens«, meldete sich nach dem ersten Klingeln eine überraschend muntere Stimme.

»Guten Morgen, Frau Mertens, hier ist Oberkommissarin Stern. Ich hoffe, ich habe Sie nicht geweckt.«

»Ach herrje, um mich zu wecken, müssen Sie schon früher aufstehen«, sagte die Reporterin lachend. »Ich habe zwei Mädels, die in die Schule müssen, und einen Hund, der pünktlich um sechs Uhr morgens meint, er müsse unbedingt raus.«

Mist, dachte Paula freudlos, das muss Othello sicher auch. Sie musterte das zusammengerollte Fellknäuel kritisch. Und das ab sofort jeden Morgen, oh Graus! Andererseits würde so eine kleine Runde um den Block ihrem lahmen Körper sicher guttun. Sie könnte wieder mit dem Joggen anfangen.

»Kann ich etwas für Sie tun?« Bettina Mertens riss sie aus ihren abschweifenden Gedanken.

»Ähm, ja, das können Sie vielleicht. Wie intensiv haben Sie sich eigentlich mit der Firma Eichenlaub und diesem Umweltthema beschäftigt?«

»Das ist quasi mein Steckenpferd. Mit zwei Kindern macht man sich sehr viele Gedanken, wie deren Welt wohl in der Zukunft aussehen wird«, antwortete Bettina Mertens zu Paulas Freude. »Warum fragen Sie?«

»Nun, dann haben Sie doch sicherlich intensiv recherchiert. Kennen Sie die Namen der Umweltaktivisten?«

»Ich mag es, wenn die Leute gleich zur Sache kommen. Im Leben ist bekanntlich nichts umsonst. Also: Was bekomme ich dafür?«, fragte Bettina Mertens amüsiert.

Die Presse wird demnächst sowieso ausgiebig über den Eichenlaub-Fall berichten, dachte Paula, da ist es doch eigentlich egal, wer es als Erstes tut.

»Sie bekommen sofort alle Informationen von mir, wenn wir den Mörder haben«, versprach sie daher guten Gewissens.

»Haben Sie etwas zum Schreiben?«

Paula ging hinüber in ihr kleines Büro und setzte sich an den Schreibtisch. Sie klemmte ihr Handy zwischen Ohr und Schulter.

»Legen Sie los.«

Bettina Mertens diktierte ihr vier Namen und die dazugehörigen Privatadressen. »Den Ersten sollten Sie sich unbedingt näher anschauen, der ist gefürchteter Greenpeace-Aktivist«, riet sie.

»Trauen Sie ihm einen Mord zu?«

»Nein, das nicht, aber er ist schon mehrfach unangenehm aufgefallen, und zwar immer dort, wo es richtig zur Sache ging. Hat einige Verhaftungen hinter sich, ist sogar vorbestraft. Der lässt sich bei Castor-Transporten an die Schienen ketten oder klettert an einem Atomkraftwerk hoch – solche Sachen.«

»Alles klar, ich danke Ihnen.«

»Und Sie vergessen mich nicht?«, vergewisserte sich Bettina Mertens.

»Meine Oma hat immer gesagt: Ich verspreche nichts, was ich nicht halten kann. Ich handhabe es genauso.«

»Sie können mich zu jeder Tages- und Nachtzeit anrufen.«

»Ich werde Ihre Nummer gleich einspeichern.« Damit beendete Paula das Gespräch und tippte die Nummer unverzüglich in das Adressbuch ihres Handys ein.

Sie sah auf die Uhr. Noch über eine Stunde, bis sie zum Dienst musste.

»He, Othello, was hältst du von einer Runde pinkeln und schnüffeln?« Sie stupste den faulen Hund an.

Der streckte und rekelte sich ausgiebig, sprang vom Sofa und trottete in Richtung Eingangstür.

Paula folgte ihm, nahm die Leine vom Schuhschrank und verließ mit ihm die Wohnung.

Innerhalb von zwanzig Minuten hatte Othello alle dringenden Geschäfte erledigt. Paula lobte ihn ausgiebig. Der Hund sah sie fragend an, ließ das Lob aber gern über sich ergehen.

Vor Sebastians Tür angekommen, entschied sie, sich ihren Geburtstagskuss abzuholen. Sie drückte auf den Klingelknopf. Die Tür wurde aufgerissen und Paula so stürmisch umarmt, dass der Pudel aufgeregt zu bellen anfing.

»Oh, dein neuer Bodyguard«, stellte Sebastian lachend fest und rückte von ihr ab.

Als Othello erkannte, wer da über Paula hergefallen war, verstummte er schwanzwedelnd.

Sebastian zog sie in die Diele und wiederholte die Umarmung etwas sanfter.

Eigentlich hätten wir noch genügend Zeit für ein kleines Geburtstagsnümmerchen, befand Paula lustvoll, als eine Stimme hinter ihr im Treppenhaus erklang.

»Oh Gott, ist was passiert?« Ihre Mutter stand im Nachthemd vor der offenen Tür.

Sebastian ließ widerwillig von Paula ab, in der es leise zu kochen begann. Sie wünschte ihre Mutter in Gedanken auf den Mond oder einen unerreichbaren Planeten.

»Ich hab den Hund bellen hören, und da dachte ich … oh, entschuldigt, ich wollte euch nicht stören.« Verlegen lächelnd stand sie im Treppenhaus. Sich ihres nicht gesellschaftsfähigen Aufzuges bewusst werdend, zupfte sie verschämt an ihrem Nachtgewand herum.

»Wenn ihr schon wach seid, könnten wir doch zusammen frühstücken.« Sie lächelte unsicher. »Den Kaffee hat Paula ja schon gekocht. Es gibt Geburtstagstorte dazu. Was haltet ihr davon?«

Paula versuchte auch ein Lächeln. »Wir sind gleich da.«

»Sorry, ihr müsst ohne mich auskommen, ich muss rüber in die Schule«, Sebastian verschwand ins Wohnzimmer und kam mit einem dunkelroten Briefumschlag zurück, »aber ich hab da ein kleines Geschenk für dich.«

Paula sah neugierig hinein: zwei Karten, auf die jeweils die Zeichnung eines Raben gedruckt war.

»Eine Rabenausstellung?«, fragte sie vorsichtig.

»Dem Beschenkten wird empfohlen, die Karten zur besseren

Betrachtung aus dem Umschlag zu nehmen«, schlug Sebastian spöttisch vor.

»›Tatort Brennofen‹«, las Paula vor, nachdem sie seinem Vorschlag Folge geleistet hatte. »›Mord in Lied und Wort – Gina Greifenstein (Krimi-Autorin), Elke Jäger (Gesang) & Benno Burkhart (Gitarre) als fieses, unschlagbares Trio‹.«

»Eintrittskarten für morgen Abend. Eine Krimi-Veranstaltung. Ich dachte, das könnte dir gefallen«, sagte Sebastian unsicher. »Der Rabe ist übrigens das Erkennungszeichen für die Weinstube.«

Sie umarmte ihn stürmisch. »Du bist ein Schatz! He, und ich weiß auch schon, was ich anziehe. Was total Scharfes.« Sie sah ihn, wie sie hoffte, verrucht an. Dann ging sie mit ihrer Mutter zur Treppe, drehte sich aber wieder um und kam noch einmal zu ihm zurück.

»Heute Abend bist du fällig, komme, was da wolle«, flüsterte sie und gab ihm einen letzten Kuss.

»Du meinst sicher, *wer* da wolle«, sagte er grinsend.

»Nichts und niemand wird mich heute Abend von dir fernhalten können, das schwöre ich.«

* * *

Mit dem Cappuccino-Marmorkuchen bewaffnet, marschierte Paula um kurz vor acht in Tina Geigers Büro. Sie lief sprichwörtlich in ihre weit geöffneten Arme und wurde ausgiebig an ihren nicht unbeachtlichen Busen gedrückt.

»Herzlichen Glückwunsch zum Geburtstag, Paulalein«, jubilierte Tina Geiger in den höchsten Tönen.

»Paulalein« hatte ihre Oma sie immer genannt. Paula wurde noch eine Spur wärmer ums Herz.

»Jetzt bist du kurzzeitig nur noch ein Jahr jünger als ich. Bis August jedenfalls«, sagte Tina Geiger und nahm den bilderbuchschönen Kuchen in Augenschein. »Hm, Kalorien in ihrer schönsten Form. Ich werde schon mal ein paar Kannen Kaffee kochen und die Pappteller scharf machen.«

Sie ließ Paula links liegen und stöckelte hinaus zur Kaffeemaschine. »Dein herzallerliebster Kollege ist übrigens schon oben.« Paula wusste den Kuchen bei Tina Geiger gut aufgehoben und stieg die Treppe in den ersten Stock hoch. Stimmengewirr quoll aus der offenen Tür des Besprechungsraumes, das abrupt verstummte, als sie eintrat. Alle Augen richteten sich wie auf Kommando auf sie, ein paar Kollegen sahen jedoch gleich wieder weg. Leicht betreten, wie Paula fand.

»Wer nicht will, muss mir natürlich kein Geburtstagsständchen singen«, sagte sie. Mit dieser Deutung lag sie ziemlich daneben, wie sich wenig später herausstellte.

Oberrat Sonne trat auf sie zu und reichte ihr seine schweißige Hand. »Im Namen aller Kollegen spreche ich Ihnen hiermit die herzlichsten Glückwünsche aus.«

So förmlich? Was ist hier los?, dachte Paula. Sie sah sich in der stummen Runde um. Sie hätte schwören können, dass einige der Blicke mitleidiger Natur waren. Sie fragte sich, was das sollte. Mitleid war hier völlig unangebracht. Vielleicht nächstes Jahr, wenn sie dreißig wurde, aber doch nicht heute, an ihrem neunundzwanzigsten Geburtstag.

Verhaltenes Händeschütteln folgte, begleitet von meist ausweichenden Blicken. Ein bisschen mehr Enthusiasmus anlässlich ihres Wiegenfestes hatte sich Paula schon erwartet.

»Was ist hier los?«, zischte sie Keeser zu.

»Sag ich dir später, nach der Besprechung.«

Paula ließ nicht locker. »Will mich Sonne etwa entlassen?«

»Wie kommst du denn darauf?«

»So mitleidig, wie ihr mich alle anschaut, ist das mein allererster Gedanke. Oder ist jemand gestorben?«

Heribert Sonne beendete ihr Gespräch, indem er die Frühbesprechung mit direkten Fragen zu dem Fall Eichenlaub eröffnete. Ihm hatten sie schon am Abend zuvor Bericht erstattet, nun mussten noch die übrigen Kollegen ins Bild gesetzt und die weitere Vorgehensweise festgelegt werden.

Paula legte einen Notizzettel vor sich und sah in die Runde. »Ich habe hier eine Liste mit vier in den letzten Jahren auffällig gewordenen Umweltaktivisten. Ich schlage vor, dass wir die heute noch aufsuchen und befragen.«

»Woher haben Sie die Namen, wenn ich fragen darf?« Sonne wischte sich schon zu dieser frühen Stunde des Tages den Schweiß aus dem Gesicht.

»Von einem Informanten, der nicht genannt werden will«, sagte Paula nach kurzem Überlegen. Wenn sie verraten würde, dass sie mit der Presse zusammenarbeitete, würde es Ärger geben.

Keeser hob fragend die Augenbrauen.

Nach einer halben Stunde beendete der Kriminaloberrat die Besprechung. Als er den Raum verließ, kam Tina Geiger herein.

»Kaffee und Geburtstagskuchen gibt es ein Stockwerk tiefer in meinem Büro«, vermeldete sie.

Allerdings folgte niemand ihrem Ruf, alle Anwesenden verkrümelten sich sofort. Eine Tatsache, die Paulas Argwohn noch vertiefte, denn kostenlosen Kuchen verschmähten ihre Kollegen sonst nicht so ohne Weiteres.

»Wenn ich nicht gleich erfahre, was hier los ist, werde ich sauer.« Sie verschränkte die Arme vor der Brust und sah Keeser auffordernd an. »Na los, ich höre.«

»Versprich mir, dass du dich nicht aufregst«, sagte er zögerlich. »Und vielleicht solltest du dich setzen.« Er dirigierte sie auf den Besucherstuhl im Sekretariat.

»Du machst mir Angst«, sagte Paula und setzte sich unter dem leichten Druck seiner Hände auf ihren Schultern hin. Hilfesuchend sah sie zu Tina Geiger, aber die gab ihr zu verstehen, dass sie auch keine Ahnung hatte, worum es ging.

Endlich ließ Keeser die Katze aus dem Sack. »Sebastian wurde verhaftet.«

»Welcher Sebastian?« Paula stand auf der Leitung. Ihres Wissens gab es im Fall Eichenlaub niemanden mit diesem Namen. Die Erkenntnis traf sie wie ein Vorschlaghammer. »*Mein* Sebastian?«

Solche Scherze sind geschmacklos, vor allem an einem Geburtstag, dachte sie empört. Andererseits … wenn das ein Scherz wäre, würden gleich alle Kollegen in den kleinen Raum stürmen und fröhlich »Überraschung!« rufen. In diesem Moment wünschte sich Paula nichts sehnlicher, als dass es sich so verhielt, denn die Alternative wollte ihr noch weniger gefallen.

»*Dein* Sebastian«, bestätigte Keeser. Ihm war anzusehen, wie unangenehm ihm die Situation war.

»Das kann nicht sein«, sagte Paula abwehrend. Sie weigerte sich, das zu glauben. Doch Keesers Gesichtsausdruck ließ keinen Zweifel zu.

»Weswegen denn?« Paulas Gedanken überschlugen sich. Hat Sebastian gestern Abend etwa einen Unfall gehabt? Einen Unfall mit Fahrerflucht vielleicht? Er wollte das Haus doch eigentlich nicht verlassen, wollte arbeiten, deshalb war er nicht mit zu Keeser gegangen. Hat er es sich anders überlegt? Sie hatten nachts noch telefoniert. Hätte er ihr nicht davon erzählt? Einer Kriminal-beamtin? Wohl eher nicht, denn er wusste genau, wie ernst sie es mit dem Gesetz nahm und dass sie ihn ganz sicher anzeigen würde. Und sein Auto? Hatte es überhaupt im Hof gestanden? War es beschädigt gewesen? Sie hatte nicht darauf geachtet. Die Szene heute Morgen im Treppenhaus kam ihr in den Sinn. Ganz normal war er da gewesen, oder?

Oder ging es um Steuerhinterziehung? Hat Sebastian das Finanzamt beschissen und war deswegen verhaftet worden? Aber musste es sich nicht um riesige Summen handeln, um jemanden festnehmen zu lassen? War das bei einem Lehrergehalt überhaupt möglich? Paula bezweifelte das.

Bange sah sie zu Keeser auf. Ein Blick zu Tina Geiger. Die war genauso angespannt wie sie selbst.

Keeser setzte sich auf eine Ecke von Tina Geigers Schreibtisch.

»Hör zu«, begann er gequält, »es ist ja erst mal nur ein Verdacht. Es ist noch nicht ganz sicher, ob er es überhaupt getan hat.«

»*Was* getan hat? Verdammt noch mal, spuck es doch endlich aus!« Paula ertrug die Spannung nicht länger.

»Es gibt Grund zu der Annahme, dass Sebastian eine seiner Schülerinnen überfallen und vergewaltigt hat.« Es kostete Keeser Überwindung, Klartext mit ihr zu reden.

Tina Geiger zog hörbar die Luft ein und sah Paula mitfühlend und zugleich entsetzt an.

»Wenn das ein Scherz sein soll, ist das nicht witzig«, sagte Paula tonlos.

»Du weißt genau, dass ich nie mit so was meine Scherze treiben würde«, wehrte Keeser sich sanft gegen ihren Vorwurf.

»Ich brauch 'nen Schnaps«, japste Tina Geiger und zog die unterste Schublade ihres Schreibtisches auf. Sie hielt eine Flasche mit einer klaren Flüssigkeit einladend in die Luft. »Noch jemand?« Es roch nach Williamsbirne, als sie den Korken entfernte und sich einen großzügigen Schluck in ihre Kaffeetasse kippte. »Keiner?«, fragte sie nach, als niemand etwas sagte. Demonstrativ stellte sie die Flasche mitten auf den Tisch, neben den unangerührten Marmorkuchen. »Falls ihr es euch doch noch anders überlegen solltet ...« Dann setzte sie die Tasse an und kippte den Inhalt mit einem großen Schluck in sich hinein.

Nachdem Paula ihr Gedankenchaos einigermaßen geordnet hatte, atmete sie tief durch. »Ich will alles ganz genau wissen«, sagte sie überraschend ruhig.

»Die Schülerin wurde gestern Abend gegen dreiundzwanzig Uhr im Schillerpark gefunden. Bewusstlos, halb nackt und schwer misshandelt. Sie liegt derzeit im künstlichen Koma«, berichtete Keeser sachlich und ohne Schnörkel. Ganz Polizeibeamter. »Anhand ihrer Papiere, die sie bei sich trug, konnte sie identifiziert werden. Ihre Eltern wurden bereits benachrichtigt. Eine sofort eingerichtete Sonderkommission hat bis zum frühen Morgen in alle Richtungen ermittelt. Du kennst das Prozedere. Durch Tagebucheinträge des Mädchens und Aussagen ihrer beiden besten Freundinnen sind die Ermittler daraufgekommen, dass sie ein Liebesverhältnis mit einem ihrer Lehrer hatte, mit Sebastian Kornmann. Und dann ist da noch die Nähe des Fundortes zu seiner Wohnung.«

Paula saß stumm auf dem Besucherstuhl und dachte angestrengt nach. »Die DNA des Täters konnte sichergestellt werden?«, fragte sie sachlich, ebenfalls ganz Polizeibeamtin.

»Klar, er hat ordentlich Sperma und Speichelflüssigkeit hinterlassen. Sebastian wurde auch schon eine Probe abgenommen.«

»Dann wird sich ja herausstellen, dass er unschuldig ist.« Paula war zuversichtlich.

Tina Geiger genehmigte sich einen weiteren Schnaps.

Keeser sah Paula voller Mitgefühl an. »Wie gut kennst du Sebastian? Was weißt du von ihm?«

Was wusste sie eigentlich über ihn? Dass er in Mainz geboren wurde und dort aufgewachsen und Lehrer gewesen ist, bevor er vor etwa einem Jahr nach Landau kam. Wegen einer zerbrochenen Liebe. Hatte er jedenfalls erzählt. Was wusste sie noch? Hatte er Geschwister? Seine Eltern lebten noch, er besuchte sie manchmal. Er wanderte gern, liebte Bücher und Kino, konnte wunderbar Pizza nach Hause bestellen. Er war zärtlich, einer der besten und einfühlsamsten Liebhaber, die sie jemals hatte. Aber das war wohl nicht relevant für die Ermittlungen.

»Ich weiß auf jeden Fall, dass er zu einer solchen Tat nicht fähig wäre«, sagte sie in Ermangelung von handfesten Informationen umso nachdrücklicher und im Brustton der Überzeugung.

»Wann hast du ihn gestern zuletzt gesehen?«, fragte Keeser.

»Gesehen?« Paula überlegte. »Gestern Abend nur kurz, als ich vom Dienst kam. Wann war das? Neunzehn Uhr dreißig plus/minus. Ich hab ihm nur deine Einladung zum Essen überbracht und bin dann hoch in meine Wohnung gegangen.« Um mich mit meiner Mutter zu streiten und eine teure Glasschale zu zertrümmern, fügte sie im Stillen hinzu.

»Warum hat er die Einladung noch mal abgelehnt?«

»Weil er Korrekturen fertig machen musste und irgendetwas vorbereiten wollte. Projekttage, glaube ich.«

»Du weißt aber nicht, ob das stimmt? Und ob er das auch tatsächlich gemacht hat?«, fragte Keeser nachdrücklich.

Paula sah ihn scharf an, schluckte aber eine böse Bemerkung herunter. Keeser war nicht ihr Feind, er wollte ihr nur helfen.

»Nein, verdammt, das weiß ich nicht, ich war ja bei dir zum Essen. Von etwa acht Uhr bis kurz nach Mitternacht. Ich habe diverse Zeugen dafür«, fügte sie spitz hinzu. Galgenhumor nannte man das wohl.

»Leider müssen wir aber nicht *dein* Alibi überprüfen, sondern das deines Freundes.« Er schenkte ihr ein warmes Lächeln.

»Ich habe später noch mit Sebastian telefoniert. Er hat angerufen, um mir zu gratulieren«, erinnerte sich Paula. Er hätte doch sicher nicht vorgeschlagen, dass ich noch zu ihm kommen solle, wenn er kurz zuvor eine Schülerin … oh, oh, stopp mal, ganz langsam, was denkst du denn da für irrsinniges Zeugs?, ermahnte sich Paula. Sebastian hatte das nicht getan, das wusste sie zweifellos.

»Wie war er da?«

»Ganz normal, er hat mir ein Ständchen gesungen.« Sie begann zu weinen, dicke Tränen rannen über ihre Wangen. »Und heute Morgen war er auch wie immer«, sagte sie unglücklich. Ihr Herz tat weh. Sie wollte zu Sebastian, ihn sehen, ihn in den Arm nehmen und ihm sagen, dass alles gut werden würde.

»Du hast ihn heute Morgen gesehen?« Keeser war wie elektrisiert.

»Ja, ich war sehr früh wach und mit dem Hund draußen.« Sie hatte sich wieder einigermaßen im Griff. »Auf dem Rückweg hab ich bei ihm geklingelt.«

»Wie hat er sich verhalten? Irgendwie anders als sonst?«

»Herrgott, nein! Er war ganz normal, er hat sich gefreut, mich zu sehen, wir haben geknutscht wie Teenager.«

»In Ordnung, Paula, das war es erst mal. Den Rest machen die Kollegen. Die werden dich sicher auch noch einiges fragen wollen. Halte dich aber aus den Ermittlungen raus, versprich mir das.« Er stand auf und griff nach der Flasche. »Ich glaube, so ein Kurzer würde mir jetzt nicht schaden.«

»Kann ich zu ihm?«

»Ich weiß nicht, ob das gut ist …« Keeser genehmigte sich einen Schluck aus Tina Geigers Schnapstasse. »Aber ich werde dich wohl nicht davon abhalten können, oder?«

Nein, das konnte er nicht. Auch nicht davon, dass sie ihre eigenen Ermittlungen anstellen würde. Sie musste Sebastian helfen, unbedingt und vor allem schnell.

»Ich muss noch was im Büro erledigen«, sagte Keeser augenzwinkernd und begab sich in selbige Richtung. »Wird etwa eine halbe Stunde dauern. Geh du doch schon mal zum Auto und warte auf mich.«

Paula lächelte ihm dankbar nach. Eine halbe Stunde war besser als gar nichts.

»Geigerlein, tust du mir einen Gefallen?«, fragte sie im Hinausgehen.

»Jeden, Herzchen, das weißt du doch. Was brauchst du?«

»Finde für mich heraus, in welcher Schule in Mainz oder um Mainz herum Sebastian Kornmann unterrichtet hat.«

»Wird sofort erledigt. Und, Paula?«

Die drehte sich noch einmal um.

»Ich drücke euch die Daumen, dass dieser Alptraum bald ein Ende hat. Ein gutes Ende natürlich.«

⋆⋆⋆

Paula bekam ohne Weiteres Zutritt zu dem Verhörraum, in dem Sebastian allein vor sich hin brütete.

»Paula!«, rief er erfreut, als sie eintrat. Seine Hände lagen mit Handschellen aneinandergekettet vor ihm auf dem Tisch.

Sie umarmte ihn kurz und setzte sich ihm gegenüber.

»Was ist passiert?«, fragte sie eindringlich und umfasste seine gefesselten Hände mit den ihren.

»Ich dachte, das könntest du mir sagen«, antwortete Sebastian sichtlich verwirrt. »Ich habe keine Ahnung, was hier los ist.«

»Aber dir ist doch sicher gesagt worden, weshalb du verhaftet worden bist?«

»Die sind ins Lehrerzimmer gestürmt, haben irgendwas runtergeleiert, von dem ich so gut wie nichts verstanden habe, und jetzt sitze ich hier in Handschellen.« Er sah sie flehentlich an. »Du bist doch gekommen, um mich hier rauszuholen?«

Sie brachte es einfach nicht übers Herz, ihm zu sagen, dass dem nicht so war. »Du bist noch nicht befragt worden?«, fragte sie stattdessen verwundert.

»Nein. Es war nur kurz jemand da, um eine Speichelprobe von mir zu nehmen. Eine Speichelprobe, Paula, wozu brauchen die die?« Er löste seine Hände aus ihren, lehnte sich zurück und sah sie kritisch an. »Du holst mich nicht hier raus, stimmt's?«

Jetzt war sie an der Reihe, zu verneinen. »Basti, dir werden Vergewaltigung und schwere Körperverletzung vorgeworfen. Hast du eine Ahnung, wie es dazu kommen konnte?«

»Vergewaltigung?« Sebastian sah sie fassungslos an. »Wie kommen die denn da drauf? Wen soll ich vergewaltigt haben?«

»Eine deiner Schülerinnen.«

»Das ist doch absurd, die sind doch alle noch Kinder.«

»Es soll Männer geben, die genau darauf stehen.«

»Aber ich doch nicht, Paula, du kennst mich. Ich interessiere mich nicht für kleine Mädchen. Ich bin doch mit dir zusammen.« Nach kurzer Pause sprach er mit gequältem Gesichtsausdruck weiter: »Eine meiner Schülerinnen, wie schrecklich. Wer ist es?«

»Das weiß ich nicht«, sagte sie wahrheitsgemäß. »Gibt es Mädchen, die dich anhimmeln?«

»Bestimmt gibt es die, das sind doch ganz normale Jungmädchen-Schwärmereien. Aber ich ignoriere das stets und gebe keiner Anlass, sich irgendwelche Hoffnungen zu machen.«

»Wo warst du gestern Abend zwischen zweiundzwanzig und vierundzwanzig Uhr?«

Er sah sie ungläubig an. »Du glaubst doch nicht im Ernst, dass ich das getan habe.«

»Nein, Sebastian, das glaube ich natürlich nicht, aber wir müssen beweisen, dass du es nicht warst.«

Er sah sie traurig an und blieb einige Zeit stumm.

»Ich war den ganzen Abend daheim und habe Arbeiten korrigiert. Dafür habe ich natürlich keinen Zeugen.« Seine Stimme troff vor Sarkasmus. Überlegend zog er die Stirn kraus und presste ein bitteres Lachen hervor. »Wenn ich also mit dir zu dieser Einladung gegangen wäre, säße ich jetzt nicht hier? Nicht dass ich damit sagen will, dass ich dann keine Zeit gehabt hätte, die Schülerin zu überfallen, aber ich hätte zumindest ein wasserdichtes Alibi, stimmt's?«

Wärst du doch nur mitgegangen, dachte Paula. »Es wird sich alles aufklären«, versuchte sie ihn zu beruhigen.

»Was ist mit ... dieser Schülerin? Hat sie etwa ausgesagt, dass ich ihr das angetan habe? Das wäre doch gelogen.«

»Sebastian, das Mädchen liegt derzeit im Koma, es hat noch gar nichts ausgesagt.«

»Das ist ja schrecklich, das arme Ding«, sagte er voller Mitgefühl. »Wie kommen die dann ausgerechnet auf mich?«

»Sei ganz ruhig, der DNA-Test wird dich entlasten.«

»Natürlich wird er mich entlasten. Aber deine Kollegen waren so reizend, mich vor dem ganzen Lehrerkollegium und durch das ganze Schulhaus in Handschellen abzuführen. Das wird immer an mir haften bleiben, egal, wie unschuldig ich letztendlich bin.«

Die Tür öffnete sich und ein Kollege in Zivil, den Paula nicht kannte, betrat den Raum. Vom K2, vermutete sie, dem Kommissariat für Sexualdelikte und Gewalt gegen Frauen und Kinder. Er musterte sie argwöhnisch.

»Kollegin Stern von der Abteilung Mord und Totschlag, wenn ich mich nicht irre. Meines Wissens lebt unser Opfer aber noch, was treiben Sie also hier? Ich kann mich nicht erinnern, Sie zu diesem Verhör eingeladen zu haben«, sagte er unfreundlich und ohne sich selbst vorzustellen.

Bevor Paula antworten konnte, fügte er spöttisch hinzu: »Ach, stimmt ja, Sie vögeln mit unserem Tatverdächtigen. Sie stehen anscheinend auf die eher harte Tour, werte Kollegin.«

Paula sprang auf. Am liebsten hätte sie dem Idioten in seine dumme Visage geschlagen, oder lieber noch etwas tiefer.

»Ich würde vorschlagen, dass Sie jetzt augenblicklich aus meinem Verhörraum verschwinden, Kollegin, und vorerst jeden weiteren Kontakt zu Herrn Kornmann unterlassen, solange die Ermittlungen laufen. Haben wir uns verstanden?«

»Ja«, erwiderte Paula knapp, da der Beamte eindeutig im Recht war. Sie warf Sebastian einen letzten aufmunternden Blick zu und verließ den Raum.

***

»Und?« Keeser sah sie fragend an, als sie ihr gemeinsames Büro betrat.

»Er wusste noch nicht einmal, warum sie ihn festgenommen

haben«, blaffte Paula wütend. »Ich musste ihm das sagen. Und so ein aufgeblasener Schnösel nimmt ihn jetzt in die Mangel.«

»Aufgeblasener Schnösel?«

»Ach, so ein Möchtegern-cool-Typ mit gegelten Haaren, Goldkettchen und Macho-Lederjacke. Hat sich nicht mal vorgestellt.« Paula war anzusehen, wie sehr sie den Kerl verabscheute.

»Das kann nur Weber gewesen sein, Matthias Weber. Ein echt unangenehmer Kerl, da hast du recht. Aber seinen Job macht er gut. Vielleicht wird man ja automatisch so ein Ekel, wenn man dauernd mit Ekeln und Frauen- und Kinderschändern zu tun hat.«

»Willst du ihn etwa verteidigen?«

»Nein, das will ich nicht. Ich wollte dir nur sagen, dass er seinen Job eigentlich recht gut macht und dass er die Wahrheit ans Licht bringen wird. Außerdem« musst du ihn ja nicht heiraten, oder?«

»Er kam da rein, als ob für ihn schon feststünde, dass Sebastian der Täter ist«, empörte sie sich.

»Ich hab inzwischen die Fotos von der Kleinen gesehen. Sie ist wirklich übel zugerichtet worden. Kein Wunder, dass er so angriffslustig war.«

»Du hast die Bilder gesehen?«

»Ja. Glaub mir, kein schöner Anblick. Der, der das gemacht hat, war ein Tier.« Als könnte er Gedanken lesen, fügte er hinzu: »Nein, ich traue das Sebastian auf gar keinen Fall zu. Und nein, du kannst die Bilder nicht sehen. Ich hab auch nur kurz in die Akte reinsehen können, ich war kurz drüben beim K2.« Er musterte sie prüfend. »Du siehst schrecklich aus. Willst du lieber nach Hause gehen?«

Paula lehnte dankend ab, auch wenn sie sich nichts Schöneres vorstellen konnte, als einfach ins Bett zu gehen, die Decke über den Kopf zu ziehen und von dieser schrecklichen Welt nichts mehr mitbekommen zu müssen. Aber da war ja auch noch ihre Mutter, der sie dann erzählen müsste, was vorgefallen war. Alles, nur das nicht.

»Nein, nein, daheim würde ich verrückt werden. Die Arbeit wird mich hoffentlich ablenken.« Außerdem bekam sie so auch besser mit, wenn sich in Sebastians Fall irgendetwas tun sollte. »Ich hol mir noch schnell einen Kaffee, bevor wir loslegen.«

Sie ging tatsächlich hinaus in den Gang, stellte ihre Tasse unter den Auslauf der Maschine und drückte den Knopf für einen großen Kaffee. Während die Maschine den Rest allein erledigte, huschte sie jedoch zu Tina Geiger ins Büro. Vorsichtshalber schloss sie die Tür hinter sich, damit Keeser nichts von ihrem Gespräch mitbekommen konnte.

»Geigerlein, hast du was rausbekommen?«

»Logisch, ich bin schließlich die Beste aller Sekretärinnen. Er war zuletzt im Alfred-Nobel-Gymnasium angestellt, mehr hat mir die aus dem Sekretariat allerdings nicht verraten. Irgendwas muss da vorgefallen sein, denn sie hat sehr geheimnisvoll getan.« Sie reichte Paula einen Zettel und zwinkerte ihr zu. »Ich bin aber überzeugt davon, dass sie zugänglicher sein wird, wenn eine richtige Kriminalkommissarin anruft.« Sie stand auf und deutete auf den frei gewordenen Stuhl. »Am besten, du erledigst das sofort, ich lenke solange deinen reizenden Kollegen ab.« Mit schwingender Hüfte ging sie hinaus und schloss die Tür hinter sich.

Paula setzte sich und atmete tief durch, bevor sie den Hörer abnahm und wählte.

Im Schulsekretariat in Mainz wurde nach dem ersten Klingeln abgenommen. Paula stellte sich mit vollem Dienstgrad vor, da sie hoffte, damit zu beindrucken und notfalls sogar einzuschüchtern. In kurzen Worten erläuterte sie ihr Anliegen.

»Ihr Anruf wurde uns schon angekündigt«, sagte eine weibliche Stimme am anderen Ende der Leitung freundlich. »Wir erinnern uns sehr gut an Herrn Kornmann. Er war ein wirklich netter Mann und ein überaus beliebter Lehrer. Bis es vor ziemlich genau zwei Jahren zu dieser unangenehmen Sache kam.« Sie machte eine dramatische Pause.

»Welche unangenehme Sache?«, fragte Paula ängstlich. Sie war sich nicht sicher, ob sie die Antwort wirklich hören wollte.

»Das ging damals durch alle Zeitungen. Für den Ruf unserer Schule alles andere als förderlich, wie Sie sich sicher denken

können. Aber es klärte sich ja alles recht schnell auf. Herrn Kornmann hat die Angelegenheit allerdings dazu bewogen, die Schule
zu verlassen.«

Paulas Nerven waren zum Zerreißen angespannt. »Worum
ging es dabei?«, fragte sie so ruhig wie möglich.

»Ach, hab ich das nicht erwähnt? Die Eltern einer seiner Schülerinnen hatten sich Sorgen wegen des starken Leistungsabfalls
des Mädchens gemacht. Sie schleppten sie zum Psychologen, der
aus ihr herausbekam, dass sie erstens in ihren Lehrer verliebt war
und zweitens regelmäßig zu sexuellen Handlungen gezwungen
wurde.«

Paulas Magen krampfte sich zusammen.

»Der Frauenarzt, der das Mädchen daraufhin untersuchte,
konnte bestätigen, dass die Kleine keine Jungfrau mehr war.
Wie sich aber herausstellte, war es der Onkel, also der Bruder
des Vaters, der sie seit geraumer Zeit missbraucht hatte. Sie war
übrigens gerade mal zwölf.«

Ein großer Felsbrocken rollte von Paulas Herzen. Sie bedankte
sich und legte auf. Erleichtert schloss sie die Augen und überlegte
krampfhaft. Was für ein Zufall, dass sich dieser Vorfall in ähnlicher
Form wiederholte. Natürlich würden die Kollegen vom K2, allen
voran dieser unangenehme Weber, Sebastians Vorgeschichte auch
ausgraben. Aber wahrscheinlich würde er nicht so erleichtert
reagieren wie sie, ganz im Gegenteil: Er würde es nicht für einen
Zufall halten, er würde sich daran gütlich tun und Sebastian damit
quälen, egal, wie das damals in Mainz ausgegangen war.

Paula stand gerade auf, als Tina Geiger mit ihrer Kaffeetasse
hereinkam. »Du glaubst wohl auch, dass kalter Kaffeedampf schön
macht? Nun sag schon, spann mich nicht so auf die Folter. Was
hast du rausbekommen?«

Paula nahm einen großen Schluck von der lauwarmen schwar-
zen Brühe und schüttelte sich. »Sebastian hat dort das Gleiche in
Grün schon mal durchgemacht. Verdacht auf Missbrauch einer
Schülerin. Falscher Verdacht, wie sich allerdings herausstellte.«

»Siehst du, Männer, die gut aussehen, haben es auch nicht immer leicht.« Sie tätschelte Paula tröstend den Arm. »Wie wäre es

jetzt mit einem schönen Stück Kuchen? Zucker soll angeblich gut für die Nerven sein.« Sie deutete auf Paulas Geburtstagskuchen, der auf einem der Aktenschränke stand. Ihm fehlte bereits ein erhebliches Stück. »Bei mir hat es ganz gut gewirkt.«

Essen war das Letzte, was Paula jetzt wollte.

Tina Geiger zeigte hinüber zu dem Büro hinter der Wand. »Keeser wartet übrigens schon auf deinen Bericht.«

»Du hast es ihm erzählt?«

»Glaubst du tatsächlich, dass man vor ihm etwas verbergen kann? Als ich in euer Büro kam, hat er sofort gewusst, dass wir zwei wieder was aushecken.«

»Und, was hat er gesagt?«

»Am besten, du fragst ihn selbst.«

Mit einem Anflug von schlechtem Gewissen ging Paula hinüber. Keeser sagte nichts, sah sie nur abwartend an.

Sie erzählte ihm, was sie in Erfahrung gebracht hatte.

Mit den Worten »Bist du jetzt sauer auf mich?« schloss sie ihren Bericht.

»Warum sollte ich sauer sein?«

»Weil du gesagt hast, dass ich mich aus den Ermittlungen raushalten soll.«

Er grinste sie breit an. »Denkst du etwa, ich hätte eine Sekunde geglaubt, dass du dich daran halten würdest?«

Paula schüttelte zaghaft den Kopf.

»Glaub mir, wenn du nicht in seiner früheren Schule angerufen hättest, dann hätte ich das erledigt. Aber nicht wegen Sebastian, sondern deinetwegen.« Er erhob sich von seinem Stuhl und schlüpfte in sein Sakko. »Ich kann nämlich nicht ertragen, wenn du unglücklich bist. Können wir jetzt mit unserem Fall weitermachen?«

Sie fiel ihm um den Hals und konnte die Tränen nicht mehr zurückhalten.

Keeser hielt sie fest in den Armen. »He, wer wird denn weinen?« Plötzliche Wehmut ergriff ihn. So musste es sich anfühlen, wenn man eine Tochter tröstete.

»Was für ein beschissener Geburtstag«, sagte Paula schluchzend.

Keeser wartete geduldig, bis ihr Tränenfluss versiegt war. »Du wirst sehen, es wird alles gut werden. In ein paar Jahren kannst du darüber lachen.«

Sie schaffte eine Art Lächeln. »Das hat meine Oma auch immer gesagt.« Ausgiebig schnäuzte sie sich in Keesers zur Verfügung gestelltes frisches Stofftaschentuch, von denen er einen unerschöpflichen Vorrat zu haben schien.

»Und, hatte sie recht?«

»Manchmal schon.«

»Na also, und jetzt lass uns diesem Umwelt-Typen mal auf den Zahn fühlen.«

***

Eine halbe Stunde später standen sie vor der Wohnungstür des »Umwelt-Typen«. Er wohnte im Dachgeschoss eines Mehrfamilienhauses in der Steinweilerer Straße in Winden.

»Herr Peter Jakob?«, erkundigte sich Keeser, als die Tür von einem ungepflegten Mann geöffnet wurde.

Der sah kurz auf die Dienstausweise und nickte. »Die Kripo? Sie habe ich eigentlich schon viel früher erwartet. Hereinspaziert.« Er ging voran in ein spartanisch eingerichtetes Wohnzimmer. Mittelpunkt war eine abgewetzte Couch, die ihre besten Zeiten eindeutig schon lange hinter sich gelassen hatte. An den Wänden standen einige aufeinandergestapelte Weinkisten, die als Regale dienten. Darin türmten sich Papierberge. Flugblätter, wie Paula bei näherem Hinsehen erkennen konnte. Auf einem alten Schränkchen, das dem Sperrmüll entrissen zu sein schien, stand ein uralt anmutender kleiner Fernseher in Kombination mit einer überdimensionalen Zimmerantenne.

Die über die Jahrzehnte bräunlich verfärbte Tapete hing in einigen Ecken von den Wänden. Auf einem wackeligen Campingtisch vor der Couch standen die einzigen Zugeständnisse an die Moderne: ein Laptop, den Peter Jakob bei ihrem Eintreten schnell zuklappte, und der dazugehörige Drucker.

»Sie haben uns erwartet?« Paula konnte sich an der Schäbigkeit des Raumes nicht sattsehen. *Das* sollte ihre Mutter mal sehen, dann würde sie nicht mehr an Paulas Einrichtungsgepflogenheiten herummäkeln.

»Ich lege keinen Wert auf Luxus und Äußerlichkeiten.« Jakobs Augen waren Paulas abschätzigen Blicken hinauf zur nackten Glühbirne gefolgt, die an einem Kabel mit Fassung von der Zimmerdecke herunterbaumelte.

Was ohne Zweifel auch auf sein Äußeres zutrifft, dachte Paula nach eingehender Musterung des Mannes. In seinem Gesicht spross ein ungepflegter Fünftagebart, die Haare, die wohl seit Jahren keinen Friseur mehr gesehen hatten und dringend einer ausgiebigen Wäsche bedurften, waren zu einem dünnen Zopf zusammengebunden. Frisch gewaschen wirkte sein ausgeblichenes und an den Kanten schon leicht ausfransendes Led-Zeppelin-T-Shirt auch nicht. Die Jeans würde wahrscheinlich stehen bleiben, wenn man sie nach dem Ausziehen in die Ecke stellte.

»Ist doch logisch, dass Sie früher oder später bei mir aufklatschen würden, schließlich war ich es, der Eichenlaub in der Vergangenheit heftig attackiert und schwer unter Druck gesetzt hat. Da ist es doch das Mindeste, dass Sie mich zumindest kurzzeitig für seinen Mörder halten.« Er schien mit diesem Status sehr zufrieden, ja geradezu stolz darauf zu sein.

»Und, haben Sie Benedikt Eichenlaub getötet?«, fragte Keeser spöttisch.

»Glauben Sie wirklich, ich würde das so einfach zugeben?« Peter Jakob ließ sich auf seiner Couch nieder und versuchte, theatralisch zu wirken.

»Ich glaube, Sie sind nur ein aufgestellter Mausdreck«, antwortete Keeser vollkommen ruhig. »Sie sind einer von diesen Typen, die sich überall einmischen, demonstrieren und laut rumschreien und anderer Leute Eigentum mit Graffiti beschmieren. Und wenn es dann ernst wird, ziehen Sie ganz schnell den Schwanz ein und laufen davon.«

Peter Jakob lächelte gönnerhaft, er schien nicht beleidigt zu sein. Ihm fehlte ein oberer Eckzahn. Der Zahnarzt zählt also auch nicht zu seinen Freunden, dachte Paula und überlegte, wie alt er wohl war. Ende vierzig? Oder eher Mitte fünfzig?

»He, Sie können mich mal. Ich war damals eines der ersten aktiven Greenpeace-Mitglieder. Ich war überall dabei, wo es gebrannt hat, zum Beispiel in Gorleben. Und heute noch demonstriere ich wacker gegen die Castor-Transporte. Ich war übrigens auf der ›Esperanza‹, als die 2008 zwei Wochen lang ein japanisches Walfang-Fabrikschiff verfolgt hat. Ich bin noch nie weggerannt, ganz im Gegenteil. Man musste mich bisher immer wegschleppen. Irgendjemand muss sich doch für die Natur einsetzen.« Er musterte Keeser abschätzig. »Was tun Sie denn für unsere Welt?«

»Ich halte sie sauber: Ich sammle menschlichen Müll von der Straße und entsorge ihn im Gefängnis«, konterte Keeser.

Peter Jakob lächelte dünn und ruderte zurück. »Ich bin inzwischen nicht mehr bei Greenpeace. Der weltweite Kampf gegen ausbeuterische Wirtschaftsimperien ist zwar von enormer Wichtigkeit, aber in meinem Alter muss ich zwangsläufig etwas kürzertreten. Ich habe genug im großen Stil gekämpft, jetzt soll mal schön die Jugend ihren Hals riskieren. Außerdem wollte ich hier etwas verändern, in meinem Land, in meiner Region. Natürlich kann ich nicht bewirken, was Greenpeace bewirkt, da fehlen mir einfach die Mittel.«

Paula bezweifelte, dass dieser Mann überhaupt über eigene Mittel verfügte, sprich arbeiten ging, um selbst für seinen Unterhalt zu sorgen.

»Aber ich kann mich im Kleinen wehren, ich kann andere Menschen wachrütteln und sie sensibel machen für das, was die Wirtschaft uns antun will. Wir Kleinen, wir, die Verbraucher, können und müssen etwas gegen die Zerstörung der Natur tun. Wir als Einzelne müssen kämpfen, gegen Überproduktion und Vernichtung von Lebensmitteln und natürlich auch gegen die Verschwendung von Lebensmitteln, denn es wird viel zu viel Essbares weggeworfen. Ich bin überzeugter Mülltaucher, ich gebe sogar Kurse für Anfänger.« Er sah sie provokant an. »Wo waren denn Greenpeace oder all die anderen Umweltschutzorganisationen, als das Naturschutzgebiet in Offenbach unrechtmäßig an die Reifenfabrik verkauft wurde? Das wäre nie bekannt geworden, wenn ich nicht an die Öffentlichkeit gegangen wäre.«

»Wie viele Mitglieder hat Ihr Verein?«, fragte Keeser.

»Mitglieder? Ich bin kein Verein, ich mache alles ganz allein«, sagte Peter Jakob stolz. »Ich allein habe es geschafft, dass die geplante Firmenerweiterung gestoppt wurde.«

Der Don Quijote der Pfalz also. Paula empfand Mitleid mit ihm. »Sie haben Eichenlaub gedroht, der Firma und ihm persönlich«, sagte Paula kühl. Der Mann mochte ein Eiferer sein, ein Spinner, aber ein Mörder? Sie zweifelte daran.

»Das war doof, das weiß ich jetzt natürlich auch. Aber die haben mich sowieso nicht ernst genommen. Und ich hab es ja auch nicht wirklich ernst gemeint, ich kann keiner Fliege etwas zuleide tun. Ich dachte halt anfangs, die würden Angst vor mir haben und tun, was ich verlange. Ein Irrtum, wie sich herausgestellt hat.«

Paula und Keeser tauschten vielsagende Blicke.

»Haben Sie Eichenlaubs Privathaus mit Farbe beschmiert?«

Lila würde sie ihm zutrauen, aber die Kringel über dem I?

»Nein, hab ich nicht.« Peter Jakob grinste zufrieden. »Anscheinend hat das jemand anderes erledigt, das freut mich ungemein.« Er sah von einem zum anderen. »Wollen Sie mich jetzt festnehmen? Nächtelange Verhöre und Beugehaft?« Seine Augen spiegelten freudige Erwartung wider. »Das wäre wunderbare Werbung für mich und mein Tun.«

»Das kommt ganz darauf an, wo Sie in der Nacht vom neunzehnten auf den zwanzigsten Mai waren«, antwortete Keeser kühl. Er konnte mit Fanatikern jeglicher Art nichts anfangen. Wenn es nach ihm ginge, gehörten die weggesperrt, zu ihrer eigenen Sicherheit und der Sicherheit anderer.

Peter Jakob strahlte ob der plötzlichen Wichtigkeit seiner Person. »Sie trauen mir wirklich einen Mord zu und fragen nach meinem Alibi? Das finde ich klasse.« Er dachte kurz nach und machte dann ein betrübtes Gesicht. »Aber ich muss Sie enttäuschen, ich war mit etwas anderem beschäftigt. Von Samstag auf Sonntag war ich einkaufen, und zwar beim SBK und beim C&C in der Johannes-Knopp-Straße. Samstagnacht ist immer der beste Zeitpunkt, denn da wird am meisten weggeworfen, sogar die Sachen, die erst am Montag ablaufen.« Er hatte zuletzt die Stimme gesenkt, als ob er ihnen einen äußerst geheimen Tipp geben wollte.

»Wollen Sie mit ›einkaufen‹ sagen, dass Sie Dinge aus den Müllcontainern geklaut haben?«, vergewisserte sich Keeser.

»Ganz genau, und es war ein sehr ergiebiger Einkauf.«

»Haben Sie für diesen ›Einkauf‹ Zeugen?«

»Aber ja, Herr Kommissar, mein ganzer Mülltaucher-Kurs war dabei, insgesamt sieben Leute. Die können Sie gern befragen. Soll ich Ihnen die Namen aufschreiben?«

Keeser kniff die Augen zusammen und suchte in Peter Jakobs Gesicht Anzeichen dafür, dass er ihn auf den Arm nehmen wollte.

Doch der schien das tatsächlich ernst zu meinen.

»Um welche Uhrzeit war das?«, fragte Keeser.

»Wir treffen uns immer um eins in der Nähe des Zielobjektes. In der Nacht auf Sonntag war das auf dem McDonald's-Parkplatz.«

»Wie lange sind Sie ›einkaufen‹ gewesen?«

Paula verkniff sich ein Grinsen. Keeser konnte sich offensichtlich nicht so recht mit dieser Art der Nahrungsbeschaffung anfreunden.

»Es ist ziemlich spät geworden«, sagte Peter Jakob. »Ich war erst um kurz vor fünf daheim. Ich glaube, so viel haben wir nie zuvor erbeutet. Von dem Zeug können alle meine Kursteilnehmer mitsamt ihren Familien locker zehn Tage leben.«

Er kritzelte eine Liste mit Namen auf einen Zettel und reichte ihn Keeser. »Hier, die werden Ihnen bestätigen, was ich Ihnen erzählt habe.«

»Gut, das werden wir überprüfen, Herr Jakob. Nur der Vollständigkeit halber: Besitzen Sie eine Waffe?«

»Aber nein, ich bin überzeugter Pazifist. Ich habe nicht einmal eine Fliegenklatsche«, sagte er empört.

»Aber Ihr Schnitzel schneiden Sie mit dem Messer?«
»Ich bin Vegetarier, Herr Kommissar.«

***

»Was ist denn das für ein Bekloppter«, schnaubte Keeser, froh, aus Peter Jakobs Wohnung heraus zu sein. »Der ernährt sich vom Müll anderer Leute. Wie hat er das genannt? Mülltaucher?« Er sah Paula über das Dach des Dienstwagens fragend an.

»Man nennt das auch ›containern‹ oder ›dumpstern‹«, klärte sie ihn auf. »Ich hab mal eine Sendung darüber im Fernsehen gesehen.«

»Das gibt es wirklich? Ich dachte, das wäre nur eine Erfindung der Medien.«

Sein Handy meldete sich. Er nahm das Gespräch an.

»Verdammt!«, hörte Paula ihn fluchen, während er einstieg.

»Eine weitere Leiche«, verkündete er, als sie sich neben ihm anschnallte. »In Landau«, er sah sie eindringlich an, »in der Reiterstraße.«

»Wohnt nicht auch Simon Moor in der Reiterstraße?«

»Bingo. Genau der ist unser neuester Toter.« Keeser gab Gas und scherte sich einen Dreck um Geschwindigkeitsbegrenzungen. Beim Bahnübergang hoben sie deshalb leicht ab.

»Würdest du so was essen?«, fragte Keeser.

Paula dachte gerade an Simon Moor. Sie fragte sich, ob er wohl selbst seinem Leben ein Ende gesetzt hatte. So aufgewühlt, wie er gestern bei ihrem Besuch gewesen war, hätte sie ihm das zugetraut.

»Was essen?«, fragte sie deshalb verwirrt.

»Sachen aus dem Müll. Also, mich würde das ekeln.« Keeser war noch bei den Mülltauchern.

»Das muss jeder für sich selbst entscheiden«, bemerkte sie diplomatisch.

»Das mag sein, aber würdest du so was essen?«

»Es wird nun mal viel zu viel weggeworfen, besonders in den Supermärkten. Da ist das meiste verpackt und eingeschweißt.

Warum sollten Menschen, die mit ihrem Geld kaum über die Runden kommen, sich dort nicht bedienen?«

»Ich drücke es mal anders aus: Nehmen wir an, ich würde für dich kochen, was ich ja gelegentlich tue. Würdest du mit Genuss essen, wenn du wüsstest, dass die Sachen aus einem Mülleimer sind?«

»Na ja ...«

»Mit der Vorstellung, dass das Gemüse auf deinem Teller zwischen verfaulten Bananen und halb verfaultem Fleisch gelegen hat? Wo außerdem schon dicke fette Fliegen drauf rumgekrabbelt sind und sich munter ihre madige Nachkommenschaft getummelt hat?«

»Nein, dafür könnte ich mich nicht begeistern«, gab Paula zu. Mit Maden hatte sie eh ihre Probleme, so manche Leiche ging ihr aufgrund des Madenbefalls nicht mehr aus dem Kopf.

»Wenn jemand arm ist, verstehe ich das ja. Aber aus freiem Willen und aus Jux und Tollerei? Nee, mit mir nicht. Ich will frisches Zeug auf dem Teller und damit basta. Abgesehen davon, dass es sich dabei auch noch um Diebstahl und somit um eine Straftat handelt.«

Paula grinste schief. »Eigentlich entspreche ich exakt dem Ideal dieser Mülltaucher. Ich hab nie etwas im Kühlschrank, also kann ich auch nichts wegwerfen.«

Sie waren flott vorangekommen. An der herabgelassenen Bahnschranke in der Weißenburger Straße wurden sie zum Anhalten gezwungen.

»Bei guter Planung muss man nichts wegwerfen«, behauptete Keeser.

»Und was ist mit Resten? Die vergesse ich oft, und dann werden sie schlecht.«

»Bei mir gibt es keine Reste.«

»Das sieht man dir an. Wie heißt es so schön? ›Reste essen macht dick.‹«

Keeser sah schmollend auf seinen Bauch herab. »Ich bin nicht dick.«

»Ja, ich weiß, du bist nur zu klein für dein Gewicht«, sagte sie begütigend zu dem Einen-Meter-dreiundneunzig-Mann an ihrer Seite.

Endlich war die Regionalbahn vorbeigezuckelt. Die Schranken hoben sich wieder. Minuten später erreichten sie den Obertorplatz. Keeser hielt sich nicht lange mit der Parkplatzsuche auf, er stellte den Wagen direkt neben dem Springbrunnen ab, dessen vierzehn Düsen ihr Wasser direkt aus dem Boden mickrige dreißig Zentimeter gen Himmel spuckten.

»Hier könnet Sie aber nit stehe bleiwe!«, rief ihnen ein eifriger älterer Mitbürger ärgerlich nach, als sie zu Fuß weitergingen. »Ich werd die Bolizei aarufe!« Sie bogen in die schmale, von der Polizei abgesperrte Gasse ein. Ein paar Meter weiter standen sie im Hinterhof von Simon Moors Domizil.

Mehrere Streifenwagen, Fahrzeuge der Gerichtsmedizin und der Spurensicherung versperrten die Durchfahrt. Ebenso ein Krankenwagen, der inzwischen überflüssig geworden war, dessen Fahrer aber schimpfend auf und ab ging, da man ihn mit den Dienstfahrzeugen so eingekeilt hatte, dass er nicht wegfahren konnte.

Paula und Keeser nahmen die Treppe und kamen atemlos in der vierten Etage an. Die Wohnungstür stand offen, gedämpfte Stimmen und laute Tritte auf Parkett drangen ins Treppenhaus. Werner Dreißigacker war gerade dabei, die Tür zu untersuchen.

»Wurde eingebrochen?«, erkundigte sich Keeser, für den das Schloss auf den ersten Blick unversehrt aussah.

»Nein, keinerlei Spuren von gewaltsamem Eindringen, ich will nur auf Nummer sicher gehen. Aber wir haben unzählige Fingerabdrücke. Wenn die Menschen wüssten, wie unhygienisch Türknäufe und Klinken sind, würden sie die regelmäßig mitputzen.«

»Das ist lächerlich im Vergleich zu dem, was manche Menschen alles essen«, murmelte Keeser gedankenverloren. Die Sache mit dem Essen aus dem Müllcontainer ließ ihn einfach nicht los. Er blieb dem fragend dreinschauenden Techniker eine Erklärung schuldig und ging mit Paula an ihm vorbei in die Diele.

In der schönen hellen Wohnung wimmelte es von Menschen.

Die beiden mussten sich den Weg durch mehrere leise tuschelnde Polizeibeamte bahnen und folgten dem Blitzlicht des Fotografen der Spurensicherung. Sie betraten das Wohnzimmer, das sie bei ihrem gestrigen Besuch nicht zu sehen bekommen hatten.

Als Erstes fiel Paula ein überdimensionales abstraktes Gemälde an der Wand gegenüber auf, das ihr für die immer noch kahlen Wände ihrer Wohnung gefallen hätte. Daneben, an der blütenweiß gestrichenen Wand, prangte ein großer, ausgefranst wirkender Blutfleck. Bei genauerem Hinsehen konnte sie Knochensplitter, Hautfetzen und Haarbüschel erkennen. Und rosafarbenen Glibber zwischen all dem dunkel angetrockneten Blut. Hirnmasse. Was sie da sah, hatte entfernte Ähnlichkeit mit der Suppe, die Keeser ihnen gestern serviert hatte. Es roch in diesem Wohnzimmer ähnlich. Paulas Magen hob sich unwillkürlich. Nie wieder würde sie Metzelsuppe essen können, das war sicher. Sie musste sich einen Moment lang wegdrehen, um den Anblick zu verarbeiten. Simon Moor hatte sich also nicht in aller Stille erhängt oder mit einer Überdosis Tabletten ins Jenseits verabschiedet.

»Oh Gott«, stieß Keeser neben ihr gepresst hervor. Auch er, der in seiner Laufbahn schon einiges gesehen hatte, musste schwer gegen die Übelkeit ankämpfen.

Ein sehr junger, auffällig blasser Mitarbeiter des Kriminallabors reichte ihnen wortlos Plastiküberzieher für ihre Schuhe. Langsam und widerstrebend näherten sie sich Knopp, der mit dem Rücken zu ihnen stand.

»Vorsicht!«, rief er ihnen zu und deutete auf eine Lache Erbrochenes.

Irgendjemand schien sich nicht so gut im Griff gehabt zu haben. Der säuerliche Geruch des einstigen Mageninhaltes gepaart mit dem leicht metallischen Aroma gerinnenden Blutes weckte bei Paula erneut einen starken Würgereiz. Sie versuchte, tief durchzuatmen, aber das machte es noch schlimmer. Knopp hatte ihr mal geraten, einfach normal weiterzuatmen, dann gewöhne man sich schnell an einen Geruch. Der hat gut reden, dachte Paula. Ihren Magen konnte sie jedenfalls nicht davon überzeugen.

»Kann mal einer die Fenster aufmachen?« Keeser schien ihre Gedanken gelesen zu haben.

Einer der Techniker leistete Keesers Anregung augenblicklich Folge. Begünstigt durch die offen stehende Wohnungstür strich augenblicklich ein leiser Windzug durch den Raum, der die schlimmen Gerüche abmilderte.

Simon Moor lag mit dem Rücken auf einem gläsernen Couchtisch, am Körper schien er keinen Schaden genommen zu haben, denn sowohl die anthrazitfarbene Leinenhose als auch das schwarze Hemd inklusive dunkelgrauer Krawatte waren makellos. Es war ein warmer, heller Maitag. Das, was Moor anhatte, war eindeutig Trauerkleidung. Sein Kopf hing hintenüber.

Paula ging vorsichtig um den Tisch und Knopp herum, der jetzt danebenkniete. Bis auf das dunkle Loch zwischen den mit erstauntem Blick an die Decke starrenden Augen des Opfers war auch sein schön geschnittenes Gesicht unversehrt. Nur vom Hinterkopf war nicht viel übrig geblieben. Das, was mal Moors Hinterkopf gewesen war, war nun fein zerkleinert und großflächig verteilt: an der Wand, auf dem Boden und auf der dahinter stehenden lachsroten Ledercouch. Schade um das schöne Stück, das ist wohl für alle Zeiten versaut, dachte Paula. Eine wahrhaft unappetitliche Aufgabe für die Tatortreiniger, die nach Freigabe der Wohnung hier anrücken würden, um alle Spuren zu beseitigen.

»Kein schöner Anblick«, sprach Knopp aus, was Paula dachte.

»Erschossen«, fügte er ergänzend hinzu.

»Hat man die Waffe gefunden?« Keeser sah sich in dem geschmackvoll eingerichteten Raum um.

»Wenn du wissen willst, ob es Selbstmord war, warum fragst du das dann nicht einfach?«

»Also gut: War es Selbstmord?«

»Nein, war es nicht. Es gab keine Waffe, der Täter hat sie also wieder mitgenommen. Wie kommst du auf Selbstmord?«

»Der junge Mann hier war Eichenlaubs Lebensgefährte«, erläuterte Keeser.

Andreas Knopp sah auf den toten Immobilienmakler hinab und wiegte den Kopf. »Der Lebensgefährte von Eichenlaub …

Die beiden Morde könnten also gut und gern in Zusammenhang stehen?«

Keeser und Paula nickten bestätigend.

»Na ja, so wie das Loch in seinem Kopf aussieht, könnte es das gleiche Kaliber gewesen sein wie bei Benedikt Eichenlaub. Nur wurde er hier von vorn getroffen.«

»Die gleiche Waffe also?«

»Könnte, Konjunktiv. Die Ballistik wird das rausfinden. Allerdings ist das Projektil, das wir aus der Wand geholt haben, ziemlich deformiert, könnte eventuell nicht so einfach sein, das zu analysieren.«

»Keine Einbruchspuren, Moor hat seinen Mörder anscheinend gekannt und selbst in die Wohnung gelassen«, resümierte Paula den derzeitigen Stand der Dinge.

»Wer hat ihn gefunden? Selbst wird er ja wohl nicht bei der Polizei angerufen haben.« Keeser versuchte krampfhaft, witzig zu sein.

»Definitiv nicht, er war sofort tot.« Knopp deutete in Richtung Küche. »Seine Schwester hat ihn gefunden. Ich bezweifle, dass sie dieses Bild jemals wieder aus dem Kopf bekommen wird.«

Das bezweifelte Paula schon für sich selbst, aber für eine Angehörige war so ein Anblick erheblich belastender als für eine emotional unbeteiligte Beamtin.

»Zwei Leute von der Notfallseelsorge sind bei ihr, sie ist ziemlich durch den Wind. Viel werdet ihr nicht aus ihr herauskriegen, fürchte ich«, sagte Knopp.

»Ist das Erbrochene von ihr?«, fragte Paula.

»Bingo. Wie gesagt: Kein schöner Anblick.«

In der Küche war es, im Vergleich zum Rest der Wohnung, ruhig. Die typischen Jacken der Unfallseelsorger hingen über einem der vier Barhocker. Auf den anderen drei Hockern saßen ein Mann und eine Frau, die beruhigend auf eine weitere Frau einredeten, die zusammengesunken und apathisch zwischen ihnen saß. Moors Schwester, vermutete Paula.

»Mach du das«, schlug Keeser vor. Eine Geschlechtsgenossin

würde vielleicht eher Zugang zu dieser völlig verstörten Frau bekommen. Hoffte er zumindest.

Paula stellte sich auf die andere Seite der Theke. Sie wechselte kurz Blicke mit den Seelsorgern, um die Situation einschätzen zu können.

Vielversprechend war es nicht, was ihr die beiden ehrenamtlichen Helfer mit leichtem Kopfschütteln und sorgenvollen Mienen signalisierten. Sie räusperte sich. Ihr fiel ein, dass sie den Namen der Frau gar nicht kannte. Wäre sie verheiratet, würde sie wahrscheinlich mit Nachnamen nicht mehr wie ihr Bruder heißen. Ihre Hände waren aber in ihrem Schoß vergraben, sodass Paula keinen Ehering ausmachen konnte. Wenn sie sie mit dem falschen Namen anspräche, würde sie das eventuell richtigstellen wollen und mit ihr reden.

»Mein Name ist Paula Stern«, sagte sie sanft. »Ich bin von der Kriminalpolizei Landau. Ich würde Ihnen gern ein paar Fragen stellen, Frau Moor.«

Wie erhofft hob die Frau den Kopf. Ihr langes blondes Haar war zerzaust und hing ihr ins Gesicht. Aus rot geweinten Augen sah sie durch Paula hindurch. Die erschrak ein wenig, denn sie war die weibliche Ausgabe ihres Bruders. Sie müssen Zwillinge sein, folgerte sie.

»Ich heiße nicht mehr Moor, ich heiße Schlüter, Sophie Schlüter.« Sie griff mit beiden Händen an die Platte der Frühstückstheke, als wollte sie sich daran festhalten.

Nun konnte Paula den schmalen goldenen Ring an ihrem Finger erkennen. »Frau Schlüter, wie sind Sie in die Wohnung gekommen?«

»Mit meinem Schlüssel. Ich gieße immer die Blumen, wenn Simon im Urlaub ist.«

Paula machte sie nicht darauf aufmerksam, dass sie in der Gegenwart und nicht in der Vergangenheit sprach. Sophie Schlüters Gehirn musste erst einmal begreifen, dass ihr Bruder nicht mehr lebte.

»Stand die Wohnungstür offen, als Sie kamen?«

Die Frau sah sie verständnislos an. »Offen? Nein, warum sollte sie offen gestanden haben? Sie war zu, ich habe sie aufschließen müssen.«

»War abgeschlossen? Mussten Sie den Schlüssel umdrehen, mehrmals vielleicht?«

Sophie Schlüter dachte angestrengt nach. »Nein, jetzt, wo Sie es sagen … Sie war zwar zu, aber nicht abgeschlossen. Das hätte mir eigentlich gleich auffallen müssen, denn Simon schließt immer ab, auch wenn er daheim ist.«

»Was wollten Sie hier? Warum sind Sie in die Wohnung gekommen?«, fragte Paula mit sanfter Stimme.

»Er war nicht im Büro. Also, in unserem Büro, wir haben das Geschäft zusammen aufgebaut. Gestern zwar auch nicht, aber da hatte er sich telefonisch bei mir abgemeldet. Er … er war wegen Benedikts Tod so erschüttert, dass er daheim bleiben wollte. Heute … heute wollte er aber arbeiten, zumindest vormittags«, berichtete Sophie Schlüter abgehackt. Sie schniefte in ein zerknülltes Papiertaschentuch. »Das würde ihn vielleicht ablenken, hat er gemeint.«

So, wie Moor angezogen war, hatte er wohl auch vorgehabt, zur Arbeit zu gehen. Irgendwer hatte ihn dann aber davon abgehalten.

»Als er um neun immer noch nicht da war, wollte ich ihn anrufen.« Sophie Schlüter wischte sich mit dem Handrücken die Tränen von den Wangen. »Aber er ging nicht ran. Nach dem achten oder neunten Anruf hab ich mir Sorgen gemacht, denn es ging ihm gestern wirklich nicht gut.« Sie atmete tief durch, als müsste sie Anlauf nehmen für das, was sie gleich erzählen würde. »Also bin ich schnell hergelaufen, um nach ihm zu sehen … und … und da lag er, auf dem Tisch …« Neue Tränen ergossen sich über ihre Wangen.

Wenn ihr Bruder um neun Uhr nicht ans Telefon gegangen ist, dann war er zu diesem Zeitpunkt vermutlich schon tot, schlussfolgerte Paula. Und als Sophie in die Wohnung kam, war der Täter bereits über alle Berge.

Trotzdem fragte sie: »Ist Ihnen irgendetwas aufgefallen? Ist Ihnen jemand vor dem Haus begegnet? Oder im Treppenhaus? Ein Fremder vielleicht, jemand, der in Eile war?«

Sophie Schlüter verneinte nach kurzem Überlegen.

»Und in der Wohnung? War etwas anders? Fehlt etwas?«

Bisher hatte sie bemerkenswert gut durchgehalten. Sie zuckte mit den Schultern und versuchte, sich mit dem inzwischen völlig durchweichten Tempo die Tränen abzuwischen. Über Paulas Schulter hinweg kam eine Hand, die ein sauberes, noch jungfräulich zusammengefaltetes kariertes Stofftaschentuch schwenkte. Sophie Schlüter nahm es wortlos an.

»Ich glaube nicht. Mir ist zumindest nichts aufgefallen. Als ich reinkam, hab ich nach ihm gerufen, aber keine Antwort bekommen. Also bin ich zuerst ins Schlafzimmer, weil ich dachte, Simon sei noch im Bett. Doch das Bett war gemacht. In der Küche war er auch nicht, es stand nur eine volle Tasse mit Kamillentee auf der Theke. Der war schon kalt, und da dachte ich, Simon sei weggegangen. Beim Hinausgehen sah ich ihn dann im Wohnzimmer liegen.« Sie legte den Kopf in ihre Hände und schluchzte bitterlich.

Wer will schon seinen Bruder so finden? Wer will irgendwen so finden? Paula konnte ihr Entsetzen gut nachempfinden und ließ ihr einige Minuten, um sich wieder zu beruhigen.

»Wer tut so was?«, jammerte Sophie Schlüter und schlang ihre Arme um ihren Körper. »Mein Bruder hat nie jemandem etwas zuleide getan, er war der liebevollste Mensch, den ich je gekannt habe.«

»Wir werden es herausfinden, das verspreche ich Ihnen«, sagte Paula tröstend und hätte sie am liebsten in den Arm genommen. Einen Bruder zu verlieren, war eine schreckliche Sache, aber bei Zwillingen war das laut wissenschaftlichen Untersuchungen wohl noch eine Spur schlimmer.

»Hatte Ihr Bruder Feinde?«, fragte sie statt der Umarmung.

Sophie Schlüter schüttelte heftig den Kopf.

»Auch nicht wegen seiner sexuellen Orientierung?« Selbst wenn alle von Toleranz und Gleichheit schwafelten und die Gesellschaft sich so sagenhaft aufgeklärt wähnte, in der Praxis war es dann doch etwas anders, das wusste Paula nur zu gut. Zum ersten Mal überlegte sie, ob vielleicht auch Benedikt Eichenlaub genau aus diesem Grund sterben musste. War da etwa ein Schwulen-hasser am Werk?

»Damals in der Schule, da gab es ein paar Idioten, die ihn für homosexuell hielten und ihn deswegen gehänselt haben, aber heutzutage hatte er keine Probleme mehr damit. Zumindest hat er mir nichts davon erzählt.« Sie sah Paula eindringlich an. »Er war zwar schwul, aber er war immer sehr unauffällig, er hat es nie an die große Glocke gehängt. Und er hatte seit Jahren eine feste Beziehung, die er sehr diskret gelebt hat. Er war nie in der sogenannten Schwulenszene unterwegs. Ich denke, kaum einer wusste davon.«

»Diese Beziehung hatte er mit Benedikt Eichenlaub, davon wissen wir. Wir fanden auf dessen Handy ein Bild von einem Fachwerkhaus. Können Sie uns eventuell etwas darüber erzählen?«

»Das Haus ...« Ein wehmütiger Ausdruck legte sich auf Sophie Schlüters Gesicht. »Eines mit taubenblauen Fensterläden?«

Paula bejahte.

»Das steht in Deidesheim. Simon und Benedikt haben es gerade erst gekauft. Sie wollten nächsten Monat mit dem Ausbau beginnen und dann zusammen dort einziehen.«

Deidesheim. Paula erinnerte sich, dass der Ort in Eichenlaubs Kalender gestanden hatte. Die beiden hatten sich an diesem Tag also ihr zukünftiges gemeinsames Zuhause angesehen.

»Sie haben ein Haus zusammen gekauft?«, fragte Keeser verblüfft. »Und was war mit dem Bürgermeisteramt?«

»Sie wollten die Wahl abwarten und dann an die Öffentlichkeit gehen. Benedikt sagte immer: ›Wenn sie mich erst mal zu ihrem Bürgermeister gewählt haben, dann nehmen sie mich bestimmt auch als schwulen Bürgermeister.‹ Die beiden wollten einfach ein normales und glückliches Leben führen.« Sie begann erneut zu weinen. »Simon hatte sich so darauf gefreut. Und jetzt? Erst Benedikt und nun er. Warum nur?«

Diese Frage hoffte Paula bald beantworten zu können.

★★★

»Mann, das war echt heftig«, sagte Keeser, als sie etwa eine halbe Stunde später endlich den Tatort verließen. »Da muss jemand mächtig sauer auf Moor gewesen sein.«

»Und eiskalt. Denn einen Menschen einfach so umzupusten, wenn er direkt vor einem steht und einem in die Augen sieht, dazu gehört eine große Portion Kaltblütigkeit«, ergänzte Paula. »Womit wir wieder bei deiner Theorie mit dem Profikiller wären.« Keeser kramte die Autoschlüssel aus seinem Jackett.

»Ach, auf einmal hältst du das doch für möglich? Oh, ich glaube, wir werden erwartet.«

»Von deiner Mutter? Sollte es heute nicht noch Kaffee und Torte bei dir geben? Also, ich wäre jetzt ausgesprochen empfänglich für was Süßes.«

»Das auch, aber das hab ich nicht gemeint.« Sie deutete mit dem Kopf hinüber zum Springbrunnen, wo sich inzwischen ein kleiner Menschenauflauf gebildet hatte, mittendrin ihr Auto, neben dem nicht nur ein Streifenwagen stand, sondern auch ein alles überragender und somit nicht zu übersehender Streifenbeamter von Keesers Höhenausmaßen.

»Wie ich diese übergenauen Mitbürger liebe, die immer gleich die Polizei rufen, wenn einer falsch parkt. Wenn sie es nur so genau nehmen würden, wenn nebenan ein Kind oder eine Frau misshandelt wird.« Missmutig schritt Keeser auf den Platz zu und quetschte sich durch die Neugierigen. »Meine Damen und Herren, bitte verlassen Sie umgehend den Platz, hier ist alles in bester Ordnung. Dieses Fahrzeug gehört zur Kripo Landau und wurde im Zuge polizeilicher Ermittlungen von mir hier abgestellt. Ich bin der leitende Ermittler, Kriminalhauptkommissar Keeser.«

Was so ein Dienstgrad und ein herumgeschwenkter Kripo-Ausweis doch alles bewirkten: Die Leute verzogen sich murmelnd und mit ehrfürchtigen Blicken für den monumentalen Kommissar. Auch der übergenaue Mitbürger, der die Polizei gerufen hatte, verzog sich enttäuscht. Zu gern hätte er dem dreisten Parker ein Knöllchen verpassen lassen.

»Sie sind bestimmt wegen des Leichenfundes nebenan hier«, vermutete der Polizeibeamte lächelnd und schüttelte ihnen beiden die Hand. »Sie sollten jetzt schleunigst wegfahren, bevor noch mehr Leute auf die Idee kommen, hier zu parken.«

Unter den argwöhnischen Blicken der Passanten verließen sie ihren Standort und fädelten sich in den Straßenverkehr ein.

»Können wir kurz in die Dienststelle? Ich würde gern mal sehen, wie es Sebastian geht und was sich da inzwischen ergeben hat.« Paula warf Keeser einen sorgenvollen Dackelblick zu.

Der sah auf die Uhr und nickte. »Klar, interessiert mich natürlich auch. Ich rede in der Zwischenzeit kurz mit Sonne und bringe ihn auf den neuesten Stand.«

***

Sebastian war allerdings nicht mehr da. Er war eine Stunde zuvor in die Justizvollzugsanstalt nach Zweibrücken gebracht worden.

»Er sitzt in U-Haft«, beschwerte sich Paula bei Keeser, als sie in ihr Büro stürmte.

»Hast du was anderes erwartet? Selbstverständlich ist er in Untersuchungshaft, das ist doch ganz normal.«

Natürlich war das normal, und in jedem anderen Fall hätte Paula auch nichts dagegen einzuwenden gehabt. Aber hier handelte es sich um Sebastian, um *ihren* Sebastian, der unschuldig war.

»Ich versuche, ihn anzurufen«, entschied sie.

»Paula, du weißt ganz genau, dass eingehende Anrufe an Untersuchungshäftlinge nicht weitervermittelt werden. Nur wenn das Gericht oder die Staatsanwaltschaft das genehmigt hat. Und soviel ich weiß, hast du keine derartige Genehmigung.«

»Dann werde ich eben mit Marianne reden, die wird mir diese Genehmigung sicherlich geben.«

»Wird sie ganz bestimmt nicht. Sie ist für den Fall nämlich nicht zuständig. Selbst wenn sie es wäre, würde sie es trotzdem nicht bewilligen, denn du sollst dich – wenn ich dich daran erinnern darf – aus den Ermittlungen raushalten.«

»Du hast also mit ihr darüber gesprochen?«

»Sie hatte mich schon vor der Dienstbesprechung angerufen

und mir gesagt, was los ist. Sie versucht, mich auf dem Laufenden zu halten.«

»Du wusstest es?« Paula schnappte nach Luft. »Du wusstest es und hast mich in die Dienstbesprechung gehen lassen, ohne mich zu warnen?« Ihre Augen sprühten tödliche Blitze. »Und ich dachte, du wärst mein Freund.«

»Paula, jetzt reg dich doch nicht so auf. Ich hatte doch gar keine Möglichkeit, dich vorher zu informieren. Wie du dich vielleicht erinnern kannst, bist du zur Frühbesprechung gekommen, als schon alle versammelt waren.«

»Du hättest wenigstens vor der Tür auf mich warten können.«

»Hätte ich nicht, denn Sonne hat mich gleich hineinzitiert, als ich kam.«

»Du hättest mich aber auf dem Handy anrufen können«, begehrte sie noch einmal heftig auf.

»Hab ich doch, aber Madame ist nicht rangegangen«, entgegnete Keeser grantig.

Paula überprüfte sofort ihr Handy. Tatsächlich: ein Anruf in Abwesenheit vom Kollegen Keeser. Um sieben Uhr dreiundvierzig. Warum habe ich das Klingeln nicht gehört?, fragte sie sich.

»Tut mir leid«, murmelte sie kaum hörbar.

»Wie bitte? Was hast du gesagt?«

»Es tut mir leid«, sagte sie etwas lauter.

»Ich kann dich nicht verstehen, Paula, du sprichst so leise.« Keeser ließ nicht locker, obwohl sie ihm schon mächtig leidtat. Was sie da durchmachen musste, war übel. Natürlich zehrte das an ihren Nerven, aber ihm Vorwürfe zu machen, ihm, der am allerwenigsten für diese Misere konnte, das war nicht in Ordnung.

»Es tut mir leid!«, schrie Paula.

»Na also, geht doch.« Er grinste sie zufrieden an.

»Könntest du Marianne gleich mal anrufen?«, fragte sie zerknirscht. »Ich würde gern wissen, wie der Stand der Ermittlungen ist.«

»Das habe ich schon getan.« Er gab ihr ein Zeichen, dass sie sich setzen solle. »Die Kleine liegt immer noch im Koma. Die DNA-Proben werden vom Labor untersucht. Und die Kollegen haben natürlich inzwischen herausgefunden, was bei Sebastians letztem Job in Mainz los war. Sieht unverändert nicht gut aus.«

Paulas Handy, das sie noch in der Hand hielt, begann zu klingeln. Ihre Mutter, entnahm sie der Anzeige auf dem Display. Am liebsten wäre sie nicht drangegangen.

»Hallo, Mutsch«, meldete sie sich dann doch und lauschte deren Worten. »In einer halben Stunde, wäre das in Ordnung?«

»Du kommst gleich zu deiner Torte«, informierte sie Keeser nach dem kurzen Gespräch. Ihr war nicht nach Kuchen, überhaupt war ihr kein bisschen nach essen zumute. Aber ihre Mutter wartete schon. Und sie durfte um Himmels willen nichts von Sebastians Verhaftung erfahren. Nicht auszudenken, was Paula sich dann würde anhören müssen.

»Wenn wir gleich zu mir rübergehen, versprich mir, dass du nichts von Sebastian sagst.« Sie sah Keeser eindringlich an.

»Versprochen.«

»Kein Sterbenswörtchen.«

»Ich werde schweigen wie ein Grab.« Er hob die rechte Hand zum Schwur.

»Wenn du ihr etwas darüber erzählst, bringe ich dich um.« Er lachte und stand auf. »Jetzt hab ich aber Angst.«

⋆⋆⋆

Es hatte zu regnen begonnen. Dunkle Wolken verdüsterten den Himmel, es wehte ein kühler Wind. Das Wetter passte bestens zu Paulas Stimmung.

Als sie ihre Wohnung betraten, fiel Othello winselnd und schwanzwedelnd über sie her, als ob es nichts Schöneres für ihn gäbe, als sie endlich wiederzusehen.

»Ich kann Sebastian nicht erreichen«, beschwerte sich ihre Mutter nach kurzer und nicht annähernd so freudiger Begrüßung. »Seit einer Stunde versuche ich, ihn anzurufen.«

Paula sah Keeser warnend an und hängte ihre Jacken besonders akkurat an die Garderobe, um ihre Mutter nicht direkt ansehen zu müssen.

»Paula, hörst du mir überhaupt zu?«

»Natürlich höre ich dir zu, Mutsch.«

»Was ist denn jetzt mit Sebastian? Ich dachte, er kommt auch.« Die Wohnung roch angenehm nach Kaffee. Bei Paula meldete sich nun doch der Hunger. Sie sah Keeser hilfesuchend an, doch der hob wortlos die Schultern.

»Er hat heute Wandertag«, log sie aufs Geratewohl. Ja, das war gut, das war glaubwürdig, entschied sie.

Keesers Augenbrauen lüpften sich gen Haaransatz.

»Hat er das nicht gesagt?« Paula folgte ihrer Mutter in die Küche. Die hantierte dort herum, als wäre es ihre eigene. Der Küchentisch war schön gedeckt – für vier, wie Paula schnell feststellte.

»Nein, ich glaube nicht. Schade, dann werde ich ihn nicht mehr sehen, bevor ich abreise.« Sie schnitt die Torte an, die Paula am Morgen zugunsten eines Marmeladentoasts verschmäht hatte.

Es konnte sich gut und gern ein paar Tage hinziehen, bis Sebastian aus der U-Haft entlassen würde. Aber das konnte ihre Mutter nicht wissen. Es sei denn …

»Du willst abreisen?« Sie hoffte, nicht allzu erfreut zu klingen.

»Ja, meine Tasche ist schon gepackt. Nach dem Kaffee fahre ich heim. Ich bin dir lange genug auf die Nerven gegangen, und zu Hause wartet genügend Arbeit auf mich. Mein Garten braucht mich.« Sie verteilte nicht gerade zierliche Tortenstücke auf die Teller.

»Ach, Mutsch, das stimmt doch gar nicht.« Warum, zum Henker, sage ich das?, fragte sie sich. Warum gebe ich ihr nicht einfach recht? Sie hat ihre Situation doch selbst so wunderbar auf den Punkt gebracht.

»Nein, nein, Paula, es war eine Schnapsidee, dich derart zu überfallen, zumal du ja Dienst hast.« Sie zwinkerte ihr zweideutig zu. »Außerdem denke ich, dass du den heutigen Abend lieber mit Sebastian verbringen möchtest als mit deiner alten, lästigen Mutter.«

Paula hätte auf der Stelle losheulen können, sie war nahe dran, ihrer Mutsch alles zu erzählen.

»Hmm, die Torte sieht aber lecker aus.« Keeser kam ihrem

Geständnis zuvor, was ihm ein dankbares Lächeln im Doppelpack bescherte.

»Das nächste Mal komme ich, wenn du Urlaub hast«, sagte ihre Mutter.

Das nächste Mal? In Paulas Ohren hörte sich das wie eine Drohung an.

»Oder besser noch: Du kommst dann zu uns.«

Das war ein wahrhaft weiser Vorschlag, fand Paula. Ihr Blick fiel auf Othello. Wenn ihre Mutter weg war, musste sie ihn ab sofort allein versorgen, was bedeutete, dass sie jeden Morgen vor dem Dienst mit ihm rausgehen musste. Genauso nachts, vor dem Schlafengehen. Und im Laufe des Tages natürlich auch ein- oder zweimal. Sie sah Keeser prüfend von der Seite an. Ob er wohl etwas dagegen hätte, wenn sie den Hund einfach mit zum Dienst brachte?

Ihr kam eine wunderbare Idee. »Nimm doch Othello mit. Ich hole ihn dann bei euch ab, wenn Frau Seidel wieder auf den Beinen ist.«

»Wie stellst du dir das vor? Dein Vater mag keine Hunde, schon gar nicht im Haus. Nein, nein, Othello bleibt bei dir.«

Den Versuch ist es wert gewesen, fand Paula.

Ihre Mutter schenkte ihnen Kaffee ein und setzte sich. »Tut mir leid, dass nicht mehr Leute um den Tisch herumsitzen, aber die, die kommen sollten, liegen entweder im Krankenhaus oder sind auf Wandertag.« Sie klang enttäuscht. Am liebsten hätte sie ein rauschendes Fest für ihre Tochter veranstaltet.

Paula war das jedoch ganz recht. Sie hatte andere Dinge im Kopf, als seichte Konversation zu betreiben. Sie musste immerzu an Sebastian denken, der in diesem Moment in einem Gefängnis saß, abgeschottet von der Welt und zu Unrecht verdächtigt. Die Karten für den morgigen Krimi-Abend fielen ihr ein. Würde Sebastian rechtzeitig entlassen und vor allem entlastet sein?

»Kein Problem, Mutsch, du weißt doch, dass mir Geburtstage nicht so wichtig sind. Ohne dich hätte ich wahrscheinlich nicht mal einen Kuchen im Haus.«

»Wie kommt ihr mit eurem Fall voran?«

»So gut wie gar nicht«, antwortete Paula mit vollem Mund. »Wir haben einen zweiten Toten, und jeder geeignete Verdächtige präsentiert uns ein wasserdichtes Alibi.«

»Im Fernsehen geht das mit der Verbrechersuche immer ganz flott«, bemerkte ihre Mutter mit schelmischem Lächeln.

»Die haben ja auch nur höchstens neunzig Minuten Zeit und ein Drehbuch, an das sie sich halten können.« Keeser hielt ihr seinen leeren Teller entgegen. »Ob ich wohl noch ein Stück von dieser köstlichen Torte haben könnte?«

Strahlend vor Hausfrauenstolz verabreichte Paulas Mutter ihm ein zweites etwas groß geratenes Stück. »Paula, du auch noch?«

Paula winkte ab. Obwohl sie vorhin Hunger verspürt hatte, bekam sie die Torte doch nur mit Mühe hinunter. Die Sache mit Sebastian lag ihr schwer im Magen.

Das Klingeln von Keesers Handy ertönte aus der Diele, wo er es in seinem Jackett zurückgelassen hatte. Er entschuldigte sich und verließ die Küche.

»Das war Knopp«, berichtete er, als er kurz darauf zurückkam. »Er ist mit der Sektion von Simon Moor fertig und lässt anfragen, ob wir bei ihm vorbeikommen wollen.«

Das war genau, was Paulas nervöser Magen jetzt brauchte: die unangenehmen Düfte in Knopps Katakomben des Grauens.

★★★

Eine halbe Stunde später trug Keeser galant die Reisetasche von Paulas Mutter hinunter und verstaute sie in ihrem Auto.

»Fahr vorsichtig«, sagte Paula grinsend zum Abschied. Mit diesem Spruch hatten ihre Eltern sie immer verabschiedet. Er hatte sie stets genervt.

Ihre Mutter nahm sie fest in den Arm und wollte sie gar nicht mehr loslassen. »Arbeite nicht so viel. Und lass dich bald mal wieder bei uns sehen, dein Vater weiß schon gar nicht mehr, wie du aussiehst.«

»Dann sag ihm einfach, dass ich mich kein bisschen verändert habe.«

»Und grüß mir ganz lieb Frau Seidel und Sebastian. Schade, dass ich mich nicht von ihnen verabschieden kann.«

»Wird gemacht. Vielleicht schaffe ich es ja heute Abend auf einen Sprung ins Krankenhaus. Weißt du, wo der Krankenwagen sie hingebracht hat?«

»Ach herrje, der Notarzt hat mir das gesagt, aber ich komme gerade nicht drauf, wie der Ort hieß.« Sie überlegte angestrengt. »Irgendwas mit Bad, den Rest hab ich vergessen.«

»Bad Bergzabern«, ergänzte Keeser souverän. »Die Klinik ist spezialisiert auf Hüft- und Knieoperationen.«

»Bad Bergzabern, ja, genau das war der Name des Ortes. Kümmere dich ein bisschen um die arme alte Frau, wenn sie wieder daheim ist.«

Auch das noch, dachte Paula. Erst der Hund und dann auch noch der Hund plus das Frauchen. »Mach ich«, versprach sie dennoch brav.

»Und du, Bernd«, wandte sie sich an Keeser, »pass ja gut auf meine Kleine auf.«

»Ich werde mein Möglichstes tun.« Er nahm ihre Hand und gab ihr höchst galant einen Kuss darauf. Worauf der so Geküssten leichte Röte ins Gesicht stieg.

»Ein Handkuss?«, mokierte sich Paula, als der Wagen ihrer Mutter außer Sichtweite war. »Lieber Himmel, aus welchem Jahrhundert bist du denn ausgebrochen?«

»Halt dich einfach aus Sachen raus, von denen du keine Ahnung hast.« Er sah auf den Hund, der in korrekter Hab-Acht-Haltung neben Paula auf dem Gehsteig saß. »Warum hast du ihn eigentlich mit runtergenommen?«

»Schau, der arme kleine Kerl wäre jetzt sooo viele Stunden allein in der Wohnung ...« Sie klimperte mit den Wimpern. »Ich dachte, er könnte uns eventuell begleiten, sozusagen als Polizeihund-Ersatz. Wäre es nicht praktisch, wenn wir eine Spur verfolgen müssen und gleich einen eigenen Spürhund dabeihaben?«

Keeser zog die Augenbrauen kritisch zusammen. Der »arme kleine Kerl« war dank des Regens tropfnass, und Keeser wusste genau, wie nasse Hunde stanken. Wie ein Spürhund sah er schon mal gar nicht aus.

»Wusstest du, dass Pudel nicht haaren?«, versuchte Paula das Ganze noch schmackhafter zu machen.

»Das kann doch nicht dein Ernst sein.« Keeser sah sie prüfend an. »Oh, es ist dein Ernst. Das darf doch nicht wahr sein.«

Othello hielt tapfer die akkurate Haltung und machte keinen Mucks.

»Sieh nur, wie ernst er seine Rolle als vorbildlicher und allererster PoPu Deutschlands nimmt«, sagte Paula mit todernster Miene.

»PoPu?«

»Polizeipudel.«

»Wenn es unbedingt sein muss ...«

»Es muss.« Sie ging neben dem Hund in die Hocke und sprach leise mit ihm. »Othello, du bist jetzt so was wie ein auszubildender PoPu. Du solltest dich deswegen ab sofort vorbildlichst benehmen. Du darfst auf gar keinen Fall den Onkel Keeser ärgern, also nicht bellen und nicht ins Auto pinkeln.«

»Pah, Onkel Keeser. Steigt endlich ein, ihr zwei Nervensägen.«

Paula nahm unter Keesers rügenden Blicken den Hund auf den Schoß. »Schau nicht so. Wir müssen bei der Hundestaffel nur einen Hundegurt besorgen, dann sitzt Othello natürlich hinten.«

Das fehlte ihm noch. Der Spott der ganzen Einheit wäre ihm gewiss, würde er für einen Pudel eine Polizeihunde-Ausrüstung anfordern.

»Halt ihn einfach gut fest«, murrte er.

★★★

»Der Hund kann da aber nicht mit rein«, bemerkte Keeser, als sie vor der Gerichtsmedizin parkten.

»Ich gehe schnell eine Runde durch die Anlage, dann kann er gefahrlos im Auto bleiben«, bot Paula an und verschwand mit dem neuen Team-Mitglied in den Büschen.

Der Hund würde also nass *und* mit dreckigen Pfoten in das Auto steigen – Keeser war not amused!

Als Paula mit dem erleichterten Othello zurück zum Auto kam, bat sie Keeser um ein Taschentuch, das er ihr bereitwillig und völlig ahnungslos zur Verfügung stellte. Das hatte er gern: sich immer über seine altmodische Gewohnheit, Stofftaschentücher zu benutzen, lustig machen, aber dann genau solch ein Stofftaschentuch ausleihen.

Mit Entsetzen musste er gleich darauf beobachten, wie Paula mit ebendiesem Taschentuch dem frisch ernannten Polizeipudel die Pfoten abputzte.

Paula verfrachtete den derart entschmutzten Hund auf die Rückbank und hielt Keeser das verdreckte Taschentuch hin.

»Schenk ich dir«, zischte er angesäuert.

∗∗∗

Kurz darauf tauchten sie in die Tiefen der Gerichtsmedizin ein. Wie erwartet, rebellierte Paulas Magen heftig. Das eben mühsam hinuntergewürgte Stück Torte drohte, sich wieder den Weg nach oben zu bahnen. Paula unterdrückte den Brechreiz erfolgreich und betete, dass es hier nicht allzu lange dauern würde.

»Ein Vögelchen hat mir gezwitschert, dass Sie heute Geburtstag haben. Also denn: Herzlichen Glückwunsch! So alt wie Sie wäre ich auch gern noch mal.« Der Gerichtsmediziner Knopp reichte ihr über die bereits wieder verschlossene Leiche des Immobilienmaklers seine behandschuhte Hand.

»Ich hoffe sehr, Sie haben ein hübsches Geschenk für mich. Wie wäre es zum Beispiel mit einer Kugel, die zu einer registrierten Waffe gehört?«

Knopp verzog das Gesicht. »Das ballistische Ergebnis ist leider noch nicht da. Aber ich kann euch sagen, dass der junge Mann hier aus nächster Nähe erschossen wurde.«

»Dann ist es, wie Paula vermutet hat: Er kannte seinen Mörder und hat ihn selbst hereingelassen«, überlegte Keeser laut. »Gab es einen Kampf? Hat Moor sich gewehrt?«

»Das hatte ich auch gehofft und hab seine Nägel untersucht. Ich muss euch aber enttäuschen. Da war nichts. Ich vermute, er

war total überrumpelt, als sein Besuch die Waffe auf ihn richtete.«
Er holte sich ein Klemmbrett von einem Tisch und überflog seine
Aufzeichnungen. »Er war zudem vollgepumpt mit Antidepressiva,
was seine Reaktion wohl massiv eingeschränkt hat.«

»Eingeschränkte Reaktion hin oder her, einer heranfliegenden
Kugel kann wohl niemand ausweichen«, bemerkte Keeser.

»Ansonsten war der junge Mann kerngesund«, schloss Knopp
seinen Bericht.

»Der zweite tote Homosexuelle in wenigen Tagen. Ob das das
Werk eines Schwulenhassers ist?« Keeser sah Paula fragend an.

Genau das hatte sie auch schon gedacht. »Die beiden waren
aber doch sehr diskret«, gab sie zu bedenken. »Soweit wir wissen,
wusste nur Moors Schwester von ihrer Beziehung, niemand sonst,
nicht mal die engsten Freunde oder Eichenlaubs rechte Hand
ahnten etwas. Auch die Presse, die gern in dreckiger Wäsche
wühlt, besonders vor Wahlen, hat nichts dergleichen veröffentlicht. Gibt es hier in Landau überhaupt eine sogenannte Schwulenszene?«

Keeser hob abwehrend die Hände. »Was fragst du mich das?
Keine Ahnung, ich stehe definitiv auf Frauen.«

»Hast du nicht erst neulich damit angegeben, du wüsstest alles
über deine Heimat?«, sagte Paula grinsend.

»Frag doch einen Kollegen von der Sitte. Ich wüsste da auch
schon jemanden: deinen neuen Freund, den Matthias Weber«,
schlug Keeser zickig vor.

Weber war der letzte Mann, mit dem Paula freiwillig Kontakt
aufnehmen würde. »Ganz bestimmt *nicht*. Aber du könntest das
tun. Und bei der Gelegenheit kannst du ihn gleich fragen, ob
eventuell schon jemand als Schwulengegner aufgefallen ist.«

Keeser wand sich wie ein Wurm. Er konnte sich das süffisante
Gesicht Webers genau vorstellen, wenn er sich bei ihm nach
einschlägigen Schwulentreffs erkundigen würde. »Ich werde mit
ihm reden«, versprach er ungern.

»Dann erkundige dich auch, wie es in der Sache mit der Schülerin steht«, sagte Paula. »Am besten, du gehst gleich nach oben
und rufst ihn an. Ich habe noch ein paar Fragen an Dr. Knopp.«

Keeser stutzte. Er hätte doch auch von hier aus anrufen können. Wollte sie ihn loswerden?

Dann verstand er. »Ich gehe hoch und rufe Weber an«, verkündete er übertrieben laut und ließ Paula mit Knopp allein.

***

»Und, was hat Knoppi dir verraten?« Keeser stand lässig an den Kofferraum des Dienstwagens gelehnt und sah Paula genauso interessiert entgegen wie Othello, den er zu dessen Freude vom Rücksitz befreit hatte.

»Was verraten?« Paula stellte sich dumm.

»Für wie doof hältst du mich denn? Über die DNA aus dem Vergewaltigungsfall natürlich.« Er sah sie nachsichtig an. »Oh, Sternchen, ich kann schließlich in die verwinkeltsten Ecken deines verworrenen Gehirns blicken.«

»Noch keine Ergebnisse. Knopp hat extra für mich im Labor angerufen«, gab sie kleinlaut zu.

Keeser drückte sie fest an seine Brust. »Das wird schon, mach dich nicht verrückt.«

»Ach, Bernd, ich fühle mich so schrecklich hilflos. Da bin ich bei der Polizei und kann Sebastian trotzdem nicht helfen, weil ich zum Nichtstun verdammt bin«, jammerte Paula in sein kariertes Hemd hinein.

»Die Kollegen schlafen nicht, sie machen ihre Arbeit genauso gut wie wir«, versuchte er sie zu trösten.

Paula stemmte sich von seinem Brustkasten weg. »Wenn sie genauso gut sind wie wir in unserem momentanen Fall, dann gute Nacht für Sebastian.«

»Sie treten derzeit ebenfalls auf der Stelle, das stimmt. Als ich zuletzt mit Weber gesprochen habe, war er auch nicht zufrieden mit seinen Fortschritten. Er wartet mindestens ebenso ungeduldig auf die DNA-Auswertung wie du. Sobald sich herausstellt, dass dein Freund nicht der Täter ist, ist er wieder frei, aber Weber steht dann erst mal ohne Verdächtigen da.«

»Soll ich etwa Mitleid mit diesem Arsch mit Ohren haben?«

»Nein, kein Mitleid, aber Verständnis für seine Vorgehensweise.« Er sah auf seine Armbanduhr. »Gleich fünf. Was hältst du davon, wenn ich dir den Rest des Tages freigebe?«

»Und der Bericht?«

»Den übernehme ich heute.«

»Was soll ich deiner Meinung nach dann tun?«

»Geh mit Othello ein paar Stunden wandern, oder schwing dich auf deine Mühle. Fahr meinetwegen nach Johanniskreuz rauf und wieder runter. Tu einfach etwas, das deinen Kopf freimacht.«

Paula fand dieses Angebot äußerst verlockend, zumal es aufgehört hatte zu regnen. Dennoch zögerte sie. Sie wollte unbedingt dabei sein, wenn es Neues im Fall der Schülerin geben sollte.

»Ich rufe dich sofort an, wenn sich etwas ergibt.« Keeser konnte anscheinend wirklich direkt in ihren Kopf hineinsehen.

★★★

Es war halb sechs, als Paula Othello in ihrer Wohnung absetzte, in ihre Motorradklamotten schlüpfte und auf die Honda kletterte. Sobald sie den Schlüssel gedreht hatte und der Motor den Hinterhof ihres Hauses mit seinem satten Brummen erfüllte, fühlte sie sich besser. Ein Lächeln machte sich unter ihrem Helm breit. Das war es, was ihr seit Tagen gefehlt hatte.

Sie ließ die Maschine langsam nach draußen auf die Straße rollen. Nach kurzem Überlegen bog sie nach links ab. Sie würde über Edenkoben und St. Martin an der Totenkopfhütte vorbei in Richtung Elmsteiner Tal fahren, dann nach Johanniskreuz hoch, wie Keeser es ihr vorgeschlagen hatte. Wenn sie erst mal dort oben war, würde sie weitersehen.

Paula genoss die Fahrt, auch wenn die Straßen stellenweise noch nass waren und sie dadurch langsamer fahren musste. Sobald sie jedoch den Wald beim Forsthaus Breitenstein verlassen hatte, war die Straße trocken. Endlich konnte sie Gas geben.

Sie kam oben in Johanniskreuz raus, an dem großen Parkplatz, auf dem sich vor allem die männlichen Motorradfahrer massenhaft trafen, Benzingespräche führten und mit extremen Kurvenlagen prahlten. So viel geballtes Testosteron war nichts für Paula, und so fuhr sie daran vorbei.

Ihr Magen knurrte. Kein Wunder, denn viel hatte sie heute noch nicht gegessen. Ein schönes Abendessen käme da gerade recht. An der nächsten Wegkreuzung entschied sie sich deshalb, links abzubiegen. Mit gutem Tempo fuhr sie das bei Motorradfahrern so beliebte Wellbachtal hinunter. Nach ein paar Kilometern bog sie nach rechts ab, um in Hofstätten eine kleine Pause einzulegen. Bei dem Landgasthof »Müllers Lust« stellte sie ihre Honda neben ein paar anderen Maschinen ab. Das hier war ebenfalls ein beliebter Treffpunkt für Motorradfahrer.

Sie entschied sich für den Biergarten, auch wenn Tische und Stühle noch nass vom letzten Regenguss waren. Das war der Vorteil, wenn man eine Lederkombi trug.

Sie setzte sich zu einem Pärchen in Motorradkleidung und bestellte ein alkoholfreies Weizenbier sowie das Hirschgulasch, für das auf einer großen Tafel geworben wurde.

»Fährst du selbst?«, fragte die Frau, die etwa so alt war wie Paula, fast ehrfürchtig und leicht plattdeutsch angehaucht.

»Klar. Du nicht?«

»Nein, aber ich überlege schon lange, ob ich den Führerschein machen soll.«

»Und was hält dich davon ab?« Paula war das erste Mal mit siebzehn bei einem Freund hintendrauf mitgefahren. Nach dieser Fahrt hatte sie genau gewusst, dass sie auf gar keinen Fall weiterhin nur Sozia sein wollte. Deswegen hatte sie mit achtzehn und ohne das Wissen ihrer Eltern mit dem Autoführerschein den fürs Motorrad gleich mitgemacht. Sie konnte solche Zaghaftigkeiten nicht verstehen.

Die andere zuckte mit den Schultern.

»Machst du auch hier Urlaub?«, fragte ihr Begleiter mit demselben norddeutschen Akzent.

»Nein, ich lebe hier.« Paula nahm ihr Essen in Empfang und stürzte sich mit wahrem Heißhunger darauf.

»Da hast du Glück, ist eine echt tolle Gegend«, sagte er neidisch. Verständlich, denn im hohen Norden konnten sie nur von den pfälzischen und elsässischen Bergen, Wäldern und Kurven träumen.

Die nächste halbe Stunde sprachen sie über Motorräder und vergangene Reisen. Zuletzt gab Paula ihnen noch Tipps für schöne Touren in der Umgebung, dann zahlte sie und fuhr weiter.

Da sie sowieso in Richtung Bad Bergzabern unterwegs war und noch die mahnenden Worte ihrer Mutter im Hinterkopf hatte, entschied sie sich für einen kurzen Besuch bei Frau Seidel. Ihre Mutter würde beim nächsten Telefonat sicher fragen, wie es der alten Dame ging. Dann konnte sie als nette Nachbarin und Tochter glänzen.

Um kurz vor acht traf sie in Bergzabern ein und stellte ihr Motorrad vor dem Klinikum zwischen zwei großen Blumenkübeln ab. Die Besuchszeit war längst vorbei, aber Paula hoffte, dass sie nicht hinauskomplimentiert wurde.

Doch niemand kümmerte sich um die Frau im bunten Motorradanzug.

Henriette Seidel war hocherfreut, als Paula nach kurzem Klopfen in das Krankenzimmer trat.

»Paula, wie schön, dass Sie mich besuchen.« Die alte Dame saß putzmunter und mit rosigen Wangen in ihrem Bett. Sie sah kein bisschen wie über achtzig aus. »Wie geht es Othello?«

»Oh, Ihrem lockigen Freund geht es außerordentlich gut.« Paula legte den Helm auf der Fensterbank ab und zog die Lederjacke aus. »Er ist jetzt der erste Polizeipudel der Südpfalz und scheint seinen Job sehr ernst zu nehmen.«

»Ich wusste schon immer, dass er zu Höherem bestimmt ist«, sagte sein Frauchen ausgelassen kichernd.

»Aber, Frau Seidel, wie geht es Ihnen?«

»Wunderbar, die Operation verlief ohne Probleme, und ich hatte heute schon Gymnastik mit der Physiotherapeutin. Ich habe so einen langen Nagel im Knochen«, berichtete sie stolz und zeigte mit den Zeigefingern etwa fünfzehn Zentimeter, was Paula nicht recht glauben konnte.

»Also fast wie neu?« Sie war froh, dass es ihrer betagten Nachbarin offenbar gut ging, sie hatte mit einem Häufchen Elend und vollkommener Verzweiflung gerechnet.

»Fast«, kicherte Frau Seidel. »Wie geht es Ihrer Mutter? Sie hat sich so liebevoll um mich gekümmert und versprochen, für Othello zu sorgen.«

Ja, *sie* hat es versprochen, und *ich* kann jetzt die Suppe auslöffeln, dachte Paula. »Sie ist vorhin wieder nach Hause gefahren und lässt Sie ganz lieb grüßen.«

»Ach, dann müssen Sie sich jetzt ganz allein mit Othello rumschlagen, wo Sie eh so wenig Zeit für sich haben? Das tut mir leid.« Frau Seidel schien dieser Gedanke sehr unangenehm zu sein. »Es gibt da eine recht nette Hundepension ...«

»Nichts da, Othello und ich kriegen das schon hin«, unterbrach Paula resolut. Hundepension war wie Knast oder Internat, das wollte sie dem kleinen Kerl auf gar keinen Fall antun. »Er geht mit mir zur Arbeit und macht das bisher richtig gut. Nicht mal mein Kollege hat was an ihm auszusetzen. Wenn Sie Pech haben, will er gar kein normaler Hauspudel mehr sein, wenn Sie wieder nach Hause kommen.«

»Vielleicht will er ja gar nicht mehr zu mir kommen, wenn er bei Ihnen so viel Spaß hat?«, sagte die alte Dame ein wenig bang.

»Ach was, da machen Sie sich mal keine Sorgen.«

»Wenn ich hier rauskomme, muss ich noch ein paar Wochen zur Reha. Danach hat er mich bestimmt vergessen«, unkte Frau Seidel.

»Nie und nimmer, ich bin doch nur ein mickriger Ersatz. Er wird mit wehenden Pudelohren zu seinem heiß geliebten Frauchen zurückkehren.«

Paula blieb etwa eine halbe Stunde, in der sie im Fünf-Minuten-Takt ihr Handy kontrollierte, ob Keeser ihr eine Nachricht hinterlassen hatte. Aber dem war nicht so. Bevor sie nach Landau zurückfuhr, rief sie ihn an.

»Ich hab doch gesagt, ich melde mich, wenn ich was höre.«

Paula hörte gedämpfte Stimmen im Hintergrund. »Bist du noch im Büro?«

»Kontrollierst du mich etwa?«, antwortete Keeser ungehalten.

»Spinnst du? Wie kommst du denn darauf?« Gibt es denn etwas zum Kontrollieren?, dachte sie argwöhnisch.

»War ein langer Tag, ich bin wohl etwas gereizt«, ruderte Keeser zurück. »Wir sehen uns morgen.« Und schwups hatte er aufgelegt.

»Danke, dir auch einen schönen Abend«, murmelte Paula irritiert und steckte das Handy ein.

Was für ein seltsames Telefonat. Ein Verdacht keimte in ihr auf. Sollte Keeser sich ertappt gefühlt haben, weil er mit Andrea zusammen war? Hatte er ihr nicht hoch und heilig versprochen, die Finger von ihr zu lassen? Ach, was kümmerte sie das überhaupt? Paulalein, das geht dich überhaupt nichts an, das ist ganz allein seine Angelegenheit, entschied sie und stülpte sich den Helm über.

★★★

Dass dem nicht so war, musste Paula eine halbe Stunde später feststellen. Als sie zu Hause ihr Motorrad in die Hofeinfahrt lenkte, sah sie Keesers höchstpersönliche Staatsanwältin vor ihrer Haustür stehen. Was will die denn hier?, fragte sie sich. Mich über Keeser ausfragen? Oder hat sie Neuigkeiten zu Sebastians Fall? Ein Anruf hätte in diesem Fall doch vollauf genügt.

»Hättest du kurz Zeit?«, fragte Marianne Renner, kaum dass Paula die Maschine abgestellt und ihr Visier hochgeklappt hatte. Ohne eine Erklärung stieg sie hinter Paula die Stufen zur Wohnung hinauf.

Als sie die Diele betraten, wurden sie von einem völlig überdrehten Othello begrüßt. Nachdem er sich endlich beruhigt hatte, legte Marianne ihre Handtasche auf die Couch und stellte sich grübelnd an die Balkontür.

Paula bekam Angst, stellte sich immerzu die gleichen bangen Fragen: Hatte sie etwa schlimme Nachrichten? War Sebastian am Ende doch schuldig? Und wenn, was würde sie dann tun?

»Wahrscheinlich hältst du mich für kindisch«, unterbrach Marianne Renner ihre Gedanken.

Paula sah sie gespannt an. Hoffnung keimte in ihr auf, dass sie vielleicht gar nicht wegen Sebastian hier war.

»Ich meine, dass ich dich einfach so überfalle ...«

Daran fand Paula grundsätzlich nichts kindisch.

»Ich weiß gar nicht, wie ich das sagen soll«, druckste die sonst so toughe Staatsanwältin ungewohnt zögerlich herum.

Oh Gott, es geht doch um Sebastian, dachte Paula angsterfüllt.

»Ein Gläschen Wein?«, bot sie mit zittriger Stimme an.

Marianne Renner nickte geistesabwesend.

Als Paula mit zwei Gläsern und der Weinflasche aus der Küche zurückkam, schien sie die Worte beisammenzuhaben. »Hat Bernd eine andere?«

Jetzt war es heraus.

Paula hätte vor Erleichterung laut lachen können. Es ging nicht um Sebastian, es ging um Keeser. »Wie kommst du denn auf die Idee?«, fragte sie ausweichend. Was sollte sie jetzt tun? Keeser decken oder die Wahrheit sagen?

»Er ist komisch in letzter Zeit, zurückhaltend ... ja fast abweisend. Ich habe das Gefühl, er geht mir aus dem Weg.« Marianne Renner nahm das Glas Wein entgegen und sah Paula erwartungsvoll an.

Die setzte sich erst einmal. Das war absolut nicht ihre Baustelle. Sie führte ihr Glas an die Lippen und dehnte den Schluck, den sie nahm, so lange wie möglich aus. Doch auch das half nichts, Marianne Renner erwartete eine Antwort von ihr. Sie könnte so tun, als ob sie nichts wüsste, und ihr sagen, dass sie sich das alles nur einbildete. Dass Keeser im Moment einfach viel um die Ohren hatte.

Marianne Renners Augenbrauen zogen sich argwöhnisch zusammen. Klar, als Staatsanwältin erkannte sie sofort, wenn jemand krampfhaft nach einer Ausrede suchte.

»Es ist der Eichenlaub-Fall, der ihm zu schaffen macht«, begann Paula einigermaßen wahrheitsgemäß, aber noch immer hin- und hergerissen, was sie gleich erzählen sollte. Dann entschied sie sich, nicht für ihren Kollegen zu lügen. Sollte Keeser danach ruhig selbst alle Unklarheiten aus dem Weg schaffen. »Er war in grauer Vorzeit mal mit der Witwe verlobt. Das unvorbereitete Zusammentreffen hat ihn sehr mitgenommen.«

Marianne Renner klammerte sich an ihr Weinglas. »Hat er wieder was mit ihr angefangen?«

»Das solltest du ihn fragen, nicht mich. Aber nein, er hat nichts mit ihr angefangen.« Bis heute Nachmittag jedenfalls nicht, dachte Paula. Nach dem seltsamen Telefonat vorhin war sie sich nicht mehr ganz so sicher.

Marianne Renner nippte an ihrem Wein und setzte sich neben Paula auf das Sofa. »Ich hätte nicht gedacht, dass mir diese Beziehung mal so viel bedeuten würde. Aber Bernd ist genau der Mann, den ich immer gesucht habe, der mich glücklich macht.«

Und ich will das eigentlich gar nicht so genau wissen, dachte Paula.

»Ich liebe seinen Humor und seine Art, an die Dinge heranzugehen. Er kann gut kochen, und im Bett ist er einfach unglaublich —«

»Er liebt dich«, unterbrach Paula rasch, denn sie wollte auf gar keinen Fall Einzelheiten über das Liebesleben ihres Kollegen hören. So gute Freundinnen waren sie und Marianne Renner nicht, dass sie über derartige Dinge mit ihr sprechen wollte.

»Er hat mir heute zum zweiten Mal in dieser Woche kurzfristig abgesagt. Wir wollten ins Kino, aber er hat behauptet, er habe noch zu viel zu tun.« Sie starrte in die Tiefe ihres Glases, als ob dort eine Antwort verborgen liegen könnte. »Ich hab ein paarmal versucht, ihn anzurufen, aber er geht nicht an sein Handy.«

»Mich hat er früher nach Hause geschickt, damit ich eine Geburtstagsrunde mit dem Motorrad drehen kann. Er wollte die Berichte schreiben. Vielleicht ist ihm dabei eine Idee gekommen, und er geht einem neuen Hinweis nach.« Paula mochte Marianne Renner nicht wehtun oder beunruhigen, aber sie selbst bezweifelte diese Variante.

»Ja, vielleicht.«

»Was Neues im Fall Kornmann?« Paula versuchte, das Gespräch in eine andere Richtung zu manövrieren. In eine Richtung, die

sie viel mehr interessierte als die Liebesprobleme der Staatsanwältin.

Marianne Renner schwieg einige Zeit, dann trank sie ihr Glas
in einem Zug leer und stellte es auf den Couchtisch. »Nein, gar
nichts, es tut mir leid, dass ich dich mit meinen lächerlichen Be-
ziehungsproblemen belästige, während dein Freund als vermeint-
licher Vergewaltiger in Untersuchungshaft sitzt. Echt doof von
mir.« Sie stand auf und strich den engen weinroten Kostümrock
glatt. Mit der cremefarbenen schlichten Bluse sah sie wie immer
umwerfend aus. Paula konnte sich zum wiederholten Male nicht
vorstellen, dass ihr Kollege der faden Andrea Eichenlaub den
Vorzug geben würde.

»Ist echt ein beschissener Geburtstag, den du da hast.«

»Da hast du recht«, stimmte Paula ihr ohne zu zögern zu.

Marianne Renner schnappte sich ihre Handtasche und ging
in Richtung Diele. »Kann also nur besser werden«, prophezeite
sie und nahm Paula zum Abschied kurz in den Arm.

»Ebenfalls«, sagte diese und war sich sicher, dass es locker noch
schlimmer werden könnte, zum Beispiel wenn Sebastian nicht
durch eindeutige Beweise oder Aussagen entlastet würde.

»Danke, dass du mir dein Ohr geliehen hast.« Mit diesen Worten stöckelte Marianne Renner die Treppe hinunter.

Othello stand wedelnden Stummelschwanzes neben Paula und
sah sie erwartungsvoll an.

»Du hast mir gerade noch zu meinem Glück gefehlt«, murmelte sie.

Sie zog sich schnell um und schnappte sich die Leine.

»Aber nur kurz, mein Lieber.«

★★★

Eine Dreiviertelstunde später waren sie zu des Pudels Leidwesen
wieder zurück.

Beim Schließen der Wohnungstür fiel Paulas Blick auf den
Spiegel, an den sie die Eintrittskarten für die Krimi-Veranstaltung
am nächsten Abend geklemmt hatte. Was würde aus denen wer-

den? Allein würde sie auf gar keinen Fall dorthin gehen. Sie könnte sie verschenken, Tina Geiger wäre bestimmt empfänglich dafür und könnte ihren Hansi mitschleppen. Dabei hatte sie sich so über die Karten und auf den Abend gefreut.

Ihr war zum Heulen zumute. Schniefend entledigte sie sich ihrer Wanderschuhe und nahm sich dann gewissenhaft der halb vollen Weinflasche an. Die Tränen versiegten irgendwann, aber besser fühlte sie sich nicht.

Als sie beschloss, ins Bett zu gehen, klingelte ihr Handy. Es war ihre Mutter.

»Na, wie war dein Geburtstag noch?«, fragte sie munter.

Alptraumhaft, beschissen, einfach grässlich – das waren die Begriffe, die Paula spontan einfielen.

»Ich war noch mit dem Motorrad unterwegs«, erzählte sie stattdessen so fröhlich wie möglich. »Und ich war kurz bei Frau Seidel. Der geht es gut, ich soll dich recht herzlich von ihr grüßen. Gerade hab ich mit Marianne noch ein Gläschen Wein getrunken.« Alles die Wahrheit und nichts als die Wahrheit.

»Wie schön«, sagte ihre Mutter erfreut am anderen Ende der Leitung.

Das war allerdings nicht so ganz Paulas Wahrheit.

Schrecken mit Ende

Mittwoch, 23. Mai

Obwohl sie viel zu wenig geschlafen hatte, fühlte sich Paula nach dem Aufwachen besser als die letzten beiden Tage, zumindest körperlich. Eine Nacht in einem richtigen Bett, noch dazu im eigenen, hatte definitiv Vorzüge.

Die morgendliche Gassirunde tat ihr unerwartet gut, und so ging sie leidlich erfrischt, aber mit gemischten Gefühlen zum Dienst. Einerseits war sie gespannt zu erfahren, was sich in Sebastians Fall ergeben hatte, andererseits hatte sie Angst davor.

Tina Geiger flatterte schon geschäftig durch die Gänge des Präsidiums, orange gewandet, was ein schmerzhafter Kontrast zu ihren lila gefärbten Haaren war.

»Gibt's was Neues, Geigerlein?«, erkundigte sich Paula bei ihr. Sie saß schließlich wie die Spinne im Netz und bekam aktuelle Neuigkeiten als eine der Ersten mit.

»Leider nein. Waren echt keine guten Tage für dich, wie geht es dir?«

»Beschissen wäre geprahlt«, gab Paula zu.

»Schon in die Zeitung gesehen?«

Paula schüttelte den Kopf, woraufhin Tina Geiger ihr die »Rheinpfalz« hinlegte. Sie war so zusammengefaltet, dass ihr der Artikel, den sie lesen sollte, sofort ins Auge stach.

Brutaler Übergriff auf Schülerin
LANDAU. 16-jährige Schülerin des Otto-Hahn-Gymnasiums liegt nach Vergewaltigung im Koma. Der Tat dringend verdächtig ist einer ihrer Lehrer.
In der Nacht zum Dienstag wurde im Schillerpark die 16-jährige Martina L. brutal überfallen und vergewaltigt. Mit schweren Kopfverletzungen wurde die Schülerin in ein Krankenhaus gebracht, wo sie seit ihrer Einlieferung im Koma liegt. Ihr Zustand sei jedoch

stabil, so die Ärzte. Im Fokus der Ermittlungen steht ihr 35-jähriger Sportlehrer, der derzeit in Untersuchungshaft sitzt. (ife)

Wütend klatschte Paula die Zeitung auf Tina Geigers Schreibtisch. »Na toll, ›35-jähriger Sportlehrer‹ und der Name der Schule. Da hätten sie ja gleich seinen Namen abdrucken können.« Ihr Blick fiel auf einen weiteren Artikel.

Tod eines Immobilienmaklers
LANDAU. Der Immobilienmakler Simon M. wurde erschossen in seiner Wohnung aufgefunden.
Einen grausigen Fund machte Sophie S., als sie ihren Bruder, Simon M., in seiner Wohnung aufsuchen wollte, nachdem er nicht im Büro erschienen und auch nicht ans Telefon gegangen war: Er lag erschossen in seinem Wohnzimmer. Anzeichen für einen Einbruch gibt es nicht. Die Polizei macht derzeit noch keine näheren Angaben zum Tathergang. (bem)

Etwas weiter unten sah ihr Andrea Eichenlaub von einem kleinen Foto entgegen. Paula nahm die Zeitung erneut in die Hand und las mit einem Anflug von Sorge den dazugehörigen Artikel. In wenigen Zeilen wurde berichtet, dass die Polizei im Mordfall Eichenlaub noch keine Erkenntnisse gewonnen hatte. Gut, bisher hatte sich die Journalistin Bettina Mertens an ihre Abmachung gehalten.

»Wenn man das so liest, könnte man meinen, Landau sei ein richtig gefährliches Pflaster«, bemerkte Tina Geiger, als die Tür aufflog.

Keeser steckte seinen verwuschelten Kopf in das Sekretariat. »Ach, da sind ja meine beiden Lieblingsfrauen, ich hab euch schon gesucht.«

Othello gab wuffend zu verstehen, dass er auch anwesend war. Keeser begrüßte ihn flüchtig.

Er sieht übernächtigt aus, stellte Paula fest. Dunkle Ringe unter seinen Augen wiesen auf wenig oder gar keinen Schlaf hin. Sein unrasiertes Stoppelkinn sprach eindeutig für eine strikt verkürzte, übereilte oder gar ganz vernachlässigte Morgentoilette. Wo, verdammt, warst du, Keeser?, dachte sie im Stillen.

»Lass das mit den Lieblingsfrauen nur nicht deine Marianne hören, Commissario.« Tina Geiger deutete auf die Zeitung.

»Hab ich schon gesehen. Aber das ist inzwischen Schnee von gestern: Die Schülerin ist vor einer halben Stunde aufgewacht.« Paula schoss elektrisiert von ihrem Stuhl hoch. »Und?«

»Noch nichts, soviel ich weiß, wird sie gerade befragt.«

»Verflucht!«

»Reg dich nicht auf, bald wissen wir mehr. Weber hat versprochen, dass er mich sofort anruft, wenn er was weiß. Zu deiner Information: Das ist nicht üblich, er ist also gar nicht so übel, wie er immer tut.«

Paula ließ Othello in Tina Geigers Obhut und folgte Keeser widerwillig nach oben ins Besprechungszimmer, in dem rege Unterhaltung herrschte. Paula war dankbar, dass diesmal nicht plötzlich alle still waren, als sie den Raum betrat. Mit der Gewissheit, sich nicht auf den eigenen Fall konzentrieren zu können, solange sie nicht wusste, was sich in Sebastians Angelegenheit ergab, nahm sie neben Keeser Platz.

Da Oberrat Sonne noch nicht da war, beugte sie sich zu ihm hinüber. »Apropos Lieblingsfrauen«, raunte sie ihm zu, »Marianne war gestern Abend noch bei mir.«

Keeser zog überrascht die Augenbrauen gen Stirn. »Wieso das denn?«

»Jedenfalls nicht, um mit mir Geburtstag zu feiern. Sie wollte wissen, was mit dir los ist.«

»Und, was hast du gesagt, was mit mir los ist?« Er klang beunruhigt.

»Die Wahrheit.« Täuschte sie sich, oder wurde er blass?

»Was denn für eine Wahrheit?« Er sah sie an wie ein Reh, das im plötzlichen Scheinwerferlicht eines Autos steht: unschlüssig, ob es stehen bleiben oder wegrennen soll.

»Das mit Andrea, dass du sie nach über zwanzig Jahren unerwartet wiedergesehen hast und dadurch etwas durcheinander bist.«

»Verdammt! Wie konntest du ihr das erzählen?«

»Weil *du* es anscheinend nicht getan hast, sonst hätte sie ja nicht vor meiner Tür gestanden. Ich dachte, du wolltest das endgültig klären.«

»Wollte ich ja ... gestern Abend.«

»Deswegen hast du also das Kino abgesagt? Weil du mit Andrea klar Schiff machen wolltest?«

»Genau.«

»Und, hast du klar Schiff gemacht?«

»Das geht dich gar nichts an«, sagte er ausweichend.

»Stimmt, es geht mich nichts an«, sagte Paula schroff. Sie war wütend auf ihn, dass er so ein Weichei war und nicht Manns genug, sich endlich klar für die eine oder andere Frau zu entscheiden. Vorgestern Abend hatte er noch verkündet, dass er Andrea in den Wind schießen würde, weil er angeblich Marianne liebte, und gestern Abend schien ihn Andrea, diese Schlange, wieder umgestimmt zu haben. Sie wollte gerade ansetzen, ihm einiges an den Kopf zu werfen, da rauschte Heribert Sonne herein. Alle Gespräche verstummten augenblicklich.

Paula schluckte ihre Worte hinunter und drehte sich demonstrativ von Keeser weg.

Sonne eröffnete mit den Ergebnissen von Interpol im Falle Eichenlaub. »Unsere ausländischen Kollegen waren recht fix und haben die aufgelisteten Geschäftspartner beziehungsweise die an einer Übernahme interessierten Firmen überprüft. Sie haben nichts herausgefunden, was auf eine Beteiligung an Benedikt Eichenlaubs Tod hinweisen würde. Da sind wir also ins Leere gelaufen.«

Ein Ergebnis, mit dem Paula gerechnet hatte, denn sie konnte sich nicht vorstellen, dass irgendein Geschäftsmann es riskieren würde, einen Firmeninhaber aus dem Weg zu schaffen, um an dessen Firma oder Aufträge zu kommen. Im Fernsehen ja, aber im wahren Leben doch wohl eher nicht.

»Was ist mit der Ballistik?« Der dauerschweißgebadete Kripochef Sonne sah den Mann von der Ballistik auffordernd an.

Der war sichtlich erleichtert, tatsächlich etwas Positives berichten zu können. »Die beiden Projektile, mit denen Eichenlaub und Moor erschossen wurden, stammen eindeutig aus derselben Waffe, nämlich einer Neun-Millimeter Makarov. Die dazu passende Waffe ist aber leider nicht registriert.«

Wie zu erwarten war.

»In beiden Fällen war es also mit großer Wahrscheinlichkeit derselbe Täter«, folgerte Sonne. »Das ist nicht viel, aber besser als nichts. Sonst noch was?«

Heinz Bader von der Technik meldete sich zu Wort. »Wir haben hier die Telefondaten von dem Festnetzanschluss des toten Immobilienmaklers samt Auswertung. Bis auf eine Handynummer waren alle Teilnehmer klar zu ermitteln.« Er reichte Sonne den Computerausdruck, der ihn nach kurzem Überfliegen an Keeser weiterreichte.

»Ein Prepaid-Handy?«

»So sieht es aus«, bestätigte Bader.

»Wer weiß, ob das überhaupt relevant ist.« Keeser gab die Liste an Paula weiter.

Die suchte etwas ganz Bestimmtes, als sie die Telefonverbindungen von Eichenlaubs Todestag durchging. Und da war er tatsächlich: der Anruf, den Eichenlaub laut Moor gemacht hatte, kurz bevor er aufgebrochen war, um angeblich zu seiner Frau zu fahren. Es war eines der letzten Telefonate, das überhaupt von diesem Anschluss getätigt wurde. Moor hatte nach Eichenlaubs Tod kaum noch telefoniert. Wie zuvor Andreas Telefondaten belegt hatten, war dieser Anruf nicht an ihren Festnetzanschluss gegangen. Dieser Anruf um drei Uhr zweiundfünfzig war an die besagte nicht definierte Handynummer gegangen. Hatte er seinem Geliebten das Gespräch mit seiner Frau also tatsächlich nur vorgespielt? Doch wen zum Henker hatte er dann angerufen? Wem, verdammt, gehörte dieses Handy? Paula war ratlos.

Sie versuchte krampfhaft, systematisch zu denken, blieb aber immer an der unbekannten Handynummer hängen. Gab es noch eine weitere Person in Eichenlaubs Beziehungsgewirr? Und wenn es gar keine weitere Person gegeben hatte, wenn er Moor gar nicht belogen hatte? Wenn er doch mit seiner Frau gesprochen hatte? Dann wäre das die Nummer *ihres* Handys. Doch warum der Anruf auf ihrem Handy? Schließlich hatte sie ihn immerzu von ihrem Festnetzanschluss aus angerufen.

Paulas Gedanken galoppierten wild durch ihren Kopf.

Es konnte nur einen plausiblen Grund geben: Er hatte ihr Handy angewählt, weil er sie auf dem Festnetz nicht erreichen konnte. Aber warum konnte er sie nicht erreichen, warum war sie nicht rangegangen? Schließlich hatte sie doch den ganzen Abend und die halbe Nacht versucht, mit ihm Kontakt aufzunehmen. Wenn sie tatsächlich beschlossen hatte, nicht mit ihm zu sprechen, warum war sie dann an das verdammte Handy gegangen?

So viel Paula auch nachdachte, sie kam zu keinem schlüssigen Ergebnis.

Es sei denn … er *konnte* sie daheim nicht erreichen, weil sie gar nicht daheim gewesen war. Aber wo um alles in der Welt war sie dann mitten in der Nacht gewesen? Vielleicht doch in diesem Parkhaus? Oder doch zu Hause? Hatte sie das Klingeln des Festnetztelefons nur nicht gehört, weil sie, genau wie sie es ihnen gesagt hatte, tatsächlich in ihrem Bett gelegen und zu schlafen versucht hatte? Hatte sie ihr Handy bei sich im Schlafzimmer gehabt, als er sie darauf anrief?

Zu viele Wenns und Obs und Warums, entschied Paula und schielte zu Keeser hinüber. Was würde er wohl zu ihren Überlegungen sagen, die seine Andrea unweigerlich wieder in den Kreis der Verdächtigen rücken würden?

Es gab eine Möglichkeit, das Handy und im günstigsten Fall auch seinen Besitzer zu finden. »Haben Sie es schon mit einer Peilung des Mobiltelefons versucht?«, fragte Paula hoffnungsvoll.

»Haben wir«, bestätigte Bader. »Leider ohne Erfolg. Nach dem letzten eingegangenen Anruf wurde es ausgeschaltet und seitdem nicht wieder aktiviert.«

Es war wie verhext.

In diesem Moment wurde die Tür geöffnet, und Matthias Weber, der Kollege vom K2, trat ein. Er entschuldigte sich bei

Sonne für die Störung und sah sich kurz in der Runde um. Sein Blick blieb schließlich an Keeser hängen. Er winkte ihm zu, nach draußen zu kommen.

Paula wurde schlagartig schlecht. Ihr Blick heftete sich an Keesers breites Kreuz, das sich gemächlichen Schrittes zur Tür bewegte. Weber hätte ihn doch nicht aus der Besprechung herausgeholt, wenn es nicht wichtig wäre.

Sie sah mit mulmigem Gefühl zu, wie Keeser sich zu dem etwas kleineren Weber hinunterbeugte, während der mit gedämpfter Stimme eindringlich auf ihn einredete und bedeutsame Blicke in Paulas Richtung warf.

Todesstille herrschte im Raum, alle Augen waren gebannt auf die Kollegen an der Tür gerichtet.

Endlich verschwand Weber wieder.

Keeser drehte sich zu ihnen um. »Sebastian Kornmann ist entlastet und wird sofort aus der Untersuchungshaft entlassen«, verkündete er laut und sah Paula aufmunternd an. »Die Schülerin ist gerade befragt worden. Sie hat den wahren Täter benannt, einen Mitschüler aus der Oberstufe.«

Paula wurde vor Erleichterung schwindelig. Sebastian war unschuldig! Nicht dass sie das auch nur eine Sekunde bezweifelt hatte, aber jetzt war es amtlich und Sebastian offiziell rehabilitiert. Am liebsten wäre sie auf der Stelle losgerannt, um ihn persönlich aus der Untersuchungshaft abzuholen.

Keeser drückte ihr sanft die Schulter, bevor er sich wieder neben sie setzte. All ihre Wut auf ihn war restlos verflogen.

★★★

»Wie wäre es mit einem Friedenskaffee?«, bot Keeser an, nachdem Sonne die Besprechung beendet hatte.

»Gute Idee.« Paula lächelte ihn an, froh, dass er ihr nicht nachtrug, dass sie Marianne alles erzählt hatte. Es gab nichts Schlimmeres, als zusammen Dienst tun zu müssen, wenn man sauer aufeinander war.

»Setz dich und atme erst einmal tief durch«, ordnete er an und drückte sie auf ihren Schreibtischstuhl. »Ich besorge den Kaffee, und wenn mich nicht alles täuscht, müsste auch noch was von deinem Geburtstagskuchen da sein.«

Er spülte ihre Tassen aus und verschwand geschäftig nach draußen.

Keeser ist ein Schatz, stellte Paula mit einem warmen Gefühl der Zuneigung fest. Er war wirklich der netteste Kollege, mit dem sie je zusammengearbeitet hatte. Sie zog in Erwägung, ihm von ihren Überlegungen bezüglich der Telefondatenauswertung und ihrem neuerlichen Verdacht gegen Andrea zu erzählen. Wird er gleich wieder Partei ergreifen und sich wie ein Löwe vor diese Frau stellen?, fragte sie sich.

»Ich möchte mich entschuldigen«, sprudelte Paula los, als Keeser mit der einen Hand ihre vollen Tassen und mit der anderen die Kuchenplatte mit dem Marmorkuchen hereinbalancierte.

»Nein, ich muss mich entschuldigen.« Er überreichte ihr ihre Tasse.

»Nein, nein, ich hab mich ungefragt in dein Privatleben eingemischt, also muss ich mich entschuldigen«, insistierte Paula und nahm ein großzügig geschnittenes Stück Kuchen entgegen.

»Aber ich muss mich entschuldigen, dass ich dich in diese unangenehme Situation gebracht habe.« Er biss genüsslich in den Kuchen.

»He, du Arsch, willst du etwa mit mir streiten, wer von uns beiden sich entschuldigen muss?«, entgegnete Paula gespielt aggressiv.

Keeser grinste sie breit und mit Krümeln in den Bartstoppeln an. Er kaute fertig, schluckte und sagte dann mit ernster Miene: »Andrea wollte gestern Selbstmord begehen.«

Paula blieb der Brocken Kuchen fast im Halse stecken.

»Nachdem ich die Berichte geschrieben hatte, bin ich zu ihr rausgefahren, um mit ihr zu reden. Um ihr klipp und klar zu sagen, dass aus ihr und mir nichts wird, da ich bereits in festen Händen bin.«

Paula sah ihn gebannt an.

»Als ich in Offenbach ankam, machte sie nicht auf. Das war

seltsam, denn ich hatte vorher angerufen, sie wusste also, dass ich kommen würde. Ich bin dann durch die kaputte Balkontür eingestiegen und fand sie im Bad. Sie lag in der Badewanne und hatte sich die Pulsadern aufgeschnitten.«

»Längs oder quer?«, fragte Paula gepresst.

»Was?« Irritiert hielt Keeser inne.

»Ich will wissen, ob sie sich quer oder längs geschnitten hat.« Er überlegte mit gerunzelter Stirn. »Quer. Was soll diese Frage? Jedenfalls hab ich sofort den Notarzt angerufen und bin dann mit ihr ins Pfalzklinikum nach Klingenmünster gefahren.«

»Sie haben sie in die Psychiatrie gebracht?«

»Das ist Standardvorgehensweise bei versuchtem Suizid.«

Am besten wäre es, wenn sie die gute Andrea gleich dortbehielten, war Paulas spontaner Gedanke.

»Dort hab ich die ganze Nacht verbracht«, berichtete Keeser weiter. »Und von dort aus hab ich auch Marianne angerufen und das Kino abgesagt.«

Paula sah ihn voller Mitleid an. Seine Nacht war also alles andere als schön gewesen. Dennoch kam sie nicht umhin zu sagen: »Dir ist schon klar, dass sich deine arme, arme Andrea wahrscheinlich gar nicht wirklich das Leben nehmen wollte?«

Keeser sah sie ungläubig an. »Paula, sie hat sich die Pulsadern aufgeschnitten.«

»Genau das meine ich. Wenn man wirklich vorhat, zu sterben, dann schneidet man sich die Pulsadern der Länge nach auf, das weiß doch jedes Kind. Außerdem wusste sie genau, dass du sie rechtzeitig retten würdest, du warst ja auf dem Weg zu ihr. Komm, Keeser, sie hat dich damit manipuliert. Sie hat wohl geahnt, was du mit ihr bereden wolltest, und es erfolgreich vereitelt. Sie hat damit an deine unerschütterliche Ritterlichkeit appelliert und ist offensichtlich wieder einmal damit durchgekommen.«

»Ritterlichkeit, so ein Blödsinn«, blaffte Keeser gewohnheitsmäßig, aber doch ein wenig skeptisch.

»Hast du inzwischen mit ihr gesprochen?«

»Ja, ich saß ja die ganze Nacht bei ihr am Bett. Sie war zwar sediert, aber zwischendrin hatte sie klare Momente.«

»Du hast ihr also gesagt, dass aus euch beiden kein Paar wird?«, fragte Paula, obwohl sie die Antwort nur zu gut kannte.

»Natürlich nicht, sie war viel zu mitgenommen und verstört, wie hätte ich ihr das in diesem Zustand sagen können?«

Paula fand, dass genau das Gegenteil zutraf: Es wäre *die* Gelegenheit gewesen, diese wie auch immer geartete Liaison zu beenden, denn nirgendwo war Andrea so sicher vor sich selbst wie in der Klinik. Bis man sie entlassen würde, hätte sie es sicherlich verschmerzt gehabt.

Paula lachte freudlos auf. »Siehst du, das meinte ich mit Ritterlichkeit. Sie kennt dich so gut und weiß genau, womit sie dich erpressen kann.«

»Was redest du da? Sie erpresst mich doch nicht.«

»Wenn du mich verlässt, bringe ich mich um. Also, für mich ist das Erpressung vom Allerfeinsten.«

Keeser sah sie nachdenklich an. »Hm«, sagte er schließlich, »wenn man es so sieht …«

»Genau so musst du es sehen, liebster Kollege, sonst wirst du sie nie wieder los.«

In seinem Innersten wusste Keeser, dass sie recht hatte. Ihm grauste jedoch vor einer finalen Aussprache mit Andrea. Er wusste, dass es nur ein unnötiges Hinauszögern war, mit dem er seine Beziehung mit Marianne gefährdete. Je eher er mit Andrea Klartext redete, desto besser war es für alle Beteiligten.

Ein kurzes Klopfen, dann wurde die Tür geöffnet.

Kriminalhauptkommissar Weber streckte sein gegeltes Haupt herein.

»Stör ich?« Ohne eine Antwort abzuwarten, wandte er sich an Paula. »Ich wollte nur fragen, ob Sie eventuell Lust hätten, mit nach Zweibrücken zu fahren und Herrn Kornmann abzuholen.«

Paula fragte sich verwundert, ob der Kerl ein schlechtes Gewissen hatte. Natürlich wollte sie mit! Sie sah fragend zu Keeser hinüber.

Der winkte sie wie eine lästige Fliege hinaus. »Hau schon ab, das bisschen hier kann ich auch allein machen.«

»Und Othello?«

»Den kannste hierlassen.«

Paula warf ihm einen Handkuss zu und folgte Weber.

★★★

»Das gestern im Verhörraum war nichts Persönliches«, begann Weber das Gespräch, nachdem sie etwa zwanzig Kilometer schweigend in seinem Dienstwagen zurückgelegt hatten.

»Wie auch? Wir kannten uns ja bis dahin überhaupt nicht«, antwortete Paula lapidar. Es war kein wirklich gelungener Einstieg für ein Kennenlernen, dachte sie.

»Das, was ich zu Ihnen gesagt habe«, er sah sie prüfend von der Seite an, »das war auf gar keinen Fall in Ordnung. Ich möchte mich dafür entschuldigen.«

»Aber es entsprach den Tatsachen, ich vögle ja mit dem vermeintlichen Tatverdächtigen«, sagte Paula kühl.

»Hören Sie, ich hatte einfach einen schlechten Tag. Ich kam gerade aus dem Krankenhaus, die Kleine sah wirklich schlimm aus …«

»He, Kollege Weber, es ist in Ordnung, ich nehme Ihre Entschuldigung an.« Ihre Erwiderung fiel schroffer als beabsichtigt aus.

»Wir können gern Du sagen«, schlug Weber vorsichtig vor.

Paula war sich nicht sicher, ob sie das wollte.

»Ich bin ein Arschloch, das ist allgemein bekannt.« Er lächelte sie schief an. »Und du hast mich gleich von meiner Schokoladenseite kennengelernt.«

»Wenn das deine Schokoladenseite ist, möchte ich die anderen Seiten gar nicht kennenlernen.« Das sollte böse klingen, aber es gelang ihr nicht, ein Grinsen zu unterdrücken.

»Schade«, sagte Weber, und es hörte sich tatsächlich so an, als ob er das wirklich bedauerte.

Nachdem sie weitere Kilometer schweigend gefahren waren, ergriff er erneut das Wort. »Du möchtest nicht zufällig zum K2 wechseln? Es gäbe da eine vakante Stelle, genau das Richtige für eine fähige Beamtin wie dich.«

»Lass mich raten: Dein letzter Partner hat es nicht mehr mit dir ausgehalten und sich deshalb nach Sibirien versetzen lassen?« Weber lachte vergnügt. »Nicht ganz. Mein letzter Partner war eine Partnerin, und sie hat unbedingt letztes Jahr heiraten müssen. Was ja noch zu verkraften gewesen wäre, aber sie hat sich gleich den Bauch dick machen lassen. Also, was ist? Interesse an dem Job?«

»Nein, danke, ich habe eine wirklich glückliche Arbeitsbeziehung mit Keeser.«

»Was hat der Kerl, was ich nicht habe?«, fragte Weber gespielt verzweifelt.

»Charme, Humor, positive Ausstrahlung, angenehme Umgangsformen ... Soll ich fortfahren?«

»Nein, nein, ich hab schon verstanden«, sagte er rasch.

Bei der JVA angekommen, stellten sie das Auto in der Nähe des Eingangs ab. Der Pförtner ließ sie nach der Kontrolle ihrer Dienstausweise ein. In einem Vorraum mussten sie warten.

»Das mit dem Job war kein Witz, das hab ich vollkommen ernst gemeint«, sagte Weber und blickte Paula kurz an. »Du magst mich nicht«, fügte er hinzu.

»Das muss ich ja auch nicht.« Warum bin ich bloß mit diesem Neandertaler hergefahren?, fragte sich Paula, als sie Sebastian entdeckte. Durch eine Glastür sah sie, wie er, von einem Justizbeamten begleitet, einen langen Gang entlang auf sie zukam.

Ungeduldig beobachtete Paula, wie er noch einmal stehen bleiben und warten musste, bis die letzte Tür zwischen ihnen geöffnet wurde. Endlich standen sie sich gegenüber.

»He, wie fühlst du dich?« Mehr brachte sie nicht heraus.

Während der Fahrt hatte sie sich vorgestellt, wie sie sich glücklich und erleichtert in die Arme fallen würden. Doch jetzt war es ganz anders. Sebastian stand nur stumm da. Und dann noch dieser Arsch von Weber hinter ihr, der sie beobachtete und bestimmt nur auf eine passende Gelegenheit wartete, um einen seiner blöden Sprüche loszuwerden. Also stand Paula auch einfach nur da.

Sebastian sah schlecht aus, seine Augen waren gerötet, ein

Zeichen von zu wenig Schlaf. Dumpf sah er sie an, sein Blick ging durch sie hindurch, das lebendige Strahlen in diesen Augen war erloschen. Dieser Anblick tat Paula in der Seele weh, sodass sie ihn schließlich doch in den Arm nahm. Es war ihr egal, was Weber dazu sagen würde. Sebastians stoppelige Wange zerkratzte ihr Gesicht, er roch ungewaschen und nach Knast.

»Lass uns heimfahren«, schlug sie sanft vor.

Sie mussten noch warten, bis er den Empfang seiner persönlichen Sachen quittiert und seine Entlassungspapiere überreicht bekommen hatte.

Auf der Rückfahrt sprachen sie kein Wort. Paula saß hinten neben Sebastian und hielt seine Hand fest. Sie war froh, ihn wiederzuhaben.

Weber setzte sie vor ihrem Haus ab und fuhr wortlos weiter.

Sebastian sah ihm mit hasserfülltem Blick nach. »Genau so stelle ich mir die Folterknechte der Inquisition vor«, waren die ersten Worte, die er sagte.

»Gefoltert hat er dich ja wohl nicht«, sagte Paula besänftigend, als sie die Treppe hinaufstiegen.

»Hätte er aber, wenn er gedurft hätte«, schnaubte Sebastian verächtlich. »Er wollte einfach, dass ich es war.«

»Es wurde aber bewiesen, dass du es nicht warst, und er war wegen seines Verhaltens recht kleinlaut. Soll ich mit reinkommen, oder willst du lieber allein sein?« Unschlüssig blieb Paula im Treppenhaus stehen.

»Zuallererst will ich duschen und eine Runde schlafen.« Sebastian machte keine Anstalten, sie hereinzubitten.

Paula war ein wenig enttäuscht, hatte jedoch Verständnis. Sie drückte sich fest an ihn und gab ihm einen Kuss. »Rasieren wäre auch nicht schlecht.« Sie löste sich von ihm und ging in Richtung Treppe. Dort drehte sie sich noch einmal um. »Was ist mit heute Abend? Die Krimiveranstaltung – gehen wir dahin?«

Zum ersten Mal seit Zweibrücken lächelte Sebastian, doch das Lächeln kam nicht in seinen Augen an.

»Da gehen wir natürlich hin. Bis dahin bin ich wieder sozialisiert, versprochen.«

Er stand so verloren da, so unglücklich, dass Paula nicht anders konnte, als noch einmal auf ihn zuzugehen. »Ich kann gar nicht sagen, wie leid es mir tut, dass du das durchmachen musstest.«
Jetzt war er es, der sie in den Arm nahm – endlich! – und an sich drückte. »He, du kannst ja wohl am allerwenigsten dafür.« Er küsste sie sanft auf den Mund und sah ihr in die Augen. Zu Paulas Erleichterung war da wieder Leben in seinem Blick. »Bis heute Abend, meine kleine Kommissarin.«

***

Als Paula wenig später ihr Büro in der Dienststelle betrat, war es verlassen. Nur ein hellblaues Post-it klebte an ihrem Monitor. »Musste kurz weg«, stand darauf in Keesers schwungvoller Schrift. Mit dem Zettel in der Hand ging sie hinüber zu Tina Geiger. »Weißt du, wo Keeser hin ist?«
Othello begrüßte sie hocherfreut. Keeser hatte ihn nicht mitgenommen, logisch, so ins Herz geschlossen hatte er den Hund nun auch wieder nicht.
Tina Geiger wandte ihr lila gefärbtes Haupt von ihrem Bildschirm ab und schüttelte es. »Soviel ich weiß, hat vorhin sein Handy geklingelt. Kurz darauf kam er hier rein und sagte mir, dass er kurz wegmüsse.«
Paula schwenkte den blauen Zettel. »Auf dem Stand bin ich auch. Hat er nicht gesagt, was er vorhat?«
»Nein, aber der große Commissario wird schon nicht verloren gehen.«
Das sicherlich nicht, aber was soll ich jetzt tun?, dachte Paula. Ohne Dienstwagen, denn mit dem war Keeser unterwegs. Und was hieß »kurz«? Sie sah auf die Uhr. Gleich eins. Vielleicht war er nur schnell etwas essen?
»Für dich hat übrigens auch jemand angerufen, eine Frau Seidel. Du sollst sie zurückrufen.« Tina Geiger reichte ihr einen Notizzettel mit Telefonnummer.
Paula bedankte sich und ging mit Othello im Schlepptau

zurück zu ihrem Schreibtisch. Dreimal wählte sie die notierte Nummer, mehr als das Besetztzeichen bekam sie aber nicht zu hören. Sicher war es nicht wichtig. Wahrscheinlich sollte sie der alten Dame nur etwas ins Krankenhaus bringen oder die Blumen für sie gießen.

Paula steckte den Zettel in ihre Hosentasche. Sie versuchte, Keeser anzurufen. Vergeblich. Auf seiner Mailbox hinterließ sie die Nachricht, dass er sich bei ihr melden solle.

Ihr Blick streifte die Telefondaten, die auf dem Schreibtisch lagen. Ihr kam eine Idee. Vielleicht war es ja gar nicht schlecht, dass Keeser anderweitig unterwegs war. So konnte sie endlich einmal allein mit Andrea Eichenlaub sprechen und sie nach dem Handy und dem Anruf fragen, den sie angeblich nie bekommen hatte.

»Ich bin auch mal kurz weg, falls einer nach mir fragen sollte«, rief sie Tina Geiger zu, nahm Othello an die Leine und ging über einen kleinen Umweg durch den Schillerpark nach Hause. Oberrat Sonne durfte niemals erfahren, dass sie während der Dienstzeit mit einem Pflegehund Gassi ging.

In ihrer Wohnung angekommen, schlüpfte sie in ihre Motorradmontur und machte sich auf den Weg nach Klingenmünster.

Auf dem weitläufigen Gelände des Pfalzklinikums fand sie nach mehrmaligem Fragen schließlich das Gebäude für Neurologie und Allgemeinpsychiatrie. Wild entschlossen stapfte sie zur Anmeldung. Diesmal würde sie die trauernde Witwe in die Mangel nehmen, und kein Keeser würde ihr zu Hilfe kommen.

Sie zeigte der Frau an der Pforte ihren Dienstausweis und nannte den Namen der Patientin, die sie besuchen wollte.

»Eine Andrea Eichenlaub hab ich hier nicht auf der Liste«, teilte ihr die Dame nach einem Blick in den Computer mit.

»Das kann nicht sein. Sie wurde gestern Abend nach einem Selbstmordversuch hier eingeliefert, mein Kollege war persönlich dabei.«

»Ach, hier hab ich sie. Sie wurde vorhin entlassen.«

Paula sah die Frau wie vom Donner gerührt an. »Das ist doch nicht möglich.« Sie konnte nicht glauben, dass ein selbstmordgefährdeter Mensch so schnell wieder sich selbst überlassen wurde.

»Wenn Sie möchten, können Sie gern mit dem behandelnden Arzt sprechen, Dr. Gerber ist noch im Haus«, bot die Empfangsdame bereitwillig an.

»Ja, das würde ich sehr gern.«

»Einen Moment, ich piepe ihn an.«

Keine zwei Minuten später klingelte das Telefon. »Dr. Gerber, hier ist eine Kripobeamtin, die gern mit Ihnen sprechen würde.« Sie legte auf und deutete auf eine Sitzecke im Eingangsbereich.

»Er kommt sofort.«

Der Arzt kam mit wehendem Kittel angeflattert, kaum dass sich Paula gesetzt hatte. Er sah mit seinen schulterlangen, von silbergrauen Strähnen durchzogenen Haaren und seiner weit vorn auf der Nasenspitze sitzenden Nickelbrille wie ein verrückter Professor aus. Sein analysierender und sehr unangenehmer Blick traf Paula aus wasserblauen Augen.

»Frau Eichenlaub hat sich selbst entlassen«, klärte er sie auf, nachdem sie ihm ihr Anliegen geschildert hatte.

»Ist sie denn nicht selbstmordgefährdet?«

»Nun, sie ist nicht bei uns eingewiesen worden, sie konnte also ohne Weiteres wieder gehen. Es war nur eine Vorsichtsmaßnahme des Notarztes, sie zu uns zu bringen. Frau Eichenlaub wirkte heute Morgen sehr stabil, und so sind wir ihrem Wunsch, nach Hause zu gehen, entgegengekommen. Zumal sie von einem Bekannten abgeholt wurde, der sich um sie kümmern wollte.«

»Dieser Bekannte war nicht zufällig sehr groß und etwas korpulent?« Letzteres durfte Keeser nie zu Ohren kommen.

»Richtig. Meines Wissens auch ein Kriminalbeamter, kennen Sie ihn?«

Paula nickte. Und wie sie den kannte! Hatte diese Schlange Andrea ihn doch wieder um den Finger gewickelt?

»Ist etwas nicht in Ordnung?« Dr. Gerber hatte ihren skeptischen Blick registriert.

»Doch, doch. Danke, dass Sie sich Zeit für mich genommen haben.«

Dr. Gerber flatterte fliegenden Kittels wieder zurück in die Tiefen der Klinik.

Sobald Paula das Gebäude verlassen hatte, wählte sie erneut Keesers Nummer. Wieder nur die Mailbox. Warum ging er nicht ans Telefon? Hatte er Angst, sie würde ihm Vorwürfe machen? Er konnte doch tun, was er wollte, ohne sie vorher um Erlaubnis zu fragen.

Wo mochten die beiden sein? Hatte er Andrea nach Hause gebracht? Das war anzunehmen, sie war sicherlich nicht in der Verfassung, größere Ausflüge zu unternehmen.

Paula stieg auf ihre Honda und fuhr nach Offenbach. Dort stand sie allerdings vor verschlossener Tür. Ihr Klingeln verhallte ungehört in den verlassenen Räumen des Bungalows. Zudem war von Keesers Dienstwagen weit und breit nichts zu sehen. Ratlos stand Paula da und rief im Büro an.

»Geigerlein, ich bin's. Hat Keeser sich inzwischen gemeldet?« Tina Geiger verneinte.

Dann versuchte sie erneut, Frau Seidel zu erreichen. Aber auch hier wieder nur das Besetztzeichen.

Was ist nur los? Haben sich alle gegen mich verschworen? Paula war ratlos. Missmutig fuhr sie zurück ins Büro, zapfte sich einen Kaffee und setzte sich zu Tina Geiger, um mit ihr Kriegsrat zu halten.

»Wo könnte Keeser sein?«

»Du machst dir doch hoffentlich keine Sorgen um ihn, oder?«, vergewisserte sich Tina Geiger, der Paulas Unruhe gar nicht gefiel.

Bevor Paula ihr sagen konnte, dass sie sich tatsächlich um Keeser sorgte, klingelte ihr Handy.

»Ich erreiche Keeser nicht«, maulte ihr Andreas Knopp ins Ohr.

»Willkommen im Club«, bemerkte Paula sarkastisch.

»Dann sag ich es halt Ihnen: Die DNA-Ergebnisse sind gerade reingekommen. Wir haben eine Übereinstimmung.« Er machte eine spannungsfördernde Pause, in der er in irgendwelchen Unterlagen blätterte.

Paula rutschte auf die äußerste Kante ihres Stuhls.

»Da hab ich's. Die Hautpartikel, die wir auf dem Pflasterstein gefunden haben, mit dem die Scheibe der Eichenlaub-Villa eingeschlagen wurde, gehören zu derselben Person, von der auch die Haarprobe stammt, die Sie haben bringen lassen.«

Paula gab ihm keine Antwort. Sie sprang unter Tina Geigers besorgten Blicken auf und versuchte, die Information zu begreifen.

»Hallo? Sind Sie noch dran?«, fragte Knopp krächzend. »Von wem waren denn die Haare?«

»Andrea Eichenlaub«, sagte Paula knapp und unterbrach das Gespräch. Andrea hatte ihre Glasfront also selbst eingeworfen. Wozu? Um auf sich aufmerksam zu machen? Um Keesers Beschützerinstinkt anzustacheln? Oder um sich abzureagieren? Eine ihrer Schwestern knallte bevorzugt Türen zu, wenn sie mies drauf war, andere warfen Geschirr an die Wand. Andrea wirft vielleicht mit Steinen, dachte Paula.

»Was ist los?«, fragte Tina Geiger.

»Du weißt doch, dass bei Eichenlaubs ein Fenster eingeschlagen wurde?«

Tina nickte.

»Wir wissen jetzt, dass es Andrea Eichenlaub selbst war. Stell dir vor, du wärst sie: Warum würdest du deine eigene Scheibe einwerfen?«

»Um abzulenken?«, antwortete Tina Geiger, ohne lange zu überlegen.

Das musste es sein: Andrea wollte von sich ablenken. Sie wollte eine Unbekannte in die Gleichung bringen, sie wollte den Verdacht auf die Umweltschützer oder andere Feinde ihres Mannes lenken, von denen es ja genügend gab.

Doch wovon wollte sie ablenken? Von ihrer desolaten Ehe, ihrem untreuen Ehemann? Von dem Mord an ihrem Ehemann, den sie vielleicht gar nicht selbst verübt, aber in Auftrag geben hatte? Sollte ich wirklich die ganze Zeit recht gehabt haben?, dachte Paula.

»Du bist genial.«

»Ich weiß«, sagte Tina Geiger breit grinsend. »Könntest du das bitte auch Hansi sagen?«

Paula startete einen weiteren Versuch, Keeser ans Telefon zu bekommen. Doch es war wieder nur die Mailbox, die sich einschaltete.

»He, Keeser, melde dich endlich! Ich weiß, dass du Andrea aus der Klinik abgeholt hast. Und ich weiß inzwischen auch, dass sie ihre Scheibe selbst eingeworfen hat. Frag sie doch mal, warum. Und dann sag mir, verdammt noch mal, endlich, wo du bist!«

Ratlos stand sie im Sekretariat und fühlte sich plötzlich todmüde und erschöpft.

»Und jetzt?«, fragte Tina Geiger.

»Keine Ahnung.« Paula hätte gern Andrea Eichenlaub in die Mangel genommen, aber die war genauso unauffindbar wie ihr Kollege. Und ihr Verdacht gegen Andrea war, gelinde gesagt, eben nur ein Verdacht. Wenn sie es recht bedachte, mussten die Hautpartikel nicht zwangsläufig auf den Stein gekommen sein, als Andrea ihn geworfen hatte. Dieser Stein lag mit vielen anderen auf ihrem Grundstück, sie könnte ihn ja auch nur angefasst haben, weil er zum Beispiel im Weg gelegen hatte und sie vermeiden wollte, dass jemand darüberstolperte. Wenn ihn ein anderer geworfen hatte, der dabei Handschuhe trug, dann war natürlich nur ihre DNA festzustellen.

Paula drehte sich im Kreis. Sie musste sich eingestehen, dass Keeser recht hatte: Sie *wollte*, dass Andrea schuldig war.

»Ich werde noch mal alles durchgehen, was wir haben. Vielleicht haben wir etwas übersehen. Ich hoffe, dass sich Keeser in der Zwischenzeit meldet.«

Mit einer weiteren Tasse Kaffee setzte sie sich an ihren Schreibtisch und machte sich über die Akten und Berichte her, las alle ihre Notizen noch einmal durch, vertiefte sich erneut in die Telefondaten, nur um zu der Erkenntnis zu gelangen, dass sie das alles nicht weiterbrachte. Und von Keeser gab es noch immer kein Lebenszeichen.

Um fünf Uhr verabschiedete sich Tina Geiger. Paula versuchte ein letztes Mal, Keeser anzurufen. Nichts, wieder nur die Mailbox. Diesmal hinterließ sie keine Nachricht.

Sie steckte das Handy ein. Da sie hier nichts mehr ausrichten konnte, beschloss sie, auch nach Hause zu gehen.

★★★

Bevor sie nach oben in ihre Wohnung ging, klingelte sie bei Sebastian. Erleichtert stellte sie fest, dass er viel besser aussah als noch vor ein paar Stunden. Er trug nur Boxershorts, und sie bekam unbändigen Appetit auf ihn. Frisch rasiert und nach Duschgel und Rasierwasser duftend, nahm er sie in den Arm. Oh, wie gut das tut, dachte Paula.

»Du hast mir so gefehlt«, flüsterte sie ihm ins Ohr. »Ich hab übrigens noch ein Geburtstagsnümmerchen gut.«

Das ließ sich Sebastian nicht zweimal sagen. Er hob sie hoch, schob mit der rechten Ferse die Wohnungstür zu und trug sie ins Wohnzimmer.

★★★

Eng umschlungen lagen sie wenig später auf der Couch. »Das war schön«, murmelte Paula schläfrig, während Sebastians Hand sanft ihren nackten Rücken entlangstrich. Sie hätte hier und jetzt einschlafen können.

»Wenn wir vor der Vorstellung noch was essen wollen, müssen wir uns langsam fertig machen«, sagte Sebastian.

»Können wir nicht einfach hier liegen bleiben?« Paula wollte nie wieder von der Couch aufstehen.

»Aber die Karten würden verfallen. Und verhungern müssten wir auch.«

Paula drehte sich zur Seite. »Dann finden sie hier in ein paar Wochen eben zwei ineinander verschlungene Skelette. Das wäre doch wunderbar romantisch.«

»Ehrlich gesagt schwebt mir eine weniger romantische Todesart vor.« Er setzte sich auf und sah auf ihren nackten Körper hinab.

»Wenn ich dich erinnern darf: Mein Speiseplan war die letzten Tage das Gegenteil von aufregend.«

Paula war klar, dass Knastküche alles andere als lecker war. Während sie über Essen nachdachte, verspürte sie tatsächlich Hunger. »In Ordnung.« Sie quälte sich von der bequemen Couch, zog Slip und T-Shirt an, klemmte sich den Rest ihrer Kleidung nebst Motorradstiefeln unter den Arm, gab Sebastian noch einen Kuss und machte sich nach einem vorsichtigen Blick ins Treppenhaus, wo die Luft rein war, spärlich bekleidet auf den Weg nach oben.

Nach einer ausgiebigen Dusche zog sie ein eng anliegendes dunkelrotes Spitzenkleid an, das sie sich während ihrer Zeit in München gekauft, aber noch nie getragen hatte. Prüfend betrachtete sie sich im Spiegel von allen Seiten und fand, dass sie in einem Kleid gar nicht so schlecht aussah.

Ihre Haare steckte sie locker hoch, nicht zu ordentlich, damit es ja nicht zu damenhaft aussah. Zuletzt schminkte sie sich sogar, was äußerst selten vorkam. Als sie auch noch ihre Lippen mit roséfarbenem Lippenstift nachgezogen hatte, sah sie eine wildfremde Frau aus dem Spiegel an. Nicht unansehnlich, aber fremd.

Sie schlüpfte in ihr einziges Paar High Heels und stöckelte damit probehalber ziemlich wackelig durch die Wohnung. Für sie hätten diese Schuhe definitiv nicht erfunden werden müssen, auch wenn man sich in ihnen vollkommen anders fühlte. Weiblicher, um nicht zu sagen sexy.

Während sie ihren Laufstil bei jeder Runde verbesserte, stopfte sie alles, was sie glaubte, in den nächsten Stunden zu benötigen, in die einzige Handtasche, die sie besaß: Handy, Papiere, ein Päckchen Tempotaschentücher, eine Minidose Nivea und Handschellen. Die hatte sie immer dabei, man konnte ja nie wissen. Mit dem Hausschlüssel war das lächerlich kleine Ding schon ziemlich überfüllt.

Blieb noch ihre Dienstwaffe. Natürlich war es doof, bewaffnet zu einer Abendvorstellung zu gehen. Dennoch hielt Paula es für besser, sie mitzunehmen. Der Fall Eichenlaub war schließlich noch nicht abgeschlossen, somit hatte sie auch nicht wirklich einen freien Abend. Außerdem war Keeser noch immer abgängig, er konnte also gut und gern in Schwierigkeiten geraten sein. Was, wenn er sich im Laufe des Abends bei ihr melden würde und sie ihm aus der Patsche helfen musste? Doch wohin mit der unförmigen Waffe? Im Fernsehen hatten die Mädels immer diese niedlichen kleinen Pistölchen im sexy Strumpfband stecken. Ihre Pistole war jedoch eindeutig zu groß dafür. Ganz zu schweigen davon, dass sie gar kein Strumpfband besaß.

Nach mehrmaligem Ein- und wieder Ausräumen und der Reduktion von einem Päckchen Tempos auf ein einzelnes Taschentuch war ihre Walther endlich in der Fehlentwicklung von Tasche verstaut. Der Hausschlüssel musste allerdings draußen bleiben. Dieses Handtaschenmodell war offensichtlich nicht für den Transport einer Handfeuerwaffe konzipiert worden.

Bevor sie ging, holte Paula den Zettel mit Frau Seidels Telefonnummer aus ihrer Hosentasche. Vielleicht konnte sie ja von unterwegs aus im Krankenhaus anrufen. Sie steckte die Notiz ein.

Schwer baumelte die unförmig ausgebeulte Tasche an ihrer Schulter, als sie endlich die Wohnung verließ und die Treppe nach unten stöckelte, krampfhaft darum bemüht, sich nicht die Knöchel zu brechen.

»Wow«, war Sebastians Reaktion auf ihre Verpackung.

Es ist wohl genetisch vorprogrammiert, mutmaßte Paula. Männer konnten wahrscheinlich gar nicht anders auf kurze Röcke, tiefe Dekolletés und hohe Absätze reagieren.

»Was haben Sie mit der Frau gemacht, die über mir wohnt?«, fügte er, ihre Theorie bestätigend, hinzu.

»Kann ich den Schlüssel bei dir lassen? Er passt nicht mehr in meine Tasche.« Die ließ sie allerdings hinter ihrem Rücken verschwinden, damit er die verdächtigen Ausbuchtungen nicht sehen konnte.

»Natürlich, schöne Frau, denn das garantiert mir, dass Sie heute Nacht noch einmal mit in meine Wohnung müssen.« Er nahm den Schlüssel entgegen und legte ihn auf den Dielenschrank.

»Wenn ich es mir recht überlege, könnten wir wirklich hierbleiben und uns einen schönen Abend machen.« Er grinste lüstern. »Vergiss es, ich hab mich doch nicht für nichts und wieder nichts so mühsam aufgebrezelt«, durchkreuzte sie resolut seine erotischen Pläne. Gleichwohl musste sie zugeben, dass auch Sebastian in seinen Jeans, dem hellen Hemd und der Krawatte, die im Farbton zufällig genau zu ihrem Kleid passte, zum Anbeißen aussah.

★★★

Um kurz vor halb sieben erreichten sie Ilbesheim. Sebastian parkte seinen Wagen auf dem geschotterten Parkplatz. Zum Glück nahm er Paula an die Hand, denn ohne seine Hilfe wäre sie mit ihrem ungewohnten Schuhwerk niemals heil die geschätzten dreißig Meter bis in den gepflasterten Hof der Weinstube »Brennofen« gekommen. Kein Wunder also, dass sie Motorradstiefel oder ihre geliebten Boots favorisierte.

Drinnen war es schon ziemlich voll. Sie ergatterten zwei Plätze an einem Tisch in der Vinothek. Paula hatte leichte Probleme, den barhockerähnlichen Stuhl mit ihrem engen, kurzen Kleid zu erklimmen. Ein Grund mehr, ernsthaft zu überdenken, jemals wieder derart bekleidet auszugehen. Die Motorradhose mochte etwas plump wirken, bequemer als dieses Kleid war sie allemal.

Paula studierte die kleine Theater-Speisekarte und entschied sich für einen Salat mit Putenbruststreifen. Mehr würde wohl nicht in das enge Kleid passen – noch ein Pluspunkt für Jeans und Motorradkleidung.

Sebastian bestellte das Winzersteak mit Riesling-Schmorzwiebeln, Bratkartoffeln und Salat. Der muss ja auch nicht dieses hautenge Kleiderdings tragen und kann sich den Magen vollschlagen, dachte Paula.

Nichtsdestotrotz aß sie mit bestem Appetit und genoss es, allein mit Sebastian zu sein.

Kurz vor Programmbeginn stieg sie eher unelegant von ihrem Hocker und verabschiedete sich auf die Toilette. Sie wollte noch einmal versuchen, Keeser zu erreichen. Vielleicht hatte sie dieses Mal Glück.

Erneut meldete sich die Mailbox. Inzwischen machte Paula sich ernsthaft Sorgen.

Sie kam gerade rechtzeitig in den Saal, das Publikum saß schon auf seinen Plätzen. Sebastian hatte zwei Stühle in der ersten Reihe bekommen, und Paula schlängelte sich zu ihm durch.

Die Besitzerin der Weinstube ergriff das Mikrofon, begrüßte strahlend das Publikum und die Künstler dieses Abends und wünschte allseits unterhaltsame Stunden.

Gestartet wurde mit Musik, mit einem mittelalterlichen Ritterlied, für das Elke Jäger, die als stimmakrobatische Sängerin angekündigt worden war, mit einem dicken samtgrünen Mantel mit Pelzbesatz und einer Kappe mit langer Feder bekleidet war. Paula konnte sich gut vorstellen, wie sie in ihrer Kostümierung schwitzte, denn in dem kleinen Raum mit den vielen Leuten war es ohne dicken Mantel schon sehr warm.

Nachdem sich die Sängerin auf der Bühne mit einer Spielzeugpistole ihres ritterlichen Lebens entledigt hatte, zog sie den Mantel sichtlich erleichtert und zur Freude der männlichen Anwesenden aus, um gleich darauf in einem hautengen schwarzen Kleid vor ihnen zu stehen. Paula überlegte, was Elke Jäger wohl zu Abend gegessen hatte. Als vollkommener Vamp stimmte sie ein Lied aus der »Dreigroschenoper« an. Nach einem umgetexteten und nicht ganz ernst gemeinten »Sabinchen war ein Frauenzimmer« kam die Krimi-Autorin an die Reihe. Gina Greifenstein. Paula war sich sicher, den Namen schon mal irgendwo gehört zu haben. Hatte Keeser ihr nicht vor ein paar Monaten ein Backbuch von ihr geschenkt?

Gina Greifenstein hatte sich für diesen Abend in ein kleines weinrotes Paillettenkleid gezwängt, das noch enger anlag als Paulas Fummel. Dafür, dass es so perfekt saß, hat sie sicherlich nicht nur das Abendessen, sondern auch das Mittagessen, das Frühstück und das Abendessen vom Vorabend ausfallen lassen, konstatierte Paula. Sehr humorvoll erzählte sie von einer Frau, die über Leichen ging, um an ein ganz bestimmtes Kleid zu kommen. Am Ende stellte sich heraus, dass es um das Kleid der Autorin ging, das sie trug. Das Gelächter war groß, der Applaus ausgiebig.

Paula überlegte, ob sie dem Ganzen noch eins draufsetzen, auf die Bühne klettern und die Krimi-Autorin offiziell für ihre gerade öffentlich gestandenen Taten festnehmen sollte. Doch mit dem Klettern in ihrem Kleid hatte sie ja so ihre Schwierigkeiten. Sie verwarf den Gedanken.

Der Pausengong ertönte.

Sebastian bot großzügig an, Sekt für sie zu besorgen. Paula ging in den Hof, um es noch einmal bei Keeser zu versuchen. Mailbox, wie gehabt. Das war nicht normal. Irgendetwas stimmte da ganz und gar nicht. War ihm etwas passiert? Ein Unfall vielleicht? Lag er mit seinem Auto in einem Graben und war nur noch nicht gefunden worden? Oder hatte er einen Herzinfarkt erlitten und lag hilflos, wenn nicht schon tot, in seinem kleinen Fachwerkhäuschen? Zu blöd, warum hatte sie vorhin nicht daran gedacht, bei ihm vorbeizufahren? Von der psychiatrischen Klinik aus wäre es nur ein Katzensprung zu ihm gewesen.

Sie tippte Frau Seidels Nummer ein. Eine Nachtschwester meldete sich und erklärte ihr, dass Frau Seidel gerade auf dem Weg zur Toilette sei, was angesichts der noch nicht lange zurückliegenden Operation etwas Zeit in Anspruch nehmen würde. Sie notierte sich aber netterweise Paulas Handynummer, damit Frau Seidel später zurückrufen konnte.

Sebastian kam mit den Sektgläsern, und sie prosteten sich zu. Paula merkte, dass ihre Gelassenheit verflogen war. Nervös nippte sie an ihrem Sekt und stellte sich die schlimmsten Szenarien vor, was Keeser alles ereilt haben könnte. Sie nahm sich fest vor, nach dieser Veranstaltung endlich etwas zu unternehmen. Es musste etwas geschehen. Sie würde den gesamten Polizeiapparat in Bewegung setzen, um Keeser zu finden.

Die Pause war vorbei, sie begaben sich zurück auf ihre Plätze, und Elke Jäger und ihr Gitarrist setzten das Programm fort. Paula hörte kaum noch zu, ihre Gedanken schweiften immer wieder ab. Wann habe ich eigentlich zuletzt mit Keeser gesprochen?, überlegte sie. Das muss zwischen neun und zehn Uhr heute

Morgen gewesen sein. Dass er sich seitdem nicht bei ihr gemeldet hatte, war mehr als verdächtig, zumal sie mitten in Ermittlungen steckten.

Sie war mit ihren Gedanken so weit weg, dass sie nicht hörte, wie ihr Handy in der Tasche plätscherte. Ihr Klingelton für eingehende SMS. Aber alle Gäste um sie herum hatten es anscheinend gehört. Als Sebastian sie mit dem Arm anstieß, bemerkte sie das empörte Raunen und Zischen. Sie konnte die bösen Blicke, die ihr zweifellos zugeworfen wurden, zwar nicht sehen, aber spüren. Einer dieser Blicke kam direkt von der Bühne aus Elke Jägers stark geschminkten Augen.

Hastig fingerte Paula in ihrer Tasche herum. Sie musste die Waffe auf ihren Schoß legen, um an das Handy zu kommen. Zum Glück war es zu dunkel, als dass das jemand hätte bemerken können. Das Telefon in ihrer Hand war jetzt stumm. Als Paula sicher war, dass alle Aufmerksamkeit wieder auf die Bühne gerichtet war, klappte sie ihr Handy so unauffällig wie möglich auf, um die Nachricht zu lesen.

Von Keeser. Endlich!

Doch was sie dann las, war alles andere als beruhigend.

SOS.

Mehr stand da nicht, nur drei lächerliche Buchstaben, die jedoch in dieser Kombination in jedem Menschen sofort Unbehagen auslösten.

Keeser war also wirklich in Gefahr.

Bevor Paula überlegen konnte, was jetzt zu tun sei, klingelte das Handy in ihrer Hand erneut. Unglücklicherweise hatte die Sängerin gerade zwischen zwei Liedern eine kleine Pause gemacht, um sich umzuziehen. So erschien das Klingeln lauter als gewöhnlich.

Paula raffte panisch ihre Tasche und die Walther zusammen und verließ fluchtartig den Raum.

»Ja?«, sagte sie atemlos in das Telefon. Sie hatte sich in der Toilette verschanzt.

»Paula, sind Sie das? Störe ich Sie?«

Wenn Sie wüssten, Frau Seidel, dachte Paula und blieb stumm.

»Ich habe heute Morgen die Zeitung gelesen«, plauderte Frau Seidel munter drauflos.

Oh Gott, sie hat wohl den Artikel mit dem fünfunddreißigjährigen Sportlehrer, der vermutlich seine Schülerin vergewaltigt hat, gelesen und will nun wissen, ob es sich dabei um Sebastian handelt, befürchtete Paula. Dafür hatte sie jetzt gar keinen Nerv.

»Frau Seidel, das ist etwas schlecht im Moment ...«

»Da war ein Bild«, fuhr Frau Seidel unbeirrt fort.

Ein Bild? Bei dem Artikel über Sebastian gab es kein Bild.

»Ein Bild von der Witwe des erschossenen Reifenfabrikanten, diesem Eichenlaub«, erklärte Frau Seidel.

Paula erinnerte sich an das Foto.

»Ich dachte, dass Ihnen das vielleicht weiterhelfen könnte.«

Wie zum Henker soll mir das weiterhelfen?, dachte Paula verzweifelt.

»Die Frau kenne ich von früher«, sagte Frau Seidel.

Interessierte es sie wirklich, dass ihre Nachbarin Andrea kannte? Paula wurde ungeduldig.

»Sie hieß damals noch nicht Eichenlaub, sondern Sommer, deshalb hatte ich mir bei dem Namen Eichenlaub die ganze Zeit auch nichts gedacht.«

Ob sie wohl jemals auf den Punkt kommt? Paula versuchte, nicht unhöflich zu sein. »Ach ja?«, sagte sie deshalb schlicht.

»Ja«, bestätigte Frau Seidel. »Andrea Sommer war nämlich im selben Schützenverein wie mein Sohn.«

Dass Andrea zweimal Schützenkönigin geworden war, bekam Paula nur noch am Rande mit. Andrea konnte schießen, sogar sehr gut schießen. Sie hätte demnach ohne Weiteres ihren Mann erschießen, ja sogar aus größerer Entfernung zielsicher erschießen können. So viel zu ihrer Theorie mit dem Profikiller. Und mit Sicherheit hatte sie auch Zugriff auf eine Waffe, wenn sie nicht sogar eine eigene besaß. Was sie allerdings vehement abgestritten hatte.

»Ich liebe Sie!«, rief Paula in das Telefon und klappte es grußlos zu.

Andrea war eine ehemalige Schützenkönigin, nicht zu fassen.

Und der nichts ahnende Keeser hatte sie aus der Klinik abgeholt. Wenn die beiden noch zusammen sein sollten, und wenn Andrea tatsächlich eine Waffe ihr Eigen nennen sollte, könnte er in akuter Gefahr sein. Nicht umsonst sein »SOS«. Immerhin bedeutete das, dass er noch lebte. Doch wie viel Zeit blieb ihm noch? Sie musste ihn finden. Und zwar schnellstens.

So leise wie möglich stöckelte Paula aus den sicheren Toiletten. Ungeachtet der Tatsache, dass man sie gleich lynchen würde, stellte sie sich an den Rand der Stuhlreihen und versuchte, durch Winken und Räuspern Sebastian auf sich aufmerksam zu machen. Der lauschte jedoch äußerst konzentriert der Autorin, die im Begriff war, dem geneigten Publikum ihren zweiten Krimi zu Gehör zu bringen.

Besagte Autorin bemerkte ihr Winken vor Sebastian, hielt daraufhin genervt inne und machte ihn auf die ewig störende Person am Rande aufmerksam. Es gab in diesem Raum kein Augenpaar mehr, das nicht auf Paula gerichtet war.

Sebastian fuhr wie von der Tarantel gestochen von seinem Stuhl hoch, stolperte, eifrig Entschuldigungen murmelnd, über ausgestreckte Füße und abgestellte Handtaschen, bis er endlich bei Paula ankam und mit ihr die Flucht ergreifen konnte.

»Was war denn dadrinnen los?«, fragte er ungehalten, als sie endlich beim Auto angekommen waren.

Paulas Furcht vor den aufgebrachten Gästen und Künstlern hatte sie derart beflügelt, dass sie den geschotterten Weg ohne Stolpern und Umknicken gemeistert hatte.

»Erkläre ich dir auf der Fahrt, wir dürfen keine Zeit verlieren.« Sie warf sich auf den Beifahrersitz und schnallte sich an.

»Ist das eine Waffe?« Sebastians Stimme klang ansatzweise hysterisch.

Paula hatte in der Hektik völlig vergessen, die Walther wieder in der Tasche zu verstauen.

»Du gehst mit einer Pistole in der Handtasche aus?«

»Reg dich nicht auf, fahr einfach los.« Sie dirigierte ihn Richtung Offenbach. Vielleicht hatten sie Glück, und Andrea und Keeser waren dort.

»Warum hast du eine Waffe dabei?« Sebastian ließ nicht locker, während er den angegebenen Weg einschlug.

»Ich hatte da so ein Gefühl, dass ich sie noch brauchen würde«, erklärte Paula nervös. Sie wollte jetzt nicht reden, sie brauchte Ruhe, um nachdenken zu können.

Sie kamen problemlos durch Landau, an einem Mittwochabend nach einundzwanzig Uhr waren die Straßen so gut wie leer.

Sebastian schwieg, sah Paula aber immer wieder prüfend von der Seite an. In ihrem Kopf herrschte das pure Chaos. Immer wenn sie versuchte, sich über den nächsten ihrer Schritte klar zu werden, schob sich das Bild eines blutüberströmten, toten Keesers vor ihr inneres Auge und brachte sie von jeder logischen Denkspur ab.

Das Anwesen der Eichenlaubs lag genauso verlassen vor ihr wie schon am Nachmittag. Das musste aber nicht bedeuten, dass es auch wirklich verlassen war.

Paula stieg aus dem Wagen und näherte sich dem schmiedeeisernen Tor.

Andrea konnte Keeser hierhergelotst, sein Auto in der Garage versteckt, ihn erschossen und sich dann selbst das Leben genommen haben. Vielleicht waren sie schon heute Nachmittag in der Villa gewesen, als Paula geglaubt hatte, es wäre niemand im Haus. Vielleicht hätte sie ihn da noch retten können, wenn sie nicht postwendend wieder weggefahren wäre.

»Hilf mir mal hoch«, bat sie Sebastian, der ebenfalls ausgestiegen war. Zum wiederholten Male verfluchte sie ihr dämliches Kleid.

»Du willst doch nicht etwa da rein?« Er klang jetzt definitiv panisch. Sein Blick löste sich nicht von der Waffe in ihrer Hand.

»Genau das hab ich vor. Hilfst du mir jetzt endlich?« Sie zog zuerst die Schuhe aus und hob dann den unteren Saum ihres Kleides so hoch wie möglich, um mehr Beinfreiheit zu haben.

Widerstrebend machte Sebastian eine Räuberleiter und stemmte Paula hoch, bis sie über das hohe Tor klettern konnte.

Auf der anderen Seite angekommen, lief sie schnurstracks zum

Haus. Dabei blieb sie auf dem Rasenstreifen neben dem Kiesweg, um das laute Knirschen, das jeder ihrer Schritte verursacht hätte, zu vermeiden.

Nach kurzem innerlichen Kampf erklomm Sebastian ebenfalls das Tor und folgte ihr mit ungutem Gefühl. Er dankte Gott, dass er Lehrer und nicht Polizeibeamter geworden war. Einsätze dieser Art waren definitiv nichts für ihn und seine schwachen Nerven.

Paula hatte inzwischen das Haus umrundet und versuchte mit platt gedrückter Nase, durch ein Fenster etwas im dunklen Inneren der Villa zu erkennen. Nada. Sie musste da rein.

Sebastian gesellte sich zu ihr, froh darüber, dass sie noch keine Scheibe eingeschlagen hatte.

»Keiner da«, stellte er erleichtert fest. »Lass uns abhauen.« Die Tatsache, dass er sich hier mit einer Kriminalbeamtin auf einer fremden Terrasse befand, überzeugte ihn nicht wirklich davon, dass diese Aktion legal war.

Zu seinem blanken Entsetzen trat die Kriminalbeamtin, die er seine Freundin nannte, in diesem Moment kräftig gegen eine der Balkontüren, die aber nicht lautstark zersplitterte, sondern mit dem Geräusch von reißender Plastikfolie nachgab. Schon war Paula in die Dunkelheit des Hauses verschwunden.

»Hast du überhaupt einen Durchsuchungsbefehl oder wie das heißt?«, fragte Sebastian sie wenige Minuten später, als er sie im Keller einholte.

»Natürlich nicht«, zischte sie.

Natürlich. Sebastian wurde heiß. Was, wenn wir erwischt werden?, dachte er. Noch einmal in den Knast wollte er auf gar keinen Fall.

Paula öffnete unbeirrt jede Tür und untersuchte die Räume dahinter gründlich. Sie verschwand hinter der letzten Tür.

Sebastian erwartete jede Sekunde, dass das Licht angehen würde und man sie entdeckte.

»Hab ich's doch geahnt«, hörte er ihre triumphierende Stimme und folgte ihr neugierig. Sie befanden sich im Heizungskeller.

Paula hielt ihm strahlend zwei Sprühdosen, Farbe lila, entgegen. Er hatte keine Ahnung, warum sie sich so darüber freute. Soviel er wusste, zählte Lila nicht zu ihren Lieblingsfarben.

Paula stellte die Dosen zurück hinter den Heizkessel. »Dieses Miststück«, sagte sie und ging an ihm vorbei in den Kellervorraum.

Zutiefst erleichtert, dass sie bisher noch nicht ertappt worden waren, folgte Sebastian ihr wieder nach oben. In der festen Hoffnung, dass sie endlich aus diesem Haus verschwinden würden.

»Wer wohnt hier überhaupt?« Er wagte kaum zu flüstern.

»Eichenlaub«, zischte Paula.

Sie waren also im Haus des ermordeten Reifenherstellers, erkannte er beunruhigt. »Und was suchen wir?« Er stutzte. Hatte er tatsächlich »wir« gesagt?

Statt das Haus durch die kaputte Folie wieder zu verlassen, lenkte Paula ihre Schritte in einen anderen Raum, in ein Arbeitszimmer. Zu Sebastians Entsetzen knipste sie die Lampe auf dem Schreibtisch an. Auch wenn er sich nicht sonderlich gut mit Einbrüchen auskannte, glaubte er doch, Einbrecherregel Nummer eins zu kennen: niemals Licht machen, denn das könnte einen verraten.

»Ha!« Aufgekratzt schwenkte Paula ein Blatt Papier. »Ihr Einkaufszettel.«

Sebastian stand fassungslos neben ihr. Waren sie deswegen hier eingebrochen? Wegen eines Einkaufszettels?

»Siehst du die Kringel über den Is?«, fragte Paula, als sie Sebastians verständnislosen Blick bemerkte. Sie deutete auf die Worte »Honig« und »Waschmittel«.

Natürlich sah er die, weiter brachte ihn das aber nicht. Ein Großteil seiner Schülerinnen machte das ebenfalls, nichts Besonderes also.

»Den hat Frau Eichenlaub geschrieben. Genauso wie das Graffiti an ihrer eigenen Mauer, das hat nämlich die gleichen Kringel. Sie hat das alles selbst inszeniert, um den Verdacht auf verschiedene Aktivisten zu lenken.«

Sebastian konnte nicht folgen.

Paula setzte ihre Durchsuchung des Schreibtisches fort, indem sie tief in die Fächer und Schubladen eintauchte.

Sebastian starb inzwischen tausend Tode.

»Sieh mal einer an.« Aus der untersten Schublade des schweren Eichenschreibtisches holte sie ein aufwendig geschnitztes Holzkästchen hervor.

Eine Waffenkassette. Allerdings fehlte die Waffe darin, die Aussparung dafür war leer.

»Und wo ist die Waffe?«, fragte Sebastian.

»Wenn ich das wüsste, ginge es mir besser.« Paula knipste das Licht wieder aus. »Lass uns abhauen.«

Sebastian wollte nichts lieber als das. Er konnte erst wieder ruhig atmen, als sie das Haus hinter sich gelassen und das Tor unbeschadet überwunden hatten.

»Wohin jetzt?«, erkundigte er sich, denn er ahnte, dass Paulas Mission mit diesem Einbruch längst noch nicht beendet war.

»Nach Gleiszellen«, entschied Paula und schlüpfte wieder in ihre Schuhe. Erneut versuchte sie, Keeser über sein Mobiltelefon zu erreichen, erneut meldete sich die Mailbox. Zum Glück hatte er – oder Andrea – das Gerät noch nicht abgeschaltet.

Ihr nächster Anruf galt der Kriminaltechnik. Die mussten doch Keesers Handy orten können.

Leider meldete sich nicht Bader, der keinen Dienst mehr hatte, sondern ein Thomas Stadler. Der Kollege war noch recht neu, Paula hatte ihn noch nicht persönlich kennengelernt. Es nahm einige Zeit in Anspruch, ihm den Sachverhalt zu erklären. Er zierte sich angesichts ihres Anliegens. Man könne doch nicht einfach ohne richterliche Anweisungen ein Handy ausspionieren, auch wenn es angeblich das eines vermissten Kollegen war.

Erst nachdem sich Stadler durch einen Anruf bei Bader grünes Licht für die Aktion geholt hatte, erklärte er sich bereit, so schnell wie möglich Keesers Aufenthaltsort zu ermitteln. Paula hoffte inständig, dass dieser überhaupt noch mit dem Standort seines Telefons übereinstimmte. Es war immerhin möglich, dass Andrea inzwischen das Handy entdeckt und weggeworfen hatte.

»Du wolltest mir doch erzählen, was los ist. Ich höre«, forderte

Sebastian sie auf, kaum dass sie das Gespräch beendet hatte. Er gab ordentlich Gas, froh, diese Villa endlich hinter sich lassen zu können.

»Aber nur die Kurzform.«

»Die Kurzform ist besser als nichts, also schieß los.«

»Erstens: Frau Eichenlaub war früher mal mit Keeser liiert und versucht nun, nach dem Tod ihres Gatten, vehement, ihn sich wieder zu krallen.«

»Der hat aber doch seine Staatsanwältin?«

»Richtig. Keeser wollte das Frau Eichenlaub heute klipp und klar sagen. Zweitens weiß ich inzwischen, dass Frau Eichenlaub ihren Mann umgebracht hat. Seinen Liebhaber hat sie laut ballistischer Ergebnisse auch auf dem Gewissen. Und jetzt erreiche ich Keeser seit Stunden nicht. Er geht nicht an sein Handy, und er ruft auch nicht zurück. Ich denke, nein ich weiß, dass er in Gefahr ist.«

»Die fehlende Waffe im Hause Eichenlaub«, kombinierte Sebastian.

»Die Frau hat zwei Menschen auf dem Gewissen, die wird auch vor einem dritten Mord nicht zurückschrecken.«

Nicht auszudenken, wenn es dazu kommen würde, dachte Paula. Sie verfluchte Keeser wegen seiner ständigen Alleingänge. Wären sie zusammen in diese vermaledeite Klinik gefahren, um Andrea abzuholen, müsste sie sich jetzt nicht diese verdammten Sorgen machen. Oh, ich werde ihn umbringen, beschloss Paula ... wenn Andrea es nicht vorher tut.

***

Keesers Haus in Gleiszellen schien ebenso verlassen zu sein wie die Eichenlaub-Villa. Weder sein Privatauto noch der Dienstwagen stand in der schmalen Einfahrt.

»Wollen wir da auch einbrechen?«, fragte Sebastian vorsichtig.

»Uns wird nichts anderes übrig bleiben.« Gerade als sie die Wagentür öffnen wollte, klingelte ihr Handy.

Thomas Stadler hatte Keesers Mobiltelefon geortet.

»Sind Sie sich vollkommen sicher?«, fragte Paula ungläubig. »Und es bewegt sich nicht mehr? Das haben Sie echt gut gemacht.«

Sie klappte ihr Telefon zu. »Fahr zu unserem Haus, und kümmere dich auf gar keinen Fall um Geschwindigkeitsbegrenzungen.«

Laut Berechnungen des Technikers befand sich Keesers Handy in der Badstraße, also nicht weit von Paulas Wohnung und auch nicht weit von der Dienststelle entfernt. Die Fragen in Paulas Kopf überschlugen sich. Was macht er dort, was machen Andrea und er dort? Sind sie im Parkhaus? Nach dem Motto: Der Mörder kehrt immer an den Tatort zurück?

»Lass mich bei deiner Schule raus«, sagte Paula, als sie endlich in den Westring einbogen. Obwohl Sebastian ordentlich auf die Tube gedrückt hatte, war ihr die Geschwindigkeit wie besseres Schneckentempo vorgekommen.

Als er den Wagen am Anfang der Badstraße anhielt, hängte sie sich ihre Tasche um und umfasste mit kalten Fingern ihre Waffe.

»Du fährst jetzt am besten heim, nicht dass dir auch noch etwas passiert«, riet sie ihm und stieg aus.

»Willst du nicht vorsichtshalber Verstärkung rufen?«

»Zu spät.«

»Sei bloß vorsichtig!«, rief er ihr nach.

Paula lief mit klackenden Absätzen die Straße entlang. Vor der Einfahrt zum Parkhaus entdeckte sie Keesers Dienstwagen.

Sie atmete tief durch und erklomm so leise wie möglich die metallene Außentreppe des Gebäudes, wobei sie jedes einzelne Parkdeck, an dem sie vorüberkam, überprüfte. Auf halbem Wege entschied sie, ihre lästigen Schuhe auszuziehen und auf der Treppe stehen zu lassen. Barfuß auf dem Metallgitter der Stufen zu laufen, war zwar nicht angenehm, aber immer noch besser als mit Stöckelschuhen.

Sie passierte Parkdeck vier. Auf halbem Weg zu Parkdeck fünf vernahm sie Andrea Eichenlaubs Stimme.

»Ich wollte Kinder, Bernd. Ich wollte Mutter sein, aber das hat er mir verweigert. Er hätte mir doch nur ein einziges verdammtes

Kind machen müssen, nur eins.« Ihre Stimme klang verzweifelt, wurde dann jedoch hart. »Aber er hat sich nicht dazu überwinden können, mit mir zu schlafen.«

»Wenn du dich damals für mich und nicht für ihn entschieden hättest, hättest du das haben können.« An Keesers Stimme erkannte Paula, wie sehr er unter der Trennung gelitten hatte. Sie war sich nicht sicher, ob es klug von ihm war, seine Ex auf diese Fehlentscheidung hinzuweisen.

Die lachte höhnisch. »Mit einem Koch? Ich wollte nicht die Frau eines kleinen Kochs sein, verstehst du das denn immer noch nicht? Ich kam aus ärmlichen Verhältnissen, ich wollte Geld haben, reisen, mir alles leisten können, was ich mir wünschte. Ich wollte einen angesehenen, wichtigen Mann an meiner Seite – keinen popligen Koch.«

»Ich bin kein Koch geworden«, merkte Keeser an.

»Denkst du etwa, ein Polizist ist was Besseres? Ach, Bernd, du warst immer so schrecklich bescheiden, so zufrieden mit allem. Das fand ich einfach zum Kotzen, und genau deswegen hab ich dich verlassen!«, schrie sie.

Keeser platzte der Kragen. Nun war er es, der höhnisch lachte. »Und wie wunderbar war dein Leben letztendlich? Du warst mit einem Mann verheiratet, der dich nicht geliebt hat, der noch nicht einmal etwas für Frauen übrig hatte. Die heiß ersehnten Kinder hast du auch nicht bekommen. Wie wir bei unseren Recherchen rausgefunden haben, hast du nicht mal Umgang gepflegt mit dieser tollen gehobenen Gesellschaft.«

Oh, oh, Kollege, reize sie doch nicht unnötig, flehte Paula im Stillen. Wusste er denn immer noch nicht, wie gefährlich diese Frau war?

Sie schlich die letzten Stufen hoch und linste vorsichtig um die Ecke. Sie sah nur Andrea, ihr wutverzerrtes Gesicht hatte keinerlei Ähnlichkeit mehr mit der niedlichen Sängerin aus Paris. Sie hielt eine Waffe in der Hand, die auf jemanden gerichtet war, den Paula nicht sehen konnte.

Sie verstand Keeser nicht. Er musste doch inzwischen wissen, dass Andrea gefährlich war. Warum zum Teufel versucht er nicht, sie zu beruhigen, anstatt sie derart aufzustacheln?, dachte Paula angespannt.

»Das sind doch alles nur aufgeplusterte, hohle Idioten«, fauchte Andrea zornesrot.

»Dein Leben ist jedenfalls erheblich beschissener gelaufen als meines als kleiner popliger Polizist«, fuhr Keeser ungerührt fort.

»Ich bin wenigstens glücklich, was du von dir nicht behaupten kannst.«

»Halt endlich deine verdammte Klappe!«, kreischte Andrea und fuchtelte wild mit der Pistole herum.

Genau, pflichtete ihr Paula in Gedanken bei, halt endlich deine Klappe!

»Denkst du, das weiß ich nicht? Mein Leben war ein einziger Alptraum.« Andrea ging einen Schritt nach vorn.

Jetzt konnte Paula es wagen. Sie ging auf alle viere. Gut, dass niemand hinter ihr war, der ungehinderte Blick auf ihren knappen Slip hätte sicherlich jeden ihrer männlichen Kollegen zutiefst erfreut.

Sie schob ihren Oberkörper vorsichtig ein Stück weit um den Mauervorsprung – und erblickte Keeser. Er stand in der Mitte des Parkdecks und wirkte vollkommen entspannt, als ob es nichts Außergewöhnliches für ihn war, nachts in einem leeren Parkhaus zu stehen und sich mit einer Waffe bedrohen zu lassen. Wenn er sie gesehen haben sollte, so ließ er sich das nicht anmerken.

»Hast du deswegen deinen Mann umgebracht?«, fragte Keeser ruhig.

»Nein. Nicht deswegen. Ich habe ihn umgebracht, weil er mich verlassen wollte. Für eine ›andere‹. Das hat er mir jedenfalls am Samstagmorgen eröffnet. Sogar da hat er mich belogen, dieses Schwein!« Andrea Eichenlaub bebte vor Zorn. »Er wollte sich scheiden lassen und ein neues Leben anfangen. Mich wollte er einfach abschütteln wie ein lästiges Insekt. Mit einem Koffer voller Klamotten und seiner Aktentasche verließ er das Haus und wollte nicht wiederkommen.« Sie schnaubte höhnisch. »Und dann kamst du mit deiner Kollegin, dieser schrecklichen Person, und ihr habt mir eröffnet, dass es gar keine andere gibt, sondern einen *anderen*! Mir war egal, was die Leute dazu sagen würden, aber ich konnte es nicht ertragen, zu wissen, dass er sich mit einem Mann in den Kissen wälzte. Mein Mann mit einem anderen Mann – diese Vorstellung ist einfach widerlich! Er wollte mit einem Mann glücklich werden, einen Mann glücklich machen. Das war einfach zu viel für mich. Bernd, das musst du doch verstehen!«

»Woher wusstest du, dass er in jener Nacht hierherkommen würde?«

Paulas Knie taten weh, sie kroch zurück. Außerhalb von Andreas Sichtfeld stand sie langsam auf.

»Ach, ihr Kerle haltet euch immer für so schlau.« Andrea Eichenlaubs Stimme troff vor Sarkasmus. »Ich wusste seit Längerem, dass er fremdging. Also schnüffelte ich ihm nach. Ich kontrollierte heimlich sein Handy, aber das merkte er bald. Er löschte daraufhin immer schön alle Anrufe und SMS-Nachrichten.« Sie lachte hysterisch auf. »Aber seine Manteltaschen und sein Auto hat er nicht so sauber gehalten. Mir fielen immer wieder Parkscheine auf, alle aus demselben Parkhaus und immer dann gelöst, wenn er angeblich in Bremen oder bei irgendeinem anderen Meeting gewesen sein wollte. Für wie doof haltet ihr uns Frauen eigentlich?« Die letzten Worte waren ein wütendes Kreischen, aber sie fing sich schnell wieder. »Bald kannte ich sogar den Parkplatz, auf dem er immer sein Auto abstellte: Nummer 545. Wie oft habe ich seinen Wagen dort stehen sehen.«

»Wenn du eine so gute Privatdetektivin bist, warum hast du dann nicht herausgefunden, mit wem er dich betrügt?«, hakte Keeser boshaft nach.

Er denkt doch hoffentlich nicht, dass ihre Waffe nicht geladen ist?, dachte Paula. Oder hatte er sie entdeckt und zählte auf sie?

»Mir hat bis dahin genügt, dass ich herausgefunden hatte, dass er mich hintergeht. Mit wem, war mir egal.« Andrea Eichenlaubs Stimme wurde gefährlich sanft. »An dem Samstag, als er mich verließ, habe ich immer wieder versucht, ihn zu erreichen. Ich wollte ihn umstimmen, eine akzeptable Lösung für uns finden, aber er hat mich einfach ignoriert. Und irgendwann war mir

klar, dass er sterben musste.« Sie lachte überdreht und schrill.
»Ha, es war ja so einfach. Ich habe alles genau geplant, hab ihm
versöhnlich auf die Mailbox gesprochen, hab bei Krankenhäusern
und der Polizei angerufen, damit bei den späteren Ermittlungen
kein Verdacht auf mich fallen würde. Dann musste ich nur noch
hier warten. Ich wusste, irgendwann würde er zu seinem Wagen
kommen und mir direkt vor die Waffe laufen. Er kam tatsächlich,
hat sogar vorher sein Kommen per Handy angekündigt, dieser
Trottel. Und dann ... peng!«

Paula zuckte unwillkürlich zusammen. Sie musste an ihre
erste Begegnung mit Andrea Eichenlaub denken, an das arme,
verhuschte Weibchen, das so hilflos und voll der Trauer vor ihnen
gesessen hatte. Sie hatte ihnen eine wirklich grandiose Vorstellung
geliefert, das musste sie diesem Weibsstück zugestehen. Als Schau-
spielerin hätte sie womöglich eine glänzende Karriere machen
können.

Keeser räusperte sich geräuschvoll. »Du hast aber nicht nur deinen Mann, sondern auch seinen Geliebten umgebracht. Warum?«

»Du willst wohl auf keinen Fall dumm sterben, was?« Wieder
dieses schrille Kichern.

Wie eine Hexe. Jedenfalls kicherten Hexen in Paulas Phantasie
genau so.

»Als du mir gesagt hast, dass es sich um einen Kerl handelt,
mit dem mich mein Mann betrogen hat, musste ich aktiv werden.« Aus Andrea Eichenlaubs Mund klang das wie eine logische
Konsequenz. »Und du warst sogar so nett, mir so viel zu verraten,
dass ich eins und eins zusammenzählen konnte. Es war wahrhaft
nicht schwer, herauszubekommen, wer der Mistkerl war.« Sie
lachte höhnisch auf. »Du hättest das fassungslose Gesicht dieser
schwulen Missgeburt sehen sollen, als ich ihm die Waffe unter
die Nase hielt. Es war mir eine Genugtuung, ihn zu erschießen.«
Die Erinnerung bescherte ihr ein irres Lächeln. »Ach, Bernd, es
war so leicht, dich an der Nase herumzuführen.« Übermütig warf
sie den Kopf in den Nacken und kicherte ausgelassen wie ein
kleines Mädchen. Doch ihre Stimme wurde sofort wieder eiskalt.
»Anfangs dachte ich tatsächlich noch, dass wir eine gemeinsame

Zukunft hätten. Aber du?«, spuckte sie höhnisch aus. »Du liebst mich auch nicht!«

Schlagartig wurde Paula klar, dass Andrea Eichenlaub hochgradig gestört war. Sie gehörte schnellstens in eine kuschelige Zelle einer psychiatrischen Anstalt. Am besten wäre es wohl, hinter ihr abzuschließen und den Schlüssel wegzuwerfen.

»Aber Andrea, wir sind nicht mehr die jungen Träumer von früher. Wir haben uns verändert, alles hat sich verändert. Du kannst doch nicht ernsthaft geglaubt haben, dass ich ein halbes Leben lang nur auf dich gewartet habe.«

»Aber du hast dich so wunderbar um mich gekümmert, als Benedikt nicht mehr da war. Das hat mir Hoffnung gegeben, Hoffnung, dass in meinem Leben doch noch alles gut werden könnte. Ich bin jetzt reich, Bernd. Du hättest deinen blöden Beruf an den Nagel hängen können, denn es hätte für uns beide gereicht. Wir hätten reisen und uns die Welt ansehen können, wir hätten in den teuersten Hotels gewohnt und wären zusammen glücklich geworden. Wir hätten Kinder adoptieren können.« Ihre Stimme wurde gefährlich leise, als sie bitter hinzufügte: »Aber nein, du erzählst mir heute, dass du schon vergeben bist, dass du lieber mit dieser Schlampe von der Staatsanwaltschaft ins Bett steigst.«

Einige Zeit herrschte Stille, die beiden sahen sich nur an.

Paula haderte mit sich. Sollte sie weiter abwarten? Oder sollte sie sich besser gleich zu erkennen geben? Ihre Finger, die die Waffe umklammerten, wurden feucht. Was, wenn Andrea dann wild um sich schoss?

»Andrea, steck jetzt endlich die Waffe weg. Wir können doch vernünftig über alles reden«, versuchte Keeser sie zu besänftigen.

Andrea machte nicht den Anschein, dass sie das zu tun gedachte, sie hielt die Pistole weiter auf Keeser gerichtet.

Nein, ich kann nicht mehr warten, ich muss etwas unternehmen. Paula gab sich einen Ruck. So leise wie möglich entsicherte sie ihre Walther.

»Ich will aber nicht mehr reden! Reden, reden, reden – wozu denn? Du willst mich nicht, wozu also noch reden?«, schrie

Andrea Eichenlaub aufgebracht. »Wenn ich dich nicht bekomme, soll diese verfluchte Hure dich auch nicht bekommen!«

Ein metallisches Klicken machte Paula unmissverständlich klar, dass Andrea Eichenlaub ebenfalls ihre Waffe entsichert hatte. Mit ziemlicher Sicherheit die Waffe, mit der sie ihren Mann und den Immobilienmakler erschossen hatte. Und sie war davon überzeugt, dass die Frau nicht zögern würde, auch ihren Ex ins Jenseits zu befördern.

Paula atmete tief durch und trat seitlich an Andrea Eichenlaub heran. »Runter mit der Waffe!«, rief sie energisch.

Andrea Eichenlaub reagierte nicht. Sie hielt ihre Makarov mit zwei Händen von sich gestreckt und visierte Keeser an, der hilflos mit seitlich ausgestreckten Armen etwa dort stand, wo es auch Benedikt Eichenlaub erwischt hatte. An den Ärmelaufschlägen ihrer hellbraunen Popelinjacke blitzten weiß die Verbände an ihren Handgelenken hervor.

»Wussten Sie nicht, dass ein Mörder nichts von seinem Mordopfer erben kann, Frau Eichenlaub?« Paula machte zwei Schritte auf Keesers durchgeknallte Ex zu.

»Wenn Sie uns hier nicht zufällig belauscht hätten, wüssten Sie gar nicht, dass ich eine Mörderin bin«, sagte Andrea herablassend.

»Doch, ich wusste es schon vorher, sonst hätte ich nämlich gar nicht nach meinem Kollegen gesucht. Aus Ihrem geplanten Luxusleben mit ihm wäre also niemals etwas geworden, auch dann nicht, wenn er Sie lieben würde«, erklärte Paula die Sachlage. Der letzte Satz bereitete ihr am meisten Vergnügen, denn sie wollte Andrea Eichenlaub eins auswischen. Niemand nannte sie ungestraft eine schreckliche Person.

»Das ist ja jetzt sowieso egal«, bemerkte Andrea kühl. »Ich gehe ins Gefängnis, na und? Mein ganzes Leben war ein Gefängnis.«

Paula überkam Gänsehaut, als sie realisierte, wie ernst es der Frau war.

»Wenn Sie die Waffe auf den Boden legen, können wir ein gutes Wort für Sie einlegen, was sich eventuell strafmildernd auswirken wird.«

»Reden Sie doch keinen Scheiß. Bei dem jetzigen Stand von zwei Morden auf meinem Konto ist es doch völlig egal, ob ich noch einen Menschen töte oder nicht«, fauchte Andrea Eichenlaub aufgebracht.

»Also, mir ist das nicht egal«, begehrte Keeser in etwa fünfzehn Metern Entfernung auf.

»Halt endlich die Fresse, du Arschloch!« Von ihrer vornehmen Schüchternheit war nichts mehr übrig. Wütend wedelte sie mit ihrer Waffe herum. »Ich habe dein blödes Gesülze so satt. Du denkst wohl, du bist witzig, hä? Du bist kein bisschen witzig. Du warst schon früher nicht witzig.«

Paula wurde klar, dass sie schießen musste.

»Legen Sie die Waffe ganz langsam auf den Boden«, forderte sie Andrea Eichenlaub ein letztes Mal ruhig auf.

»Leck mich, du Schlampe!«

Paula drückte ab.

Leider zu spät, denn im selben Augenblick löste sich auch ein Schuss aus Andrea Eichenlaubs Waffe. Paula sah noch Keesers ungläubiges Gesicht, seine abwehrend erhobenen Hände, dann traf ihn auch schon das Projektil. Es drang in seine rechte Schulter ein und riss ihn seitlich nach hinten weg. Er und Andrea Eichenlaub gingen etwa gleichzeitig zu Boden. Letztere schrie wie eine Furie und hielt sich die von Paulas Kugel zerschmetterte Hand. Der Verband um ihr Handgelenk saugte sich augenblicklich mit Blut voll.

Paula sprang mit drei Schritten zu ihr und kickte die Waffe, die sie hatte fallen lassen, mit dem Fuß außer Reichweite.

»Sie blödes Miststück, Sie haben meine Hand getroffen!«, kreischte Andrea Eichenlaub hysterisch und hielt ihr die stark blutende Hand demonstrativ hin. Paula musste sich abwenden, denn die unübersichtliche Masse aus Blut und Knochensplittern war kein schöner Anblick. Die Schmerzen mussten unerträglich sein, doch der Schock ließ die Frau weiter herumtoben. »Die kann ich nie wieder gebrauchen, du blödes Stück, dafür bringe ich dich um!«

Paula bedauerte augenblicklich, ihr keinen Kopfschuss verpasst zu haben. Außerdem wollte sie sich nicht länger als nötig mit ihr abgeben, sie musste zwingend nachsehen, wie schwer es Keeser erwischt hatte. Doch zuerst musste sie dafür sorgen, dass die zweifache Mörderin sich nicht trotz zerschossener Hand aus dem Staub machte.

»Halten Sie endlich den Mund«, fuhr sie Andrea Eichenlaub kalt an. Sie holte ihre Handschellen aus der Handtasche – und stellte wieder einmal fest, dass sie wirklich nicht die typische Handtaschenträgerin mit Lippenstift und Lidschatten im Gepäck war.

»Frau Eichenlaub, ich nehme Sie hiermit wegen zweifachen Mordes an Benedikt Eichenlaub und Simon Moor und des Weiteren wegen versuchten Mordes an einem Kriminalbeamten fest. Sie haben das Recht, zu schweigen oder Ihre Aussage zu verweigern«, leierte sie ihren jahrelang eingeübten Spruch herunter, während sie den ersten Metallring um das bandagierte Handgelenk an Andrea Eichenlaubs heiler Hand einrasten ließ und ihr half, auf die Füße zu kommen.

Wie einen widerspenstigen Esel zerrte sie sie hinter sich her in Richtung Außentreppe. Ein schmerzvolles Aufstöhnen Keesers veranlasste sie, das etwas rabiater zu tun als nötig. Sie ließ den zweiten Ring um den Handlauf des Geländers einschnappen.

Von Andreas unflätigen Beschimpfungen und Flüchen begleitet, eilte sie hinüber zu Keeser, der vergeblich versuchte, sich aus eigener Kraft aufzurichten. Der Drang, die angeschossene Frau bewusstlos zu schlagen und somit endlich zum Schweigen zu bringen, wurde in Paula fast übermächtig. Sie sollte bei der nächsten Besprechung anregen, die Grundausstattung von Polizei- und Kriminalbeamten aufzustocken: Zu den bisher obligatorischen Handschellen sollten sie ab sofort auch Knebel und Klebeband mit sich führen.

Paula half Keeser, sich an die Wand des Parkdecks zu lehnen, und untersuchte seine Schulter. Sie entdeckte keine Austrittswunde und schloss auf einen Steckschuss.

»Du wirst es überleben«, stellte sie erleichtert fest.

Sie nestelte ihr Handy aus der Tasche und informierte die Einsatzzentrale über alle Einzelheiten. Bald würde die Verstärkung da sein und alles seinen Gang gehen.

Erschrocken stellte Paula fest, dass Keeser sehr stark blutete. Das war nicht gut. Sie drückte ihm ihre Handtasche auf die verletzte Schulter. »Hier, press das fest auf die Wunde.«

Ihr Blick fiel auf ihre Füße, die in dünnen Seidenstrümpfen steckten und sich auf dem nackten Betonboden in zwei Eisklötze verwandelt hatten. Das erinnerte sie an ihre Schuhe, die noch verlassen auf der Treppe herumstanden. Sie lief los, um sie zu holen.

»Du hast dich aber schick gemacht, um mir das Leben zu retten!«, rief Keeser ihr mit krächzender Stimme hinterher. »Siehst ja mal wie ein richtiges Mädchen aus.«

Andrea Eichenlaub hatte sich inzwischen hingesetzt und hing wie ein nasser Sack an dem Geländer. Um sie herum hatte sich eine dunkelrote Blutpfütze gebildet. Paula überlegte, ob es besser gewesen wäre, sie mit der verletzten Hand an das Geländer zu fesseln, denn dann wäre der Blutfluss eventuell eingedämmt worden. Die Frau gab nur noch ein klägliches Wimmern von sich, von der einstigen Furie war bloß ein Häufchen jammerndes Elend übrig geblieben. Doch die Blicke, die sie Paula zuwarf, hätten noch immer töten können. Paula entschied, sie so am Geländer hängen zu lassen, wie sie dort hing.

Zurück bei Keeser setzte sie sich neben ihn auf den kalten Parkhausboden, was angesichts des engen Kleides nicht so einfach war. Erschöpft lehnte sie ihren Kopf gegen die kühle Wand und schloss die Augen.

»Mit dir macht man vielleicht was mit«, sagte sie vorwurfsvoll. »Nicht mal ausgehen kann ich, ohne dich aus irgendeinem Schlamassel befreien zu müssen.«

»Gern geschehen, liebste Kollegin.« Er grinste matt. »Deine Handtasche kannst du übrigens vergessen, die ist jetzt voll Blut.«

»Ach, Handtaschen werden eh vollkommen überbewertet«, sagte sie und knuffte ihn vorsichtig in die Seite, darauf bedacht, ihm nicht noch mehr Schmerzen zuzufügen.

»Wie geht es Andrea?«

»Auch sie wird es überleben, verdient hat sie es aber meiner Meinung nach nicht. Schließlich darf niemand ungestraft meinen Lieblingskollegen anschießen.«

»Verdammt«, fluchte Keeser ungehalten, »sie hat tatsächlich auf mich geschossen. Ich hätte nie gedacht, dass sie wirklich dazu imstande wäre.«

Sie hörten Schritte, und kurz darauf sah ein ängstliches Männergesicht um die Ecke der Auffahrrampe. Ein Kollege von Eckerle, der wohl die Schüsse gehört hatte und nach dem Rechten sehen wollte, vermutete Paula, als sie seinen Arbeitskittel sah.

»Wir sind von der Polizei!«, rief sie ihm zu. »Alles in Ordnung.«

Der Mann machte Anstalten, zu ihnen rüberzukommen.

»Bitte, gehen Sie nach unten und öffnen Sie die Schranke für die Kollegen. Die werden gleich da sein.«

Er nickte Paula eifrig zu und verschwand augenblicklich wieder.

»Sie war mal Schützenkönigin, wusstest du das?«, fragte Paula wenig später in die Stille des Parkhauses hinein.

»Nein, woher denn auch? Woher weißt du das?«

»Purer Zufall, Othellos Frauchen konnte sich an sie erinnern. Und die DNA-Auswertung hat ergeben, dass die Hautpartikel auf dem Pflasterstein in Andreas Wohnzimmer mit den Haarproben von ihr übereinstimmten.«

»Welche Haarproben?«, fragte Keeser verwundert.

»Die Haarproben, die deine eifrige Kollegin aus Andreas Haarbürste entwendet und im Labor untersuchen lassen hat.«

»Warum hast du mir nichts davon gesagt?«

»Ach, ich dachte, was du nicht weißt, macht dich nicht heiß. Außerdem wollte ich keinen Streit mit dir.«

»Streit? Wie kommst du denn darauf?«

»Nun, du hast deine Ex mit allen Fasern deiner Männlichkeit verteidigt. Natürlich hätte es deswegen Streit gegeben.«

Keeser brummelte etwas Unverständliches.

»Tja, und seit ich das alles wusste, hab ich vergeblich versucht, dich zu erreichen und dich zu warnen. Aber der Herr ist ja nicht an sein Handy gegangen. Mann, ich hätte nicht gedacht, dass du so blind in ihre Falle laufen würdest. Immerhin hat sie schon zwei deiner männlichen Mitmenschen um die Ecke gebracht.«

»Das wussten wir ja bis gerade eben noch gar nicht«, verteidigte er sich, zusehends blasser werdend.

»Ich schon, wenn ich dich daran erinnern darf. Ich hab dem Weib von Anfang an nicht über den Weg getraut«, schnaubte Paula. »Aber auf mich wollte ja mal wieder keiner hören. Mensch, Keeser, was hast du hier überhaupt gemacht?«

»Du weißt sicher, dass ich Andrea aus der Klinik abgeholt habe.« Er sah Paula fragend an. Als sie nickte, fuhr er fort: »Na ja, du hast doch gesagt, dass ich dem Ganzen schnellstens ein Ende machen soll.«

»Jetzt bin *ich* also schuld an dem Drama hier?«

»Nein, natürlich nicht. Auf jeden Fall waren wir essen und ein bisschen spazieren …«

»Mitten im Dienst?«, fragte Paula vorwurfsvoll. Aber habe ich nicht genau das Gleiche gemacht?, musste sie sich eingestehen. Wenn Sonne das wüsste.

Keeser überging ihren Einwurf. »Auf jeden Fall hab ich es ihr auf diesem Spaziergang unmissverständlich erklärt. Ihr ging es dann wirklich nicht gut, sie wollte nach Hause, meinte plötzlich, sie würde gern sehen, wo ihr Mann gestorben ist, um Abschied von ihm zu nehmen.« Kleinlaut fügte er hinzu: »Da ahnte ich ja noch nicht, dass sie den Ort längst kannte.«

»Ich finde, es ist an der Zeit, dass du feierlich gelobst, ab sofort immer auf mein Bauchgefühl zu hören. Oder zumindest in Erwägung zu ziehen, dass meine weibliche Intuition eventuell nicht ganz danebenliegt.«

Keeser verzog das Gesicht. Paula wusste nicht, ob es wegen der Schmerzen oder wegen ihrer Forderung war.

»Alla gut, Paula, ich kann es ja mal versuchen«, willigte er zögerlich ein.

»Wenn wir uns nämlich auf *dein* Bauchgefühl verlassen, lieber Kollege, landen wir immer nur in einem Laden, in dem es was zu essen gibt.«

Einige Minuten saßen sie schweigend nebeneinander.

»Weber hat mir übrigens einen Job angeboten«, sagte Paula unvermittelt.

»*Der* Weber vom K2?«

»Genau der.«

»Und, hast du ihn angenommen?«

»Ich überlege noch. Mein derzeitiger Kollege ist nämlich sehr anstrengend, musst du wissen.«

»Weber ist ein Arsch.«

»Oh, glaub mir, das kann mein derzeitiger Kollege auch sein, sehr gut sogar.«

Sie hörten mehrere Martinshörner, erst in der Ferne, dann immer näher kommend. Blaulicht durchpulste den dunklen Nachthimmel außerhalb des hell erleuchteten Parkdecks.

Zwei Krankenwagen waren die ersten Fahrzeuge, die ihre Parkebene erreichten, ihnen folgten zwei Streifenwagen und der Notarzt.

Keeser wurde auf eine Trage gewuchtet und bekam sofort einen Tropf angelegt. Dann wurde er in einen der Rettungswagen verfrachtet.

»Ich fahre mit«, verkündete Paula und kletterte umständlich zu ihm in den Krankenwagen. Sie konnte es gar nicht erwarten, endlich diesen engen Fummel ausziehen zu können.

Sie setzte sich auf einen ausklappbaren Notsitz und betrachtete das Handy, das sie noch immer in ihrer Hand hielt. Entschlossen suchte sie eine Telefonnummer im Adressspeicher und klickte sie an, um sich mit dem Teilnehmer verbinden zu lassen.

»Wen willst du anrufen?« Keeser sah sie aus fiebrig glänzenden Augen an.

»Ich muss ein Versprechen einlösen«, erklärte Paula. In ihr Telefon sprach sie kurz darauf: »Es ist so weit, Frau Mertens, in etwa zehn Minuten im Klinikum Landau. Ich warte im Foyer auf Sie.«

»Die bringen mich ins Klinikum?«, fragte Keeser mit erschrocken aufgerissenen Augen. »Auch gut, dann hab ich es wenigstens nicht so weit zu Knoppi, falls was schiefgehen sollte.«

Paula lehnte sich zu ihm hinüber und legte ihre Hand beruhigend auf seine. »Es wird schon nichts schiefgehen. Du wirst sehen, schon bald kannst du deinen Kollegen wieder so richtig auf die Nerven gehen.«

Keeser ergriff ihre Hand und lächelte Paula an.

»Um auf Andrea zurückzukommen ...« Er stöhnte vor Schmerzen auf, bevor er leicht spöttisch weitersprach. »Du hast immer gesagt, sie sei langweilig.«

Nachwort

Liebe Leserinnen und Leser,

dies ist ein Roman – soll heißen: Die Handlung ist frei erfunden. Auch wenn ich die schöne Südpfalz nun schon zum dritten Mal als mörderischen Schauplatz auserkoren habe, gibt es in Landau noch immer keine Mordkommission. Es wird hier einfach zu wenig gemeuchelt und gemordet – was natürlich grundsätzlich gut und zu befürworten ist. Da das Fehlen einer solchen Abteilung meinen Ermittlungsarbeiten aber nicht dienlich ist, habe ich sie halt erfunden. Genauso wie die Gerichtsmedizin.

Auch meine Ermittlungsbeamten, alle Täter und alle Opfer entspringen meiner blühenden und zutiefst kriminellen Phantasie. Die Reifenfabrik in Offenbach gibt es natürlich auch nicht.

Frei erfunden ist auch das Alfred-Nobel-Gymnasium in Mainz.

Und dort, wo ich Benedikt und Andrea Eichenlaubs Villa platziert habe, befindet sich nichts, nur ein paar Koppeln und Weideland. Der aktuelle Bürgermeister der Verbandsgemeinde Offenbach heißt übrigens Axel Wassyl und hat nichts, aber auch gar nichts mit meinem erfundenen Bürgermeister Walter Ackermann zu tun.

Ein ganz besonders lieber Dank gebührt zuallererst meinem kritischen Erstlektorat, in diesem Falle meiner Mutter, die in einem früheren Leben tatsächlich Lektorin war.

Dank natürlich auch an alle, die mich beraten und mir in kriminaltechnischen Fragen weitergeholfen haben.

Und ein großes Dankeschön den treuen Fans von Paula Stern und Bernd Keeser, für die ich den ganzen Aufwand überhaupt betreibe!

Die »Tatorte« und andere Stichworte

Liebe Leserin, lieber Leser, Sie haben Lust bekommen, die eine oder andere im Buch erwähnte Örtlichkeit einer ausführlicheren Tatortbegehung zu unterziehen? Zu diesem Zweck habe ich auch dieses Mal wieder alle wichtigen Informationen zu den »Tatorten« aufgelistet. Viel Spaß beim Erkunden und Kennenlernen »meiner« schönen Südpfalz!

Brasserie Barock
Die Brasserie, Crêperie und Lounge befindet sich im Torgebäude der einstmaligen Festung, die von dem Festungsbaumeister Vauban zwischen 1688 und 1691, also unter keinem anderen als dem Sonnenkönig Ludwig XIV., erbaut wurde. Man spricht deshalb auch vom Französischen Tor.
Das Lokal ist prunkvoll im Stile des Sonnenkönigs eingerichtet.
Brasserie Barock, Obertorplatz 4, 76829 Landau
Öffnungszeiten: Mo–Do 8 bis 0 Uhr, Fr–Sa 8 bis 2 Uhr,
So 10 bis 0 Uhr
Tel.: 06341-995566
E-Mail: info@barock-landau.de; www.barock-landau.de

Elke Jäger
In Bad Bergzabern lebende freiberufliche Sängerin mit breit gefächertem Repertoire: Chansons, Jazz, Klassik, Pfälzer Mundart, Schauspiel und Kabarett. Sie arbeitet außerdem als Referentin in der Erwachsenenbildung und als Stimmtrainerin.
Das Programm »Mord in Lied & Wort« gibt es tatsächlich – es ist ein gemeinsames Krimiprogramm mit Elke Jäger, dem Gitarristen Benno Burkhart und der Krimiautorin Gina Greifenstein, also meiner Wenigkeit.
E-Mail: jaegerelke@t-online.de

Golfanlage Landgut Dreihof

Die 27-Loch-5-Sterne-Superior-Anlage liegt eingebettet in malerische Landschaft und ist umgeben von weltberühmten Weinlagen.
Golfanlage Landgut Dreihof, Am Golfplatz 1, 76879 Essingen
Tel.: 06348-4282
E-Mail: landau-essingen@golf-absolute.de; www.golf-absolute.de

Hotel Krone

Hier im Kronen-Restaurant und in der Pfälzer Stube kocht und zaubert Sternekoch Karl-Emil Kuntz.
Ausgezeichnet mit 1 Michelin Stern, 18 von 20 Gault-Millau-Punkten, 4 F von 5 vom Feinschmecker und 3 Kochlöffeln vom Schlemmeratlas ist dies eine der besten Adressen in der Südpfalz!
Hotel Krone, Hauptstr. 62–64, 76863 Herxheim-Hayna
Tel.: 07276-5080
E-Mail: info@hotelkrone.de; www.hotelkrone.de

Interpark Rheinpfalz in Offenbach an der Queich

Mit über 100 Hektar Industrie- und Gewerbeflächen ist der »Interpark« das größte Areal seiner Art im Landkreis Südliche Weinstraße und eines der größten in der Pfalz überhaupt.
Nur wenige Fahrminuten zur A 65 oder zur B 272 sprechen ebenso für diesen Standort wie die in etwa einer Autostunde erreichbaren Flughäfen von Frankfurt und Stuttgart. Neben namhaften Firmen wie DaimlerChrysler und Prowell haben sich aber auch viele mittelständische Betriebe hier niedergelassen. Über 300 Arbeitsplätze wurden mittels des »Interpark« geschaffen.

»Können Sie Pfälzisch? – Der ultimative Test – 80 Fragen, 80 Antworten«

Von Michael Konrad, erschienen im Rheinpfalz Verlag
ISBN 978-3-93775-218-1

Moulin Avril

Die einstige Mühle von Offenbach an der Queich – heutzutage kann man hier in modernen, ansprechenden Ferienwohnungen und Apartments wohnen, teilweise sogar im alten Gesindehaus. Familie Siegels-Oppitz, Mühle Avril, Essinger Straße 117, 76877 Offenbach an der Queich
Tel.: 06348-8940
E-Mail: residence@moulin-avril.de; www.moulin-avril.de

Müllers Lust

Ein familiengeführter Landgasthof mitten im Pfälzer Wald. Er ist beliebter Ausgangpunkt oder auch Ziel herrlicher Touren – egal, ob für Wanderer, Mountainbiker oder Motorradfahrer. Hier wird regionale sowie mediterrane Küche angeboten, und in einem lauschigen Biergarten kann man angenehm sitzen. Es gibt Übernachtungsmöglichkeiten in der Öko-Lodge und dem liebevoll ausgebauten Gästehaus »Über der alten Bäckerei«.
Müllers Lust, Ortsstr. 12, 76848 Hofstätten
Tel.: 06397-993188
E-Mail: info@muellerslust.de; www.muellerslust.de

Offenbach an der Queich

Zur Verbandsgemeinde Offenbach gehören Bornheim, Essingen, Hochstadt und Offenbach.

Offenbach selbst liegt umgeben von Weinbergen, fruchtbarem Ackerland, den Queichwiesen und Mischwald. Hier wachsen im mildesten Klima Deutschlands Trauben, Pfälzer Kartoffeln und Pfälzer Tabak, aber auch Feigen, Mandeln und Maronen (Esskastanien). Bekannt ist die Gegend für ihre große Storchpopulation.

Da Offenbach quasi »mittendrin« liegt, ist es hervorragender Ausgangspunkt für Erkundungsfahrten und Wanderungen, zum Beispiel an die benachbarte Weinstraße, in den Pfälzer Wald, in das nahe gelegene Elsass, in die Rheinebene (beispielsweise nach Speyer mit dem Speyerer Dom) oder hinauf zum Hambacher Schloss, der Wiege der deutschen Demokratie.

Reiterhof, Golfanlage, Queichtalbad und vieles mehr bieten nicht nur dem Urlauber reichlich Abwechslung.
www.offenbach-queich.de

Piccola Italia

Ein geschmackvoll und modern eingerichtetes italienisches Restaurant direkt am neuen Messegelände.
Piccola Italia, Lise-Meitner-Str. 20, 76829 Landau
Öffnungszeiten: Mo–Fr 11.30 bis 14.30 Uhr und 17.30 bis 23 Uhr, Sa und feiertags 17.30 bis 23 Uhr, So Ruhetag
Tel.: 06341-9355466
www.piccolaitalia.de

PolART e.V.

Seit der Jahreswende 96/97 bestehender Verein von Angehörigen des Polizeipräsidiums Rheinpfalz mit den Abteilungen Bildende Kunst, PopCops und Blue Light Big Band.
Im Mittelpunkt stehen die Förderung des Kunst- und Kulturverständnisses in der Gesellschaft und bei den Mitarbeitern der Polizei sowie das Verbessern der Beziehung der Bevölkerung zur Polizei und die Stärkung des Ansehens der Polizei in der Öffentlichkeit.
www.polart-ev.de

Ristorante Tosca

Italienisches Restaurant, Pizzeria und Catering. Sorgt direkt auf dem Gelände der Golfanlage Landgut Dreihof in mediterranem Ambiente mit kulinarischen Köstlichkeiten für das Wohl der Gäste. Mit Wintergarten und Sonnenterrasse.
Ristorante Tosca, Am Golfplatz 1, 76879 Essingen
Öffnungszeiten: täglich ab 10 bis 22 Uhr.
Tel.: 06348-6150578
E-Mail: info@tosca-landau.de; www.tosca-landau.de

Weingut Leiling

Ein ganz besonderer Ort – nicht nur für den Gaumen, sondern auch für die Augen. Hier gibt es einen zauberhaften Garten,

in dem man im Sommer sehr idyllisch sitzen kann, aber auch eine urige Weinstube mit offenem Kamin oder die klassizistische Villa. Weinstube und Villa wurden gebaut und ausgebaut, als der Gästeandrang immer größer wurde und man einfach keinen Platz mehr hatte. Und zwar aus Teilen alter Klöster und Schlösser, aus antiken Balken und Dielenböden, aus alten Fenstern und Türen. Geschmückt wurde mit gesammelten und selbst hergestellten Kunstwerken … aber das sollte man sich am besten selbst ansehen! Kulinarisch verwöhnt wird man von einem Koch aus dem Elsass.
Weingut Leiling, Hauptstr. 3, 76889 Schweigen
Öffnungszeiten: Do ab 17 Uhr, Fr–So und feiertags ab 12 Uhr
Tel.: 06342-7039
E-Mail: Davidleiling@weingutleiling.de; www.weingutleiling.de

Weinstube Brennofen
In Ilbesheim, einem malerischen kleinen Winzerort in der Nähe von Landau, finden Sie die Weinstube und das dazugehörige Weingut von Reinhard und Esther Schmitt. Logo der Weinstube ist ein ein Tablett schwingender Rabe – eine Grafik von Armin Hott, einem bekannten pfälzischen Künstler, der auch die Flaschenetiketten entworfen hat.
Neben dem normalen Speisenangebot gibt es auch saisonale Besonderheiten, zum Beispiel Lachshälften vom Grill oder am Spieß gegrilltes Wildschwein. Bei schönem Wetter kann man das in einem wunderschön gestalteten Garten genießen.
Familie Schmitt ist aber auch der Kunst sehr zugetan – regelmäßig finden die unterschiedlichsten künstlerischen Veranstaltungen auf ihrer »Kulturbühne« statt.
2015 ganz neu: Das Gästehaus mit 15 Doppelzimmern.
Weinstube Brennofen, Wildgasse 5, 76831 Ilbesheim
Öffnungszeiten: Mo, Do, Fr, Sa ab 17 Uhr, So und feiertags ab 11.30 Uhr
Tel.: 06341-32215
E-Mail: info@mein-brennofen.de; www.mein-brennofen.de

Rezepte

Metzelsupp

Zutaten für 4 Personen:

Für die Suppe:
1½ l Fleischbrühe
300 g geräuchertes Bauchfleisch
2 Schweinefüße
5 kleine Leberwürste im Naturdarm
5 kleine Blutwürste im Naturdarm
Salz, Pfeffer, Muskat
frischer oder getrockneter Majoran

Für die Einlage:
4 ca. 2 cm dicke Scheiben Bauernbrot
1 große Zwiebel
2 EL Butter
2 EL frisch gehackte Petersilie

Zubereitung:
Für die Suppe die Fleischbrühe in einem großen Topf zum Kochen bringen. Das Bauchfleisch und die Schweinefüße zugeben und 60 Minuten leise köcheln lassen.
Je 1 Leber- und 1 Blutwurst häuten und das Innere in die Brühe geben. Die anderen Würste im Ganzen zufügen und circa 10 Minuten weiterköcheln lassen. Mit Salz, Pfeffer, Muskat und Majoran abschmecken.
In der Zwischenzeit das Brot grob würfeln. Die Zwiebel schälen, halbieren und quer in dünne Scheiben schneiden.
In einer Pfanne die Butter erhitzen und die Brotwürfel darin anrösten. Aus der Pfanne nehmen, dafür die geschnittene Zwiebel hineingeben und unter Rühren braun werden lassen. Bei Bedarf noch etwas Butter zufügen.

Die Suppe in Teller schöpfen. Das Bauchfleisch klein schneiden und mit den Würsten auf die Teller verteilen. Je 1 Löffel Brotwürfel und geröstete Zwiebeln in die Tellermitte geben und mit der Petersilie bestreuen.

Fleeschknepp mit Meerrettichsoße
Zutaten für 4 Personen:

Für die Knepp:
500 g gemischtes Hackfleisch
½ Bund Petersilie
1 Ei
4–5 EL Semmelmehl
Salz, Pfeffer, Muskat
1 l Fleisch- oder Gemüsebrühe

Für die Meerrettichsoße:
3 EL Butter
3 EL Mehl
400 ml Milch
3–4 EL Meerrettich oder Sahnemeerrettich aus dem Glas
Salz, Pfeffer

Zubereitung:
Für die Fleischklößchen das Hackfleisch in eine Schüssel geben. Petersilie waschen, trocken schütteln und fein hacken. Mit Ei, Semmelmehl, Salz, Pfeffer und Muskat zum Fleisch geben, gut durchkneten und kräftig abschmecken. Mit einem Löffel Teigmasse abstechen und mit feuchten Händen Kugeln formen.
Die Brühe in einem Topf zum Kochen bringen und die Knepp darin 15–20 Minuten ziehen lassen, bis sie oben schwimmen.
Für die Soße die Butter in einem mittelgroßen Topf schmelzen lassen. Das Mehl zugeben und unter Rühren darin anschwitzen. Unter weiterem Rühren so viel Milch zugeben, bis eine sämige Soße entsteht. Den Meerrettich hinzufügen und mit Salz und Pfeffer abschmecken.
Die Knepp mit dem Schaumlöffel aus der Brühe nehmen, abtropfen lassen und mit der Soße servieren.
Dazu passen Salzkartoffeln.

Cappuccino-Marmorkuchen
Zutaten für eine Kranzform mit 28 cm ø:

Für den Teig:
4 Eier
250 g Zucker
200 ml Öl
200 ml Milch
300 g Mehl
1 Pck. Backpulver
6 EL Instant-Cappuccinopulver (ungesüßt)
1 EL Kakaopulver

Für den Guss:
150 g Puderzucker
1 EL Milch
2–3 EL kalter Kaffee

Zubereitung:
Die Backform gut einfetten und mit Semmelmehl ausbröseln.
Den Backofen auf 180 Grad vorheizen.
Mit dem Handrührgerät die Eier mit dem Zucker dick-cremig
schlagen. Öl und Milch unter Rühren zugeben. Das Mehl mit
dem Backpulver und dem Cappuccinopulver rasch unterrühren.
Zwei Drittel des Teiges in die vorbereitete Backform füllen. Das
Kakaopulver unter den restlichen Teig mischen und am äuße-
ren Rand der Backform in den hellen Teig einlaufen lassen. Im
vorgeheizten Ofen (unten, Umluft 180 Grad) 45–50 Minuten
backen (Stäbchenprobe!). In der Form abkühlen lassen, dann erst
aus der Form nehmen.
Für den Guss den Puderzucker mit Milch und Kaffee glatt rühren.
Guss auf dem Kuchen verteilen und trocknen lassen.
Rezept aus dem Buch »1 Teig – 50 Kuchen«, Gräfe und Unzer,
München, ISBN 978-3-8338-3437-0

Zitronen-Joghurt-Torte
Zutaten für eine Springform mit 28 cm ø:

Für den Teig:
4 Eier
250 g Zucker
200 ml Öl
200 g Naturjoghurt
300 g Mehl
abgeriebene Schale von 1 unbehandelten Zitrone
1 Pck. Backpulver

Für den Zitronensirup:
100 ml frisch gepresster Zitronensaft
100 g Zucker

Für die Füllung:
600 g Sahne
4 Pck. Vanillezucker
4 Pck. Sahnesteif
200 g Naturjoghurt
abgeriebene Schale von ½ unbehandelten Zitrone

Zubereitung:
Den Backofen auf 180 Grad vorheizen. Die Springform fetten und ausbröseln.
Die Eier mit dem Zucker dick-cremig schlagen. Öl und Joghurt zugeben. Das Mehl mit der Zitronenschale und dem Backpulver rasch untermischen. In die vorbereitete Form geben und im Ofen (unten, Umluft 180 Grad) 45–50 Minuten backen. In der Form abkühlen lassen.
Für den Sirup den Zitronensaft mit dem Zucker in einem kleinen Topf zum Kochen bringen. Unter gelegentlichem Rühren circa 10 Minuten köcheln lassen, bis der Zucker gelöst ist und es etwas zähflüssig wird.

Den Kuchen aus der Form nehmen und einmal quer durchschnei-
den. Den Deckel mehrmals mit einem Holzstäbchen einstechen
und dann beide Böden mit dem Sirup tränken.

Für die Füllung die Sahne mit Vanillezucker und Sahnesteif
schlagen. Joghurt unterheben und eine Hälfte der Sahne auf
den Tortenboden streichen. Deckel aufsetzen und die restliche
Sahne-Joghurt-mischung darauf verteilen. Zitronenschale frisch
darüberreiben. Torte kühl aufbewahren.

(Dieses Rezept ist noch nicht veröffentlicht.)